暗流

九河奇案

猎衣扬 著

天津出版传媒集团

天津人民出版社

图书在版编目（CIP）数据

暗流．九河奇案 / 猎衣扬著．-- 天津：天津人民出版社，2021.6
ISBN 978-7-201-17195-1

Ⅰ．①暗… Ⅱ．①猎… Ⅲ．①长篇小说－中国－当代
Ⅳ．①I247.5

中国版本图书馆 CIP 数据核字 (2021) 第 074622 号

暗流：九河奇案

ANLIU：JIUHE QI'AN

猎衣扬 著

出　　版　天津人民出版社
出 版 人　刘　庆
地　　址　天津市和平区西康路 35 号康岳大厦
邮政编码　300051
邮购电话　（022）23332469
电子信箱　reader@tjrmcbs.com

责任编辑　岳　勇
特约编辑　张素梅
封面设计　王　鑫

制版印刷　涿州汇美亿浓印刷有限公司
经　　销　新华书店
开　　本　787 毫米 ×1092 毫米　1/16
印　　张　18
字　　数　287 千字
版次印次　2021 年 6 月第 1 版　2021 年 6 月第 1 次印刷
定　　价　49.00 元

目录

过龙灯

关帝劈刀

九命妖猫

撞五关

无头和尚

柳木傩神

过龙灯

楔　子

民国四年，正月十五，津门，子夜。

海河边小船上的渔夫陈满仓正蹲在船头，捻着干瘦的指头，扒拉着掌心里的几块大洋。元宵夜，可是天津卫的大节日，海河两岸的华灯齐放，有若白昼，数不清的游人来来回回，只做这一夜的摆渡艄公，便抵得上大半年的卖鱼钱。

后半夜，浓云渐渐遮住了月亮，街市上灯会的喧嚣渐渐散去，只剩下三三两两的酒客踉跄着脚步摇头晃脑地哼着小调。

陈满仓叹了口气，意犹未尽地收了工，轻轻一撑竹篙，小船便离了岸。

突然，河面上亮起了一点诡异的灯火！是一盏红色的花灯！

海河由津门入海，河上放灯本是老一辈传下来的习俗，但诡异的是，这盏灯不是自西向东——向着海的方向漂，而是逆着水流自东向西而来……

陈满仓一脸好奇地嘬了嘬牙花子，划着船向那花灯靠去。

头上月光昏暗，陈满仓从船舱里取了一只手提电筒，向那花灯照去，模模糊糊中，陈满仓好像看到了一抹红色的影子在花灯底下沉浮。于是，陈满仓靠得更近了些，俯身趴在甲板上，脸贴着水面向下看去。

“哗啦——”小船在水上轻轻一晃，陈满仓终于看清了那花灯下面的东西！

那是一个裹着红衣的尸体，早被河水泡得发胀，惨白的脸上瞪着一双通红的瞳孔，额头上被钻了一个大洞，嵌入了花灯的灯座！

陈满仓的后脊骨猛地蹿起了一道寒气，一段津门的童谣在他的脑海中猛地飘了出来：

“挂红袍、过龙灯、人出海、鬼还生……”

“啊——”一阵声嘶力竭的惨叫响起，打破了河面上的沉静。

壹

“呕——”

小雨风寒，海河边上支起了简易的帆布帐篷，底下停着捞上来的红袍尸首，旁边蹲了三两个穿着制服的警员，个个捂着嘴巴扶着树桩子干呕。

在不远处，一个梳着分头的中年警长，缩在伞下，皱着眉头，用一块白色的锦帕捂着鼻子，不停地看着手上的腕表。

不多时，尸棚子里走出了一个戴着口罩的高挑女子，三步并作两步地走到了中年警长身前，一边说话，一边摘下脸上的口罩和手上染着血的胶皮手套。

“曹警长，有发现，请您跟我去尸体那里看看！”女子长得英挺，说话也清脆有力。

“那个……啊……宋小姐，有什么话……就在这儿说吧，我听一听就得了！你这切得血肉模糊的，怎么看啊？”

曹警长皱着眉头，微微向后躲了一躲，故意错过身去，不看那女子手里染着血的手套。

那女子皱了皱眉头，冷着脸说道：

“死者是男性，四十岁左右，死因为脑后重击，从后脑塌陷的形状大致可以推断是榔头一类的凶器。经解剖发现，死者的胃部和肠道内并未发现有毒物质，也无酒精性液体残留，可知死者是在清醒状态下被击杀的。由于尸体在水中浸泡的时间过长，死亡时间还有待进一步确定，我提议将尸体带回警察局，做进一步解剖……”

曹警长打了一个激灵，咽了口唾沫，苦着脸说道：“宋小姐，是这样的，我知道，你是法国留学回来的高才生，但是这个……法医解剖吧，在咱们国内吧……还不是那么能接受，老祖宗讲啊，人嘛，入土为安，最重要的是得留个全尸，哪怕搁在前清，那砍头的死刑犯下葬前都还得把脑袋瓜子缝回去呢！”

“曹警长，法医解剖是科学！”那女子一脸执拗地强调。

“对对！是科学，我知道，可是吧……咱这警察局可没有保存尸体的地方，你这拉回去，还没研究明白，就都得臭了啊！这味儿一传开了，我这警察局还办不办公了？再说了，堂堂警察局，你放一尸体剖来剖去，算嘛事儿啊？”曹警长打断了女子的话，不住地叫苦。

“那这尸体运到哪儿去啊？”女子追问道。

“要不……要不就埋了吧！”曹警长苦着脸说道。

“不行！凶手尚未抓到，怎么能处理尸体呢！”女子的态度很坚决。

“那你看这……”

正当两人争执不下的时候，旁边打伞的小警员眼珠一转，凑上前来，弯下腰，仰着脖子，冲着曹警长说道：

“警长，要不咱把这尸体送北沽龙王庙去吧，白九那儿有冰窖，能存住！”

曹警长眼前一亮，一拍那小警员的后脑勺，拍着手笑道：

“还是你小子机灵，让弟兄们赶紧的，把那漂子（河里捞上来的尸体）弄到龙王庙去，多给白九两银圆，就存他那儿了！”

眼看着那小警员小跑着去停尸棚子里张罗，女子连忙向曹警长问道：

“这龙王庙是个什么地方？白九又是什么人？”

曹警长一脸神秘地说道：

“宋小姐，你在国外长大，这津门的掌故啊，多有不知。这北沽的龙王庙旧址本是前清的义庄，专停凶杀横死的冤尸，北沽的百姓怕闹鬼索命，特地筹钱在义庄前院修了一座海龙王庙，镇上一镇，守庙的是个前清衙门里的老仵作，老仵作死后呢，这义庄就由他的徒弟白九接手，津门百姓家里的丧事，比如什么停尸搭灵、选地择坟、下葬立碑的白活儿，大多都去找白九操办。听说那白九还会审尸招魂、入梦寻冤，灵验得很。那龙王庙后面的义庄有冰窖，正是存尸体的好地方。你也累了一天了，先回去休息，抓凶手的事，咱们从长计议！”

曹警长一面说着，一面将那女子送上了一辆小轿车。

停尸棚子里收拾尸体的小警员里，有人小声嘀咕道：

“那女的是谁啊？怎么看着面生？指手画脚的，曹警长竟然忍了！”

旁边一个嘬烟头的老警员啐了口唾沫，斜着眼说道：

“能不忍？那女的叫宋翊，市长家的千金，在国外待得都傻了，二十好几的姑娘不爱别的，就好摆弄死人。听说来咱们这儿实习，是市长打了招呼的！”

小警员啐了口唾沫，小声骂道：

“都是有钱烧的！”

老警员捻灭了烟头，不耐烦地说道：

“别磨蹭了，赶紧收拾，呕——”

贰

次日凌晨，宋翊起了一个大早，收拾好了相机和解剖的工具，叫了一辆黄包车，直奔龙王庙而去。

一入龙王庙后院，一阵艾草燃烧的烟味熏得宋翊直皱眉头。

昏暗的冰窖内，一个瘦削的青年男子正举着一把冒着浓烟的艾草，绕着躺在床上的尸首做法事。他脚踏七星、手掐指诀，喝了一口酒，“噗”的一口喷在了艾草上，浓烟伴着火星“呼”的一下奔着尸体冲去，只听那青年男子摇头晃脑地念道：

“尘归尘，土归土，一点真灵拜父母，两脚阴阳……”

“砰——”宋翊一脚踢翻了窗前的香炉，冲上前去夺下了青年男子手里的艾草，扔在地上踩灭，冷声喝道：

“你在干什么？”

“哪来的疯娘们儿？没看见爷们儿这儿做法事吗？”青年男子一瞪

眼，转过身来。

那青年男子生了一张小脸，却偏偏配了一双大眼，对襟的白麻小短褂，配着一双灯笼裤，眼白一翻，活脱脱的一副市井无赖范儿。

宋翊懒得理他，一把掀开了盖在尸体上的白布，解开了尸体衣服的扣子，一脸惊怒地指着尸体身上被缝得整整齐齐的刀口，一脸怒容道："这是你干的？"

青年男子一头雾水地答道："对呀！也不知道是哪个伤天害理的狗东西，人都弄死了，还不行，非得把尸体都千刀万剐，连胃和肠子都翻开了，哎哟，这得多大的仇，多狠的人啊，亏得这位死者入土前，遇到了我这么一个菩萨心肠的好人，点灯熬油地缝了半宿，才给他伺候成一全尸，还给他弄了一场法事，唉……不对啊！你还没告诉我，你干嘛的啊？"

"我就是那个伤天害理的狗东西！"

宋翊一把推开了青年男子，从随身的皮箱里取出了口罩、手套和手术刀，作势就要开始解剖。

"你要干嘛？你出去打听打听，敢跟我白九在龙王庙耍横儿的，没有一个是囫囵个儿的！"

原来这个市井男子，就是白九！

宋翊深吸了一口气，冷声说道："凶手还没有抓到，我需要线索！不要妨碍我，请你出去！"

"找线索？就凭你个小娘皮！你就不怕惊了冤魂，回头再缠上你……"白九瘪着嘴，神神秘秘地吓唬道。

"不凭我，还指望你不成。呵呵，白九，我想起来了，都说你会审尸招魂、入梦寻冤？切，少拿骗孩子的东西糊弄我！"

宋翊瞪了白九一眼，继续手中的工作，就在她的手术刀快要接触到尸体的一瞬间，一截青铜的烟袋杆抵住了她的刀锋。

"你知道我在干什么吗？请不要挑战我的底线！"宋翊一脸肃容地说道。

"我知道，不就是洋仵作吗？"

"这是法医解剖，是科学，和你们仵作那套装神弄鬼的东西不一样！"

白九一眯眼，拨开了宋翊的手，捏住了尸体的下巴，左右翻转了一下，将鼻子凑到了尸体的口鼻处，轻轻嗅了嗅，随即用手指轻轻地按压了一圈死者的脑袋，沉声说道：

“死者为四十岁的中年男性，后脑塌陷，乃是遭重击而死，口鼻有苦腥味，说明死前有过大量饮酒！”

宋翊不屑地笑道：“这些我也知道！”

白九一咧嘴，迎上了宋翊的目光，沉声说道：“死者为乞丐，常年吸食鸦片烟，有拐卖女子和孩童的案底，生前最后到过的地方是彩霓虹……这些，你不知道吧？”

宋翊神思一恍，绕着尸体仔细打量了一圈，张口说道：“我怎么知道你不是胡诌的呢？”

白九晃了晃脖子，抱着膀子说道：“尸体有花绣，文的是一个黑衣大氅的干瘦汉子，在月下倒提着一只竹竿生撕恶犬的情形，这是丐帮中人惯文的样式，那个黑衣大氅的干瘦男子叫范丹，相传孔子游列国，在陈蔡断粮、困顿无援之下，命颜回向当地丐首范丹借粮，孔夫子许诺，欠范丹的粮，由孔门弟子偿还：凡是门头上有字、墙上挂画、家内藏书的，尽是孔门弟子，讨之无错。孔子问范丹：‘你的门徒是何等样人？’范丹说：‘凡衣衫褴褛、蓬头垢面者，皆范氏门下。’范丹问孔子：‘书香门第多有恶犬守门，上门讨粮食，该怎么对付？’孔子正色道：‘持棒杀之。’所以，这丐帮门人文花绣，多文范丹大狗，以示正朔。怎么样？这江湖掌故，你的刀子能剖出来否？”

宋翊不服气地撇了撇嘴，不屑地说道：“少得意，你别告诉我其余几条，也是你从这文身上看出来的！”

白九微微一笑，上前拎起了尸体的右手，指着指头缝和指节内侧的少许明黄色斑点，张口问道：“你可知这是什么？”

“某种染料？”宋翊皱着眉头猜测道。

“不是染料，是一种果子汁儿！”

“果子汁儿？”

“对，小韶子，也叫野荔枝，产自云贵，肉薄多汁，汁液明黄，染色难褪，其果仁入药，有致幻和麻醉的效用，民间俗称——疯人果！是一种迷药里最重要的材料！”

“什么迷药？”宋翊脱口问道。

“拐子（贩卖人口的）惯用的——拍花粉！”白九一脸笃定地答道。

“所以你推断，死者有拐卖人口的案底？”宋翊将信将疑地问道。

“能自己配药的拍花党，绝对是拐子堆儿里拔尖儿的老油条，你看这斑点，明暗相叠，都沁进皮肤纹路里了，说明这人常年配迷药，案底少不了！”

“那你又是怎么断定他死前去过彩霓虹的呢？”宋翊不解地问道。

白九一笑，俯下身去，从尸体的脚腕上解下了一根五色的细麻花绳，在宋翊眼前晃了晃，笑着说道：“这叫胭脂扣，青楼女子拴恩客的信物！这彩霓虹打前清本就是咱天津卫最大的风月地，原名唤作：第一楼！那可是王公豪商捧花魁的地方，就因为这几年流行洋舞厅，才改了名字叫彩霓虹！”

“这种五色细绳多的是，你怎么确定它来自彩霓虹？”宋翊不服气地问道。

白九得意地一笑，轻轻捻开了麻花绳，从里头抽出了一缕发丝，晃着脑袋说道：

“五色绳多的是，里面缠着美人儿头发的仅此一家。这里有个名堂，唤作：一刻春宵一晌恩，一寸相思一寸灰！”

“风月场的事儿，你怎么知道得这么清楚？”宋翊一把抢过了白九手里的五色绳，不屑地问道。

白九咳了咳嗓子，尴尬地瘪了瘪嘴：“听……听朋友讲的！”

宋翊瞪了白九一眼，冷着脸说道：“敢做不敢当，不要脸！”说完，一扭头，拎起随身带的小箱就要出门。

“哪儿去啊？”白九喊了一嗓子。

“彩霓虹！”

“那地儿不接女客！”

“我是去查案！不是去……你就不想知道凶手是谁吗？”宋翊停住了

脚步，回头说道。

白九一缩脖子，从坎肩兜里摸出了一把花生仁，扔在嘴里嚼得嘎嘣响，摇晃着脑袋说道：“没兴趣！”

“烂泥扶不上墙！”宋翊一声冷哼，转身出了龙王庙。

叁

华灯初上，莺莺燕燕的中西歌舞，环肥燕瘦的南北姑娘，穿花引蝶一般地在大厅里左右逢迎。扮作男装的宋翊将耳后的头发小心地向帽子里塞了塞，压低了帽檐，选了一处偏僻的角落，点了些酒水，眯着眼睛打量着彩霓虹的情形，正思量间，一只柔弱无骨的玉手便搭上了宋翊的肩膀……

“先生！一个人？”一个穿着梅红色旗袍的女子撩了撩肩膀上的波浪卷儿，坐在了宋翊对面，两眼直直地盯着宋翊。

宋翊有些紧张，含糊地点了点头，算是回应。

“我叫荷香，跳舞吗？”那女子笑着问道。

宋翊摇了摇头。

“唱歌？”

宋翊摇了摇头。

荷香一愣，随即会心一笑，扭动腰肢，一屁股坐在了宋翊的腿上，笑着说道：“小哥哥性子可够急的！”

宋翊左手一把捞住了荷香游鱼一般探向自己后颈的手腕，右手从衣兜里摸出了一张照片——那具尸体的照片。

“见过这个人没有？”

荷香被照片上尸体的惨状吓了一跳，一边一脸惨白地摇头道：“您是干什么……我……没见过……”一边斜着眼睛向宋翊的手腕处瞟去……

宋翊皱了皱眉头，顺着荷香的眼神低头一看，瞬间会意。

“把你知道的仔仔细细地讲给我，它就是你的了！”宋翊摘下了腕上的手表，拍在了桌面上。

“这人我见过，也算是我们这儿的熟客了，灯会那天晚上喝得醉醺醺的，进了屋就要找我们老板！”

“你们老板？”

“乐寒衫，乐老板呗！”荷香将腕表贴在耳边，听着秒针的走动，抿着嘴笑。

“他找你们老板干什么？”

“那我就不知道了，那天晚上，我们乐老板在宴客，趁着上厕所的工夫就把他打发了！他下楼进了小白兰的屋子，天不亮就走了！”

“宴客？请的都是些什么人？”宋翊追问道。

“有天津商会的聂宝琛聂会长，有税务司的王立王司长，还有英吉利船公司的大副汤祥林和他的太太，还有警局的曹敏德曹警长。十几位爷呢，都是天津城里有头有脸儿的人物。”荷香在表盘上哈了一口气，轻轻地捻着旗袍的衣角擦拭着表面儿。

宋翊沉思了一阵，正要起身离开，突然一阵嘈杂的喧闹声从二楼临河的窗边传来。

“那是什么？”宋翊问。

“好像是盏灯！不对啊，怎么是逆着飘上来的？”

“是……过龙灯！过龙灯了！”二楼的人七嘴八舌地乱喊，宋翊猛地站了起来，抬腿蹿出了大厅，绕过彩霓虹前门，向着河边上跑去！

此刻，河边上也围满了看热闹的人，宋翊费劲地拨开人群，扒着河堤向水里看去。

明明灭灭的花灯浮浮沉沉，在漆黑如墨的河里上下摇晃，一抹暗红色的阴影在灯下缓缓移动！

“那灯底下跟着漂子呢！”有眼尖的看客大声叫喊道。

宋翊一着急，从兜里摸出了钱袋，举在头顶高声喊道：

“谁把尸体捞上来，我给他二十个大洋！”

宋翊话音一落，人群顿时静了下来，看热闹的人相互嘀咕了一阵，个个露着为难，没一个敢下去的，且不说这“过龙灯”透着诡异，怕怨鬼缠身，单说这初春的河水，刺骨的寒，游不出去多远，四肢就得僵硬，被河底下暗流一裹，便再也浮不上来了。没点真本事的老水鬼，谁敢逞这个能？

眼看那龙灯越漂越远，众人正犹豫间，一道身影从彩霓虹的二楼窗口一跃而下，落在地上打了个滚，跑进人堆，“唰”的一下抢过了宋翊手里的钱袋，一个大跳蹿上了河堤，“扑通”一声入了水。

宋翊还没来得及看清那人面貌，便听见一阵打水声从河面响起，水下一道游鱼般的身影，赤裸着脊背，直奔那花灯游去，到了花灯左近，猛地一沉，合身潜到了花灯底下，花灯的火光一晃，慢慢向着岸边飘来，不多时便到了堤坝边上，看热闹的几个壮汉蹚着浅水，七手八脚地将花灯底下一具裹着红布袍子的尸体拖了上来，水底下一个精瘦的男子抹了一把脸上的水渍，甩着脑袋，一步步走上了岸。那男子将嘴里叼着的宋翊的钱袋取在手里，捻出两个银圆，嘬嘴一吹，放在耳边听响。

“是你？”宋翊终于看清了那男子的相貌，正是龙王庙里的白九！

“怎么着啊？想赖账吗？”白九死死地攥紧了钱袋，下意识地后退了半步。

“这点儿小钱，我还不至于。对了，你来这儿干什么？”宋翊掏了一块手帕，递给白九擦脸。

白九神情一肃，一脸正气地说道：“死者含冤未雪，我来这里自然是为了追查凶手，还死者一个公道！”

“想不到，你还挺有正义感，那你还说对查案没兴趣？”

“唉，我虽是对查案没有兴趣，却知道多抓住一个凶手，就能让这世上少死一个无辜的人。”白九负着两手，背过身去，一脸忧郁地望着漆黑的河面，嘴里的话还没说完，只听身后的彩霓虹上，一个头发散乱、衣着不整的舞女倚着窗口，一手拽着旗袍的领口，一手拎着一件白色的麻布坎肩，冲着白九一脸嗔怪地喊道：“白爷，急的什么劲儿啊，衣服都顾不上披了？”

“咳咳……”白九尴尬地咳了咳嗓子，一瞥眼，正看见面如寒霜的宋翊。

“真不要脸！”宋翊狠狠地剜了白九一眼，猛地抽走了白九手里的帕子，转身就走。

“哎……你这人，听我说啊，九爷不是你想的那种人！”白九还没说完，作势欲追，二楼的舞女一脸不耐烦地敲着窗框喊道：“白爷，我知道您手头紧，您要是没带钱，我只能留您这褂子当个念想了！”

白九一跺脚，一边小跑着向彩霓虹大门走去，一边皱着眉头喊道：“小芸豆，爷有钱，有钱，爷这不刚挣了二十个大洋嘛！”

河堤下面，手指粗的麻绳缠在四块青砖上，围着死尸拦出了一小块场子，宋翊瞥了一眼从人堆里挤进来的曹警长，一边戴着手套，一边问道：“曹警长，您这是打哪儿来啊？”

曹警长抹了一把脑门上的热汗，挤了挤眼睛，沉声说道：“办公室啊！怎……怎么了？”

话音未落，一旁拎包的小警员拧着眉毛，不住地向曹警长打着手势，比画着自己的脖子，曹警长一脸迷茫地伸手在脖子底下抹了一把，将一个通红的唇印搓成了一片殷红。

宋翊蹲下身来，捏住死者歪曲的脖子，扶着颈椎，将那尸体的脑袋摆正，露出了一张眼球突出、口齿大张的脸！

“乐老板！”曹警长猛地一惊，指着那尸体下意识地喊了一声。

“乐老板？是彩霓虹的老板乐寒衫？”宋翊问道。

“是。”曹警长惨白着脸，不自主地向彩霓虹望了一望，涩声说道，“刚才他还挨着包间地敬酒，怎么会……”

宋翊沿着乐寒衫的颈骨，一节节地向下抹去，自言自语地说道：“重手法，从背后下手，掰断颈椎，一击致命！”

突然，宋翊好像想起了什么，抬眼说道：“曹警长，你最后一次见乐老板是在几点钟？”

曹警长摸了摸光头，正要说话，一旁拎包的小警员连忙咳了声嗓子，小声说道：“办公室，办公室，您打办公室过来的……”

曹警长一翻眼睛，一推小警员，瞪着眼睛说道：“狗屁！都这时候还编啥瞎话啊？事儿重要还是面子重要啊？那个……我刚从彩霓虹出来，喝……喝了点儿酒，俩小时前，我见过他，他带着俩姑娘来包厢敬酒！”

“乐老板可有什么异样？”宋翊追问道。

“没异样，连干三杯白兰地，眉头都没皱一下！”曹警长笃定地答道。

“那你知不知道他从你们包厢离开后去了哪里？”宋翊一边摆弄着尸体，一边问道。

“这个……我真不知道！”曹警长晃了晃脑袋。

眼看宋翊站起身，摘下了手套，曹警长连忙问道：“这尸体咋办？”

“送龙王庙去吧，也许他能有些别的发现。”宋翊小声嘟囔道。

“那个宋小姐，我今晚喝花酒的事……”曹警长有些羞恁地搓了搓手，偷眼瞟了瞟宋翊的眼色。

“放心！我不会告诉我爸爸的！”宋翊甩了甩手，叫了一辆黄包车，消失在了夜幕之中。

清晨，龙王庙。白九蹲坐在窗台上，捧着手里的破瓷碗，伸着舌头舔碗沿上的粥花儿。

宋翊放下了手里的手术刀，抬起眼来，看着白九问道：“不是刚赚了二十个大洋吗？怎么又穷得像只狗一样！”

白九呵呵一笑，敲着碗底、拉着嗓子说道：“钱财不过身外物，千金散尽还复来！娘们儿家家的，懂个屁！”

说完这话，白九一个翻身，落到了院子里，撅了一根枯枝，目不转睛地逗弄着屋檐下养在水缸里的两条鱼，那两条鱼周身呈暗黄色，上覆黑灰色斑点，圆头小口，背扁腹圆。

宋翊的眼光穿过窗口，深深地看了一眼白九，摇头道：“玩物丧志，酒色之属，白瞎了这颗聪明的脑袋！”

正感叹间，宋翊不经意地掀起了乐寒衫的衣袖，从他的食指根部发现了不少暗色的老痕，围绕指节半周！

“白九！你过来，看看这是什么？”

白九一愣，转身走了过去，细细地分辨了一阵，沉声说道：“这是受过刑的痕迹，这东西在清朝叫——拶，说白了就是夹犯人手指的刑罚，又称拶指，采用五根圆木为之，各长七寸，径圆各五，贯以绳索，施用时夹住犯人的手指，急速收紧。剧痛之下，筋骨分离，十指连心，痛不欲生，乃是过堂拷问的惯用手法，这个乐老板，在清朝的时候，怕是犯过大案子啊！”

宋翊思索了一下，看着白九问道：“前清的案子，在哪儿能查到底子？”

白九晃着脑袋说道：“卷宗是没地儿找了，不过……还有个前清天津卫衙门的老捕快还活着！兴许还能问出来点儿什么。”

“叫什么？人在哪儿？”

“人叫瓜叔，住海光寺后巷。”

白九的话还没说完，宋翊已经出了殿门，站在路边，叫了一辆黄包车，疾奔而去！

“这脾气，真够急的啊！”

白九“咕哝”了一句，继续蹲下身来，摆弄着水缸里的游鱼。

肆

夕阳西下，海光寺。

相传康熙四十四年一位法名叫成衡的高僧，见这一带风水绝佳，遂于南门三里的官道东侧修建起一座宝刹，名普陀寺。次年，康熙帝南巡，驻跸天津，工于诗画的成衡迎于西淀。康熙兴起，手书两副对联赐给了海光寺，一副是“香塔鱼山下，禅堂雁水滨”；另一副是“水月应从空法相，天花散落映星龛”。山门上的前一联毁于咸丰八年，英法联军炮轰天津卫，仅存后一联还挂在卧佛殿上。

此刻一个佝偻着身子的老头儿正攥着一块抹布细细地擦拭着佛龛上的红漆。

那老头儿生得高瘦，前额刮得雪亮，后脑勺上的头发披在颈上，活似个瓜皮！

“请问您是？”宋翊问。

老头儿的动作顿了一下，缓缓扭过头来，抽动了一下鼻翼，两片薄唇战抖了一下，苦笑着说道："该来的，终究还是来了……"

宋翊一怔，张口问道："您知道我是谁？"

瓜叔叹了口气，徐徐说道："我虽不知你是谁，却知道你是为了什么来找我。"

宋翊一晃神的工夫，瓜叔已经转身走进了一间小屋，坐在一只小竹凳上，看着宋翊的眼睛说道："死了怕是不止一个了吧？"

"您怎么知道？"宋翊问道。

"也罢，我也不卖关子了，老头子干了一辈子的捕快，这鼻子灵得很，女娃娃，你身上染了不少死尸味，这股味道洋香水是盖不住的，你得用艾草熏才行！有什么想问的，你就问吧，老头子的时间不多了……"

宋翊思索了一阵，张口问道："您知道过龙灯是怎么回事吗？"

瓜叔的眼中闪过一抹惊恐，深吸了一口气，缓缓说道："那是十五年前的事了，那个时候彩霓虹还不是西式歌舞厅，而是叫作'第一楼'，乃是天津卫最大的风月场，彼时的当家花魁名唤玉红绡，不但人生得风雅清丽、艳冠群芳，更弹得一手好琵琶，端的是——五陵年少争缠头，一曲红绡不知数。在第一楼坐场三年，红遍了海河两岸。隐退之前，每年的元宵灯会，玉红绡都会在河上最大的凤楼画舫上拨弦唱念。十五年前的那个元宵灯会，海河上人声鼎沸、万人攒动，只因为隐退三年的玉红绡将于今夜重登画舫，再弹琵琶。

"是夜，海河两岸，花灯如昼，三声鼓响，玉红绡一身大红罗裳，抱着琵琶掀起了画舫的珠帘，一曲《十面埋伏》后，玉红绡突然发出了一声凄厉的尖叫，拔下了头上的罗钗，划断了琵琶弦，取过桌旁的酒壶，将壶中烈酒一饮而尽，翻身跳进了海河之中，两岸的青壮连同巡逻的兵丁连忙潜入水中，拨开水面上飘着的花灯，想去救起玉红绡，结果赶上水下暗流湍急，一行人打捞了半宿，也没捞到人……后半夜，人潮散去。本应向东漂的花灯，偏有一片逆流而上。众人好奇，驾船过去查看，发现玉红绡的尸身正双目圆睁，藏于灯下！多亏巡河的河工胆大，下去了五六个汉子，将玉红绡用渔网子兜了上来。那玉红绡的尸身面目极为狰狞，又一身红衣，看热闹的人皆大骇，三五个体弱的少年人，当晚便害了场大病，梦中惊见玉红绡索魂害命，故而流传出了‘挂红袍，过龙灯，人出海，鬼还生’的童谣。

“津门南北，人心惶惶，五城兵马司的官老爷不敢轻视，命我限期侦缉，我领命查探，发现玉红绡早在四年前就脱了娼籍，此番重登画舫，与第一楼的老板乐寒衫干系极大，我连夜带人锁拿了乐寒衫，既然玉红绡已经不是卖身于乐寒衫的娼奴，那么，如若玉红绡的人命案子真与乐寒衫有关，他便需要入罪抵偿，偏偏乐寒衫这厮严刑拷打也抵死不认！三天后，上司传令，命我释放乐寒衫，我心疑之下，多方打听，也没个结果。后来，有个神秘人留书于我，告诉我是有位手眼通天的大人物出面，保了乐寒衫一命！而玉红绡的死，也与这位大人物干系极大！”

“这位大人物是谁？”宋翊急忙问道。

“聂——宝——琛！”瓜叔叩着手指，一字一顿地说道。

“聂宝琛？天津商会的聂会长？”宋翊追问道。

瓜叔点了点头，沉声说道：“十五年前，他还不是什么商会的会长，而是天津码头的大混混头子！他还有另一个身份——瘦马营六品统带！”

“瘦马营统带，是个什么官位？”宋翊皱了皱眉头。

瓜叔叹了口气，低声说道：

“所谓瘦马营，乃是前清专门捕杀革命党的一个组织，聂宝琛往北京的宫里头使了不少银子，捐了个瘦马营六品统带，彼时，革命党遍起于京、津、河北，瘦马营不受地方节制，有先捕后奏之权，说白了，姓聂的想搞谁，就给谁扣革命党的帽子，先抓再杀，在天津可以说是呼风唤雨！别说是我，就是我上头的那些老爷们，也没谁敢触聂宝琛的眉头！案子查到了这里，便再难前进寸步，那个匿名传书给我的神秘人，又连续留了好几封信给我，催促我拘捕聂宝琛，只要我抓了人，他便愿意出堂做证，将知道的一切和盘托出！可惜……这案子我也是有心无力，没过多久，我再次收到了神秘人的来信，上面只有十六个字——官匪勾结，蛇鼠一窝，不是不报，时候未到。”

“看来这个神秘人将您也看成了仇人——此人和玉红绡的关系一定非比寻常！”宋翊沉思着说道。

“我知道的只有这些了！”瓜叔疲惫地揉了揉眼睛，从桌子底下的抽屉里拿出来一个信封，递到了宋翊的手里，一脸疲惫地说道，“我太累了，这个是当年神秘人留给我的最后一封信，你拿着吧，兴许有用！老了，腿脚不便，就不送你了！”

眼看瓜叔一脸疲惫地闭上了眼睛，宋翊微笑着点了点头，掩上了门，转身向山门外走去。

就在宋翊离开不久，脑袋枕在椅背上的瓜叔猛地睁开了双眼，耳朵尖微微一颤，笑着说道：“既然来了，就不要躲躲藏藏了，我等你很多年了……”

一声手枪上膛的脆响传来，经幡后面，一个头戴花脸面具的身影左跨了一步，缓缓地从阴影中走了出来！

“不是你！你不是留书给我的那个人。”

瓜叔猛地抽动了一下鼻翼，手腕一翻，一柄一寸长的飞刀落在了掌中。

“你怎么知道？”面具人冷声一笑。

“信纸上有脂粉气，字迹笔锋柔婉，是标准的簪花小楷，写信给我的是个女人，而你，是个男人！”瓜叔眯起了眼睛，神色凝重地盯着面具人的咽喉。

“我虽不是她，但杀你是为了同一件事！”

“砰——”面具人扣动了扳机，同时滚地一跃，从窗户蹿出，瓜叔的手腕也动了，一道寒光闪过，半空中，一抹鲜血洒落在地！

脚步声渐行渐远，瓜叔抹着胸口的血渍，自语道：“终究是老了……”

“咣当——”一声脆响，门被宋翊撞了开来！

“瓜叔，我刚才在外面听到枪声——瓜叔！”宋翊一回头，正看到瘫在椅子上的瓜叔，脸色瞬间一片惨白。

宋翊手忙脚乱地撕下一片布条，伸手去解瓜叔的扣子，要帮他止血，却被瓜叔一把扣住了手！

“听我的，不要再查了……”说完这话，瓜叔脖子一歪，再没了气息。

半个小时后，龙王庙。

白九清理好了瓜叔的血渍，轻手轻脚地给瓜叔换上了一套干净的衣服，缓缓地盖上了一块白布。

宋翊沉着脸，拎起随身的皮包就要出门。

“干嘛去啊？”白九一边低头洗手一边喊道。

“去找聂宝琛，当年的事，他是重要的参与者，连环凶手肯定和他有关，我要去找他问个明白！”

“聂宝琛不比旁人，那可是堂堂的商会会长，岂是你想见就能见的？”白九不屑地笑道。

宋翊收住了脚步，转过身来，展颜一笑，轻声说道：“我若说我想见便见、想问便问呢？”

“吹牛皮！”白九咧着嘴，晃了晃脑袋。

“敢不敢赌？”宋翊伸脚踢了踢蹲在地上的白九！

“有什么不敢的？赌什么？”白九站了起来。

“五十个大洋！”宋翊伸出纤白的右手，在白九眼前一晃。

“赌就赌！”白九脖子一梗，与宋翊击了一掌。

伍

当天晚上，起士林餐厅二楼。一个西装革履的中年男人正靠在椅背上读着报纸，那中年男人生得威严儒雅、肩宽臂阔、两鬓微白，一双精细的眼睛极具官威。

“叮——”中年男子一手捻着报纸，另一只手轻轻地弹了弹手边的咖啡杯。

中年男子的对面此刻正坐着一脸乖巧的宋翊，看到中年男子弹了一下咖啡杯，宋翊微微一笑，向站在身后穿着跟班服样的白九瞥了一眼。

白九一脸茫然地挤了挤眉头。

中年男人不耐烦地叹了口气，又轻轻地弹了一下杯子，宋翊瞟了一眼白九，又瞥了一眼杯子，白九挤了挤眼睛，不明所以地看着宋翊。

中年男子咳了一下嗓子，放下了手里的报纸，指着白九向宋翊问道：“这是你新雇的跟班？”

宋翊连忙点头答道：“他刚做事，没有眼色，爸爸你别怪他！”宋翊端起了桌上的咖啡壶，给中年男人的杯里斟上了咖啡。

原来这男子就是现任天津市市长宋时林。

宋时林端起桌上的咖啡，笑着说道：“警察厅待得好好的，怎么突然又动了去商会做事的想法？可是曹敏德怠慢了你？”

宋翊走到宋时林的身后，趴在他的肩上，小声说道：“才不是呢。我不过是想着自己毕竟是个女孩子，虽说在国外学的是法医，但在警察厅平日里净看到些死人啊、尸体啊之类的，看得多了，有些害怕！现在想想，还是去商会工作最好！”

宋时林闻言，很是高兴，拍手说道：“我就说你不该学这些东西，当年拗不过你，怎么？现在知道后悔了吧！哈哈哈，不妨事，一会儿见了聂宝琛，我和他说一声，让他的管事好好带带你，等海运的事弄熟了，爸爸再送你去英国学商学！”

宋翊微微一笑，向白九抛了一个得意的眼神。

这时候，门外传来一阵脚步声，一个威武高大的汉子，穿着一身考究的胡绸长衫，外白内红，推门而入。

那汉子左手戴了一只翠玉的扳指，右手提了一柄黑纸扇，四方脸、三白眼！来人正是天津商会的会长聂宝琛。

“想不到这人虽是官面上的人物，却偏好一身江湖打扮！”白九瞥了一眼聂宝琛，暗自思忖道。

“宋市长！”聂宝琛抱了一拳，微微欠身，向宋时林施了一礼。

“坐！”

宋时林一抬手，将聂宝琛迎到了席间。

“不知这位小姐是……”

“小女宋翊，刚从法国回来！”

“原来是宋小姐，聂宝琛有礼了！”

“聂会长客气了，小女自小喜欢商贸，我正想着送她去你那里做事，锻炼一番，不知聂会长……”宋时林笑着问道。

“蓬荜生辉！蓬荜生辉啊！聂某荣幸之至！”

酒过三巡，宋翊一拍手，打断了一旁弹钢琴的侍者，笑着说道：“我在欧洲听腻了钢琴，既然回了国，总要听些民乐乡音。我前几日寻到了一个好乐师，今日带来，正好给聂会长表演一番！”说完，宋翊又一拍手，一个穿着红色旗袍的女子从门外走来，抱着琵琶坐在了廊下，手腕一抖，清脆的乐曲从弦上跳跃而出！

《十面埋伏》！玉红绡死前的最后一曲！

聂宝琛怔了一下，眼中一抹慌乱一闪而逝，半个时辰后，几轮推杯换盏下来，聂宝琛摇晃着站了起来，看着已经瘫在椅子上的宋时林笑着说道：“宋市长，小弟我今日不胜酒力，改日在寒舍设宴，还请市长与令千金赏脸光临！”

宋时林扶着桌角，摇摇晃晃地站起身来，红着脸拍手说道：“实在是不好意思，为兄酒量浅薄，那个……女儿，替我送聂会长！”

宋翊向白九使了个眼色，两人一左一右，搀起了聂宝琛，连同门外等候的两名随从一起下了楼。楼下马路对面的阴影里，聂宝琛的车子正在等候，白九拉开了车门，扶着聂宝琛的手臂，若有若无地说道：“聂会长，听说这天津城里弹琵琶的，有个名叫玉红绡的乃是第一魁首，您记得吗？”

聂宝琛身子一僵，瞳孔猛地收缩，瞬间又恢复了惺惺醉态，在长衫的下摆上擦了擦手，浪荡一笑，拍了拍白九的脸，豪声说道：“聂某人游戏风月二十年，捧红的大小名角儿几十个，哪能个个记得？小兄弟，记住一句话，当忘则忘，当断则断，不该问的别乱问，别给自己找麻烦，哈哈哈！”

聂宝琛一声大笑，关上了车门，看着缓缓而去的车子，白九皱着眉头摸了摸脸，嗅着车内飘出的一股淡淡的香味，渐渐愣在了原地。

送完聂宝琛，宋翊提了一壶醒酒汤走进包间，一抬头，看到坐在椅子上稳如泰山的宋时林正在翻阅报纸。

“爸，你不是喝……”

“爸知道，以你的性子，就算是我不帮你，你也会自己找到聂宝琛的头上。爸多嘴说一句，案子可以查，但不要过火，把握分寸别胡闹！”宋时林一摆手打断了宋翊的话。

宋翊怔在原地，机械地点了点头。回身正要出门，只听宋时林自顾自地说道：“绿指玉、黑白扇、水火衫，聂宝琛明面上是商会的会长，暗地里还兼着漕帮的掌舵，今夜这身打扮，怕是从这儿走后，还有江湖人物要会面！他那两个随从身上别着长短枪炮，脚下沾着草泥洋灰，布鞋面上还沾有几粒糠麸子，应当是从码头粮库而来，且看那聂宝琛，鞋帮上有香灰，脚跟儿侧面沾上了一点儿和你裙角一样颜色的红漆，他和你去过同一间正在修缮的寺庙，据我所知，天津城里只有一家寺庙正在修——海光寺！你查的事情，也许和他正有关！”

宋翊猛地一拍手，来不及夸赞宋时林，一扭头跑出了饭店，刚出门，就被白九一把抓住了手腕，拉上了一辆黄包车，飞也似的往龙王庙而去。

“你知不知道，聂宝琛去了哪儿？”宋翊急忙说道。

“码头粮库！”白九答道。

“你怎么知道？”宋翊惊奇地说道。

“衣着、打扮、鞋上的痕迹、随从脚面上的麦麸子……你别烦我！我需要验证一件事。”

白九的神色出奇地严肃！

到了龙王庙，白九穿过前殿，闪身跑到水缸边上，战抖着将右手伸到了水缸中。

“哗啦——”周围静得可怕，缸内游鱼的甩尾声出奇的清亮。

白九的手指在水缸中左右摇晃，缸内的游鱼宛若癫狂了一般疯狂地绕着白九的手指乱窜，撞得水缸晃动不止！

“这是……怎么回事？”宋翊惊呼道。

“扑通——”白九一屁股坐在了地上，扭过头去，涩声说道：“原来这就是人入海、鬼还生的秘密，是那个司机！递给聂宝琛手帕的那个司机！聂宝琛危险了！”

陆

月上中天，码头粮库，聂宝琛的车缓缓停在了仓库门前，七八个大汉上前看了看斜靠在后座、面沉如水的聂宝琛！

“将那人带来，我要带回府上！”聂宝琛摇下车窗说道。

“是！”为首的大汉一拱手，转身从仓库里拎出了一个五花大绑、头上罩着黑色面罩的人。大汉将那人塞进了车里，正要跟着上车，却被聂宝琛抬手推了下去。

“聂爷……”大汉一愣。

“你就别跟着了，车子小，挤得很，绑成这个样子，害怕他跑了不成？”

大汉一怔，点了点头，带上了车门。

司机缓缓发动了车子，驶出了码头。

半小时后，车子停在了河滩边上。

聂宝琛微闭的眼睛缓缓张开，笑着说道：“朋友！你交代我的事，我已经全部照办了，求财还是寻仇，你划个道吧？”

那司机冷声一笑，猛地转过身来，掀开了外套，露出了腰上缠着的烈性炸药，一只手轻轻抓住了引线，一只手抽出了一把匕首，挑开了那个头戴黑色面罩的人身上的绳索！

那人双手一脱困，立即掀开了头上的黑色面罩！

“是你！”聂宝琛看着那人的脸，脸色一片惨白！

司机冷声一笑，摘下了头上的帽子，撕掉了脸上的胡须……

“你是？”聂宝琛歪着脑袋，想将眼前这人的容貌看清。

“啊——”司机发出了一声尖锐的号叫，扑上去，一刀扎进了聂宝琛的胸膛……

半个小时后！

白九领着宋翊顺着河沿飞奔而来，喘着粗气开了车门，结果发现车上空无一人。

“车里的人呢？”宋翊喘着气问道。

“海河穿街过市，这周边都是天津商会的码头，能抛尸的地方不多，这里是最合适的地方！车子还有余温，说明刚熄火不久！”白九绕着车子转了一圈，在驾驶座的靠背上摸到了一摊血迹，在后排的座位底下发现了半截被割断的绳子。

“看出手的方位，坐在这里的那位真正的司机，在不设防的情况下，被熟人从窗外探手勒住了脖子，一刀毙命！如果所料不差，凶手下手的地点应该是在饭店楼下，下手的时间应该就是在等候聂宝琛的过程中！”

白九嘬了嘬牙花子，转身坐在了驾驶位上，缓缓地闭上了眼睛，皱着眉头道：“假如我是凶手，扮成司机，接上了聂宝琛。很快，坐在副驾驶的随从就会发现我的面貌不对，但是车内却没有搏斗厮打的痕迹，这说明什么呢？说明我有足以震慑聂宝琛一行三人的东西！让他们不敢乱动！”

白九睁开眼，拾起了那半截绳子，放在鼻尖嗅了嗅，小声说道：“绳子上有淡淡的脂粉味儿，曾经绑着的是个女人，这绳子不是用来捆聂宝琛的，而是凶手通过绑聂宝琛来救这个女人！女人、码头、海光寺……一定是近几日过龙灯的新闻弄得天津卫沸沸扬扬，聂宝琛坐立难安，尾随追查此案的宋翊去了海光寺，无意间发现了两个尾随宋翊的人——杀死瓜叔的杀手！他趁着凶手被瓜叔重伤之际，动手抓人，却只抓住了一个，另一个凶手逃掉了，随即那名逃掉的凶手安排了一场陷阱，擒住了聂宝琛，挟持他到码头粮库，救出了同伙！”

“如果是这样的话，那聂宝琛的两名随从哪里去了？”宋翊出声打断了白九的推理。

“车上只有两摊血迹，一摊在驾驶位，是司机的；一摊在后座右边，是聂宝琛的！凶手只有一人，无法同时杀死两名随从，在挟持聂宝琛之后，最好的办法就是……”

“让他们跳车！”宋翊灵光一闪，抢先答道。

突然，河面上亮起了一点灯火，一只河灯逆着海河缓缓向上漂去。

“那是……是聂宝琛？”宋翊猛地瞪大了双眼。

“还用问吗，快走！”白九拉起宋翊转身就跑。

“跑什么呀？咱们得想办法把尸体捞上来验尸啊！”宋翊使劲儿挣着白九的手腕。

“验个屁啊！那两个跳车的随从一回到商会，聂宝琛被劫持的消息就漏了，大批漕帮的弟子必定沿着车追来，你我留在此地，百口难辩，劫杀漕帮掌舵，你爹都保不住你！”

白九虎着脸一阵大喊，拎着宋翊的脖子，矮着身子沿着河岸飞奔，没跑多久，河滩上突然火光大盛，百十号持刀斧的漕帮弟子举着火把向这边包围过来。

白九一把按住了宋翊，缩身在一片石堆后头。

“在那里！”为首的汉子一声暴喝，引着几十号人直奔白九藏身的地方跑来。

“快跑！”宋翊吓了一跳，就要往外蹿，却被白九一把按住。

“你缩在这儿别动，我向东跑，窜进河里往东游，待人群被我引走之后，你再出来，直奔城南的九眼桥，我会从那里上岸！两个时辰，要是还没等到我，就别等了。多花点儿钱，找个正经道士，给我做场法事！”

“要死一起死！”宋翊犯了倔劲儿，一把拉住了白九的衣角。

白九怒上心头，一把将宋翊搡到了地上，咧着嘴骂道：“犯人命的营生，几时轮到你这娘们儿出头！”

说完，白九一个箭步蹿出了石堆，飞一般向河边跑去。

“嘟——”警哨声大作。

“警察来了！赶在警察前面弄死这小子！”漕帮的帮众大喊。

呼喝、枪声、水响，而后，便是死一般的寂静。

两个时辰后，大雨淋漓，九眼桥。

宋翊撑了一把纸伞，蹲在桥底下的石头墩子下面，一边看着腕上的手表，一边瞪着通红的双眼死死地盯着漆黑的水面！

三个时辰过去了，水面上一点儿动静也没有。

宋翊咬着嘴唇，战抖着肩膀，开始低声啜泣，眼泪扑簌簌地掉了下来。

“这是哪家的小娘皮在这儿伤春啊？怎么？想情郎了吗？”一阵熟悉的笑声从桥头传来，宋翊一回头，正看到一脸蜡黄的白九蹲坐在桥头的栏杆上，手捏着两套煎饼，看着她咧嘴大笑。

宋翊破涕为笑，站起身来跑上桥，给白九遮上了伞。

“你没死？”

白九拉了拉衣领，掀了掀上衣，露出了肩头和腰背上的两处已经缝合好的刀伤，涩声说道：“差一点儿淹死，只可惜九爷命硬，龙王不收，让我接着给他老人家看庙！”

“吹牛！”宋翊展颜一笑，拢了拢耳后的头发，这一瞬间的风情竟看呆了白九。

“你怎么了？”宋翊问道。

“没……没什么。走，我带你看一样东西。”

“什么东西？”

“人入海，鬼还生。”白九神色一冷，幽幽吐出来六个字。

龙王庙后殿，白九从水缸里捞起了一尾游鱼，沉声说道：“你可知为何每次过龙灯都发生在正月十五左右？”

“为何？”宋翊问道。

“这种鱼名叫‘鲀’，习称‘河鲀’，有洄游之习性，春季由海逆河产卵，幼鱼在江河、湖泊中肥育，翌年入海，在这海河之地，河鲀由海逆河而上的时间，就是正月十五前后！海中水族有逐光之性，喜爱一切发光之物，最爱绕着光亮游动。”

“光亮？难道说是河灯！”宋翊眼前一亮，抢先说道。

白九点了点头，接着说道：“那河中的尸体，根本就不是为了寻冤，自己逆流回来的，而是被鲀鱼群裹挟，顶着过来的。”

“那鲀鱼为何要裹挟着尸身？难不成这鲀鱼食腐肉不成？可我在验尸中并未发现尸身有啃噬过的痕迹啊？”宋翊沉思着说道。

“因为这个！”白九手腕一翻，亮出了一朵银圆大小的淡紫色小花。

“这是什么？”

“醉鱼草！”白九撇了撇嘴，徐徐说道，“醉鱼草，也叫闭鱼花、榧木、五霸蔷、阳包树、鱼鳞子、药鱼子、红鱼皂、毒鱼草，名头不少，各地的叫法不一，全株有小毒，捣碎投入河中能使活鱼麻醉，便于捕捉，故有‘醉鱼草’之称。冷水煎服可入药，治外伤出血、风寒牙痛，花香浓烈，高浓度的汁液入酒，能麻痹心脑、衰竭心肺！但是却查不出一点儿中毒的痕迹！”

宋翊猛地跳了起来，高声呼道：“也就是说，当年的玉红绡在画舫船头喝的那壶酒里溶入了高浓度的醉鱼草汁，麻痹了自己的心肺，跳到水里活活淹死了自己，尸身浸泡在水中，水中逆流产卵的鲀鱼受醉鱼草的气味吸引，围绕着玉红绡漂浮在河面上的尸身游动，无法远走。在醉鱼草的药力和花灯的吸引下，鱼群裹挟着玉红绡的尸体和河面上的花灯，在产卵本能的驱使下，逆流而上！凶手杀人前，给死者灌下了大量泡过醉鱼草的烈酒，吸引鲀鱼，制造和玉红绡一样的死法！”

“不错！孺子可教！”白九摇晃着脑袋，模仿着学堂里的夫子，拍了拍宋翊的脑袋。

“你是怎么发现的？”宋翊拨开了白九的手。

“别忘了，那乐寒衫的尸身，还是九爷我捞上来的，那天晚上，九爷我一个猛子扎了下去，发现河水里绕着乐寒衫尸身，密密麻麻的全是鲀鱼，当时我就起了疑心，故而捞了几只回来研究，直到我在聂宝琛的车子里闻到了醉鱼草的花香后，才解开了疑惑。”

白九的话还没说完，平地里一声春雷响起，淅淅沥沥的小雨顺着龙王庙的屋檐滴了下来。

“吱呀——”

前殿斑驳的红漆木门被人推开，十几个黑衣白腰带的精壮汉子闯了进来，为首一人一拱手，朗声说道：“聂会长归仙，请白先生前去伺候。”

话音未落，一阵急促的脚步声响起，曹警长领着七八个警察一路小跑跟了进来，看到宋翊，二话不说，拉起她的胳膊就往门外走。

“曹警长，您干吗？”宋翊喊道。

曹敏德连忙掩住了宋翊的嘴，小声说道：“大小姐，白先生这儿还有事要忙，咱们先回去，别给人家添乱！”

宋翊拨开了曹敏德的手，皱着眉头说道："我添什么乱啊！我正好和白九一起去验尸啊！"

曹敏德听了宋翊的话，冒了一头的冷汗，急声说道："祖宗啊！你就别添乱了！"

二人正嘀咕间，那为首的汉子反手从腰间解下了一个钱袋，捧在掌中，递到白九身前，沉声说道："一点儿心意，还请白先生笑纳！"

白九抬眼扫了扫那钱袋的分量，笑着说道："单是下葬看坟的活计，用不了这么多钱吧？"

那汉子一笑，拱手说道："听闻白先生本事了得，会审尸招魂、入梦寻冤，我家聂会长被奸人所害，死因不明，凶手未伏，还有劳白先生施展神通，助我等查找真凶！"

白九咧了咧嘴，笑着说道："这位兄台，若我说我根本不懂什么审尸招魂、入梦寻冤的法子呢？"

那汉子也是一笑，随即面色骤冷，伏在白九耳边，寒声说道："我听说，我家聂会长死的当晚，有人在案发现场见过白先生的身影，我知道你不是凶手，但是如果你审不出真凶，我就叫人指认于你，不论是谁，大当家的死，总需要一个人担下来，白先生免不了要随我走上一遭。"

"敢问兄台大名？"白九拱了拱手。

"漕帮二当家，张听松。"

宋翊正要说话，却被白九一摆手打断："也罢！我就随你走上一遭，只不过这审尸招魂需要些工具，我得准备一下，宋小姐，你进来帮我一把。"

张听松也不矫情，两手一背，静静地守在了后殿门外。

白九三步并两步跨进了小屋，掩上了房门，弯腰从脚下解下了一根五色绳，双目炯炯地盯着宋翊，沉声说道："没时间解释了。听我说，漕帮有规矩，老当家横死，新当家只有报了仇才能继任，所以说，为了上位，张听松一旦找不到真凶，八成就会拿我顶缸！你拿着这根绳子去彩霓虹，找一个叫小芸豆的女人，问她九爷交代她办的事办得怎么样了？事不宜迟，咱们分头行动！"

话音未落，白九从门上摘下了一个布兜，挎在了肩上，正要推门，突然又好像想起了什么，猛地转过身来，笑着说道：“其实你还是笑起来好看，整天板着个脸，当心没人敢娶你。”

宋翊猛地涨红了脸，小声嘟囔道：“你说什么……”

可惜白九没有听到这句话。他晃了晃脑袋，喃喃自语道：“还是彩霓虹的姑娘招人疼。”

“你说什么？！”宋翊猛地一瞪眼，狠狠地在白九的后腰上拧了一下，白九一声惨呼，迈出了大门。

宋翊略一失神，下意识地喊道：“白九！咱们算是朋友了，对吗？”

白九脚步一顿，没有回头，只是扬起胳膊，挥了挥手。

柒

彩霓虹。

小芸豆今晚化了浓浓的妆，烫好了发卷儿，毕竟，肯出五十个大洋包她一晚的客人可不多。

灯影阑珊，小芸豆迈着妖娆的步伐，伸出双臂枕在了桌边一个穿着西装、戴着呢帽的人肩上。正要说话，只见那人一抬手，拨开了小芸豆的肘尖，从衣兜里摸出了一根五色绳，摘下了头上的呢帽，露出了一张秀气白皙的女子样貌，正是男人打扮的宋翊。

“白九问你，托你打听的事办得怎么样了？”

小芸豆有些扫兴地撇了撇嘴，自顾自地点了一根烟，从床头的首饰盒里摸出了一张照片，递给了宋翊。

这是一张三个人的合影，正中一张椅子上面斜坐着一个三十出头、堪称风华绝代的女子，女子怀中抱着一个三四岁男孩的照片，孩子头上戴了一顶天津卫孩童惯戴的虎头帽，脖子上挂了一块翠玉雕成的小香囊，椅子边上站着一个十五六岁的妙龄少女。那照片的边角有些泛黄，应当是有些年头了。

“这是什么？里面的人又都是谁？”

小芸豆吐了一口烟，幽幽说道：“那天晚上，九爷翻窗进了我的屋子，一身的刀口，我帮他缝合的时候，他对我说：‘什么事情一旦丢了头绪，就需要重新回到原点，找不到的线索，往往就躲在灯下黑里！’所有的事，都是围绕着玉红绡发生的，他让我找彩霓虹的老人，打听玉红绡的事儿。我寻到了一个伙房的老妈子，叫冯妈，冯妈说打彩霓虹还叫第一楼的时候，她就在厨房帮工了，一手糕点做得好，伺候过好几任花魁，冯妈说这彩霓虹的大小名角儿里，就数玉老板的性子最好，知道顾念穷苦人。玉老板死后，屋子里的首饰金银都被楼里的人抢了一空，唯独剩下些破落的书稿乐谱没人要。冯妈整理的时候，发现了这张照片，留在身边十几年，我和冯妈有些交情，故而将照片借了出来，还听了一段津门花魁玉红绡的陈年旧事……”

十五年前，海河东岸第一楼，红袖如风、花灯如昼。

第一楼后园，雨疏风骤。

玉红绡坐在床头，轻轻地给躺在床上熟睡的孩子压了压被角，而后转身坐在灯下，捻起针线，细细地将一枚翠玉雕的荷包玉坠缝进了虎头帽的耳朵里，孩子还小，脖子上挂着东西总去乱揪，玉红绡怕孩子偷摘，弄丢了他亲爹留给他的物件儿，就把玉佩缝在了帽子里……

这是玉红绡告别戏台的第四个年头了，红遍京、津、冀的玉红绡早早地攒够了赎身的银两，从掌柜乐寒衫的手里买回了卖身契，还了自己一个自由之身，本想着清清静静地陪着孩子长大，不料世道混乱，今天闹革命党，明天闹洋兵，后天又闹义和拳，街面上不安生，玉红绡不敢独居，索性在第一楼后院租了一间小屋，凭着一点儿积蓄，安稳度日。

夜半风起，小屋的门“吱呀”一声打开了，一个面颊微红、圆脸细眼的女孩轻手轻脚地摸了过来，踮着脚趴在了床头，摸了摸床上那孩子的脸，轻轻地掐了一下，咯咯直笑。

“小满，怎么又喝了这么多酒！”玉红绡叹了口气，去给那女子沏茶。

那女子端起茶杯，嘻嘻讪笑：“今天晚上有大客人点我的曲子，说唱得好，给了不少赏头，让我陪上几杯！”

玉红绡叹了口气，沉声说道："风尘里打滚，终究是浮萍一叶，待过几年再攒些银钱，咱们二人凑上一凑，也把你那卖身契赎出来，你我一起远走高飞。"

小满一翻眼，瞥着床上的孩子，笑着说道："飞去哪儿？难不成去寻小玉宝那个混账爹不成！"

"小满，怎么说话呢？"玉红绡轻轻掐了一下小满，皱着眉头嗔怪道。

"小姐啊！你还不让说，我早就说那个小白脸没好心眼，你看看，一走三年，连个信都没有！"小满自顾自地续上了茶水，不服气地说道。

"他做的是大事，有苦衷的。还有啊，不是都说了，以后别叫我小姐了。"玉红绡叹了口气，不再接话。

小满从桌子底下摸出了一个食盒，捻起盒子里的糕饼咬了一口，笑着说道：

"打十岁起我就跟着你了，不叫小姐叫什么？哼，就是小姐你当初不开眼，那么多高官富商看不上，偏喜欢上了那个小白脸儿，要我说，他就是游手好闲的浑蛋，肚子里明明有些墨水，却不好好考功名！那小白脸儿现在不知道到哪儿去了，要我说，你也就别等他了，等小满我赚够了钱，我就带着你还有小玉宝咱坐海船去南京，找个不打仗的地儿！"

"别说了，你也早点儿睡吧！"玉红绡眉头紧锁，语气里满是疲惫。

小满撇了撇嘴，不再答话，收拾好了吃食，转身出屋掩上了门。

与此同时，海河水上，画舫舟头，瑟瑟发抖的乐寒衫正蹲坐在小桌后头，脑袋低到了地上。他浑身打着哆嗦，抬着眼向上瞥去，眼光落处正是盘坐在桌后一边扒着海虾一边喝着老酒的聂宝琛。

聂宝琛呷了一口酒，取过桌架的锦帕揩了揩手指，看着乐寒衫笑着说道："吃虾这种事，可粗可细。若要细吃，时节、做法、肥瘦、小料、佐酒样样不可草率；若说粗吃，大火一烫，摘头去尾，剖腹抽肠，随你鱼肉！哈哈哈，说到底，粗吃细吃，吃或不吃，都凭爷的心意！爷想怎么弄它，就怎么弄它！爷的话，你能听明白吗？"

乐寒衫听了这话，直吓得体如筛糠，拼命地将头在甲板上磕得咚咚作响，唉声呼道："聂爷！那革命党藏匿在第一楼中，我当真是不知情啊！

再说……都是两只胳膊、两条腿的人，小的哪儿分辨出谁是革命党啊！小人做的是酒色生意，有钱就是客、打赏就是爷啊！小人真没有欺骗聂爷！小的真和革命党没有瓜葛啊！”

聂宝琛呵呵一笑，从腰间解下了一个黄铜牌子，“砰”的一声拍在了桌上，指着牌子上刻的“瘦马营”三个大字，两眼半闭半睁地说道：“乐老板，咱们是兄弟，你说你不是革命党，虽然我聂宝琛认得人，这瘦马营的牌子可不认得你。经暗桩查探，有一革命党之要犯，在你第一楼藏匿过两月有余，现潜逃无踪，不知去向，你聂老哥我，身为瘦马营津门都统，肩上可是扛着朝廷缉查乱党的重任啊！此事，少不得带你过堂走上一遍水火（大刑伺候），弟弟啊，别怪哥哥。”

聂宝琛猛地站起身来，走到乐寒衫身后，猛地揽住了他的脖子，乐寒衫吓得魂飞魄散，涕泪交流地高声喊道：“聂爷饶命……饶命……啊！只求聂爷饶我一回，刀山火海，无事敢不从啊！”

聂宝琛咧嘴一笑，轻轻拍了拍乐寒衫的后脖颈，笑着说道：“自古英雄难过美人关，为兄也不例外，玉红绡俊俏无双，为兄我是寤寐思服啊！此生若能得拥佳人一夜……”

乐寒衫一愣，低声说道：“玉红绡已经赎了身，脱了奴籍……实在是……”

聂宝琛面色一沉，手上力道重了几分，嘴里长叹了一声：“唉！既然如此，咱们只能公事公办了！乐老板，您自己交代吧，什么时候加入的革命党？上线和下线又都是谁？第一楼里到底藏了多少要犯？”

乐寒衫眼前一黑，一声惨呼，抱住了聂宝琛的小腿，哭道：“聂爷放心！小人自有妙计，七天之内，您备好花轿喜礼，玉红绡一准儿成您的九姨太太！小人……给您提前道喜啦！”

“哈哈哈哈！”聂宝琛将一脸惨白、满头大汗的乐寒衫扶了起来，按在了桌边，拍着他的脸颊道，“乐老板，吃虾！吃虾！”

乐寒衫伸着战抖的手指捞起盘底的虾壳狼吞虎咽，任凭虾壳刺破嘴唇，也不吭一声。第二天正午，乐寒衫在码头边上的银钩酒楼订了一桌酒席，酒桌摆在二楼的雅间，窗户正对着河东岸，这里能看见第一楼的后园！

乐寒衫没有动筷，只是慢慢地呷着酒，看着桌对面一个脏兮兮的乞丐蹲坐在长凳之上狼吞虎咽。

今天早上，乐寒衫提了东西去拜访玉红绡，没有明说聂宝琛的事，只是委婉地提了一句，想让玉红绡重新在第一楼挂牌，话还没说完，就被面如寒霜的玉红绡赶了出来。

“都说‘婊子无情，戏子无义’，古人诚不欺我！”乐寒衫一声苦笑，自嘲地摇了摇头。

对面的乞丐打了一个饱嗝，一拱手笑着说道：“感谢乐老板盛情款待，花臂姜感激不尽，若有差遣，但凭吩咐！”

乐寒衫笑了笑，伸出手里的折扇，推了推窗，指着第一楼后园里的一棵大树说：“看到那个玩闹的小孩没有？”

“看到了。”花臂姜点了点头。

“那孩子小名叫玉宝儿，我要你把他拐走，卖也好，杀也好，采生折割也好，总之我不希望他再出现在我眼前。那个女人，你不许动。”乐寒衫看着花臂姜说。

花臂姜一愣，眼珠一转，笑着说道：“敢问乐老板一句，这孩子和您……”

乐寒衫“唰”的一声将手里的纸扇撑开，盖在一袋银钱上，推到了花臂姜的面前：“我出钱，你办事。我觉得，拍花的拐子，话越少越好！”

话音未落，乐寒衫一抖长衫，站起身来，噔噔噔下了楼。

捌

傍晚，夕阳西下，第一楼的院墙后头缓缓飘出了熬糖稀的甜香气，小玉宝儿受不得馋，哭闹着要吃糖墩儿！玉红绡拗不过他，只得拿了几个铜板，抱着他穿过后院，顺着糖香味从后门走进了一条小巷。香味处，一个戴着草帽的小贩正坐在货郎担子前面支着小锅，慢慢搅着里面的糖稀。

“这糖怎么卖？”玉红绡问了一句。

“糖墩儿五个铜板一包！”小贩没有抬头。

“要一包，给你钱。”玉红绡从袖子里摸出五个铜板向那小贩递去，小贩左手五指一摊，将铜板捞在掌中，右手取过一个纸包，往玉红绡手里一放，就在玉红绡的手指将要触到纸包的时候，小贩的中指灵活地在捆住纸包的绳头上一挑，那纸包猛地散了开来，一蓬明黄色的药粉撒了出来，小贩左手盖住自己的口鼻，袖口一扇，便将大片的药粉扇向了玉红绡的脸上，玉红绡还没来得叫喊，便两眼一黑，摇摇晃晃地倒在了地上。小玉宝吓得呆住了，缩在玉红绡的怀里和她一起栽在了地上，被那小贩一把抓住，揽在怀里，还没来得及哭闹，一条浸了药水的手帕瞬间捂住了小玉宝的口鼻，不到两三个呼吸的光景，小玉宝便没了知觉。

那小贩呵呵一笑，摘下了头上的草帽，露出了本来的面貌。

正是花臂姜。

“这孩子长得真漂亮，少不了卖钱。”

花臂姜咧嘴一笑，抱着晕沉沉的小玉宝消失在了巷子深处。

半个时辰后，巷子口猛地传来了玉红绡撕心裂肺的哭号：“我的孩子——”

三天后，第一楼后园。满眼血丝、形容枯槁的玉红绡听到小满的脚步声猛地从地上蹿了起来。

“小满！怎么样？有消息吗？”

玉红绡一把攥住了小满的手腕，哑着嗓子说道：“小姐，吃点儿东西吧。三天了，你水米未进，身体会受不了的。”小满红着眼眶将手里的粥碗放在了桌子上。

“找不到玉宝儿，我吃不下。”玉红绡摇了摇头。

小满正要再劝，突然一阵急促的脚步声从前院传来，是乐寒衫走了进来。他进门便说道：“怎么？我听说孩子被拍花子拐了？”

玉红绡鼻子一酸，看着乐寒衫流下泪来：“乐爷，我们姐妹少在街面上走动。这孩子实在是找不到，还请乐爷援手。玉红绡当牛做马，绝无二话……”

乐寒衫闻言，面色一凝，沉声说道："你这是说的什么话。谁家的孩子丢了不着急，虽说你现在赎了身，和我第一楼没什么瓜葛，但十几年的情分还是有的！孩子的事，我已经托了朋友打听，现在也已经撒出去了不少人手去找了，你少安毋躁，吃点儿东西。"

玉红绡哽咽了一阵，涩声说道："有劳乐爷了！"

乐寒衫叹了口气，一脸沉重地说道："有件事，不知道当讲不当讲。"

玉红绡抹了一把脸上的泪水，欠身说道："还请乐爷明言。"

乐寒衫踌躇了一阵，徐徐说道："这拍花一事，京津尤甚，我也略有耳闻。街面上的人都知道，这拐子拍走了孩子之后，无非有两条路，一是怕其父母找到，故而将孩子卖往远处，人财两清；二是就地采生折割，拔舌断腿，毁其容貌，任你亲生父母也辨不出形貌，而后充作乞儿讨食，为其牟利……"

玉红绡听到这里，早吓得面如白纸，若不是小满从旁扶着，早就栽倒下去了。

乐寒衫舔了舔嘴唇，接着说道："不管怎么说，若想寻回玉宝儿，都必须占上一个字——快！否则，拖得久了，夜长梦多，一旦拐子下了手，那可真就是大海捞针了。"

"需要怎么做，还请乐爷明言。"玉红绡双膝一软，跪在了地上。

乐寒衫扶起玉红绡，幽幽说道："若想立马寻回玉宝儿，我是没这个本事的。京津两地树大根深，此事还需执掌黑白两路江湖的大人物出手才行！"

"不知这位大人物姓甚名谁？"小满忍不住问道。

"聂——宝——琛！"乐寒衫一字一顿地说道。

"聂爷？也对，他确实是有这个本事的。"玉红绡喃喃自语道。

"聂爷对你的情意，你是知道的，若你肯开口，他肯定愿意帮你。"乐寒衫轻轻一笑，从袖筒里摸出了一封求亲的帖子放在了茶几之上。

"路，我已经帮你铺好了，走不走，怎么走，你自己取舍。"

话音未落，乐寒衫已推门而出。

小满攥着玉红绡的手，轻声说道："小姐……"

“我嫁！”玉红绡咬着嘴唇，紧闭着眼睛说。

“小姐三思啊！”小满红着眼眶说道。

“我还有时间三思吗？”玉红绡一声苦笑，战抖着拈起了茶几上的婚贴。

翌日，正月十五，元宵会。

第一楼内，小满揉了揉红红的眼眶，对着镜子补了补妆，走进了包房。

今日，来的是熟客——跑洋船的大副汤祥林！

天津码头，连通海陆漕运，中洋商货，四通八达，这汤祥林专跑洋人的船线，最不缺的便是银钱，每次从海上归来，必然得到第一楼找小满喝上一杯。

“还是咱老祖宗酿的酒好喝啊！出海三个月，总喝那洋鬼子的酒，实在是倒胃口。”汤祥林和小满喝了一杯，美美地夹了一口菜。

小满僵硬地笑了笑，也喝了一杯。

“怎么，小满，看你不是很高兴啊！”汤祥林有些诧异地看了看小满。

“没有——对了，汤爷，您回来几天了？”小满斟了杯酒，岔开了话题。

“三天了。家里边闹了点儿糟心的事，折腾了好久才摆平。算了，不说了，喝酒。”汤祥林仿佛想起了什么烦心事，头也不抬地连喝了好几大杯。

酒过三巡，满面通红的汤祥林揽着小满的香肩，苦笑着说道：“小满啊！你说……哪怕我家那老娘们儿能比得上你一半体贴懂事，该有多好。”

“汤爷，您来我这儿，汤太太知道吗？”小满笑着问道。

汤祥林闻言一声冷笑：“许她偷汉子，就不许我找女人？”

小满没有说话，她知道汤祥林今年已经四十有六，虽然家境殷实，却苦于没有一子半女，风水、中医、拜佛、西医、偏方都看了个遍，也没有结果，汤祥林恼怒之下，更是常年不着家，夫妻感情越来越差。

“汤爷，有道是有心栽花花不开，无心插柳柳成荫，也许您这趟回来，太太就能给您抱个孩子。”小满安慰道。

“四十多岁了，还怀个屁！”汤祥林说，“不过你这话说得，算是对了一半。这趟回来，这婆娘还真给我抱了个孩子。”

小满吓了一跳，慌忙说道：“汤爷，事关太太清誉，可不敢乱说！”

汤祥林呵呵一笑，接着说道："你想哪儿去了，此抱非彼抱，不是生的意思，是收养。"

"你是说，太太收养了一个孩子？"小满试探着问道。

"哼，那婆娘无非是听说自个儿的情夫要再纳一门姨太太，和那野男人闹了别扭，思来想去，自己没有个孩子终究不是长久之计，才想起来收养一个，将来也好图我手里这点儿家产。"

汤祥林说到这，没由来的一阵烦躁，连喝了好几杯酒，扇着自己的嘴巴，苦着脸说道："唉！我汤祥林这辈子，就是个没有子嗣的命。命啊！这是命！自己生不出来，抱养一个，谁想到抱回来的，也养不成。"

小满吃了一惊，没敢说话，只听汤祥林接着说道："你说这个小娃娃，怎么年纪不大，脾气忒倔嘞，不吃不喝，见了我婆娘，张口就咬，我那婆娘吃痛……随手一推，就这么一推，谁承想能那么寸、那么巧，那小脑袋瓜儿就装到假山角上了，当时就没气了。都没等到我进家门看他一眼。"汤祥林说到痛处，捶胸顿足。

"过去的就过去吧！汤爷您保重身体。"小满斟了一杯茶水，拍了拍汤祥林的后背。

"就数小满最疼人！老子讨的那个婆娘就是个猪脑袋，收养孩子也不问问来路！我到家一看，那孩子根本不是什么孤儿，就是拍花子拐来的，不知是什么人家的孩子，造孽啊！"

耳听的"拍花子"三个字，小满打了个哆嗦，一脸认真地问道："汤爷，你怎么知道那孩子是有人家的？"

汤祥林抿了抿嘴，呷了口酒，迷迷糊糊地说道："我怕衙门的捕快上门，徒添麻烦，就将那孩子的尸身拖到河滩边上找了个水窝子，绑着石头沉了下去，我在那孩子的帽子里发现了一块上等的翠玉，若是流浪的野孩子，哪来的这等好玉？"汤祥林一边说着一边在身上一阵摸索，最后从袖子口里拽出了一只雕成荷包的玉坠。

"咣当——"小满手里的酒杯掉在了地上，小满猛地蹿了起来，一把将汤祥林推倒在地，掰开他的手指，抢过那只玉坠，疯了一样向楼外跑去。

与此同时，海河之上，最大的画舫中，玉红绡一身红衣，两眼无神地望着镜中的自己。

半个时辰后，漕帮的船就要来接亲了，今夜，元宵灯会，海河水面上，一场盛大的婚事正等着她。

“砰——”画舫的门被小满撞开了！

“小满……”

玉红绡回过头去，正看到两眼通红、银牙紧咬的小满，一只翠玉的吊坠就缠绕在小满的指尖。

半个时辰后，玉红绡一脸平静地推开了门，叫过了两个伺候的下人，让他们将睡倒在桌边的小满带离了画舫。

鼓乐齐鸣，玉红绡掀开了头上的盖头，走到了船头，手里拎着一壶老酒，那是玉宝儿父亲留给她的酒，她至今还能想起那个低沉有力的声音：“这酒里浸着醉鱼草的浓汁，最能麻痹心肺，一杯醉三天，三杯见阎王，乃是我等刺杀清廷要员之用，今留一壶与你防身，不出半年，我定来接你。”

玉红绡幽幽一笑，暗中思忖道：“小满，等你醒来，已是三天后了吧。别怪我。”

眼看着满河的花灯，将水面照得犹如白昼，玉红绡一声苦笑，将壶中酒一饮而尽，“扑通”一声跳入了冰冷刺骨的河中。

玖

一阵冷风吹过，将宋翊从小芸豆的讲述中拉回了现实。所有的线索在宋翊的脑中瞬间串成了一条线。

玉红绡的死法，造成了“挂红袍，过龙灯，人入海，鬼还生”的诡异传说。玉红绡的案子在天津影响巨大，衙门亲自指派当年的捕头瓜叔主办，瓜叔第一时间缉捕了和玉红绡案关系最密切的乐寒衫。在严刑拷打下，乐寒衫抵死不认，小满苏醒后，向瓜叔写信透露线索，望瓜叔为玉红绡雪冤，但是手眼通天的聂宝琛出面保下了乐寒衫，小满几次求助瓜叔，都石沉大海，最终心灰意懒，恨意萌生，留下了最后一封信，不知所踪。

那么，所有的线索将矛头指向了最有可能复仇的两个人——玉宝儿的神秘父亲和当年的小满！

到现在，聂宝琛、花臂姜、乐寒衫、瓜叔已经被杀，和当年的事有关的仇人，只剩下间接害死玉宝儿的汤祥林夫妇了，凶手的下一个目标已经很明了了，只要保护好汤祥林夫妇，守株待兔就可以了。

“白九，你可撑住了啊！”宋翊暗暗咬了咬牙，飞身跑出了彩霓虹，直奔城北十里亭而去。

十里亭，大风，朗月。

漕帮大当家，天津商会会长聂宝琛的灵堂就设在这里，江湖南北，黑白两道的人物都云集于此。

红木棺材前，二当家张听松一身黑色长衫的江湖打扮，腰间系着一圈白布腰带，眯着一双精光四射的细长眼睛，冷冷地看着面色凝重的白九。白九鼓着腮帮子，缓缓地推开了棺材盖子。

灵堂的台阶底下，千百双眼睛直勾勾地看着白九，棺木两边齐刷刷地站着两排精赤着上身的刀斧手，刃口的寒光冰冷如霜。

只见张听松一抬手，从随从手中接过一柄砍刀，将缩在棺木下面的一只黑狗揪出来，单手按在马凳上，朗声说道：“先当家含冤而死，凶手未伏，今日特请来天津卫北沽龙王庙的白九先生，施展绝技，审尸招魂，查缉真凶！大当家英灵蒙冤，开棺审尸，百无禁忌！”

说完，张听松手起刀落，将黑狗的脑袋一把剁了下来，黑狗腔里猛地射出一道血箭。白九深吸了一口气，暗中思忖道：“今儿个怕是要折在这里了。”

想到这里，白九发出了一声苦笑，右手撑着棺木边，合身一滚，钻进了棺材里，慢慢将聂宝琛的尸体背了出来，轻轻地放在了地上，摆成了一个盘腿而坐的姿势。

聂宝琛的尸身在水中浸泡的时间太长，已经有些肿胀，泡得发白，面目变形得很是厉害，此刻倚靠在墙上，两眼圆睁，说不出的狰狞，丝毫没有了生前睥睨自若的枭雄气度。灵堂下面的看客发出了一阵感叹，胆小如曹警长等人纷纷挡了眼睛，不敢细看。

堂下众人的神情，悉数落在了白九的眼中。

白九知道，凶手为了当年玉红绡的事，接连杀人，聂宝琛窥破端倪，尾随宋翊，抓住了凶手之一，却不料凶手并非一人，在他还没来得及反应的情况下，自己也遭了毒手。

回想起花臂姜、乐寒衫的尸体上都没有发生搏斗的痕迹，几乎是一击毙命，这说明凶手和死者是熟识的，而且是很熟的那种，所以根本没有想到凶手会要他的命！

还有，聂宝琛那个司机，也是被熟人所杀，但是一个司机是不太可能和乐寒衫这样的大老板有共同的交际圈的，唯一的解释就是这个凶手和聂宝琛是熟识，司机对他也没有设防。

今天，所有聂宝琛的熟人都在这十里亭之内！凶手肯定就在这些来吊唁的人中！

白九咬了咬牙，缓缓蹲在了聂宝琛的尸身前面，在香炉里插了一炷香，探身到了聂宝琛的尸体前，一把抱住了聂宝琛的脑袋，将那颗腐烂肿胀的头颅压在了自己的肩头。只见白九缓缓地从衣兜里摸出了三枚草纸叠成的银圆，拈在指尖，两眼望着半空，沉声喝道："过路鬼差容禀，冤魂聂宝琛含冤莫白，今龙王庙祝白九受人之托，审尸招魂，一枚银圆，买他一句回话，请鬼差暂缓上路，容我一问！"

三两个呼吸后，香炉里的香头猛地一闪，发出了刺眼的红光，随即转瞬熄灭！

白九双眼一亮，白九猛地一侧头，伏在聂宝琛的耳边，冷声说道："一个银圆，一个问题，我问，你答！机会不多，别浪费！"

灵堂下的众人，见了白九这手功夫，顿时发出了一片惊呼，不少人暗中交头接耳，有的感叹白九好本事；有的暗讽白九装神弄鬼；有的强忍着好奇，偷偷地向前挪了几步，想听听聂宝琛会不会真的和白九说些什么。

"第一个问题，杀你的人，可是一男一女？"白九冷声一喝，手指一弹，一枚纸银圆猛地飞向了半空，只听"嘭"的一声，那纸银圆猛地迸出了一团火球，又闪电般熄灭，不见半点儿纸灰撒下，便消失于半空。

"是。"不知哪里传来了一声悠长的叹息。

冷风吹过，十里亭内的众人不约而同地打了个冷战！白九的眼睛猛地一转，缓缓向人群中看去。

有四个人没有被吓到，一个是死死盯着白九的张听松；一个是在一旁和一个小警员耳语的曹敏德；剩下的两个是一对夫妇，男的是天津商会跑船运的大副，唤作汤祥林，女的是她太太，两眼通红，满目悲怆，两个人神情有些恍惚，汤祥林此人，形体消瘦、脸色灰黄、体态衰弱，两眼不停地瞟着太太，很是不耐烦。

“有古怪！”白九暗中思忖了一句。

“刚才那个声音是——我们大当家的说什么了？”张听松急切地问道。

白九一咧嘴，幽幽说道：“他说是！”

张听松一皱眉，冷声说道：“既然是一男一女，你不妨问问，男的叫什么，女的叫什么。”

“稍等。”白九一笑，将嘴唇贴到聂宝琛的耳边，轻声说道，“那一男一女是谁？”

说完，指尖一探，第二枚纸银圆飞到半空消失无踪。白九的嘴唇没有动，耳朵趴在了聂宝琛的唇边，歪着脑袋，侧耳倾听。

“酒……喝酒……一起……”宛若破风箱的声音从聂宝琛的喉咙里吹了出来。

“真的！真的说话了！鬼啊！”不知道谁大喊了一声，人群里顿时产生了一阵骚动，张听松一个大跳，蹿到了灵堂边上的土石台上，大声喝道：“都别动！”

白九猛地抬起头，大声喊道：“喝酒！一起喝酒！聂会长和那一男一女一同喝过酒。”

张听松眼珠一转，猛地看向了站在台下的汤祥林夫妇，冷声说道：“汤先生，这几年我家大当家和贤伉俪相交莫逆，若说最常在一起喝酒的，非你二人莫属了吧？”

汤祥林猛地打了一个激灵，满目惶急地说道：“二当家，话可不敢乱说，我们和聂大当家在一起谈的可是生意，你知道的，我这几年虽然上了年岁，不再跑船，但是海上的货运买卖还是握着的，我和聂大当家合作，这几年刚开始赚钱，我为什么要杀他，我没有动机啊！再说了，就凭那个白什么九的，在那儿装神弄鬼，就想将脏水泼到我们头上吗？”

汤祥林说完，在场的看客纷纷响应，为汤祥林叫屈，只有面沉入水的张听松和一脸茫然的曹敏德不为所动。

话音未落，只见白九咧嘴一笑，将第三枚纸银圆弹向了半空，随即一声冷喝：“聂大当家，可有凶手行凶的证据，提示于我？”

轰隆——

浓云翻滚，半空里传来了一声闷雷，一个低沉沙哑的生意从聂宝琛的腔子里传了出来：“那女人姓乔，我的……心上人。”

半句话戛然而止，聂宝琛的尸身一颤，顺着白九的肩膀滑落到了地上。

站在汤祥林身边的汤太太再也压抑不住眼眶中的泪水，身子一软，栽在了地上，捂着嘴说道：“您说的心上人，是我吗……”

张听松一摆手，躺下的刀斧手顿时围城了一个半圆，将满脸惨白的汤祥林和瘫在地上啜泣不止的汤太太围在了中间。

“敢问，汤太太本姓可是姓乔？”张听松拱了拱手，面如寒霜地说道。

汤太太此刻瘫在地上，两眼无神，早没了主意，汤祥林吓了一跳，双膝一软，跪倒在地，抱着张听松的大腿，涕泪交流地大声喊道：“误会！误会！我老婆和聂会长有那个……那个关系不假，但是我们真的没杀他！没有啊！”

张听松一眯眼，冷声说道：“这么一看，汤先生为情杀人的动机算是可以坐实了！至于有没有杀人，还请二位和我往漕帮刑堂走上一遭，自见分晓！”

说完，四五个大汉涌了上来，架起了胳膊，就要将二人拖走！

“慢！”人群里突然发出了一声大喊。

众人回头看去，只见喊声来处，曹敏德高举着双手走了出来。

“曹警长？您这是……”张听松有些困惑地拱了拱手。

曹敏德舔了舔嘴唇，咳了咳嗓沉声说道：“现在可是民国了，滥用私刑可是犯法的！汤祥林夫妇有罪无罪，还需我们警察局来审讯！这人，你们不能带走！”

张听松还要再说，却被曹敏德一步凑到身前，小声说道：“近来的连环杀人案，在天津影响太大，若是汤祥林夫妇被你带走，我实在无法向上头交差啊！你放心，若汤祥林夫妇是真凶，这罪名我一定帮你坐实了！这报仇一事，在牢里报和在外面报都是一样的。这件事，你要是帮我保住了头上的乌纱帽，我也一定挺你坐上漕帮的第一把交椅，怎么样？”

张听松思量了一阵，点了点头，随即大声说道：“既然如此，我漕帮上下就将此事全权委托给曹警长了。望曹警长为我们主持公道。”

曹敏德呵呵一笑，拱手道：“一定，一定！”

曹敏德说完便将汤祥林夫妇上了铐子，将二人带出了十里亭。

白九长出了一口气，将聂宝琛的尸身放回棺木，看着张听松拱手说道：“此间事了，白九告辞。”

张听松又摸出一袋银圆递到了白九掌中，笑着说道：“白九爷神技，张听松佩服万分！”

“不敢！”白九也不推辞，将钱袋捞在手中，转身小跑着离开了十里亭。

十里亭外，坡下就是海河，此刻浓云渐厚，大雨倾盆，河面上一叶孤舟临水，船篷边上，一盏红灯亮得刺眼，披着蓑衣的船家正撑着竹篙，将船撑离河岸！

“哗——”一声水响，倾盆的大雨落了下来，白九拔足飞奔，两条腿快成一条线，蹿到岸边，提胯旋踵，骤然跃起，“砰”的一声跳到了船帮上，身子一缩，滚进了船舱。

船舱内，灯昏火暗，汤祥林夫妇被五花大绑，正塞在角落之中。

船头处，披着蓑衣的船家压了压头上的斗笠，侧过身来，用低沉阴冷的声音徐徐说道：“白九啊白九，你是真不怕死啊！”

白九咧嘴一笑，朗声说道：“怕！我这个人胆子最小了，但是偏偏好奇心又重，我忍不住想跟来看看，胆小怕事、好色贪杯的警长曹敏德和心狠手辣、心思缜密的连环杀手是如何融合在一个人身上的。”

“哈哈哈……”船家发出了一阵歇斯底里的大笑，抬手打翻了头上的斗笠，露出了一张白九无比熟悉的脸——曹敏德！

“果真是你！”白九眯了眯眼。

曹敏德一声冷哼，沉声说道：“狗屁的审尸招魂，无非靠两样东西——白磷和腹语！香炉里的那炷香，半腰处混了一点儿白磷和一截石墨，白磷助燃故而会爆明闪光，而石墨不燃，故而会瞬间熄灭，你的手指缝里和纸银圆上藏了不少白磷，屈指弹动，依靠摩擦使纸银圆无火自燃，聂宝琛趴在你的肩头，你的嘴唇没有动，而是依靠腹语发音，在外人看来，就好似聂宝琛阴魂发声一般，虽说是个骗人的戏法，但是还真有几分功夫！”

“当然了！骗也要勤学苦练的！”白九呵呵一笑。

曹敏德甩了甩脸上的雨水，从腰后抽出了手枪，拉开了保险，走进船舱，将枪口顶在了白九的脑门上，徐徐说道：“我很好奇，汤太太和聂宝琛的事，你是怎么知道的？”

白九微微退后了一步，笑着说道：“你在河滩上救同伙，杀聂宝琛，我闻到地上的半截绳子上的脂粉味，所以断定凶手有两人，一男一女，你的几次出手，死者都没有防备，说明你们是熟人，既然是熟人，怎么可能不在一起喝过酒呢？再看那汤祥林，形体消瘦、脸色灰黄、体质衰弱、面青唇白、未老先衰、头发早白、牙齿松动、皮肤干燥，一看就是常年吸食鸦片，毒入骨髓，再看他在汤太太面前那唯唯诺诺的样子就知道这种人是当不了家的，所以说他们和聂宝琛的生意往来应该都是汤太太在打理，单纯的生意伙伴，汤太太在聂宝琛的灵堂前是不会那么悲戚的，况且天津卫跑洋船的那么多，聂宝琛为何会长年选择和一个大烟鬼合作？这里面的缘由，抛不开汤太太的原因，我说汤太太和聂宝琛有私情，半蒙半猜，现在看来，我蒙对了。”

曹敏德微微点了点头，沉声说道：“聪明人都活不长。又聪明又好奇的，必须死！”

“对了，我还有一件好奇的事想问你。那个文着花绣的拐子，他们做事隐秘，行踪飘忽，你是怎么知道他和玉红绡的仇怨有关的？”

曹敏德深吸了一口气，笑着说道：“当晚，我躲在厕所里本来是要杀乐寒衫的，偏巧那拐子将乐寒衫拉到厕所里，并说了当年暗害玉红绡的事，以封口为名讹诈乐寒衫的钱——踏破铁鞋无觅处，得来全不费工夫，我寻那拐子很久也没有消息，谁想到他会送上门来，于是，我临时调整了计划，第一个杀掉了那个拐子。”

“其实你早就怀疑我，所以故意泼汤祥林的脏水，引诱我出手？”曹敏德顿了一顿，沉声说道。

白九呵呵一笑，沉声说道：“我上船前，给我的朋友宋翊寄了一封信，告诉了她心里有很多的猜想，比如说：花臂姜、乐寒衫等每一个死者出现时，你都会莫名其妙地第一时间赶到现场。比如说，一向胆小怯懦的曹警长会为汤祥林夫妇出头，在漕帮手下将人带走；比如说，我勘验过瓜叔的尸体，他肘下的镖囊里少了一把飞刀。这说明什么？说明瓜叔出过手！瓜叔做了四十年的捕头，飞刀例无虚发，我偷着去过现场，窗棂边上有血迹，凶手受过伤，只要解开你的上衣一看便知！我已经把这些猜想告诉了宋翊，凭她的才智，很快也能发现你，你就算杀了我也没有用！”

说到这儿，白九摇了摇头，话锋一转，说道：“说起来，你藏得太深了，最初我也只是怀疑，我一步步污蔑汤祥林是凶手，所有的人都在表示质疑，只有你和张听松不为所动，张听松只求上位，谁是凶手对他来说都一样。但是你不同，作为局外人，即便你再不负责任，也不该表现得那么冷漠，这和你在最后一力周旋，想要带走汤祥林夫妇的言行严重不符，这说明两点，要么你和他有旧怨，要么就是你和汤祥林有新仇，你是警长，汤祥林不会蠢到和你结新仇，既然不是新仇，那定是旧怨，而你没有选择借漕帮的手杀他，而是要将他带走，这说明什么，说明你和他的仇怨已经深到必须亲自动手的程度了！再联系到汤祥林夫妇和聂宝琛的关系，不难推测，他很可能就是连环杀手的下一个目标，而你就是那个杀手。若是今日你不动手，我也抓不到你什么把柄，可惜，你还是没沉住气，否则，你应该可以逃掉的！”

曹敏德一咧嘴，发出了一声豪笑：“我逃了十五年，整整十五年！清廷抓革命党，我远逃日本。我常常想，我当年若不逃，守在她母子身边，她们母子是不是就不会死！我这次回来，就是要杀光这些人，现在，我已经成功了！我不想再逃了。是啊，不逃了，我累了，该歇歇了……”

船尾传来一阵窸窸窣窣的响动，一个瘦高的身影掀开了船舱的竹帘。

“小满，帮我看着白先生，我得去干活了。”

那女子点了点头，接过了曹敏德手中的手枪，顶在了白九的脑门上，曹敏德带着缩在角落里瑟瑟发抖的汤祥林夫妇走出了船舱。

“你叫小满？”白九笑着问道。

那女子眉眼一弯，徐徐说道：“小满？那是我过去的名字了，你的小相好芸豆更习惯叫我冯妈！”

“这么说，你一直藏身在彩霓虹？”白九惊声说道。

“我家小姐的冤，需要有人将真相揭开，你和那个姓宋的女子本来都是不错的人选，只可惜你好奇心太重，我给芸豆讲的故事，你怕是没有机会听了！”

白九皱了皱眉头，心里已明白了大半。原来宋翊去找瓜叔的那天，小满和曹敏德就跟在宋翊身后，宋翊走后，曹敏德杀了瓜叔，被临死的瓜叔重伤，同样尾随宋翊的聂宝琛趁乱动手，没抓住曹敏德，却抓到了小满，这才有了曹敏德设局杀聂宝琛救小满的后话。

“扑通——”

“扑通——”

船后传来了两声水响，很快，两点灯火在水面上亮了起来。

白九还没来得及感叹，就看见一身水渍的曹敏德坐在了船头，向白九招了招手，白九点了点，走到了船头，面对着曹敏德盘腿而坐。

曹敏德晃了晃手中的酒壶，看着壶中的半瓶酒笑着向白九说道：“有没有兴趣陪我喝一杯！”

白九瞥了一眼小满手中的手枪，笑着说道：“我有的选吗？”

言罢，白九抬手接过了曹敏德斟来的一杯酒一饮而尽。

没过多久，昏沉沉的压抑感在白九的胸口凝结。模模糊糊之中，白九仿佛看见了一艘快船向自己这里急驰而来，站在船头的宋翊正在大声呼喊着什么，曹敏德笑着拍了拍自己的脸颊，在耳边说道：“一杯醉三天，三杯见阎王，小兄弟，后会有期。”

“扑通——”白九仿佛坠入了水中，在黑漆漆的水底，白九张开了双眼，在波涛汹涌的河面上，曹敏德所乘的小船猛地亮起了冲天的大火，浓烟之中，小满端坐船头，好像抱着一面琵琶，曹敏德以血染面，迎着漫天大雨吼道：“劝君王饮酒听虞歌，解君忧闷舞婆娑。嬴秦无道把江山破，英雄四路起干戈……”

《十面埋伏》——玉红绡的成名曲。

“咕咚！”一口冷水入肺，白九眼前一黑，失去了意识。

尾　声

春雨桥头，龙王庙前的杏花张开了露蕊！

白九闻着米粥的香气爬了起来，揉了揉肚皮，走进了墙后的小院。

“你醒了？”灶台边上，宋翊正轻轻地扇着柴火。

“嗯！”白九点了点头。

“一杯醉三天，三杯见阎王，曹敏德没打算杀你。”宋翊缓缓叹了口气。

“我知道。”白九自顾自地盛了一碗粥，和宋翊遥遥相对，半晌无语。

“谢谢！”两个人不约而同地说了同样的话。

“你好好休息，我走了。”宋翊尴尬地抿了抿嘴，转身要走。

“那个……咱们已经是朋友了吧？”白九猝然起身，急忙说道。

“当然！”宋翊侧过脸，点了点头。

“我想……想问……”白九涨红了脸，嗫嚅着嘴唇。

“你想说什么？”宋翊转过身，看着白九的眼睛。

挣扎了很久，白九猛地抬起了脑袋，鼓着胸膛，小声说道：“我想着，能不能把咱俩的友谊再升华一下……更深入一下……”

宋翊白了白九一眼，笑着说道：“不是不可以，你先把小芸豆的事说清楚再说吧！”

说完，宋翊也不理会一脸错愕的白九，小跑着走出了龙王庙的大门。

此刻，龙王庙的院墙之外，微风吹过，杏花正浓。

关帝劈刀

楔　子

九河津门，深秋里，细雨纷纷，云天一色。

入夜，秋风卷地，天津城东北方向有一渔村，名唤大神堂；村子西边，有古寺关帝庙一座，荒废已久，残垣败瓦，门堂倾颓。庙内神龛上有一泥塑造像，身长九尺、髯长二尺、面若重枣、唇若涂脂，丹凤眼、卧蚕眉，左手擎青龙偃月刀，右手托春秋古卷，双目半闭半睁，虽饱经风霜，漆色斑驳，却仍旧威风凛凛，令人不敢仰视。造像之下，有木牌位一尊，上书"奉敕封忠义神武关圣大帝"十一个隶书大字。

"吱呀——"

破庙的大门被人从外面轻轻推开了一道门缝，一个高瘦的男子披着一身麻布大氅，带着漫天的风雨钻了进来，他的手中提着一只灯笼，明暗不定的灯火映出了他脸上的猴脸面具。灯笼里摇曳不定的光亮，将他的身影投在了庙内的四壁之上，墙上那斑驳的壁画被光影一晃，仿佛活过来了一样，里面的人物个个摇头晃脑，瞪着一双眼睛死死地盯着庙内的高瘦男子。

"呼——"高瘦男子长嘘了一口气，反手从门外拖进来一只硕大的布袋，解开袋子上的绳子后，拖出了一个一身考究西服、一字胡、四方脸、烂醉如泥的中年人。高瘦男子朝着神龛上的关帝拜了一拜，喃喃自语道："关老爷在上，弟子斗胆，借刀一用……"

就在高瘦男子跪在神像前祷祝的当口儿，一股冷风顺着门缝钻了过来，布袋里烂醉如泥的中年人打了个激灵，皱了皱眉头，迷迷糊糊地睁开了眼，下意识地喊道："谦德庄还没到吗？怎么不见迎客的？那个姑娘呢？"

话刚出口，那中年人瞬间就觉察出了不对，只见他睁开眼睛，四下一扫，猛地惊出了一身冷汗。

“这……这里是？”

“你醒了！”高瘦男子一扭头，中年人一抬眼，正看到那张诡异的猴脸面具。

“啊——鬼啊！你是鬼啊！”

中年人发出了一阵瘆人的惨叫。

高瘦男子咧嘴一笑，幽幽念道：“今有蔡振义、崔三海、郑青仝三人，拜关老爷，结兄弟义，死生相托，患难相扶，天地为证，肝胆为盟，不求同生，但求同死。若有不肖，有违此誓者，神鬼共诛之。”

“不……不……你听我说，当年我也是逼不得已，我是有苦衷的——”中年人撑起上身，想要爬起，却发现自己的手腕和脚腕早已被浸了水的牛筋捆了个结结实实，刚站起来，随即又跌倒在地。

“砰——”高瘦男子飞起一脚，将中年人蹬翻在地，揪着他的领口将他按在了关帝像的石头香案之上。两手一举，将一柄青龙偃月大刀举过头顶。

中年人一边拼命挣扎，一边放声大喊：“饶我一命！我什么都给你……我……饶我一命！”

“唰——”

“啊——”

青龙偃月大刀带足了风声，抡劈而下，中年男子身首立分。

关帝像上，灯火摇曳，鲜血浸染下的关老爷仿佛张开了双眼……

壹

翌日清晨，大雨初停。

天津警察局接到渔民报案，说村外的关帝庙出了人命，刚刚到任三天的新警长潘虎臣带着人马顶风冒雨直奔大神堂。

这新警长潘虎臣和上一任警长曹敏德的作风截然不同，曹敏德是读书人出身，办事讲究个四平八稳；而潘虎臣是当兵出身，乃是从军伍上过来的汉子，嗓门大、脾气暴，一身的兵痞气，做事风风火火。刚来三天，潘虎臣就连摆了四场酒席，喝得一众警员迎风摇摆，两股战战，在推杯换盏中，这位潘警长很快和局里的各色人马打成了一片，无论是经年的老油条，还是刚入职的生瓜蛋子，都对这位潘警长心生好感。

正午时分，潘警长带着一众人马来到了关帝庙，已经正式入职警局的宋翊，手套、口罩穿戴整齐，整理好了验尸的器具，和潘虎臣一起推开了关帝庙的大门。

大门刚开，好几个警员就干呕不止，把早上吃的早餐哗啦啦吐了个干净。泥塑的关帝像上喷了大半边的鲜血，关老爷手中的青龙偃月刀的刀口乌黑一片，显然是鲜血经过一夜的风吹，形成了乌黑的血痂。一个身着西装的中年人身首异处，鲜血顺着腔子淌了一地，弯弯曲曲一大摊，人头就摆在关老爷的香案上，面目狰狞而扭曲。

宋翊做了几个深呼吸，先是勘验了地上的尸体，而后从香案上取下了那中年人的头颅，掰开他的口鼻，轻轻地嗅了嗅，随即将尸体翻转，使其平躺在地上。宋翊先是检查了尸体的手腕和脚踝，并用手术刀挑开了他的衣袖和裤腿，用手指沿着心口缓缓向下按压至小腹，并架起尸体的小臂做上下弯曲的动作。

“真晦气，刚上任就闹命案，别让老子知道是谁干的，要是落在老子手里，非扒了他的皮不可！”潘虎臣掐灭了手里的烟头，啐了一口唾沫，摘下了头上的帽子，露出了锃光瓦亮的头顶。

“咋样？验出啥没？”潘虎臣摩挲着自己的光头问。

宋翊放下手里的工具，掏出了随身的小本子，一边写一边说：“通常情况下，人死后全身肌肉很快会变松软，此时各关节能被任意屈曲，此种情况称为‘肌肉松弛’。在肌肉松弛过后，就会出现肌肉收缩、变硬，各关节僵直固定，不能被任意屈曲，此时称为‘尸僵’。一般情况下，尸僵会在死后 1 ～ 3 小时内开始出现，表现为咬肌、颈肌、颜面部肌肉僵硬，下颌关节固定；在经过 4 ～ 6 小时，尸僵会蔓延到全身。在 12 ～ 24 小时这个区间内发展到顶峰，随后 24 ～ 48 小时开使缓解，并在 3 ～ 7 天后完全缓解。当然这是一般情况下，因为许多因素都可以对尸僵情况产生影响。比如健壮的成年人比年老体弱者尸僵出现得晚，且持续时间更长；暴力作用造成的突然死亡，比慢性疾病患者的尸体尸僵出现得晚，并且持续时间更长；窒息尤其是缢死、大量出血等死亡时，尸僵出现较晚，程度也较轻。环境温度对尸僵发生也有影响，温度较高，则尸僵发生早，消失也快；温度较低，则刚好相反……眼下这具尸体手脚有捆绑痕迹，膝盖、手肘等部位有皮肤破损，说明死者生前曾进行过激烈的反抗……”

“好了！好了！好了！不要说了，你直接告诉我结果就好了。”潘虎臣听得晕头转向，打断了宋翊的话。

“死亡时间是今天深夜 1 ～ 3 点之间。”宋翊的口气非常笃定。

潘虎臣一拍大腿，大声喊道：“魏虾米——”

喊声未落，门外的巡警堆里挤进来一个三十多岁的巡警。他身子瘦小，偏偏生了一个圆鼓鼓的酒肚儿，背一驼、腿一弓，活像一只虾米。这人是潘警长带来的亲信，专门给潘虎臣跑腿，绰号魏虾米，叫得久了，倒也无人问他本名。

“头儿，您叫我？”魏虾米捂着口鼻，梗着脖子，故意不去瞧地上的死尸和血迹。

“两件事。第一件，给那人头拍个照片，核查死者身份；第二件事，在村里挨家挨户走一遍，问问村民在凌晨 1 ～ 3 点之间有没有瞧见有人进了关帝庙。”

“明白！”魏虾米敬了个礼，转身去办差。

魏虾米前脚刚走，在现场勘验的宋翊猛地喊了一嗓子：“潘警长，您看这里！”

潘虎臣扭过头来，顺着宋翊手指的方向看去，只见关帝庙东边的土壁上有十个血字——有违此誓者，神鬼共诛之！

“杀人还留字，这是学武松血溅鸳鸯楼吗？”潘虎臣搓着下巴上的胡楂儿骂道。

突然，一阵香烛气儿从门外飘来，村口突然传来一阵嘈杂声，潘虎臣皱了皱眉头，向门外看去。只见关帝庙门外的空地上不知何时搭起了一座简陋的法台，台上一人二十岁左右，小脸大眼，上身裹着一件对襟的白麻棉褂，下身穿着一条灯笼裤，一手持着符纸，一手挥舞着一把桃木剑，脚踩七星步，口念真武诀，摇头晃脑，眼白上翻，活脱脱一副跳大神的模样。此人正是龙王庙老仵作的亲传弟子，号称有“审尸招魂，入梦寻冤”之能的白九是也！

只见白九左手并指如剑，在桃木剑上一划，而后持剑在风中一劈，桃木剑无火自燃，火苗一起，白九摇头晃脑一阵战抖，宛若羊角风一般，翻着白眼喊道：“吾乃佑圣真君玄天上帝金阙化身九天荡魔祖师，镇位北极六天荡魔灭邪摄伏妖精，急急如律令——”

台下围观的渔民被白九这一手唬得一愣一愣的，交头接耳议论道：“这白先生是高人，高人啊！这是真武大帝上身了。”

宋翊和白九因过龙灯一案相识，也算是老熟人了。白九这人，剥去装神弄鬼的外衣，确实有几分手段，再加上白九对江湖掌故、三教九流了如指掌，破案之事，若能得他相助，必能事半功倍。

心念至此，宋翊站起身来，跑出关帝庙，拨开了村口的人堆，站在那简陋的法台底下，指着白九喊道：“白九！下来！”

白九此刻正扮着真武大帝，在台上又唱又跳，耍得正热闹，突然听见台下有个熟悉的声音喊自己的名字，于是下意识地低头一瞥，正看见宋翊叉着腰，指着自己。

宋翊突如其来的一嗓子吓了围观的渔民一跳，众人瞪大了眼睛看了看台上的白九，又看了看台下的宋翊。

“叫你呢！下来！”宋翊不耐烦地又喊了一嗓子。

白九脑门上都见汗了，舔了舔嘴唇，在半空中挥舞了两下桃木剑，硬着头皮往下演。他操着一口京剧的念白腔，指着宋翊说道：“兀那小女子，吾乃真武元圣仁威玄天上帝，降下凡间除妖降魔，闲杂人等速速退却，待吾事毕再来！哇呀呀呀——呀呀呀呀——”

宋翊哪有耐心听白九扯皮，她一撩衣摆跨上了法台，一把揪住了白九的耳朵，将他往下扯，白九急中生智，掐了一个法诀大声念道：“哎呀呀呀呀，好刁蛮的女子，本大帝先去了，稍后再来，稍后再来呀！啊呀呀呀呀——”

宋翊拽着白九，从法台上一路提溜到关帝庙，白九大声呼着痛，好一顿挣扎才抢回自己的耳朵。

“姑奶奶，这是人啊！这是肉体啊！”白九说。

“哟！降妖除魔的真武大帝还怕揪耳朵？”宋翊抱着胳膊说。

白九嘬着牙花子，一边揉着耳朵一边小声嘀咕：“这不都是为了混口饭吃嘛，你不能砸我的饭碗啊……”

“关帝庙的案子你知道吗？”宋翊开门见山地问道。

“听说了。好家伙，一地血啊！脑袋都砍下来了。吓人得很，要不老百姓也不能连夜把我拽过来做法事。这村里都传，说是关帝爷显灵，劈刀杀人了！”白九瞪着眼睛，拍着心口，摆出一副怕得要死的模样。

“你也以为，是鬼神所为？”宋翊看着白九问道。

白九一缩脖子，摇着脑袋说道：“爱谁谁，和我有什么关系，那是你们衙门的事，我就是个小老百姓，我……”

白九话还没说完，宋翊一摸兜，掏出了两枚银圆，捻着手指一磨，轻轻一吹，放在耳边听响儿。

白九瞧见银圆，话锋猛地一转：“虽说这缉捕凶徒的事和我们小老百姓不沾边儿，但是我辈热血男儿岂容恶贼逍遥法外！在力所能及的范围内帮助官家，也是义不容辞的嘛！”

“帮我看看现场，看看有没有什么漏掉的线索。”宋翊一弹手指，两枚银圆抛着弧线飞在了半空，被白九伸手一捞，抓在了掌中。

“好嘞！”白九收好银圆，跟着宋翊进了关帝庙。

瞧见白九进屋，潘虎臣眉头一皱，向宋翊问道：“这谁啊？”

“潘局长，这是白九，验尸探秘颇有一套。”宋翊在潘虎臣耳边小声说了一句。

“嗯——”潘虎臣这个局长最大的好处，就是自己不懂的从来不问，也不插手，只要你能给他把差事办成了就行，至于你是怎么办的，他才懒得管。

白九进了关帝庙，收起了那副嘻嘻哈哈、玩世不恭的模样。他面色一沉，双眼一凛，细细地检查场内的每一处细节。

“尸体我验过了，这是结论，你看看。”宋翊掏出自己的笔记本递给了白九。白九对照着尸体验看了一番，点头说道：“基本没什么问题，对于死亡时间的判断，我和你大体是一致的。只不过墙上的这行字，我倒是有些不一样的看法。”

“哦？说来听听。”宋翊来了精神。

“来一碗热水。”白九挽起袖子，撕下了一块衣襟的下摆，卷在了手指上，在宋翊递过来的碗里沾了些热水，走到那片土墙边上，轻轻地在那行血字的笔锋处点了一点，随后一翻手上的布，指着上面几点细小的灰白色皮屑，低声说道，“你看，这是皮肉的碎屑，写这行血书的人，当时必然是神情激荡、愤恨难当，以至于因用力过猛而导致手指在土墙上划破也浑然不觉。所以，我大胆猜测，凶手犯案，乃是——仇杀！”

“仇杀？”宋翊惊声呼道。

“没错，你再看这具尸体，怀里的金表、钱袋里的银圆分毫不少，可见这并非是劫财；颈部的断茬干脆利落，一看就是用锋利大力所致，轻薄的刀刃是砍不出这种效果的，唯有刀长、背厚、刃重的长柄大刀才有这种威力。这尸体的断口恰好在第一节和第二节颈椎之间，这个位置有个名头，唤作‘断口’，只有砍对了地方，才能手起刀落，令人身首立分。前清的刽子手为了练这一刀，需先拿冬瓜练习，在冬瓜上画条横线，需得练到随手劈下，便能将冬瓜斩为两半，下刀处与横线不差丝毫才算小成。在此基础上，再拿香头练习，能一刀砍下香火炭头而香杆不断才能出师。所以我基本可以断定，杀人凶手有两个特征：一是壮年男人，能抡得动长柄大刀；二是会武功的刽子手，出手稳、准、狠！”

潘虎臣站在一边，听着白九的分析，暗暗点了点头，冲着宋翊挑了挑大拇指，示意她找的人果然靠谱。

宋翊一边在本子上飞速记下白九的分析，一边问道：“接下来应该怎么办，你可有想法？”

“两条路，第一条查死者的身份，从与死者有关系的人入手，找有嫌疑的仇家；第二条路，把土墙上有字的这一小块拆下来，找范瞎子掌掌眼。”

“范瞎子？谁是范瞎子？”宋翊急忙追问。

白九刚要张嘴，突然眼珠滴溜溜地一转，捂着肚子哀声道：“可怜啊！可怜！我这一大早饿着肚子出来给人做法事，本想赚两个冷窝头，祭一祭我这空空荡荡的五脏庙，奈何偏遇上了个煞星，搅了买卖不说，还逼着我给她干活。我也想干啊！可是这肚子不争气，我这一饿脑袋里就嗡嗡乱响——哎呀呀，这范瞎子是谁？是谁来着？我不吃一顿旺福来的涮羊肉，怕是想不起来啊！”

瞧见白九滑稽又无赖的模样，宋翊又气又急，一抬脚狠狠踩在了白九的脚背上，白九猛地发出一声惨号，顺势栽倒在地，抱着宋翊的大腿喊道：“哎呀呀，警察打人，活不了了。”

潘虎臣瞧着这一幕，也不生气，命人拆下那块写着血字的土墙，包在布里裹好，扔在了马车上，并收拾好现场的尸体。

“宋翊，我们先回去查一查死者的身份，给你留了一辆马车，你和你这位朋友自便吧！”

说完这话，潘虎臣一摆手，带着一大堆巡警离开了大神堂。潘虎臣前脚刚走，白九后脚就爬了起来，冲着宋翊一挑拇指，指着潘虎臣远去的方向笑道：“你这新上司，真是个明白人。”

“什么意思？”宋翊一脸问号。

“你刚刚说要我带你去找范瞎子，我就跟你胡搅蛮缠，对范瞎子的其他信息一概不提。你这上司是个明眼人，知道这范瞎子是个不能见光的人，于是果断回避，带人离开，一来方便你我找范瞎子；二来撇开了自己，让我放下戒心。有收有放，你这上司看着粗枝大条，心可细得很呢！”

宋翊涉世不深，哪里比得上在江湖上厮混多年的老油条。听着白九絮絮叨叨说了半天，宋翊也没搞明白这里面的猫腻。

“你不是要吃涮羊肉吗？走啊！”宋翊一扯白九。

白九笑着跟上宋翊，幽幽说道：“咱俩什么关系，我能那么不开眼，大早上就讹你涮羊肉吃？这涮羊肉不是用来请我的，而是用来搞定范瞎子的……”

贰

天津城，海河边，旺福来的馆子，酒旗迎着北风飘荡。

宋翊包下了二楼的一间单间，白九在门口找了个小乞丐，给了小乞丐一块大洋，在他耳边说了几句，让小乞丐去鼓楼老巷带句话。

小乞丐刚走不久，雅间里八仙桌上的铜锅就滚开了水。

这涮羊肉，又称羊肉火锅，始于元代，兴于清代；起于宫中，传至市肆。《旧都百话》云："羊肉锅子，为岁寒时最普通之美味，须与羊肉馆食之。"天津卫好吃之名，冠居大江南北。天津位处九河下梢，自古便是鱼龙混杂之地，贵胄富商、三教九流都在此云集；东西南北、大小风味，都在此荟萃。养得天津人的嘴是个儿顶个儿的挑剔。

就说这涮羊肉吧，选肉要首选精细鲜嫩的绵羊肉，最好是选在两岁左右就被阉割了的公羊，是为"羯羊"。为啥要吃羯羊呢？因为这羯羊被阉割后就没有了发情期，只会低头吃草长肉，抬头奔跑活动，羊不发情交配这膻味就不会那么重。这羯羊也不是全身都适合涮，讲究的馆子，一整只羯羊，只选八块肉！

分别是：后腿肉、羊里脊、羊上脑、羊筋肉、羊磨裆、羊三叉、一头沉、羊腱子。去骨去皮，剔除肉头、边角、脆骨、云皮、筋膜，切出的肉片要薄如纸、匀如晶、齐如线、美如花，铺展开来，贴在青花瓷盘上，透过肉片，要能清晰地看到青花瓷盘的花纹。炭火的铜炉加水煮沸，配上"辛、辣、卤、糟、鲜"五味俱全的蘸料，夹上一片羊肉，在水里一过，捞出来在料汁儿上一点，放在嘴里肥而不油、瘦而不柴、不膻不腻、鲜美滑舌。在天津的众多涮羊肉馆子里，旺福来绝对是首屈一指。

话说白九和宋翊守着雅间，铜锅里的水刚开，还没来得及下羊肉，门缝里就钻进来一个体胖如球，穿着一身黑麻布大褂，脸上留着两撮鼠须的男人。

“嘶——呼——”那男人轻轻抽动了一下鼻翼，无比迷醉地发出了一声呻吟。

“九哥，再不下肉，汤汁儿就滚老了！”

这人闻到香味，直接跨到了凳子上，一屁股坐了下来，抄起筷子就要夹羊肉。

“啪嗒——”白九后发先至，用自己的筷子按住了那男人的筷子。

那男人一愣，随即一扭头，看了看白九旁边的宋翊。

“咳——”白九瞪了那男人一眼。

那男人会意，放下筷子，一拍脑门儿站起身来，朝着宋翊一拱手，赔笑道：“是嫂夫人啊！”

白九很满意，一抬屁股底下的凳子，故意往宋翊边上靠了靠，宋翊的手在桌子底下狠狠掐了一把白九的大腿，疼得白九直打哆嗦。

这时只听那男人接着说道：“小弟眼拙，还以为是九哥带的姑娘呢，失礼了！”

宋翊闻言，柳眉倒竖，手上猝然加力，痛得白九猛地打了一个激灵，把屁股底下的凳子又挪了回去。

“九哥，你不舒服吗？你脸好红啊！”那男人指着白九的脸问道。

白九一边搓着腿，一边咬着牙骂道：“范瞎子，你他娘的吃不吃，不吃就滚出去！”

“吃！肯定得吃啊！九哥这么抠的人，能请一回客不容易！”

“这是我朋友，范瞎子。”白九向宋翊介绍眼前的男子。

宋翊伸出手，在范瞎子眼前晃了晃。

白九将宋翊的手拽了回来，一伸筷子，把范瞎子鼻梁上的墨镜往下一扒，轻声说道：“叫瞎子不假，不过不是两只都瞎，仅是瞎了一只左眼。”

白九指了指范瞎子的左眼，宋翊定睛一看，范瞎子的左眼眶里是没有眼球的。

“啊——”宋翊忍不住发出一声惊呼，范瞎子蘸了一口芝麻酱，自顾自地推上了墨镜，笑着说道：“年轻时不懂事，财迷心窍，收了两个土爬子（盗墓贼）从官家祖坟里刨出来的物件儿，被人家雇的高手围捕，左眼中了吹箭，箭上有剧毒，多亏九哥赶来相救——虽然一只眼睛没保住，但是好歹留了一条命，打这以后，我这范瞎子的诨号，算是落下了。”

白九呷了一口酒，放下杯子对宋翊说道：“我这兄弟，拜了个前清的老太监为师，那老太监早年间是在宫里专门伺候皇上把玩金石玉瓷、书画文玩的，一双眼睛看遍古今中外的宝贝，眼力绝对是一等一的高绝。后来八国联军进了北京城，这老太监便裹在流民里，跑到了天津，隐姓埋名，在鼓楼老巷里专门干些制假贩假、买卖古董的生意。这范瞎子师从老太监学艺十年，一身鉴别古董字画的本事青出于蓝，在天津地下的鬼市里也是挂了字号的人物。”

转眼间，酒过三巡、菜过五味，范瞎子吃了个酒足饭饱，白九上前一把揽住范瞎子的脖子，笑着说道：“兄弟，哥哥今儿可是放了血了，带着你吃也吃了、喝也喝了，你可还满意？”

范瞎子咧咧嘴，冲着白九拱手道：“江湖上谁人不知九哥您是出了名的铁公鸡，您能从肋条上拽钱请客，必然是有大事。我跟你说，也就是咱哥儿俩交情过硬我才敢来，一般人听说您要请客，那都吓尿了。”

范瞎子这一席话搞得白九尴尬无比，脸都红到了脖子根上。宋翊憋着笑，满眼嘲讽地看着白九。白九一着急，恼羞成怒，拍着桌子站起身，拖着范瞎子就往外走。出了雅间，到了酒楼后院，白九指着马车上那块带字的土墙，揪着范瞎子的脑袋骂道：“他娘的，赶紧看，看出什么就告诉我，然后痛快地滚蛋！”范瞎子原本正在和白九胡闹，然而，在他的目光扫到那行血字的时候，整个人瞬间安静了下来，只见他将墨镜向下扒拉了一点儿，右眼向上一瞟，目光透过墨镜的上沿，投在了那行字上。范瞎子深吸了一口气，伸出手指，在半空中虚画着那行字的笔画走势。

宋翊此时也跟了出来，看他俩有何高明之处。

就在此时，沉默许久的范瞎子开了腔：“九哥，这块土墙是从多高的地方拆下来的？”

这个问题宋翊早有准备，只见她从兜里掏出了一卷裁缝用的软尺，走到后院的一棵树边，拉开软尺，一端贴紧地面，另一端向上伸展，然后他掏出一根粉笔，在软尺上有标注的两个位置，画上了两道横线，标出了这块土墙拆下来之前的高度。

范瞎子看后沉声说道："九哥，一般人在立起的墙壁上写字时，会下意识写在和视线平行的地方，据此我大概可以推断，写这字的人身高在六尺左右。你看这行字，虽然笔法拙劣，但是运劲古朴，一气呵成，转折间毫无停顿，可见此人正当壮年，腕力足、指力强，不是练过字，就是练过武。不过瞧他的字态毫无章法，应该是后者多一些，他练过武！再看这几处顿笔和笔锋，左实右虚，这人应该是个左撇子！对了九哥，这个人右腿有残疾，是个跛子！"

"什么，是不是跛子你都能看出来？"宋翊整个人都愣住了。

"嫂夫人，这你就不知道了，这汉字一道，神妙非常。传说仓颉造字，大成之时，天雨粟，鬼夜哭。无他，唯字能通神尔。我认为，这个通神，并非通鬼神，乃是能通写字之人的精气神，也就是所谓的'字如其人'。举个最简单的例子，正常人站立写字，两腿站定，沉肩坠肘，指实掌虚，若人的中心在百会穴到下腹丹田这一条中线上，则写出来的字无论美丑，都会四平八稳，重心不乱，倘若是写字的姿势不对，缩腰塌背，耸肩偏头，那么写出来的字也会歪歪扭扭，如同大风刮过一般。你看这行血字，左低右高，重心不直。说明什么？说明这个人两脚站立的时候，一直是左脚实，右脚虚，整个人的重心都落在了左边，所以写出来的字便不是四平八稳，虽然在普通人看来不甚明显，但在我们这些终年与书画打交道的行家看来，简直是天大的反常。因此我推断，这个人右脚有残疾，是个跛子！"范瞎子轻轻用手指滑过血字，将自己的推断徐徐道来。

宋翊一边拿着本子记录，一边说道："六尺高、男子、练过武、左撇子、右腿有残疾、正当壮年……还有别的吗？"

范瞎子摇了摇头，看着白九一摊手，结束了他的分析。

"好兄弟，你可是帮了我大忙了，今儿涮羊肉没白请！"白九拍了拍范瞎子的肩膀，将他拉到一边，小声说道，"兄弟，此事事关一桩人命血案，切莫声张。"

"九哥放心，我自然晓得，要是没别的事我就先走了。"

"去吧。"白九推了一把范瞎子，范瞎子一路小跑，到了门口猛地一回头，朝着白九和宋翊摆了摆手，张口呼道："九哥，嫂子，我走了！"

白九看了一眼范瞎子，又看了看宋翊，显然很是受用，左手假装和范瞎子挥手道别，然后趁机绕过宋翊后背，想去搭她的肩膀，却被宋翊一抬肘，顶在了肋尖上，疼得白九龇牙咧嘴。

"不要脸！"宋翊脸上一红，啐了白九一口，扭头就走。

"喂喂喂，卸磨杀驴也没有这么快的吧……"白九捂着肚子大声哀号。

叁

宋翊这边，前脚刚离开旺福来，后脚就回到警察局。出去打探死者身份的魏虾米也回来了。

死者的身份已经查证清楚，这个脑袋被砍的倒霉蛋名叫郑青仝，是天津城内青蚨马场的幕后东家，社会关系那叫一个盘根错节，复杂得好像一张网。潘虎臣原本想从仇杀这个角度入手，圈定一下郑青仝的仇家挨个儿过堂，但是后来一摸底，发现这郑青仝干的是开跑马场、支盘做赌、放印子钱的买卖，仇家海了去了，没有八十，也有一百，要是挨个儿盘查，搞到明年也破不了案。

好在宋翊这边收获颇丰，潘虎臣按照宋翊的线索，暗中加派人手，在天津城内搜寻六尺高、练过武、左撇子、右腿有残疾、正当壮年的男人。

潘虎臣刚发出搜查的指令，桌子上的电话就响了，潘虎臣一听电话，脑门上瞬间冒了汗，扔了听筒，抄起手枪就往外跑。魏虾米吓了一跳，赶紧吹哨子集合警局里的人马，跟着潘虎臣跑了出去。

在路上，魏虾米一问才知道，潘虎臣如此心急，乃是因为海河边上聚了两帮人马，凑在一起不下四五百人，个个操着长刀斧头，啸聚成堆，眼看一场大火并就在眼前！

潘虎臣一路疯跑，不到一刻钟就跑到了海河边上，四周围满了看热闹的老百姓。潘虎臣分开人群，挤上前去，大踏步迈上了河堤，向左一看，河堤东头两百多汉子，清一色的白棉褂、黑裤子，腰缠白布、黑纱裹肘，簇拥着一具桐木棺材。领头的两个人，潘虎臣是认得的，一个叫郭通，一个叫陆黄牙，都是在天津“三不管”的地头上开黑拳场子的门面人物，也都是崔老大的手下。这天津的三不管早年起于侯家后一带，把着日租界的边儿上，不少街面上卖大力丸的、卖折罗（饭馆剩菜剩饭）的、剃头打辫子的、拉洋片的、卖药糖的、卖布头的、摆茶摊的都上这儿撂档子，随着摊贩们在租界边占地越来越大，日本人眼红，就想把这块地方划到自己的租界内。但是对这地儿眼红的，可不只有日本人，英国人、法国人、德国人都裹了进来，打得是头破血流，谁也没能得逞，偏偏官府也软弱得紧，不敢得罪洋人，这片地就这样彻底成了谁也不敢插手的地界。渐渐地，这地儿越来越乱，帮会横行，犯案不断，是谓“乱葬死人没人管、打架斗殴没人管、坑蒙拐骗没人管”，故名“三不管”。

在“三不管”有个打黑拳的场子，这打黑拳是南方的叫法，在天津叫“撂生死跤”。所谓“撂生死跤”，就是一种决生死的肉搏，将场内两方的跤手关进一个大铁笼子里，没有规则，没有防护，生的赢，死的输。笼子外面的看客轮番下注，赌博钱财。这些跤手要么是牢里的死囚，要么是被通缉的悍匪，抑或是拿钱杀人的亡命徒，还有不少是打闷棍绑来的镖师高手。总之，打得越刺激，下注的人就越多。而崔三海正是这个场子的支盘人。提起“三不管”的崔老大，整个天津卫无人不知，无人不晓。

潘虎臣看完了左手边再看右手边，不由得眼皮一跳。

右边这伙人清一水儿的蓝皮布坎肩，头戴一顶草帽，脖子上搭着一条汗巾，每人腰间别着两把斧头。领头的人，潘虎臣也认识。这人名叫霍奔，是胶皮会大当家秦柏儒的手下。在天津，“胶皮”指的就是人力车，在北京叫洋车，在上海叫黄包车。因为这人力车的车轮是钢圈包胶皮的，天津人说话好省事，管人力车叫胶皮车，给拉人力车的车夫取了个外号，就叫拉胶皮的。顺口溜里说的“拉胶皮的讲卫生，不拉老头儿拉摩登，给一块，给两块，就是不拉老太太”，说的就是胶皮车。在老天津卫，想拉胶皮车，可不是光有两膀子力气就行的，除了给车厂掌柜每天上“车份儿”之外，还得贡“八道捐”，不为别的，就因为天津卫有九国租界，你不交钱，谁能让你白跑？于是，车夫行会应运而生，在天津城垄断了拉胶皮行当，这个行会就是胶皮会，胶皮会的大当家就是秦柏儒。

秦柏儒这人手腕高、交情广、讲义气、重情分，创立了胶皮会，专门替会里的苦哈哈出头，在海河两岸素有威名。手下的胶皮生意规模极盛，有车行五所，胶皮车八千辆，在天津城一家独大。有道是“匹夫无罪，怀璧其罪”。秦柏儒的买卖做得大，就难免有人眼红，眼红的人里，又属崔三海最甚。这崔三海看着秦柏儒不费吹灰之力日进斗金，自己这打黑拳的生意是又脏又累，还招仇家。于是，这崔三海就起了要分秦柏儒一杯羹的心思。

去年年底，崔三海砸了一笔钱，也办了个车厂，在江湖上，崔三海这个行为无异于虎口拔牙。秦柏儒纵是脾气再好，也忍不了这个呀！登时就带着五十多人把崔三海的车厂给砸了个稀巴烂。可那崔三海也不是省油的灯，为报此仇，他特地从陕西找了一帮刀手，在秦柏儒常去的舞厅门口打埋伏，要砍死秦柏儒。多亏秦柏儒手下人忠心，扔下了十几条性命，才护得秦柏儒死里逃生。两方人马经过这两场摩擦，早就互相起了杀心，秦柏儒更是在江湖上放出风去，悬赏大洋三千块，必杀崔三海！

此刻，海河大堤上，两帮人马狭路相逢，互相瞪直了眼，拔出砍刀，攥紧斧头，冲着对方，大踏步迎了上去。眼看两帮人马就要撞在一起，潘虎臣手忙脚乱地拔出了腰里的手枪，枪口朝天，扣动了扳机。

砰！砰！砰！

潘虎臣连开三枪，镇住了人群。他三步并作两步插到了两伙人中间。

“你们要干什么？当街玩刀斧，当老子是死人吗？”潘虎臣右手攥着手枪，左手抹了一把自己锃光瓦亮的脑袋。

潘虎臣上任之初，崔三海和秦柏儒按规矩都来拜过码头，手底下的主要干将也是认识这位新局长的。

只见郭通和陆黄牙一抬手，“三不管”这头的人马收住了脚步，陆黄牙将手里的刀收了起来，走到潘虎臣面前拱了拱手：“潘局长，您的面子按理来说我不能不顾，但是胶皮会的人，杀了我们崔老大，这笔血仇，无论如何我们都不能不报！”

陆黄牙的话还没说完，胶皮会那边的霍奔便一声大喝，指着陆黄牙的鼻子骂道：“放你娘的狗臭屁！我们胶皮会做事向来光明磊落，是我们杀的人，我们肯定认！但要不是我们杀的人，别人也休想往我们脑袋上扣屎盆子！狗娘养的陆黄牙，我们是想着杀崔三海，可是还没来得及动手，姓崔的就被关老爷先行砍了头，与我们何干？”

霍奔的话还没说完，潘虎臣猛地浓眉一竖，一把抓住了霍奔的肩膀，冷声喝道：“你说什么？关老爷！”

霍奔被潘虎臣的模样惊住了，下意识地一愣，指着陆黄牙身后的棺材说道：“对啊！您不知道吗？昨天晚上，崔三海死在了自己家盖的关帝祠里，被关老爷砍了脑袋，身首异处。”

潘虎臣一回头，看向了陆黄牙，陆黄牙嗫嚅了一下嘴唇，突然大叫一声：“弟兄们，少听胶皮会的杂碎在这儿放屁！直接砍他娘的！”

陆黄牙振臂一呼，他身后一众“三不管”的刀手，齐齐抽出了砍刀就往上涌。潘虎臣骂了一句娘，举起手枪直接顶在了陆黄牙的脑门上，扯着脖子喊道：“退后！”

与此同时，魏虾米带着大队巡警背着枪吹着哨涌上了河堤，将潘虎臣围在了当中。

陆黄牙扫了一眼场内，抽了抽鼻子，斜眼儿看着潘虎臣问道：“潘长官，警察局的弟兄可是要向着胶皮会吗？”

潘虎臣端起枪管，狠狠地戳了一下陆黄牙的脑门：“老子怎么做，什么时候轮到你来教？”

陆黄牙也是混惯了江湖的亡命徒，别看脑袋上顶着手枪，但是胆气上可是丝毫都不含糊，只见这厮一挺腰，迎上了潘虎臣的枪口，梗着脖子放声大喊：“警察局这是铁了心要拉偏架咯？”

话音未落，对面的霍奔早就按捺不住火气，一掂手里的斧子，大声骂道：“胶皮会的汉子想杀你们这帮杂碎，哪还需要什么帮手？”

说完霍奔便大踏步地带着人马往上冲，潘虎臣啐了一口浓痰，转过枪口，一连发了两枪。

“砰——砰——”两颗子弹打在霍奔脚下的青石板上，迸出了一串儿火星。

霍奔下意识地收住了脚步，两边的人马此刻相距不到五步，将警察厅的几十名巡警夹在了当中。

潘虎臣举着手枪，指了指霍奔，又指了指陆黄牙，一脸严肃地喝道：“要是搁在往日，你们这群狗日的怎么死老子都不管。死一个少一个，老子乐得巴不得。但是今儿个不行，光天化日，几百人在海河边上聚众火并，你们这是给老子上眼药！”

陆黄牙提起砍刀指着霍奔的脑门子，冲着潘虎臣喊道：“潘局长，你护得住这帮臭胶皮一时，护不住这帮人一世，今儿个砍不死他们，明儿个爷们儿还得来！对不对！”

陆黄牙振臂一呼，身后齐声响应：“对！”

霍奔也不是省油的灯，抡起斧头直接就来追砍，两个巡警死死地用警棍架住了霍奔，潘虎臣咬着牙，憋了半天的劲儿，猛地推开众人，伸出三根手指，朝天一举，咬牙喝道：“三天！三天内我一定查清崔三海的命案！”

“您要是查不出呢？”陆黄牙喊道。

“我要是查不出来，满天津城里你们两家要掐架随便找地儿，砍生砍死，警察局一概不管！”潘虎臣一字一顿地喊道。

陆黄牙看了看潘虎臣，又看了看霍奔，思量了一会儿，沉声说道：“行！今儿个我们就卖潘局长一个面子，三天就三天！”陆黄牙扔下了这句话，刚要走，潘局长一个箭步，分开人群，伸手按在了棺材上。

“潘局长你这是？”

“查案得验尸！你们老大的棺木得留下，我验完了尸，晚上给你送过去，顺便看看现场。”

陆黄牙抬眼迎上了潘虎臣的目光，最终还是点了头，随即带着“三不管”的人马撤下了河堤。

“他都走了，你还站在这儿干嘛？”潘虎臣扭过头，看着霍奔说道。

“潘局长，不是我们怕了他们，而是这崔三海真不是我们杀的。”

“我知道不是你们干的，因为在崔三海前面，还有一个倒霉蛋也是这么个死法！”

“您说什么？”霍奔愣了一下。

“什么个屁！能不能找到凶手就看命了，反正这案子要是三天没进展，你就等着拼命吧！”潘虎臣没好气地白了霍奔一眼，指挥巡警拖着棺材下了河堤，只留下一脸茫然的胶皮会迎着河上的冷风。

警察局，停尸间。

魏虾米给宋翊打了个下手，推开了棺材盖子。宋翊刚戴上手套，潘虎臣就拎着白九的后脖领子从外面走了进来，白九一身的酒气，醉眼蒙眬，脖子上还带着口红印子。

“啪——”潘虎臣反手抽了白九一个嘴巴子，然后飞快地搓了搓他的脸。

“小子，醒醒！”潘虎臣说。

白九正在半梦半醒之间，被潘虎臣那满是老茧的大粗手一搓，整个人打了个激灵，眼睛一翻，立马醒了过来，一睁眼就看到了眼前的宋翊和脚下的棺材。

“这是哪儿啊？”白九问。

“警察局，停尸间！”潘虎臣五指按着白九的天灵盖，把他的脑袋转了过来。

白九看了一眼潘虎臣，又看了看宋翊，正要说话，潘虎臣猛地一拍白九的后背，对着宋翊说道：“那天我在关帝庙看这小子颇有一套，我给你拎来了，没准儿能派上用场！”

潘虎臣说完这话，带着魏虾米一扭头出了停尸间，还顺手带上了门。潘虎臣刚才那一巴掌手劲儿不小，震得白九胃里的酒气一阵翻涌，好半天才压下去。

“那个……我……”白九下意识地摸了摸脸，搓了搓脖子上的口红印。

“别解释，我也懒得问！”宋翊白了一眼白九，戴上了口罩。

白九讪讪地笑了笑，挽起袖子，去边上洗手，准备过来帮忙。

棺材里躺着的是崔三海的尸体，和郑青仝一样，崔三海也是被人一刀砍了脖子，身首异处，脊椎断裂的位置和郑青仝一模一样，一看就是同一个人的手法。

和郑青全不一样，崔三海的口内没有苦腥味，也没有酒肉气，说明崔三海在死前没有中毒，也没有饮酒，人是清醒的。颈部的刀口右高左低，说明是从上而下的斜劈导致。

宋翊拿起一把小剪刀，剪开了崔三海的上衣，仔细验看了崔三海的上身，发现并无击打殴斗留下的红紫青瘀，说明崔三海死前没有与人搏斗或是遭人捆绑的情形。宋翊在验尸之前，特意了解过崔三海这个人，这崔三海可不是脑满肠肥、手无缚鸡之力的人，十几年江湖拼杀，他也是刀光剑影里蹚过来的人物，手底下的功夫不弱，对敌的经验也足，按理来说，不该这么干脆就被人砍了脑袋。

宋翊正百思不得其解的时候，白九突然打了一个响指，把宋翊拉到了桌子边上。白九轻轻扒开了崔三海的眼皮，指着崔三海的瞳孔对宋翊说："你看，崔三海的面目，瞳孔扩张、咬肌外张、下颚外凸、面颊发青，说明崔三海在死前受到了剧烈的惊吓和刺激。"

说到这儿，白九一伸手，从宋翊的手里接过了解剖尸体的柳叶刀，把手伸到棺材里，轻轻一划，打开了崔三海的胸腔，一步一步依血流方向剖开心脏。他先剪开上下腔静脉，然后自右心后外侧缘分别剪开右心房，沿左心室左缘从里向外切开，然后沿室间隔前缘向上剪到主动脉口以至主动脉根部……其解剖心脏手法之专业，竟让宋翊叹为观止。

"你这是从哪里学的？"宋翊看傻了眼。

白九扭头一笑，轻声说道："庖丁解牛，唯手熟尔！"

突然，白九眼睛一亮，指着崔三海心脉中的一片红玫瑰色血斑小声说道："活人突然遭受外界惊吓，心跳会突然加快，血压升高，心脉代谢急剧增加。过快的血液循环如洪水决堤一般冲击心脏，使心脉撕裂，心脏出血，就会形成这种玫瑰色的血斑。"

"你说崔三海在死前到底看到什么了呢？"宋翊轻轻敲着棺材帮儿，陷入了沉思。

白九叹了一口气，放下手术刀，拿起针线，开始缝合崔三海的尸体，一边缝一边念叨："腿一蹬，布一盖，亲戚朋友等上菜。鞭炮响，唢呐吹，前面抬着后面追。棺一抬，土一埋，兄弟姐妹哭起来。冤有头，债有主，黄泉一过就是望乡台。”

肆

傍晚，白九和宋翊有条不紊地处理好崔三海的尸首，然后匆匆吃了一碗馄饨面。没过多久，潘虎臣招来魏虾米，又带了八个巡警过来，抬着棺材和白九、宋翊一起直奔“三不管”。

黄昏时分，西边落日照楼头，东边月上柳梢头，“三不管”的街面儿上熙熙攘攘的全是些牛鬼蛇神，有蒙着脸卖堕胎药的草婆子，有顺着墙根游荡倒卖贼赃的青皮，有喷火吞剑练夜摊儿的杂耍艺人，还有那窗边倚着鬓角插花儿的暗娼、门边守着伺候烟土的伙计……林林总总，让人眼花缭乱。

宋翊没见过这场面，低着头不敢乱看，没走几步就碰上了一个双腿齐断、趴在地上行乞的老头儿。那老头儿在地上打了个滚，一把拽住了宋翊的裤脚，伸出一只脏兮兮的手，指着自己空荡荡的裤筒哭道：“大小姐行行好，可怜可怜我……”

老头儿的话还没说完，一旁的墙角里又钻出了一个七八岁的小姑娘，她身上的衣裳破烂不堪，头上插了一根草棍，这小姑娘跑到宋翊身边，“扑通”一声就跪下了，抱着宋翊的大腿哭道：“姐姐行行好，你把我买了吧，我很便宜的，我不要钱，只求你给我爷爷一口吃的。”

宋翊这人本就心软，看了看那小姑娘哭得梨花带雨、涕泪交流，又一瞧那老头儿残疾可怜，心里一酸，就要掏钱。

突然，白九猛地一脚踢开了那老头儿的手，脚跟儿一落，“啪”的一声踩在了那老头儿的五指上，随后旋踵一蹍。

“啊——”那老头儿发出了一声惨号，有道是“十指连心”，那老头儿痛得浑身发抖，汗毛都立了起来。

"你干什么啊？"宋翊吓了一跳，就来拉白九，白九一声冷哼，脚下又是狠命地踩，那老头儿疼得脸上青筋暴起，竟然"呼啦"一声从地上蹦了起来，捂着手指，落荒而逃。

就在这一瞬间，宋翊才看清，那老头儿的裤管底下不是没有腿，而是他这人压根儿就是盘膝而坐，将双腿藏在厚厚的长衣下面，用膝盖走路，空荡荡的裤子乃是两截布筒，绑在膝盖上装样子的。刚才白九猛踩他手指，老头儿一来忍不住痛，二来知道被人看破了手段，索性打开盘上的双腿，一溜烟儿跑了。

"这……"宋翊还没反应过来，白九突然猛地一个箭步，绕过宋翊，长臂一舒，弯腰一抓，揪住了那个刚要逃跑的小姑娘，拽着她的腰带给她拎了起来，伸手在她袖子里一捞，拽出了一个精巧的钱夹子。

"这不是我的钱夹子吗？"宋翊下意识地往腰间一捂，发现原本放钱夹子的口袋空空荡荡。

"是什么时候？这孩子抱我是为了……"

白九一声冷笑，将那小姑娘扔在了地上，指着自己的眼睛说道："哼，遮星盖斗！这种小把戏也敢在你家白爷面前现眼？"

那小姑娘站在地上，整理了一下衣服上的褶皱，抬起头来，两手一拱，脸上不见一点儿稚嫩。

"敢问兄台是哪个白爷，报个名儿吧？"

"龙王庙，白九！"白九扶着膝盖蹲下身，拧了一把小姑娘的鼻子。

"原来是做死人买卖的，晦气！"小姑娘甩了一把鼻涕，背着两手，转身就走。

魏虾米一瞪眼，拽出铐子，抖出了警察老爷的威风，正要上前拿问，却被白九一把拽住了胳膊，按着魏虾米的后脑勺，让他向四周看去。

"这儿是'三不管'，没人会买警察的面子。"白九在魏虾米耳旁笑道。

魏虾米一挤眼，只见四周的黑暗之中，十几个汉子缩在暗处，眯着两眼打量着这边，肘下掌间，隐隐有寒光闪现。一看便是那老头儿和小姑娘的同伙，专门为他们行窃保驾护航的打手。

"嚯——"魏虾米吃了一惊，赶紧把铐子揣了回去。

那小姑娘脚步一顿，用余光瞟了一眼拦住魏虾米的白九，伸出小手，一指白九，微微笑道："你倒是个明白人！"话音未落，小姑娘已然消失在了黑夜深处。

"这'三不管'也忒邪乎了，怎么……"魏虾米抹了一把脸上的冷汗，冲着白九问道。

白九翻了一个白眼，拍着魏虾米的胸口揶揄道："你是官、我是民，抓贼安民是你的事，怎么倒问起我来了？"

魏虾米一时语塞，不禁恼羞成怒，指着白九喊道："你……你这是什么态度？"

白九懒得理他，将钱夹子扔给了宋翊，抱着两手迈步而去。

魏虾米正要发作，却被潘虎臣一把拽住。

"魏局长他……"

"有本事的人，大多脾气不好，只要他能帮咱查清凶手是谁，些许口角有什么不能忍的呢？你说是吧？"

"是是是！"魏虾米连连应声，催促着后面的巡警跟上白九的脚步，直奔三不管的深处。

崔三海的黑拳场子，开在一处四合院内，门脸儿上挂着个酒幌。进了大门，影壁上挂着药王孙思邈的画像，影壁后面是一片大院，大院中间竖着打拳的铁笼子，周边摆满了长桌马凳，一圈套一圈，将笼子围得密不透风。院子的前后左右各有一间屋子，前屋是崔三海起居的地方，后屋是心腹手下吃住的通铺；左屋是逼债绑人的牢房，右屋是供奉关二爷的祠堂。

崔三海是标准的江湖人，对关二爷那是晨昏定省，早晚三炷香，长年不断。凡有新人入伙、执行家法、出门与人争斗砍杀抢地盘等事件，崔三海必拜关公。祠堂门常年不开，非崔三海有命，旁人不得入内。

可是崔三海万万没想到，自己拜了一辈子关公，却死在了关公像的脚底下。

潘虎臣一行人推着棺材到了四合院门外，将崔三海的尸首还给了陆黄牙，直接停进了巷子口的灵堂里。来不及寒暄，潘虎臣便带着白九和宋翊进了院内的关帝祠。

祠堂里四面无窗，颇为昏暗。祠堂正中，立着一尊石刻的关帝坐像。关帝像四周全是鲜红的幔帐，祠堂的梁柱上，一行血字还没有抹去，字迹和大神堂土墙上的出自一人之手，内容也完全一致，还是那十个大字：有违此誓者，神鬼共诛之！

这里的布置几乎保持了崔三海死前的原貌，白九站在祠堂正中，微微闭上了眼睛，在脑海中还原着崔三海死前的情形。

通过验尸，白九可以判定崔三海的死亡时间是在晚上八点钟左右，那个时间院子里围满了赤着膀子、呼喝下注的赌客，铁笼里的两个跤手满身鲜血裹缠在一起，爆发着野兽一般的低吼，崔三海迈着方步，绕过院子里的赌客，抬腿迈进了这间祠堂。

混江湖的拜关帝，不敢不心诚。崔三海进了屋，点了三根香后跪在了香案前的蒲团上，这从明黄色的蒲团上沾的香灰粉末儿可以看出。风吹幔帐，崔三海一抬头，正要插香，红色的幔帐逆风飞起，崔三海看到了一幅让他恐惧至极的画面，以至于心神失守之下，手里的三根香掐碎了一地。

白九蹲下身，在蒲团四周捡起了一根断掉的线香，看着断口附近淡淡的指痕，验证了自己的推论。随即白九屈膝一跪，效仿着崔三海的姿势抬起头来。

“是了！就是这个角度，一柄大刀从上头斜劈，将崔三海的脑袋砍了下来！这祠堂从地下到香案，再到关老爷的石像，全是喷射而出的血迹，可见崔三海绝非死后分尸，而是被活生生一刀断头。那么崔三海到底看到了什么呢？”白九自言自语道。

白九一眯眼，看向了香案上方的关帝坐像，思量了一阵，然后双手合十，冲着关帝老爷拜了一拜，心中默念：“为追索凶徒，怕是要冒犯了，关二爷莫怪！”

心念至此，白九振衣而起，蹿上了香案，蹦到了石台上，把着关老爷的肩膀一弯腰，顺着烛光一看，只见关老爷的甲袍后面有两块若有若无的泥痕，石台上还有两只足印，一块大一块小。白九对比了一下，瞬间明了。凶手藏在了关老爷像的身后，两脚并立，一只全脚着地，一只踮着脚尖儿，鞋帮上有泥，蹭在了石像脚边的垂地甲袍上，鞋底有水，在落满了香灰石粉的台子上留下了印痕。

这两只足印一大一小、一虚一实，也正好印证了魏瞎子的判断——凶手是一个跛子。

白九伸出手指，在泥痕处抹了一把，随后捻了捻指尖，轻轻一嗅，自言自语道："好奇怪的味道……"

"你发现什么了？"宋翊探着头问道。

白九拍了拍手上的灰，从关帝像后面跳了出来，对宋翊说："凶手就藏在关老爷的石像后头守株待兔，崔三海跪下上香，凶手绕到了石像前面，崔三海看到凶手面目，大惊失色，还没来得及叫喊，凶手一跃而起，在半空中劈出一刀，瞬间砍断了崔三海的脖子。

"崔三海倒地，凶手把他的脑袋提起来，放在了香案上，你看这案上的血迹，应该就是脑袋里淌出来的。

"随后，凶手蘸着崔三海的血，在梁柱上留了血字，走出了祠堂，混进了赌场中然后逃走。"

潘虎臣听了白九的推论，随即拉着陆黄牙问道："发现尸体的是谁？"

陆黄牙说："是我！那天晚上，崔老大去谦德庄找姑娘，我提前雇好了烟花轿子，就等在门口。当时，烟花轿子就停在院门口。正要走时，崔老大看到有两个欠了我们赌债的人借着酒劲儿耍横不还钱，崔老大大怒，带着我们几个把那俩小子捆在西屋里好一顿打，临了还剁他们一人一根手指头！后来，老大说晚上还没给关老爷上香，得上了香才能走。'三不管'的人都知道，我们老大侍候关二爷最是虔诚。我们也没在意，当时光顾着赌局的买卖了。我可是亲眼看见崔老大进了祠堂的……后来人来人往的，我就没再留心。直到小半个时辰以后，赶轿子的车夫来催，说崔爷怎么还不出来。我这才敲了敲祠堂的门，发现里面没人应声，我一推门，才发现我们老大已经被人给害了！"

宋翊听完了陆黄牙的话，扭头推了一把魏虾米，小声问道："什么是烟花轿子？"

魏虾米咧嘴一笑，神秘兮兮地凑到宋翊耳边，小声说道："这烟花轿子啊，就是娼寮妓院养的马车，专门接送嫖客的，只要你有钱，今晚想去哪儿找姑娘，只要提前知会一声，到了晚上约好的时间，那姑娘准会洗漱停当，遣一辆马车来接你。要是你在姑娘那里喝多了，走的时候，你这脚都不用落地，香软的马车抬轿子一般还给你送回来！”

宋翊听着魏虾米的话，脸上一红，狠狠地啐了一口：“下流！”

魏虾米一缩脖子，躲回到潘虎臣的身后不再言语。

白九歪着脖子，反反复复琢磨着“烟花轿子”和陆黄牙说的“谦德庄”。谦德庄白九是知道的，清末民初，谦德庄还是一片不毛之地，沟渠纵横，芦苇丛生。民国六年，直隶闹洪水，一帮灾民涌进了天津城，在谦德庄自搭了一片“滚地龙”栖身，所谓“滚地龙”，就是拿破芦席卷成半圆形，用旧毛竹扣上个茅草盖子搭出一个简单的窝棚，就算在这里安家落户了。八国联军入侵后，西楼村的大混混儿李珍、李玉兄弟相中了这块地，并且纠集了一伙地痞、青皮把持了此地，专做旁门买卖。舞厅、赌坊、烟馆、妓院一排接着一排地盖，不到三年，就形成了一片天津城里挂着字号的蚀骨销金窟。

“崔三海那天要去的是谦德庄的哪家妓院？”白九摸着下巴上的胡楂儿问道。

“百花乡！我们崔老大是那儿的熟客。”陆黄牙不假思索地说。

白九看了一眼宋翊，低声说道：“咱们可以走了。”

潘虎臣和宋翊对视了一眼，和陆黄牙拱手告别，转身出了四合院。四合院门口，是崔三海的灵堂。潘虎臣叹了口气，礼节性地给崔三海上了一炷香。崔三海的老婆带着四个小妾正跪在火盆边上，瞧见潘虎臣来上香，赶紧起身还礼。

突然，火盆边上一个奇怪的东西，引起了白九的注意，那是一个白色的猴脸儿面具，白九走上前去，轻轻地捡起了那个面具，放在光下仔细瞧了一瞧。

这面具是竹根雕成的，外面刷了漆，描了线，看老旧程度，怕是得有十几年时间了。

“这是崔老大的东西吗？”白九向崔三海的老婆问道。

“是。这面具他宝贝得紧，平时都秘不示人，隔三岔五就拿出来擦一擦。现在他死了，就把他喜欢的衣服物件儿给他都捎过去……”崔三海的老婆越说越激动，哭得一把鼻涕一把泪。

“夫人！这东西对破案也许有帮助，我想暂时借用一下！”

“好，你拿去吧！”

“多谢夫人。”

白九将面具用布包好，揣在了腰间，大踏步地出了巷子，潘虎臣给了宋翊一个眼神，示意她追上去。宋翊一点头，小跑着跟上了白九的步子，两人一路无话，直至走到海河边，宋翊才拍了拍沉思的白九。

“这面具可是有什么线索？”宋翊试探着问道。

白九扫了扫河坝上的土，坐在地上，掏出了那只面具，徐徐说道：“这面具的样式，让我想起了早年间我师父和我讲过的一桩津门公案。”

“什么公案？”

白九道：“此公案发生在光绪三十四年，有个掌故，唤作‘关帝庙江湖兄弟三结义，三岔河飞天大盗劫贡粮’……”

伍

光绪三十四年，大旱。

山西、河南、陕西、直隶、山东五省颗粒无收，一千多万人活活被饿死，饥民们先是吃草根、树皮；吃完了草根、树皮，就开始吃观音土，使得腹胀如鼓，无法排便，活活憋死之人不计其数。观音土吃光后，各地甚至出现了人吃人的情况。

然而，当直隶地区的老百姓没饭吃活不下去的时候，宫里的老佛爷还在过着无比奢靡的生活，光伺候她一个人的御厨就有一百多个，每顿饭必吃一百零八道菜，大多数菜老佛爷压根儿尝都不尝，碰到喜欢的也就是吃个两三口。一顿饭下来，百来个菜基本“原封不动”，光倒掉的酒肉饭菜，就值千两银子。这还只是吃，据说老佛爷衣食住行全算上，一天下来，大致是纹银四万两。老佛爷吃米，得吃湖北京山孙桥镇的贡米，这种京山桥米青梗如玉，腹白极小，或蒸米饭，或煮稠粥，雪白一片、喷香馋人，食之似糯不腻口，如粳不稀软，最合乎老佛爷的胃口。

虽然大江南北的老百姓一片片饿死，可老佛爷的吃食一点儿不将就。说吃贡米，就得往宫里运。有一次，押解贡粮的官兵从湖北出发走漕运古道入海河，准备再通过运河运入北京。然而，运粮的官兵们不知道，这批粮食已经被天津卫境内的一伙飞天大盗给盯上了。这伙大盗来去无踪，共有兄弟三人，在关帝庙拜了关二爷，义结金兰。

话说那晚，兄弟三人头上清一水儿地戴着白漆猴脸儿面具，在三岔河口上风处点了毒烟，迷倒了四艘船上的大半兵丁，嘴里衔着刀刃从水里爬上船来，对着手脚酸软的护粮兵就是一顿乱砍！五十几个护粮兵无一活口。这三个大盗将粮食带船直接运到了芦苇荡里，把五十担贡米当场就分给了四五百号饥民，随后一把大火将芦苇荡、官船还有官兵尸体全给烧了。

这案子直接惊动了宫里的那位老佛爷。老佛爷大怒，派了瘦马营从京城跨马直抵天津卫查办此案。说起这瘦马营，堪称整个大清朝最神秘的组织，出入宫闱，却不遵皇命，只听帘子后面那位太后老佛爷的懿旨。他们着官服，却不从朝廷领俸禄，全凭老佛爷的脂粉钱当赏头，明面上是伺候老佛爷听戏游园的奴才，暗地里却是杀人不眨眼的屠夫，说白了，瘦马营就是专门给老佛爷干脏活儿的一个组织。

瘦马营一次性出动了三十二人，连夜赶到天津卫，领头的叫骆悲。

说起这骆悲可真是个狠角色，为了查这三个飞天大盗，在天津卫广搜饥民，只要发现家里有藏米的，就地格杀。杀完一批后，又抓了一批，强迫饥民揭发还有谁的家里有藏米，谁不揭发，就杀谁。骆悲这招看似简单粗暴，效果却相当显著，不到八天，骆悲就摸到了飞天大盗的行踪。

传说那是一个雨夜，骆悲带着瘦马营的三十二名好手直奔海河渡口，一夜厮杀，惨烈无比。虽然飞天大盗蔡振义被捕，押往京城，但骆悲的人马全军覆没，骆悲本人也身受重伤。

然而，骆悲回到京城，刚把蔡振义塞进死牢，还没来得及入宫向老佛爷禀报，宫里就传来了一个惊雷一般的消息——老佛爷一命归西了！

光绪三十四年十一月十五日未正三刻，老佛爷于中南海仪鸾殿病逝，享年七十四岁，谥号孝钦慈禧端佑康颐昭豫庄诚寿恭钦献崇熙配天兴圣显皇后。老佛爷一死，那些苦老佛爷久矣的王公贵族、文臣武将开始对老佛爷的嫡系人马疯狂地打击报复。瘦马营首当其冲，杀的杀，剐的剐，几乎都被抄家灭族。

骆悲连收拾行李都顾不上，一掉马头，撒丫子就跑，连夜出了北京城不知去向。天津城里新鲜事儿又多又密，没过两年，飞天大盗这案子就过了新鲜劲儿，再也没人扫听了。

白九讲到这里，宋翊一摇头，沉声说道：

“你这故事讲得不全，有头无尾，共有三处疑点。第一处，为何抢劫贡粮的飞天大盗是兄弟三人，而骆悲只擒住了蔡振义，其余二人到哪儿去了？第二处，骆逃离京师后，被押进死牢的蔡振义结局如何？第三处，老佛爷为了这三个飞天大盗，下这么大的力气，还派了瘦马营出手，老佛爷真的就是为了吃一口米饭？”

宋翊的话还没说完，白九的脸上突然浮现出一抹意味深长的笑，宋翊突然眼前一亮，大声说道：“你是说杀人的是蔡振义？他从死牢逃出来了！他要报仇！当年飞天大盗兄弟三人，拜关二爷，结兄弟义，很可能……很可能这兄弟三人就是蔡振义、郑青仝和崔三海！当年，郑青仝和崔三海出卖了蔡振义，蔡振义逃出死牢后，一直在找他们，伺机报仇！这也就是为什么郑青仝和崔三海都是死在关二爷的神像前面。还有那行血字——有违此誓者，神鬼共诛之！他在复仇，他在执行当年结义时的誓言！”

宋翊越说越兴奋，猛地站了起来，在河坝上来回走动，白九一翻白眼，一张口就给宋翊泼上了一盆冷水：“这些都是推论，算不得证据！你跟谁说，谁都不会信服的。三天后，陆黄牙和胶皮会还会带上斧头，砍个昏天黑地，不知道这一架打下来，街头巷尾又得死上多少人。”

宋翊扭头看了一眼白九，只见白九说这话的时候，与他往日的嬉皮笑脸大不相同。宋翊忍不住道：“看不出来，你还挺悲天悯人的，我还以为你这人除了吃喝嫖赌，再无别的念想了。”

白九闻言，一抹脸，又换回了那副浑不吝的模样，指着自己，歪着嘴说道："开什么玩笑！恻隐之心？屁！我是干什么活计的？死人买卖！人死得越多，老子生意越旺！我只盼着这帮泼皮混混多砍上一天，死得满街都是，好让老子发家暴富，穿金戴银！"

白九鼻孔一哼，转身便走。宋翊跟了上去，问道："好了好了，你最厉害！你跟我说说，下一步怎么个查法？"

"解铃还须系铃人！"

"系铃人？谁是系铃人？"

"骆悲！如若凶手真是蔡振义，下一个目标就是骆悲！"

"可是咱们去哪儿找骆悲啊？"

"去三笑茶楼，找花二爷！"

陆

天津的茶楼，自清道光年兴起，和别地儿的茶楼不一样，天津茶楼的茶水只送不卖，来茶楼的茶客不是来品茶，而是为了来看戏，要想把茶楼开起来，你必须得有过硬的戏班子撑台，反过来大茶楼也能"捧角儿"，无论你是京剧、评剧、河北梆子还是南北曲艺，在天津你都能找到对应戏码的茶楼。

然而，这行买卖可不是那么好做的，茶楼之地，本就是鱼龙混杂之处，做这一行必须手眼通天、黑白通吃，做人更得八面玲珑。在天津城的大小茶楼里，三笑茶楼绝对是排得上号的。茶楼的掌柜花二爷，长袖善舞，无论是江湖上的豪强，还是官面上的贵胄，花二爷都有往来。据白九了解，这花二爷除了经营茶楼，暗地里还做着倒卖情报的买卖，若想在最短的时间内找到失踪多年的骆悲，花二爷这条路子绝对是首选。花二爷这人有个规矩，买卖消息明码标价，十根小黄鱼起，上不封顶。

熬了一夜，天空已经泛起了鱼肚白。宋翊听了花二爷这档子事，转身就要回家拿钱去，多亏白九手快，一把拉住了宋翊：“宋大小姐，知道你家有钱，可也不是这么个花法啊！花二爷见你是给官家办事，出手又阔、办案又急，不坐地起价才怪！”

“那你说怎么办？还有两天，咱要是破不了案，陆黄牙和霍奔就会掀起腥风血雨，到时候天津城不知道要死多少人。”宋翊急得直跺脚。

“给我一天时间，准保把消息弄来！”白九一拍胸膛，显然是胸有成竹。

“你又打的什么鬼算盘？”

白九一抽鼻子，来了一嗓子念白：“山人我！哐叮叮哐……自有妙计——”

一天后，白九带着宋翊吃过晌饭，穿街过巷来到了桃花堤。老天津卫有“七十二沽”之说，城内二十一，城外五十一。桃花堤就在西沽的北面，堤上种着桃树，间插垂柳。有诗云：寻芳步步踏青来，柳外何人筑钓台？七十二沽春水活，午景声里野桃开。桃花堤上风景宜人，堤下是两排三层砖木混合结构的西式小洋楼，顶部碧瓦坡顶，立面清水砖墙，多为达官贵人养金丝雀的去处，里面住的不是戏班子里的头牌就是艳名远播的交际花，每个小院儿进出的都是有身份的人物，个个穿金戴银、鲜衣怒马。

白九领着宋翊，在小洋楼堆里一阵穿梭，选定了一处院墙，然后手脚一翻，跃上了墙头。两人跳下院墙，在假山里一阵转悠，才摸到了小楼底下。两人轻手轻脚地往二楼卧室的窗户底下一蹲，耳朵一歪，便听到那卧室里传来阵阵响声。

“哟！花二爷！您怎么这么长时间没来看我了呀？”屋里传来娇媚入骨的声音。

“小金花，我的宝贝，二爷想你啊！奈何家里那母老虎又凶又猾还多疑，二爷我实在是脱不开身——来，让爷香一个！”

白九在窗户底下掩嘴一笑，凑到宋翊耳边道：“别看花二爷现在威风，早年发迹却是借了老丈人叶大财主的光，想当年这花二爷风流倜傥，是有名的京戏小生，后来被他现在的夫人看上，抢回家中做了个上门女婿！好家伙，他那夫人可真是了得……”

白九还没说完，只听院外一声闷响。

“砰——”院外的大铁门被人撞开，一个壮妇人带着十几个凶神恶煞般的打手闯了进来。

只见那壮妇人生得铁塔一般，豹头环眼、腰阔十围、面圆耳大、鼻直口方、肤色黝黑，怒发浑如铁刷钢线，却偏偏烫了个时下流行的摩登波浪卷儿，一身墨绿色的旗袍穿在身上，勒得好像随时会崩裂，衬得身材分外威武，当真是一条“胳膊上能跑马，拳头上能站人”的女中豪杰。此人正是花二爷的原配夫人，闺名唤作“叶芙蕖”。

“姓花的！”叶芙蕖站在院内，两手叉腰，直如舌尖里绽出了一声闷雷，吓得宋翊下意识地打了一个激灵。

白九道：“放心，一切尽在掌握中，这叶芙蕖就是我招来的，是我差了个小乞丐往花二爷府上送的口信，把今儿个花二爷密会小情人的时间、地点透给了他夫人，哈哈哈哈，你就瞧好吧！”

说到这儿，白九纵身一跃，爬上了二楼，顺着窗子钻进了卧室，藏在了窗帘后头。

卧室里，花二爷光着雪白的屁股，正满地乱转。

“哎呀呀，这可如何是好？那婆娘来了，我命休矣！我命休矣！”

小金花吓了一跳，连忙从床上跳下来，披着棉被就往衣柜里钻，花二爷刚穿上褂子，在屋里到处找裤子，刚转到窗帘边上，只见窗帘“哗啦”一下，从中分开，白九手里提着花二爷的裤子递了过来。

“花二爷，您是找这个吗？”

“谢了啊……”花二爷下意识地应了一声，接过裤子。刚套上一条腿，他才猛地反应过来，一抬头，正看到一脸坏笑的白九！

“你是谁啊？”花二爷吓得一激灵，回头就要去拿桌子上的手枪，刚退了半步，就被白九一把拉住。

“二爷！我还能是谁？我是来帮你的大救星啊！”白九说。

“什么星？”花二爷眼睛一亮。

“大——救——星！”白九拍了拍花二爷的手背，一字一顿地说道。

与此同时，只听小洋楼底下传来了叶芙蕖的声音：“你们几个，把门给我堵住了！那几个，跟老娘走，今天非扒了兔崽子的皮！”

花二爷闻声，吓得眼泪扑簌簌地往下掉，一把甩开了白九，向窗户下面看了一眼。

“我的娘，这也太高了！”花二爷哆嗦了一下，小脸儿白得像纸一样。

“二爷莫慌，小人白九有一计，可以助您渡过此劫。”白九说。

“什么计？”花二爷一把抓住了白九。

“只是有一件事……”白九一嘬牙花子，神色里满是为难。

“只要你能救我性命！莫说一件，便是千百件我都依你！”

“空口无凭……”

“凭个屁！就凭‘花二爷’这三个字，就是江湖上的金字招牌！不信你打听打听……”听到叶芙蕖“噔噔”地上楼梯的脚步声，花二爷的尿都快吓出来了。

“也罢！我白九是信得过花二爷的为人的，您在床下委屈一会儿，且看白某的手段。”

花二爷抱着衣服跟鞋，连滚带爬地钻进了床底下。

白九趴在门上听了听叶芙蕖的脚步，将花二爷的情人小金花从衣柜里拽了出来，让她躺回到床上，给她盖上了被子，自己从桌子上拎起了酒瓶子，往胸口上倒了些酒，又小呷了一口，坐在床边，脱下了外衣外裤，点了根烟。刚嘬了两口，卧室的门“砰”的一下，被叶芙蕖一脚踹开。

“姓花的——”叶芙蕖一声怒吼，冲进屋来。

“谁？！”白九故作惊惧地从床上跳了下来，手忙脚乱地开始穿裤子。

叶芙蕖看见白九，一时间愣住了，懵了好一阵子，才说道：“姓花……姓花的呢？”

“花你大爷啊！你是哪儿来的泼妇？”白九蹦起来，指着叶芙蕖大骂。

此时，小金花也极为配合地从被窝里钻出来，又是委屈又是娇嗔地扶着床边问道：“白爷，这女人是谁？”

小金花是天津卫当红的歌女，叶芙蕖是知道的，此刻见小金花和白九这般情景，叶芙蕖心里也犯了含糊。

白九掐了嘴里的烟，扭头柔声说道：“好宝贝，白爷也不知道这是哪儿来的野女人。”

叶芙蕖眼睛四处扫了扫，没有发现花二爷的踪影，又抽动着鼻子闻了闻，果然，白九身上一身酒气，看样子，这两人应该是在此私会了很久。

“你他娘的到底是谁啊？再不走，我打电话叫巡警了！”白九猛地一拍桌子，吓了叶芙蕖一跳，跟着叶芙蕖的打手们一瞪眼，挽着袖子就要动手，却被叶芙蕖伸手拦住。

“老娘受小人算计，误闯了白爷的院子，得罪了。”叶芙蕖甩了一下头上的波浪卷儿，朝着白九拱了拱手，做了个江湖礼，而后一摆手，带着一众打手，风风火火地下了楼。

叶芙蕖刚走，白九连忙蹲下身，将花二爷从床底拽了出来，急声说道：“花二爷，事出紧急，对小嫂子多有冒犯，还请海涵。”

“客气了！”花二爷一边手忙脚乱地穿衣服一边说道。

“楼后街口处，小弟已经给二爷备了一辆胶皮车，拉车的脚力冠绝津门，相信您一定能在尊夫人之前，赶到您该去的地方。我就不送了，这张纸条您收好，上面是我求您查的事儿！得罪得罪！”

白九将一张纸条，塞进了花二爷的口袋里。

花二爷提上皮鞋，冲着白九骂道：“我他娘的在床底下才想明白，今天这事八成就是你小子给我下的仙人跳，好骗我帮你查消息，但是二爷我现在手里没证据，拿你没辙。行，你厉害，二爷认栽了，山高水长，咱们后会有期！”花二爷啐了一口痰，小跑着蹿出了门。

白九穿好了衣裳，和小金花道了个别，顺手揣了一包桌子上的茶叶，仍旧从窗户翻了出去。

柒

黄昏时分，龙王庙内，白九在土灶上烧着泡茶的水，宋翊在一旁说道：“你怎么知道花二爷会把消息送到这儿？”

“你就放心吧，我已经跟他自报了名姓，凭他花二爷的手段，怎么可能找不到龙王庙。”

白九的话还没说完，龙王庙突然传来了一声弓弦响。一支羽箭电射而来，直接楔进了龙王庙的匾额上。

“好大的火气！”白九笑了一声，搬来一架竹梯，从匾额上拔下了那只羽箭。白九拆开箭杆上绑着的书信，一字一句念给了宋翊听。

“白九你个不要脸的王八蛋，敢下套坑你花爷。虽然咱俩的账早晚得算，但是你家花爷混江湖，讲的就是个‘信’字，你让我查的那个叫骆悲的人，我查到了，他现在改了名姓，叫作‘段西峰’，在保定开了一家小镖局。五天前，段西峰接了一笔生意，说是一个河北的富商在天津谦德庄里看上了一个窑姐，着段西峰给那窑姐送一笔钱，让她赎身，再把她带回河北送到富商家里做姨太太。按照段西峰的脚程，今天傍晚，就该到天津了。我跟你说白九，这消息可金贵得很，年初的时候，有人花了十五根金条，也打听过这骆悲的下落，天津城里的命案，我也有所耳闻，你胡乱掺和这事，最好小心点儿，别弄到最后，你花爷我还没动手收拾你，你自己先翘辫子了！”

念完了花二爷的信，白九从梯子上一跃而下，从桌子上拿起了那具从崔三海手中得到的猴脸儿面具，看着远处的落日，喃喃自语道：“且容咱们会会这位前瘦马营的统带。”

保定之地，号称“北控三关，南达九省，畿辅重地，都南屏翰”。此等交通枢纽、人流聚散之地，自古便是镖行林立。骆悲当年离了瘦马营，改名换姓，躲藏于此，除了一身武功，别无谋生之长，凭着多年的积蓄，开了一家小镖局。奈何近年来，洋枪洋炮等火器开始普及，武功再高，一枪撂倒，很多靠着刀枪棍棒、内外拳掌立门押镖的老镖局黄的黄、倒的倒，大门大户尚且如此，骆悲这种小镖局更是不能幸免，招来的镖师、账房、趟子手，没到两年就跑了个精光。骆悲无奈，只能自己亲自走镖，恰好这一趟有雇主托牙行的中人上门，让他往天津押送一个贴着封条的匣子，说是匣子里有金条十根，乃是给天津谦德庄里的一个窑姐赎身用的。镖行有规矩，有道是“镖单如铁”。接了镖，就得走到底，这匣子里的东西是雇主贴了封条的，镖局无权拆开。不过骆悲倒是掂了掂分量，说是十根金条，倒也相差无几。

话说，这骆悲化名段西峰，从保定出发，白天赶路，晚上休息，数日后，于日落时分到了天津城。镖局押镖号称“三不住”，一不住新店，二不住易主之店，三不住娼店，为的都是减少押镖的风险。骆悲来过天津多次，每次都住在城南的老店——泰安客栈。

眼看乌金西坠，玉兔东升，骆悲在泰安客栈门前下了马，向伙计买了草料、清水。伺候好了马匹，骆悲进了二楼客房，往桌子边上一坐，掏出怀里的干饼，就着水壶里的凉水就往嘴里填。

“哗啦啦——哗啦啦——”

骆悲头上的瓦片发出了一阵密集的响动，骆悲一眯眼，吹熄了桌上的灯，反手解开背上的包裹，轻轻一抽，拔出了一把秋水长刀。

“嘶——”骆悲深吸了一口气，缩在了窗户后头。

“啪嗒——”窗缝里伸出了一把短刀，挑开了窗闩。

“呼——”一声风声响起，一道人影破窗而出，骆悲一眯眼，腾空而起，双臂高举，“唰”的一道，将那人影斩成两段。月光穿窗而入，照在地下，骆悲定睛一看，刚才一刀斩断的哪里是什么人影，分明是一截裹着衣裳的烂木头。

窗户外面一阵风响，屋檐尽头，缓缓出现了一个蹲坐在房脊上的人影，那人戴着一张白漆的猴脸儿面具，两眼看着骆悲，发出一阵怪笑。

骆悲看到那白漆猴脸儿面具，整个人瞬间僵住了，额头上冒出了一层细密的冷汗。

那人影缓缓起身，走到了骆悲的窗前，朝着他一拱手，尖声笑道：“瘦马营骆统带，久违了。”

“你……你是谁？”骆悲攥紧了手里的刀，两眼直直地看向了那具白漆猴脸儿面具。

明月之下，那人缓缓摘下了脸上的面具，露出了本来面目。

“我是龙王庙的白九，我是来救你性命的！”白九看着骆悲，幽幽笑道。

半个小时后，泰安客栈内，一灯如豆。

白九给骆悲从头到尾讲了发生在天津城里的两起命案，并给他说了自己的推论，直讲得嗓子冒火，满舌头起白沫。

"来口水！"白九一把拽过了骆悲的水壶，往嘴里倒了一口凉水，坐在桌子上，看着骆悲说道："我需要知道当年那段公案具体的细节，否则，我抓不到蔡振义，天津城就是你的死地！"

"什么意思？"骆悲反问道。

"你押的这趟镖，就是一个局，一个把你骗到天津的局！我从花二爷那儿得到消息，十五天前，有人买了你的身份和下落。"

"什么？"

"什么个屁！骆统带，你的身份已经暴露了！"

骆悲的表情冷得吓人，只见他踌躇了一阵，伸手在怀里一摸，掏出了那个雇主委托押运的匣子。

骆悲撕开了上面的封条，掀开盖子一看，只见匣子里装着的哪儿是金条，分明是几十块石头！

"怎么样？我没说错吧！"

"你想知道什么？"骆悲叹了口气。

"细节！"

"什么细节？"

"'关帝庙江湖兄弟三结义，三岔河飞天大盗劫贡粮'的细节！"白九一拍桌面，抬头看向了骆悲的眼睛。

骆悲回忆了一阵，轻声说道："我记得很清楚，那是光绪三十四年……"

光绪三十四年，湖北总督差遣了一拨官兵押解着给老佛爷的东西，从湖北出发走漕运古道入海河，再经北运河运入北京。这五船东西，名义上是贡粮京山桥米，实则是三箱金银珠宝。这三箱金银珠宝是孝敬老佛爷的，而京山桥米只是扯的幌子。湖北到京畿，路远水深，派大军押运势必引起贼人注意。所以这湖北总督就想了个法子，谎称给老佛爷运米，派了几十个官兵低调上路。湖北总督深知，势力庞大的大贼根本看不上这几袋大米；而一般的小贼，也不敢打贡品的主意，况且这运送的路线走的都是官道，料来也不会有什么风险。

可是湖北总督万万没想到，眼看就要到京城了，偏偏在天津的三岔河口遇上了一帮亡命徒。他们趁着夜黑，在上风口直接点了毒烟，迷倒了船上的官兵，三个凶徒泅水爬船，将船上的几十名官兵全部杀了，然后他们将五艘小船划到了芦苇荡里，把米分给了接应的饥民。

然而，这三个飞天大盗万万没想到，派完了米正要准备烧船的时候，突然从船板的夹层里，发现了三个大箱子，里面全是珠宝。这三个大盗傻了眼，连夜将三箱金银珠宝运走，藏了起来。

贡米被劫的事，老佛爷很快就收到了消息，别人不知道米船里藏的是什么，可老佛爷却一清二楚，那可是她老人家修园子的钱。于是乎，老佛爷勃然大怒，派了瘦马营最得力的骆悲，星夜兼程，直奔天津卫追查。骆悲到了天津，第一件事，就是抓了数百家中有藏米的饥民，严刑拷打，追问盗贼下落，然而收效甚微。眼看老佛爷给的破案期限就要到了，骆悲急得满嘴起火疮。正焦头烂额之际，骆悲却突然收到了一封匿名信，说飞天大盗蔡振义此刻就藏身海河渡口！

骆悲来不及验证这消息是真是假，连夜带人直奔海河渡口，在渡口的破茅屋内，刚好将蔡振义堵住，于是引发了一场血战，这蔡振义武功之高、出手之狠，远远超过了骆悲的意料，堪称骆悲平生所遇第一大敌。

好一场厮杀，从三更天一直鏖战到了天明时分，骆悲手下三十二人尽数身亡，骆悲自己也中刀二十七处，刀刀见骨。拼着性命不要，骆悲挑了他一条腿筋，用铁钩穿了他的琵琶骨才将他制伏。

“好走狗，若非老子遭人算计，中了酸筋软骨的毒，怕是你也赢不了我！”蔡振义浑身是血，乱发之下，一双血瞳，冷冷地瞪着骆悲。

骆悲将长刀一挥，架在了蔡振义的脖子上，冷声说道：“本官懒得和你绕圈子，说！那三箱东西，藏在哪儿了？还有，另外两个贼人去哪儿了？”

蔡振义一声狞笑，看着天外的雷鸣大雨，吼道：“狗官！老子纵使化为厉鬼，也必报今日之仇！”

“也罢！等到了京城的死牢，三百六十般刑具轮番招呼你，看你还能否如今日这般嘴硬！”骆悲拎着铁链提起蔡振义，向屋外走去。

骆悲说到这儿，突然停止了讲述。

“后来呢？后来怎么样了？”白九急忙追问。

“后来我到了京城，把蔡振义押进了死牢。刚要进宫，我就得知了老佛爷归西的消息，你也知道，我们瘦马营干的都是见不得人的脏活儿，仇敌无数，平日里与朝中文武相安无事，乃是仗着老佛爷撑腰；老佛爷一死，想杀我们的人可太多了，我知道大事不好，直接掉转马头，跑回了保定府。蔡振义后来怎么样，我就不清楚了。那三箱金银珠宝的去向，也没人再去追查。”

白九听完了骆悲的话，缓缓站起了身子，一边踱步一边说：“飞天大盗是三个人，都戴着这种面具对不对？”

骆悲看了一眼白九手里的白漆猴脸儿面具，轻轻地点了点头。

“当年一定是出了什么事儿，蔡振义的两个兄弟出卖了他，这两个人很可能就是郑青仝和崔三海，蔡振义如今回到天津大开杀戒，就是为了报仇。”

想到这儿，白九向外一看，天边已经泛起了鱼肚白。

“不好！三天的约定时间到了！今天就是三不管和胶皮会一决生死的日子！”

捌

旭日初升，海河大堤上刚见第一缕晨光。

南北两边，黑压压的人群涌了上来，南边是“三不管”的陆黄牙，带着三百多号手操砍刀的汉子；北边是胶皮会的霍奔，也带着三百多号汉子，清一色的草帽斧头。人群之中，还有一顶黄包车，里面坐着一个长衫马褂的中年汉子，身长八尺四，生着一副虎须髯，面黄肌瘦，额下目若朗星，正是胶皮会的大当家——秦柏儒。

陆黄牙瞧见秦柏儒的身影，振臂一呼，大声骂道：“秦柏儒！好狗贼，你还敢来？”

秦柏儒下了黄包车，分开人群，轻轻解开了衣领，摸着自己的脖子说道：“秦某大好头颅在此，不知你陆黄牙有没有本事来拿！”

“砍死他！”陆黄牙振臂一呼，手下众人齐刷刷抽出了砍刀，和胶皮会的人马撞在了一起，刀斧乱抡，血流满地。

正厮杀间，潘虎臣也带着人赶到了，几十号警察朝天鸣枪，硬生生冲进了两拨人中间，将混战到一块儿的两方人马分开。

“你们在干嘛？当老子这个警察局长是个摆设吗？”潘虎臣举着手枪，指了指陆黄牙，又指了指亲自上阵、一身是血的秦柏儒大声骂道。

秦柏儒见了潘虎臣，将手里的斧子扔给了霍奔，在长衫的下摆上擦了擦手，上前冲着潘虎臣拱了拱手，说道：“潘局长，不是我秦某人不给您面子，而是‘三不管’的人欺人太甚，非要砍我的脑袋，我们胶皮会以命相搏，实在也是不得已而为之啊！”

潘虎臣歪着脑袋，向左一瞟，陆黄牙也分开人群，走了过来，手里的砍刀一举，指着秦柏儒骂道：“你杀了我们老大，血债血偿，你还有什么好抵赖的？”

秦柏儒一声嗤笑，指着陆黄牙，看着潘虎臣说道：“您看，不是我要动手，实在是他们欺人太甚！”

潘虎臣一摆手，沉声喝道：“崔三海的死因，我们警察局正在查……”

“潘局长，我们给了您时间的，您答应过的，三天一过，我们两家打生打死，您都绝不插手！”陆黄牙打断了潘虎臣的话。

潘虎臣深吸了一口气，看了一眼手表，大声喊道：

“还有三十分钟才到三天前我和你约定的时间，现在还在我的调查期内，失约的是你不是我！”

陆黄牙咧嘴一笑，看了一眼日头，将手里的砍刀“当”的一声插进了土里，指着砍刀的影子说道：

“好！潘局长，我就给您这个面子，再等三十分钟——”

“谢了！”潘虎臣拱了拱手，让两伙人带着各自的伤员和尸体退下了大堤。

“宋翊哪儿去了？”潘虎臣抓着魏虾米，急得直磨牙。

魏虾米抱着帽子，小声说道："我也不知道啊！我就知道她跟着那白九走了两天了，一点儿消息都没有！"

"案子有啥进展不？"

"小的我不知道啊！"魏虾米苦着脸答道。

"你知道啥？你就知道吃！"潘虎臣揪着魏虾米的脖领子，推了他一个趔趄。

与此同时，谦德庄街口处，白九管宋翊要了一根金条外带二十块现大洋，对宋翊说道："咱们分头行事。记住，一定要按咱俩的约定准时赶到大神堂，否则我命休矣！"

宋翊重重地点头，转身消失在了街口，白九叹了口气，搓了搓脑袋，大踏步进了巷子，直奔谦德庄里最大的娼寮——百花乡。

进了百花乡的院子，白九甩手就是一根金条扔给了老妈子，找来了五六个姑娘，摆上了一桌酒席，听着吹拉弹唱，看着莺歌燕舞，上来就是一顿胡吃海喝。不一会儿就喝得五迷三道，昏昏沉沉。

"走！抬辆轿子，送送爷！"白九搂着个姑娘，掏出一把现大洋，往桌子上一拍，示意老妈子给自己派一辆马车送自己回家。

老妈子将现大洋收进袖子里，正要出去备车，却被白九一把抓住了胳膊。

"爷这是……"老妈子傻了眼。

"白爷我有个毛病，坐轿子[1]头晕，所以爷我讲究这个，马要壮，车要结实，车夫的手艺也得好，赶得快还得赶得稳。你这里有几辆马车啊？"白九满身的酒气，絮絮叨叨。

"回白爷的话，咱家一共十一台烟花轿子，都是好马好车，车里还铺了软帐子，包您……"

老妈子话还没说完，白九又掏出了一把大洋，回身一捞，搂住了一个姑娘，笑着问道："她叫什么名字？"

"她叫翠儿！翠儿，白爷问你话呢，你倒是吭个声儿啊！"老妈子脸

[1] 天津人管马车叫轿子。

上笑开了一朵花。

“翠儿，好名字！”白九赞了一声，将手里的大洋放到了老妈子的手里，一指后院，摇头晃脑地说道：“所有的都在吗？”

“十一辆都在！”老妈子笑着答道。

“爷亲自挑一辆，要大，要舒适，爷要带着我的翠儿……”白九一声坏笑，搂紧了翠儿，大踏步地向后院走去。

后院当中，十一辆马车规规矩矩地一字排开，车上的马夫全都恭恭敬敬地站在车边等着白九挑选。

白九揉了揉眼睛，看似醉眼蒙眬，实则大脑在飞速运转。

凶手杀崔三海的时候，藏在了祠堂石像的后面，鞋帮上有泥蹭在了石像边角，那泥里有草梗，嗅之有一股马粪的臭味，再加上崔三海当晚真是要坐着烟花轿子来百花乡过夜……郑青仝死前喝了大量的酒，而且他身上浓重的脂粉气，说明他在死前也是到过妓院的，通过郑青仝嘴里的酒气可以判断出他喝的绝对不是一般的劣酒，而是上等的佳酿，得是城里高档的娼寮才有卖，从城里的妓院到偏远的渔村大神堂，几十里路的距离，是什么人才能在不引起注意的情况下，恰到好处地将郑青仝运到那么远的地方呢？

烟花轿子！这是白九能想到的最合适的方法！白九向陆黄牙询问过那晚去接崔三海的马夫长什么模样。陆黄牙这个人一来脑子本就不好，再加上黑灯瞎火没注意，只知道马车上有百花乡的字号，但是赶车的马夫什么样，他无论如何也想不起来了，没有办法，白九只好亲自来找。

“哟呵！站得怪齐整的。不错，白爷看着高兴——来啊，赏酒——”

白九一声吆喝，将酒壶给了翠儿，翠儿一手拿壶，一手端杯，一个人赏了一杯酒，白九嘬着牙花子一瞥，十一个人里，四个是左撇子。范瞎子说过，那凶手身高在六尺左右，仅此一条，又排除了两个人。

“白爷虽然今儿个只坐一辆车，但是你们个个都有赏！”白九一边说着，一边伸手在袖子里抓上十几块大洋，往地上一撒，所有车夫瞬间蹲下身来，去捡落在地上的大洋，唯有一人，略一迟疑，才蹲身向前，去捡地上的大洋，下蹲之时，双脚下意识地换了一下前后，将僵直的右腿，挪到了后面。

跛足！就是他了！

白九眼睛一亮，伸手一指，笑着喊道："你，就你了！那个老头儿，哈哈哈，白爷今儿坐你的车，去大神堂。去寻我一个寡妇相好的，再带上翠儿，哈哈哈哈！"

说完这话，白九头也不回地搂着翠儿钻进了马车，那老头儿愣了一下，赶紧拽下了腰后的马鞭子，拽着马车，出了院子。

没走多久，眼看到了城边上，白九甩了甩晕沉沉的脑袋，从怀里掏出了两块大洋塞进了翠儿的手里，摸着她的脸蛋笑道："翠儿啊！白爷刚才喝得多，差点儿忘了，我那相好的醋劲儿最是了得，带着你多有不便，你叫个胶皮车，先回吧。"

翠儿接了大洋，乐呵呵地下了车，嘱咐车夫一定要对大金主白爷好生伺候。

就这样，车夫老头儿和白九一路无话，直奔大神堂。没过多久，白九就沉沉地睡了过去。

此时，日头高升，眨眼就到正午时分，陆黄牙走到空地上，一把拔出插在地上的砍刀，朝着潘虎臣一拱手，冷声喝道："潘局长，该给的面子，我已经给足您了！我们吃江湖饭的讲究恩怨分明，血债血偿，接下来的事，还请您不要怪罪！"

"这……"潘虎臣话还没说出口，那边的秦柏儒也从树影底下走了出来，指着陆黄牙笑道："陆黄牙！你要是个带把儿的，就少跟爷们儿打嘴仗！"

陆黄牙舔了舔嘴唇，一举手，大声喊道："杀——"

"杀——"秦柏儒也是一声喊。

两拨人马拔腿对冲，眼看就要撞在一起！

忽然，河面上传来了一声喊："且慢，杀人凶手现在就在大神堂！"

众人闻声看去，只见海河之上，一叶扁舟随波而来，摇桨的艄公将船划得飞快，船头上站着一个女子，赫然正是宋翊！

"姑奶奶！你总算来了！"潘虎臣一声大喊，喜不自胜，三步并作两步，走到了河边，将宋翊拉到了堤上。

宋翊喘匀了气，朝众人说道：“杀害郑青仝、崔三海的凶手名唤蔡振义，乃是光绪三十四年在三岔河口劫贡粮的飞天大盗，此人现在就在大神堂！”

潘虎臣一拱手，冲着陆黄牙和秦柏儒大声喊道：“二位再信我一次！现在赶紧和我赶去大神堂，若是有假，你们在大神堂再砍上一阵也无妨！”

陆黄牙和秦柏儒对视了一眼，又看了看一脸诚挚的潘虎臣，索性一咬牙，应了下来。三方人马，各出五十名好手，骑上快马直接出城，火速赶往大神堂。

两个时辰后，车夫老头儿将马车赶到了大神堂的村口边上，轻轻敲了敲车架子，低声说道：“白爷，大神堂到了，不知道您的相好是住在村里哪一间？”

白九翻了个身，轻声一笑，徐徐说道：“关帝庙！”

车夫老头儿一愣，随即答道：“白爷说笑了，哪有人是住关帝庙的！”

白九叹了口气，坐直了身子，幽幽说道：“我想知道，光绪三十四年，郑青仝和崔三海究竟做了什么对不起你的事，让你时隔多年，仍旧恨意难泯，非杀之而后快！”

车夫老头儿两眼一眯，故作镇定地答道：“白爷！小人听不懂您的意思！”

“你早就知道郑青仝和崔三海二人酒色成瘾，经常光顾花街柳巷，你藏身百花乡，为的就是这个烟花轿子的差事。当晚，是你借着送郑青仝的名义，把郑青仝带到了这间关帝庙，砍下了他的脑袋，也正是你在三不管的关帝祠堂里借着接崔三海的名义，混进了三不管，杀了崔三海。你两次作案都是杀人砍头，并留下‘神鬼共诛之’的字样，不就是为了践行兄弟三人当年在关二爷面前发下的誓言吗？你就是——蔡振义！”

车夫老头儿的脸上时阴时阳，一阵红一阵白地变幻了好一阵，突然发出了一声瘆人的狞笑，只见他一摇头，缓缓直起了腰背，两手一边挽着袖子，一边问道：

“你又是什么人？”

“龙王庙——白九！”

“聪明人都不长命，你不晓得吗？”

“我不是聪明人，只是个好奇的人！”

“也罢，在你死前，我就满足你的好奇心。”

光绪三十四年，海河渡口。草屋内，蔡振义、郑青仝和崔三海三人正围坐在一起，桌上有青鱼一条、窝头若干。

郑青仝和崔三海偷偷对视了一眼，随即从怀里掏出了一个小酒坛子，给蔡振义倒了一碗酒，又给自己和崔三海各倒上了一杯。

“哟！二弟，哪儿来的酒啊！”蔡振义见了酒很是欣喜。

“知道大哥好酒，我们兄弟特地从城里的大官家里偷来的！”郑青仝赶紧答了一句。

“二位弟弟真是有心了！”蔡振义喜笑颜开。

“大哥，小弟有一事。”崔三海看了看蔡振义，欲言又止。

“你我是结义兄弟，有什么话，但说无妨！”蔡振义拍了拍崔三海的肩膀。

崔三海嗫嚅了一下嘴唇，小声说道：“大哥，那贡粮里的三箱金银，足够咱们兄弟逍遥快活下半生的了……”

蔡振义闻言，脸色瞬间一沉，伸手在桌上一拍，站起身，大声喝骂道：“老三！这件事我说了多少次了，咱们兄弟都是苦出身，做人最怕忘本。咱们劫朝廷的粮，为了啥？为的就是让咱们这样的穷苦人吃上一口饱饭。我告诉你，那三箱金银谁都别想动，我还要用它去买粮，给饥民分米呢！”

“可是大哥，人家的死活和咱们有什么关系……”

崔三海刚说了半句，就被蔡振义一把揪住了领子，大声喝道：“放屁！老三你也是吃百家饭长大的，若不是你嘴里的这些所谓的‘人家’，你能长这么大吗？咱们兄弟自小相识，你十二岁那年冬天，要不是打铁的孙二叔把你从窝棚里拽出来，放在炕头上捂着，你他娘的就冻硬了！你小子这才吃了几天饱饭，就忘了自己的本吗？”

蔡振义性如烈火，越说越急，幸亏郑青仝上前抱住了蔡振义的胳膊，让他松开了崔三海。只见郑青仝拉着蔡振义回到了桌子前面，端起了酒碗递到了蔡振义手里，笑着说道："大哥！老三年纪小，不懂事，您莫要和他一般见识——老三！还不快过来给大哥赔罪！"

郑青仝狠狠地挤了挤眼睛，崔三海连忙从地上爬起来，端起了酒碗，走到了蔡振义面前，捧着碗说道："大哥教训得是，都是小弟不懂事！"

蔡振义也是个吃软不吃硬的主，瞧见崔三海认错，也不好再发作，只能端起酒碗，和崔三海一碰杯，仰头一口，喝干了碗里的酒。

"不是大哥心狠，只是此事关乎为人道义，大哥也是怕你们行差踏错——咦？你们怎么不喝啊？"

崔三海和郑青仝一抬手，将碗里的酒泼掉，看着蔡振义，冷声笑道："对不住了大哥！人为财死，鸟为食亡……你挡兄弟们的财路，就别怪我们兄弟心狠了……大哥你放心，三节两寿，少不了你的香火。"

"你……你说什么？"蔡振义拍案而起。突然，一阵无力的晕眩感传来，蔡振义只觉得翻江倒海般眩晕，整个人"扑通"一声倒在了地上。

"官府的人收到我的消息，很快就到了。咱们赶紧走！"郑青仝拉上崔三海，将草屋里的三口箱子装到马车上，转身就走。

崔三海一眯眼，拽出了腰间的刀，对郑青仝说道："一不做，二不休，索性——咔……"

郑青仝一把拦住了崔三海，急声说道："咔个屁！蔡振义必须落在朝廷手里，否则没了替罪羊，朝廷还得查下去。你我兄弟且先改名换姓，往山东躲藏，待到风声过去，再回天津！"

就这样，郑青仝、崔三海二人用酸筋软骨的药酒，麻翻了蔡振义，带着三箱金银远遁山东。没过多久，待到蔡振义转醒过来，海河渡口的草屋，已经被骆悲给围住了。

就这样，蔡振义进了死牢，郑青仝和崔三海躲到了山东。偏巧正赶上老佛爷驾崩，瘦马营也跟着消亡，三岔口劫贡粮这事一下子变成了无头公案，无人再来追查。

不久后，连着大清朝都没了，蔡振义被稀里糊涂地从死牢里放了出来。与此同时，躲在山东乡下的郑青仝和崔三海知道风声已经过去，各自带着平分的金银珠宝回到了天津，一个在"三不管"开了赌场，一个开了马车行，过上了穿金戴银、酒色富贵的日子。

蔡振义断了一条腿，又被穿了琵琶骨，在死牢里蹲了多年。虽然功夫废了大半，但是仇恨却越烧越旺，为了杀掉背信弃义的郑青仝和崔三海，蔡振义也悄悄潜回了天津城。在了解了郑青仝和崔三海的行踪之后，蔡振义在谦德庄百花乡里当了个马车夫，借着接送郑青仝和崔三海的当口，将二人按在了关二爷像前，郑青仝死前苦求过蔡振义，奈何蔡振义早已下了杀心，求也是白求；而崔三海在拜关老爷时，抬头一看，直接看到了蔡振义举着大刀立在石台之上，当时就吓傻了！就这样，蔡振义一刀一个，将这二人砍了脑袋，并留下血书——有违此誓者，神鬼共诛之！在这一过程中，蔡振义还从花二爷那里买来了消息，知道了骆悲的下落，于是蔡振义找了个牙行的中人，给骆悲派了一趟镖，将他骗来天津城，准备设局杀之。

玖

此时，大神堂村外，扮作车夫的蔡振义三言两语便将案件中白九存疑的空白填补上了。

“哗啦——”蔡振义轻轻一摸车辕，从底下抽出了一把朴刀，长刀直刃，短刀头、长刀把，刀身无鞘。

白九蹲在马车的车厢内，听见外面有金铁破风声响，连忙纵深一跃向后滚去。

“唰——”蔡振义双手握刀，迎风一劈，半面车厢一抖，被刀刃劈得粉碎，白九后背着地，撑臂一滚，闪到一边。

一刀在手，迎风而立，蔡振义仿佛年轻了十几岁，两个瞳孔里神光四射。

白九咽了一口唾沫，撒腿便跑，蔡振义切断了白九的后路，白九只能往村里跑，却没想到蔡振义虽然跛了一条腿，但是跑得却不比白九慢多少。白九没窜出去百十米远，就被蔡振义堵在了村口的关帝庙前。

“呼——”一阵刀风从白九脑门刮过，白九一个前扑，躲过了蔡振义的刀。白九只觉头皮一凉，往后脑勺一摸，才知道刚才那一刀贴着他的头皮飞了过去，脑后的半边头发被削去了一层。

“我的娘啊！”白九一声惨号，抱头钻到了香案底下，蔡振义一刀竖劈，将香案断为两截。香炉翻滚在地，白九一手挡住眼睛，一手抓起一把香灰，向蔡振义脸上扬去，蔡振义一扭身，避过了这把香灰，白九趁机绕柱而跑，蔡振义抱臂一刀，横切白九咽喉，却被柱子挡住，刀身入木三分。

“哼——”蔡振义一声闷哼，拔出了朴刀，拦腰一刀，砍向了白九，白九俯身蹲下，虽然躲过了刀锋，却被蔡振义飞起一脚踹在了肋下，瞬间踹断了白九两根肋骨。

“啊——”白九发出一声惨叫。他顾不上疼痛，在地上爬起来，向前一扑，从窗户一跃而出，落在地上。

“啊——我的娘——”白九一起一落，牵动了肋骨断处，疼得他脸色青得直发黑，豆大的汗珠直往下掉。

蔡振义撞碎了窗棂也跃了出来，追着白九便砍。白九连滚带爬逃跑。突然，村口传来一阵马蹄声，潘虎臣一马当先，带着一百多号人冲了过来。

“救命！我后面——”白九发出一声大喊。

“唰——”蔡振义一刀砍来，刀刃上挑，贴着白九的大腿略过，飙出了一大片血花，白九一个踉跄，倒在地上，在尘土里一阵翻滚，滚到了庙外。宋翊滚鞍下马，快步跑来，将白九架住，潘虎臣一摆手，一百多名汉子将关帝庙围了个风雨不透。

“姑奶奶，你再来晚一会儿，这刀就砍我脖子上了……”白九躺在地上，冲着宋翊好一阵诉苦。

潘虎臣看了一眼陆黄牙和秦柏儒，上前一步，指着蔡振义喝道：“崔三海和郑青全是你杀的？”

蔡振义一声冷笑，一转腕，将朴刀抱在怀里，幽幽说道：“此二贼，背信弃义，全然不顾当年结义时在关二爷面前发下的誓言，当斩！”

陆黄牙一听崔三海是被蔡振义杀的，一摆手，带着几十名三不管的刀手就冲了上去，谁知蔡振义虽然只有一人一刀，但是却勇烈无比，三步一挥刀，左冲右突，如入无人之境。不多时，蔡振义便砍翻了十几名刀手。

潘虎臣看准机会，抬手一枪。

砰——

蔡振义左臂中弹，血流如注。

只见蔡振义一声狞笑，从衣摆上撕下了一块布，将刀柄绑在了右手上，朝着潘虎臣骂道：“呸！用火器的不是好汉！”

言罢，蔡振义一咬牙，抡起大刀，高进低出，直奔潘虎臣杀来。

“砰——砰——砰——”魏虾米瞧见蔡振义越杀越近，吓得手一抖，直接扣了扳机。三声枪响后，蔡振义胸口一片殷红，只见他摇晃了几下，“铿”的一声，用朴刀做拐杖，支住了自己的上身，冲着白九咧嘴一乐：“你以为……困住我，就能保骆悲不死吗……”

白九听了这话，直如一盆冷水兜头而下！

“你说什么？”白九一声大喊。

蔡振义没有回答白九的话，只是仰头一笑，大声喊道：“今有蔡振义、崔三海、郑青仝三人，拜关老爷，结兄弟义，死生相托，患难相扶，天地为证，肝胆为盟，不求同生，但求同死。若有不肖，有违此誓者，神鬼共诛之……啊——”

蔡振义一声大吼，反手一刀，割断了自己的喉咙。

蔡振义仰面栽倒，一命归西。

白九咽了一口唾沫，拽着宋翊的肩膀，爬起身来，急忙喊道：“上马！快！他有同伙在泰安客栈！”

尾　声

晓月如钩，泰安客栈二楼，骆悲就坐在桌子边上，手边还放着他的干饼和酒壶，还有——他的脑袋。

“砰——”白九一脚踹开了房门，一眼就看到了骆悲的尸体。

“他娘的！”白九一拳锤在了门框上，震得指骨一阵刺痛。

白九深吸了一口气，一瘸一拐地走到骆悲面前，只见那张桌子上，被人蘸着血写了九个大字：你叫白九！我记住你了！

透过泰安客栈的窗户，一眼就能望到海河水，清冷的月光下，白九仿佛看到了一只巨兽潜伏在水下，它在河面上甩了一下庞大的尾鳍，随后又潜入了海河深处，用一双冷漠的瞳孔，注视着一切……

九命妖猫

楔　子

明治二十六年式手枪，又称“二六式”手枪，1893 年出厂于东京炮兵工厂，九毫米口径，弹容六发，有效射程五十米。

灯下，眼窝深陷，眼白满是血丝的吴晋中，正在擦拭着手里的“二六式”左轮手枪。

吴晋中已经好久没有睡过觉了，只要他一闭上眼睛，就会梦到那个怪物，那个瞪着一双明黄色瞳孔的怪物。他知道，自己的身体已经撑不住了，他的大脑昏昏沉沉，心脏打鼓一般剧烈战抖，手脚发凉，情绪烦躁。他知道，自己再不睡觉，就会死！

“呼——”吴晋中长吐了一口气，将手枪攥在手里，侧身躺在了枕头上，轻轻地闭上了眼睛。

很快，吴晋中便沉沉地睡了过去。在梦里，吴晋中又梦到了那个怪物，它来到了自己的窗边，从黑暗之中伸出了它的爪子。

“嘶——嘶——”那怪物伸出了细长的红舌头，贪婪地吮吸着空气中若有若无的血腥气。

“啊——”吴晋中猛地一声大喊，拔出了手枪，从床上坐起。

“砰——”一声枪响，吴晋中大口地喘着粗气，窗外月光穿堂而入，混着暖黄色的灯影，将整间卧房照得一片明亮。

卧房里空空荡荡，哪里有半个人影。

“原来是做梦……”

吴晋中咽了一口唾沫，伸手抹了一把额头上的冷汗。冷风吹来，吴晋中打了一个哆嗦，披衣而起，正要去关窗，突然，墙边的镜子里照出了吴晋中的背影，在他的睡袍肩头，赫然印着一只分成五指的爪印！

“扑通——”吴晋中大腿一软，整个人瘫在了地上……

壹

天津老城的地势，东北高，西南低。东边的建筑成型较早，多为政府衙门聚集之所；西南角则商铺林立，多是外来客商云集于此，多金阔绰的大商人在此置办下大片宅地，然后以姓氏冠名。这其中最为豪奢的便数大茶商吴晋中的宅子——吴家大院！

这吴家大院内有院落十五进、房屋二百六十八间，正偏布局，院中有院，院中跨院，窗棂门屏全是南洋红木打造，精雕细刻，极为华贵。

这吴晋中不但是天津城里的商界大佬，更是出了名的慈善大家。在吴家大院后宅有六间大瓦房，名曰“救生堂”，乃是为贫苦病患赠医施药，为横死孤苦收拾埋骨的慈善药房，在天津城里素有声名。除此之外，这吴晋中还是天津市市长宋时林的幼时同窗，宋时林到天津履新时，吴晋中号召商界众人鼎力支持，宋时林这几年里倒也受了吴晋中颇多助力。故而，吴晋中过寿，宋时林都会走上一遭。这次吴晋中过寿，宋时林带上了女儿宋翊，备好了几样礼物，于寿辰前一天登门，来到了吴家大院。

自从骆悲死在泰安客栈之后，白九变得越发神秘，宋翊去了好几趟龙王庙都找不到他的踪影。宋翊甚至还让魏虾米去白九常出没的青楼、酒肆、茶馆找人，结果还是没有找到，这白九就好似人间蒸发了一般，全无踪影。

宋翊不由得开始着急。平日里一见白九就烦他厌他，但是白九突然这么一失踪，宋翊这心里反而空落落的。

许是看到宋翊心烦，宋时林好说歹说，总算劝动了女儿随他去吴家大院赴宴，一来是散散心，这二来嘛……据说吴家的独子吴煜从上海回来了，吴煜未娶，宋翊未嫁；一个郎才，一个女貌，宋时林也是着实有心撮合这段姻缘。

当晚，吴府夜宴，办了一场西式的酒会。

席间，众宾客觥筹交错，宋时林忙于和商界、政界人士交谈，宋翊一个人端了一杯酒，坐在角落里，脑子里想的全是白九失踪的事。

“宋小姐，您好！”一个低沉的男声将宋翊从沉思中唤醒。宋翊回过头去，只见一个瘦长脸的青年男子正端着一杯红酒看着自己。

这个人宋翊是认识的，他就是吴煜，吴晋中的独子。

“宋小姐，我可以请您喝一杯红酒吗？”吴煜又上前走了一步。

宋翊一向不喜欢吴煜这样的花花公子，瞧见吴煜前来搭话，一皱眉头，沉着脸说道：“吴煜，我爸对你有好感，不意味着我对你有好感，你要是想过来搭讪，趁早边儿上凉快去！”

宋翊在警察局混得久了，再加上跟着白九在市井里打混儿，多多少少沾染了些江湖气，看着外表柔柔弱弱，实则性子刚直倔强得很。

吴煜刚起了个话头，就吃了个闭门羹，虽然有些尴尬，但吴煜这种油滑老手，脸皮厚得好似城墙，宋翊夹枪带棒的两句嘲讽还臊不走他。只见吴煜呷了一口酒，坐到了宋翊的对面。

此时，两人相距不到一米远，在灯光下，宋翊把吴煜看了个仔细。他瘦得很厉害，两颊蜡黄，眼窝深陷，整个人形销骨立。

“你这是……”宋翊看了一眼吴煜的气色，不禁有些诧异。

“气色很差对不对？我已经很久没有睡过一个好觉了。”吴煜摇了摇头，将手里的酒杯放在了桌子上。

“没有去看大夫吗？”

“这不是大夫能解决的事。”

“什么？”宋翊被吴煜的话搞糊涂了。

吴煜向四周望了望，探身向前，凑到了宋翊的身边，轻声说道：“怪物，就在这座吴家大院里，它来了……这是吴家的诅咒，逃不掉的……”

“你说什么？”宋翊被吴煜的话吓了一跳，抬眼看了一眼吴煜，只见吴煜双眼圆瞪，瞳孔紧缩，整个人满面凝重，不似撒谎。

“宋小姐，我没有骗你。真的，真的有一只怪物！”吴煜一咬牙，好像想起了什么可怕的事情，只见他深吸一口气，缓缓拉开了左手的袖子，露出了他小臂上的一片抓痕。

那抓痕共分五道，又细又深，将吴煜整只小臂抓得血肉模糊，宋翊伸出手，张开五指，在抓痕上测量了一下，发现那留下抓痕的手比自己的手小很多，但是指尖凸起如钩，只是轻轻一抓，便能让人皮肉翻卷！

“这是……”宋翊问。

“九命妖猫！”吴煜答道。

“九命妖猫？”宋翊有些不明白。

“它就在这里，不杀尽吴家人，它是不会走的。”吴煜打了一个哆嗦，嘴唇不住地战抖。

“我从不信怪力乱神。”宋翊摇了摇头，对吴煜的话表示怀疑。

吴煜叹了一口气，笑着说道：“时间还早，不知道宋小姐有没有兴趣听我讲个故事？”

“什么故事？”

“一个关于吴家发迹的故事。”

九河下梢天津卫，三道浮桥两道关。所谓“九河”，出自乾隆时期的《天津县志》，这里面有一篇康熙皇帝的御笔文章，唤作《御制九河故道说》，列出了九条古河名，为：徒骇、太史、马颊、覆釜、胡苏、简、絜、钩盘、鬲津！而这三道浮桥，指的是北大关浮桥、东浮桥和北运河上的“窑洼浮桥”；两道关，指的是旧时南运河上征收货物税银的“钞关浮桥”和东门外海河上的“盐关浮桥”。

之所以叫盐关浮桥，是因为自盐关浮桥到大直沽，都是存盐的场地，也称为“盐坨地”。天津地处长芦盐区，煮海晒盐，元朝已始，迄今有三千多年了，长芦盐盐度极高，也称“芦台玉砂”。在这“盐坨地”附近，聚集着大量来自河北、山东等地的贫苦百姓，从事着“盐丁”的行当。

何为盐丁？操盐役之丁壮尔。

清朝年间，众盐丁于酷暑之中，在海岸边支起两行煮盐大灶，顶着暑热，在滚烫的煮盐大灶之间奔走穿梭，熬煮潮水。长期煮盐，使得盐丁周身肌肤在烈日之下脱水暴皮，皮肤由白转红再转黑。灶下的大火烘烤心肺，透心的燥热。

对于盐丁来说，能远离火灶是一件幸福的事情，哪怕站在太阳底下都比煮盐凉爽。每年死于酷暑之下的盐丁不计其数。然而，如此高强度的劳动，换来的报酬却少得可怜，每月所得，不过百枚铜钱。食无米，居无所，老无终，幼无养。此外，清朝的官府对于盐丁管理极其严苛，必须造册登记，一旦被朝廷编为盐丁，就永远不能离开产盐区，不能务煮盐之外的行业。不但这一代人如此，一旦入了盐籍，世世代代都是盐丁，永无出头之日。

光绪十六年，天津盐场一个名叫吴晋中的盐丁在黑夜里翻身而起，机警地支起耳朵，听周围的动静，直到确定看守盐丁的士卒已经睡熟了，才蹑手蹑脚地爬出了草屋，在大雨中一阵狂奔，消失在夜幕之中。

吴晋中一直认为自己和别的盐丁不一样，因为自己的父亲是京官。吴晋中小的时候也是读过书的，要不是父亲在官场的倾轧中遭了灾，自己也不会成为一名盐丁。

吴晋中和所有的盐丁都不同，在他来到盐场的第一天，他就下定决心，一定要离开这里，为了寻找这个机会，他已经隐忍了三年。

当晚，暴雨如注，天地一片昏暗。吴晋中一路跌跌撞撞，深一脚浅一脚地在荒郊里奔行。空空荡荡的胃肠饿得吴晋中两腿发抖。没跑两个时辰，吴晋中便额头滚烫，浑身打摆子，“扑通”一声栽进了泥坑之中。

不知过了多久，吴晋中渐渐恢复了意识，嗓子里火烧一般的痛，让他忍不住想咳嗽。

吴晋中晃了晃昏沉沉的脑袋，硬撑着潮水一般的困倦，睁开了眼睛，只见自己此刻正躺在一张木床上，旁边立着一个十四五岁的小姑娘，小姑娘正眨着一双好奇的眼睛看着自己。

“这是哪儿？”吴晋中无力地张了一下嘴巴，哑着嗓子问了一声。

“这是我家啊！”

“你家？你是？”

“我叫小狸，狸猫的狸，你是我救回来的。你总算醒了，我还以为你会死呢！”小姑娘许是很久没见到外人了，蹦蹦跳跳地绕着他转。

吴晋中喝了几口水，渐渐有了些精神。小狸给他盛了碗米粥。饥肠辘辘的吴晋中把粥直接给吞了下去，烫得他直吐舌头。

吴晋中摸了摸自己的额头，烫得厉害；又摸了摸自己的脉搏，跳得杂乱无章。他是读过书的，略懂些医术，知道自己这病拖不得，必须得开些清热的药，否则稍有不慎，就容易转成肺疾。

“小狸，你家有药没有？”吴晋中硬撑着身子，虚弱地问道。

“药？什么药？”小狸满面不解。

“那有纸笔吗？”吴晋中也不废话，拣要紧的说。

“有！”小狸转身从一旁的柜子里拿出一套纸笔放到床边。吴晋中给自己把了把脉，提笔写了一个药方，折好了递给小狸，说道：“有劳你帮我抓一服药，抓药的钱我愿写下字据，来日定当报偿。”

小狸接过药方，微微笑道：“不过是点儿金银的事，何足挂齿。”

小狸说完这话，也没避着吴晋中，一弯腰，从床底下拿出了一个檀木匣子，打开来，里面明晃晃的全是金条，足有三十几根！

小狸从金条堆里挑了几枚银圆，放在袖子里，随后将匣子盖上，放回了原处，然后去门边拿伞好去抓药。

此时，吴晋中的眼已经被那盒金条晃得晕住了。

“好多钱，我便是干上十辈子盐丁，都赚不了那么多钱。此处只有她一个十岁出头的孩子，我若是……一不做，二不休。索性我就……”

有道是：美酒红人面，财帛动人心。吴晋中此刻见财起意，血贯瞳仁，当下立了谋财害命的狠心。

“哎哟——”吴晋中发出了一声惨号，顺着床铺滚了下来。

小狸不疑有诈，赶紧扔了雨伞，回身跑来，扶起了吴晋中，张口问道：“你没事吧？”

吴晋中垂着的脑袋，猛地一抬，瞪圆了一双恶毒的眼睛。

“对不住了！”吴晋中一声狞笑。

“你说什……”小狸的话还没说完，吴晋中一咬牙，两只大手一下子掐住了小狸的脖子。那小狸不过是个十岁出头的孩子，哪里挣脱得开吴晋中的大手，别看吴晋中此刻发着烧，可是他毕竟干了多年的盐丁，力气大得很。

“啊——咳——咳——”小狸憋红了脸，伸出手指狠命地挠着吴晋中，在他的手臂上留下了一大片血痕。吴晋中忍着痛，额上青筋根根暴起，弓着背将小狸牢牢按在身下，扼住她喉咙的虎口不断收紧。小狸很快就停止了呼吸，被活活掐死在了床边。

吴晋中战抖着双手瘫在地上，大口喘着粗气。然后他将那只装满金条的匣子裹好，揣在怀里，扶着墙走到门边，拎起雨伞就要出门。

突然，一阵脚步声从门外传来，吴晋中一口气吹灭了屋里的灯，伸出手指，蘸着唾沫在门上的麻纸上轻轻一戳，向外看去。只见院子门口的青石板上，一个三十出头的妇人正背着一袋米，推开了柴扉！

“不好！这小狸的娘回来了！”吴晋中向前后左右一看，这屋子并无其他出路，吴晋中咽了一口唾沫，强打精神，从桌子上抓起了刚才喝粥的碗，裹在袖子里，往墙上一砸。

一声细微的闷响，粥碗碎成了五块断茬，吴晋中将地上的小狸尸体扶起，架着小狸坐在床边，随后放下了床上的幔帐，自己蹲身一缩，藏在了小狸身后。

门开了，那妇人走进了屋里。

“小狸，娘回来了！小狸？”那妇人一边呼唤着小狸的名字，一边点着油灯。

油灯一亮，那妇人一回头，看到了幔帐后头坐着的小狸。

“你这倒霉孩子，坐那儿干嘛？吓娘一跳！”那妇人扔下了米袋子，伸手就拉开了幔帐，手不经意地往小狸脑袋上一搭。

“扑通——”小狸的尸体直挺挺地歪到了一边。

“小狸——”那妇人发出了一声惨叫，眼神全在小狸身上，全然没提防在小狸背后蹿出的吴晋中。

“噗——”吴晋中一下子就把碎碗茬插进了那妇人的脖子里。

“你……”那妇人捂着脖子，鲜血横流，吴晋中捏着碎碗茬，一直往那妇人的脖子里按。

那妇人拼尽全力，狠命推了吴晋中一个趔趄，吴晋中脚下不稳，斜刺里一倒，怀中的匣子落地，里面的金条散落了一地。

“去死吧！”吴晋中顾不上捡金条，一咬牙扑上去按倒了那妇人，扯下幔帐，从后面勒住了她的脖子。

“好贼子，谋财害命……我死后必化作九命妖猫，杀尽你家满门……”那妇人失血过多，本就命悬一线，此刻又被勒住喉咙，没挣扎几下，就一命归了西。

吴晋中见那妇人死透了，将那妇人的尸首扔到一边，然后跪在地上将散落的金条一一收好。他刚想要起身离开，突然觉得一阵头晕眼花、四肢酸软，晕了过去。

不知过了多久，浓云散尽，天空放晴，晨光照在吴晋中脸上，将他弄醒。

吴晋中揉了揉眼睛，向四周一望，发现自己此刻正靠在一座坟头上，旁边的半块石碑，斑驳老旧，已然看不清字。

“我这是在哪儿？”吴晋中傻了眼，回想起昨晚的事……难道都是梦吗？

吴晋中一边冥思苦想，拼命地回忆，一边伸手往怀里一伸，手碰到了一个硬邦邦的东西，吴晋中脑袋上冒了一层冷汗。他抽出那硬邦邦的东西一看，正是那只檀木匣子，打开盖子，里面明晃晃的铺着金条！

“这不是梦？”吴晋中一下子跳了起来，绕着坟墓转了一圈，从那坟包底下发现了一个小洞。吴晋中大骇，折了一根树枝，掘开了那个小洞，越掏越大，渐渐露出了一具烂棺材改成的屋子，里面的摆设和昨晚自己到的地方别无二致。在那屋子里躺着两只狸猫的尸首，一大一小，大狸猫的脖子上缠着幔帐，脖子上扎着一个碎瓷碗片！

“啊——”吴晋中脚下一滑，仰面栽倒。

“难道……这就是那个名叫小狸的孩子和她的娘？我昨晚是在这野坟中……”吴晋中甩了甩脑袋，耳边回荡起小狸娘临死前的诅咒。

“好贼子，谋财害命……我死后必化作九命妖猫，杀尽你家满门……”

“不——”吴晋中在泥地上打了个滚，捂着脑袋喃喃自语道：“我不是故意的……都是幻觉……幻觉……都是假的……”

吴晋中不敢在这儿多待，抱住了怀里的金条匆匆消失在了浓雾中。

此后，吴晋中凭着怀里的金条为本钱，滚雪球一般将买卖越做越大，直至成了今日雄霸南北的大茶商。

贰

吴煜讲完了他的故事，仰头喝干了杯中的最后一口酒。

“故事里的吴晋中，不就是你爸吗？”

宋翊看了看远处和宋时林交谈甚欢的吴晋中，又看了看一脸认真的吴煜。

“对！就是他！”吴煜点了点头。

宋翊皱了皱眉，轻声笑道：“你的故事很精彩，但是妖魔鬼怪之流，我是从来都不信的，我有一个姓白的朋友，就最会装神弄鬼。”

宋翊的话还没说完，宋时林和吴晋中已经并肩走了过来，宋时林指着吴煜和宋翊笑道：“比起和咱们这些老家伙聊天，年轻人还是更爱和年轻人在一起啊！”

吴晋中拊掌笑道：“是啊！年轻人总是有共同话题嘛！对了，你们刚才在聊什么？”

宋翊刚要说话，却被吴煜抢先：“我们在聊法兰西，宋小姐是留过洋的人，见闻之广博，让我受益很多。”

“走，我给你们介绍几位叔伯。”宋时林大手一挥，带上宋翊和吴煜，不断地和形形色色的人寒暄，直至酒会结束。在吴晋中的热情挽留下，宋时林父女当晚留在吴家过夜。

宋翊最讨厌的就是这种社交场合，比起今天灯红酒绿的酒会，其实宋翊更喜欢破败清净的龙王庙。

宋翊满是疲惫地叹了一口气，脱掉高跟儿鞋，仰头躺在床上，两眼直勾勾地盯着天花板发呆，不一会儿就沉沉地睡了过去。

惊醒宋翊的是院内嘈杂的脚步声和叫嚷声。宋翊揉了揉眼睛，推窗一看，只见东边的院内，大火冲天，染红了半边夜空。

宋翊的心一沉，一种不祥的预感漫上了心头。

大火将吴晋中的书房烧成了一片白地，吴府的仆役从残垣瓦片中拖出了已经被烧成焦炭的吴晋中。所有的宾客从四面八方围了过来，有的掩面而泣，有的扼腕叹息，有的交头接耳，有的满面唏嘘，唯有宋时林忙得满头大汗，一边组织人手扑灭大火，一边挖掘隔离带，防止火势蔓延。忙活了大半个时辰，大火渐渐熄灭，管家庞春摸了摸熏得透黑的脸，走到宋时林旁边，哭着说道："宋市长，起火的原因找到了，是窗帘。老爷把烟头弹在地上，把窗帘点着了，老爷喝多了，趴在桌子上睡着了……后来火越烧越大，老爷出不来了……我的老爷啊！"

很快，吴晋中的尸体在吴府仆人哭天喊地的哀号中被抬到了后院，暂时停放在他自己的卧房内。吴晋中的老妻十年前就死了，还有个堂弟吴远樵，三年前中了风，瘫了！故而整个吴府现在都是大公子吴煜领着老管家庞春在维持现场。

原本披红挂绿、张灯结彩的吴府，一夜间变成了满堂素缟。众宾客原本是来贺寿的，一转眼竟成了奔丧吊唁。吴府突遭大难，一时间找不到入殓的师傅，宋翊自告奋勇，把这活接了下来，反正平日里也做惯了法医，摆弄尸首本就是家常便饭。

然而，宋翊在接触到吴晋中尸体的一瞬间，就觉察出了不对。

吴晋中不是烧死的，而是被人杀害后，纵火焚尸！

原因有三：第一，若是活人遇大火烧伤身亡，皮肤遭火焰灼烧，必会出现红斑、水疱等炎症反应，而死后焚尸则不会有。宋翊仔细查看了吴晋中的每一寸肌肤，都没有发现炎症反应；第二，活人遇火，在浓烟中喘息，呼吸道内必然吸入烟灰炭末，但是如果是死后焚尸，则会因死者呼吸停滞，代谢闭塞，不可能吸入烟灰。宋翊尸检的时候发现吴晋中的呼吸道内并无烟灰，故其是在死后被人纵火焚尸；第三，活活烧死的人，死前会剧烈挣扎，筋骨收缩抽搐，尸体必然是挣扎扭曲状，而吴晋中的尸体则平静安详，说明在被焚烧前并无挣扎。综合以上三点，宋翊完全可以断定，吴晋中是被人谋杀的！

那么吴晋中是怎么死的呢？

宋翊拧亮了一支手电筒，一寸一寸地观察着吴晋中的尸体。突然，宋翊在尸体颈骨以下发现了一个诡异而扭曲的痕迹，看形状，应当是抓痕，但是尸体被大火熏烤得焦黑干枯，实在无法判断那个抓痕是什么情况。

宋翊沿着抓痕，轻轻切开了吴晋中的皮肉。宋翊看了一眼皮肉下面的情形，不由得倒吸一口冷气！

那一抓威猛绝伦，直接抓断了吴晋中的锁骨以及颈部的大动脉！宋翊看着这道抓痕，觉得有些眼熟，但一时间又想不起在哪里见过。

宋翊收起手术刀，掏出针线，将吴晋中的尸体缝合妥当，给他换上一身寿衣，然后走出了卧房。

“怎么这么久？”宋时林快步迎了上来，给宝贝闺女递水。

“爸……”宋翊给了宋时林一个眼色，宋时林顿时会意，父女二人向边上一走，挪到了一个僻静的角落。

“爸！吴晋中不是被烧死的，而是有人先杀了他，而后纵火焚尸的！”宋翊看了一眼周围，小声说道。

“你确定？”宋时林失声惊道。

“我确定！”宋翊急声说道。

“好，这样，我现在就叫潘虎臣过来。”宋时林思索了一下，叫来跟班的秘书，耳语了一阵，秘书点头后，转身出了吴府。

两个小时后，潘虎臣带着几十名警察赶到了吴府，封锁了吴府所有的出入口。

“这……这是怎么了？”

“不知道啊……警察怎么来了？”

众宾客乱成了一团，叽叽喳喳来回议论，宋时林扫视了一圈，站到了台阶上：“诸位，诸位静一静！静一静！”

瞧见宋时林出了面，众人的议论声渐渐弱了下来。

“诸位，吴晋中吴先生，在咱们津门商界，可以说是领军人物，在咱们天津的工商界一直占据着举足轻重的地位，对咱们天津经济的发展和慈善事业做出了不小的贡献。如今，他遭此大难，我宋某人很是痛心！我相信，在座的诸位心里也都和我一样沉重。眼下，对于吴晋中先生的死因，有了新的发现，那就是……吴先生很可能并非死于意外，可能是死于他杀！”

“什么？这……这怎么是他杀……”

“谁干的？是谁啊？！”

“不可能吧？也说不准……吴家的买卖那么大，仇家一定少不了……”

宋时林的话音一落，底下又开始闹哄哄起来。

“静一静！静一静！大家静一静！”

宋时林使劲儿挥了挥手，压下了台下的议论。

“诸位，我和你们的心情是一样的。我也想把事情的真相查清楚，所以，还希望各位鼎力配合。警察局已经封锁了吴家大院，开展排查。请大家各自回房，不要随意走动。”

宋时林和潘虎臣主持对吴家大院的清查工作。宋翊站在庭院的树下，满脑子都是吴晋中尸体上那个神秘的爪痕，全然没有注意到吴煜走到了自己身边。

“宋小姐！”吴煜轻轻喊了一声。

宋翊猛地从沉思中惊醒，一回头，正看到满面憔悴的吴煜。

“你父亲的死不是意外，而是被人谋杀。”

吴煜一声苦笑，晃了晃脑袋，幽幽说道：“你说的……是它吗？”

吴煜挽起袖子，将手臂上的抓痕送到了宋翊眼前。

“是不是和我父亲尸体上的一样？”

吴煜此话一出，宋翊下意识地倒吸了一口冷气，脑子里“嗡”的一声响，瞬间想起了在验尸时的困惑——吴晋中颈下的伤口和吴煜一模一样。

“你也看到你爸颈下的那个抓痕了？”

“看到了，我第一眼就看到了，因为我敢肯定，我父亲是死在了它的手里！”

“它？它是谁？”

“九命妖猫！”吴煜咬着牙，吐出了四个字。

“九命妖猫？”

“宋小姐，如果你感兴趣的话，我可以给你讲讲我手臂上的这片抓伤是怎么来的。”

叁

十年前，吴晋中的老妻病重，躺在床榻上气若游丝，被吴晋中锁在了后宅。

彼时才十五岁的吴煜几次想去探望，都被吴晋中拦住，以恶疾会传染为借口，不让他去后宅探病。吴煜记挂母亲，心忧难耐，找了个机会，趁着天黑爬墙进了后院，跑进了母亲的卧房。

“娘。”吴煜掀开了幛子，钻了进去。

黑暗中，吴煜的母亲睁开了眼睛，伸出冰冷的双手，战抖着去推吴煜。

“走……孩子……别和任何人说你来过，听娘的话，快走……”

吴煜的母亲挣扎着爬起身，满头的冷汗，硬撑着沉重的病体将吴煜向外推。

“娘，我不走！娘，你怎么了？生了什么病？爹不让我来看你！我想你……”

吴煜号啕大哭，抱住了母亲。

吴煜的母亲红着眼眶，眼疾手快地捂住了吴煜的嘴，不让他发出声音，一边哽咽一边将他搂在怀里，在吴煜的耳边说道：“我苦命的孩子……娘以后不能再照顾你了。你要照顾好自己。听娘的话，快走……走……记住！不要相信任何人，包括你的父亲……”

吴煜的母亲狠命一推，将吴煜推到床下，“扑通”一声摔在了地板上。吴煜母亲的脸上闪过一抹痛色，吴煜整个人吓傻了，从小到大自己的母亲从来没舍得打过自己一下。

“娘？你……”吴煜的话还没说完，忽然发现窗棂上出现了一个漆黑的剪影，那轮廓像极了一个头戴麻布斗笠的老太太。但是那又不是一个老太太，因为在那身影的屁股后头竖起了一根尾巴，一根狸猫一样的尾巴。

“唰啦——”那黑影抬起了左手，轻轻张开，舒展了一下如钩的五指，轻轻地在门上一扫，发出了一阵刺耳的摩擦声。

“煜儿！煜儿！快过来！”瞧见那黑影，吴煜母亲压低了嗓子，拼命地向吴煜招手，吴煜赶紧爬到了母亲的怀里。

“快躲到床底下，捂住自己的嘴！谁叫都不要出来。你记住没？记住没啊？”吴煜母亲的嗓子里都带上了哭腔。

吴煜整个人都吓傻了，迷迷糊糊地被母亲塞到了床下，吴煜从床帘的缝隙向外看去，只见卧室的门“吱呀”一声被推开了，一双趿着麻草鞋的脚走了进来，黑色的影子投在了地上，一条灰白相间的尾巴在地上扫来扫去。

“我和你拼了！”缩在床板下面的吴煜听到了母亲发出的怒吼。

砰——

一声脆响，吴煜的母亲重重地砸在了床板上，吴煜紧紧地捂着自己的嘴，不让自己发出一点儿声响。

“嘶——咔——”五只如钩的利指摧枯拉朽地抓破了床板，在吴煜的左手小臂上扫过，吴煜咬紧了牙根，强忍剧痛，努力不让自己发出一点儿声音。

很快，殷红的鲜血从床缝里渗了下来，那双麻鞋一步三晃地走出了卧室。

吴煜死死地捂着自己的嘴，大脑里一片空白，浑身好似浸在冷水之中，冰冷到麻木。

不知过了多久，吴煜缓过神来，从床底下爬了出来，发现自己的母亲手里攥着一把剪刀，躺在床上，早已经死去多时了。在她的喉咙处，有一个巨大的抓痕，不但抓穿了她的脖颈，更挠透了被褥，贯穿了床板，在床板上留下了五道细长的指痕。

“走……孩子……别和任何人说你来过，听娘的话，快走……”吴煜的脑海里猛地回荡起了他娘临死前的话，抹干了泪水，原路跑回自己的屋子，一头扎进了被窝里，蒙着脑袋瑟瑟发抖……

半个时辰后，吴煜的门外传来了窸窸窣窣的脚步声，吴煜把脑袋从被子缝里探出来一看，正是自己的父亲吴晋中在黑暗中摸进了自己的卧房。

“我苦命的孩子……娘以后不能再照顾你了。你要照顾好自己。听娘的话，快走……走……记住！不要相信任何人，包括你的父亲……”

母亲的话再度在吴煜脑中响起，吴煜本有好多话想和父亲说，却一瞬间压回了喉咙里，强自镇定住心神，闭上了眼睛，装作熟睡。

吴晋中走到床前，轻轻掀开了幔帐，被子底下，吴煜的两手因为紧张，紧紧地攥在了一起，闭眼装睡的吴煜甚至闻到了吴晋中身上浓厚的血腥味。

“煜儿……”吴晋中轻轻地呼唤了一声。

吴煜挤了挤眼，装作刚刚醒来的样子，睡眼蒙眬地看向了吴晋中。黑暗中，吴晋中的脸色沉得可怕，却故意撑着一副慈爱的腔调：“煜儿乖！今晚有没有乱跑啊？”

“没有！我一直在睡觉……”

“嗯！”吴晋中点了点头，摸着吴煜的脑袋说道，“煜儿，咱家最近出了很多事，现在你还小，爹不能跟你说，等你长大了……唉！你乖乖的吧！”

吴晋中说完这话，起身刚要走，突然，吴晋中一低头，从地上捡起了吴煜的鞋，那鞋帮上有一抹血渍，吴晋中伸手一抹，那血渍尚未干涸！

“煜儿！”吴晋中大惊之下，猛地一回头，把吴煜从被子里拽了出来，吴晋中下手太急，不小心碰到了吴煜的左小臂，疼得吴煜一皱眉头。

吴晋中看到了吴煜的异样，一把抓住他的左手，把他的袖子向上一掀。

“嘶——造孽啊——”吴晋中一口气没提上来，眼前一黑，险些晕倒在地。

“爹……”

“煜儿，你说实话，你是不是去了你娘那里！”吴晋中看着吴煜说。

吴煜虽然记得母亲的嘱托，但是毕竟是个十几岁的孩子，再加上眼前的人乃是自己的生父，几经犹豫，还是点头承认了。

“那你见到它了？不！它看到你了吗？”吴晋中紧紧地抓着吴煜的肩膀，涩声问道。

“我……我躲在床底下，什么都没看见……”

吴煜吓得都不会哭了，直勾勾地盯着天花板。

“那就好！那就好！家里是不能待了，爹明天就送你去上海……对！去上海！”吴晋中神经兮兮地一通自言自语，随后拎着纱布药酒过来，小心翼翼地给吴煜包扎伤口。

“爹，那是什么东西？它……它害死了我娘！”吴煜两眼通红地说。

吴晋中摸了摸儿子的脑袋，知道这孩子已经十几岁了，什么都记得住，无论如何是瞒不住的。沉默良久，吴晋中长叹了一口气，幽幽说道：“这是孽，是债！是你爹我的报应啊！这事，还得从光绪十六年说起，那个时候，爹还是个盐丁，有一天趁着晚上大雨，从盐场跑了出来，在荒野中害了病，濒死之际，被一个叫小狸的女孩救起……”就这样，吴晋中给儿子讲了一个故事，唤作：津门大雨，苦盐丁夜逃古岭荒山；金银露白，善母女救人反遭杀害。

天光渐亮，吴晋中讲完了九命妖猫的故事，草草吃过早饭，叫来了管家庞春，让他带着吴煜去了上海。从那天起，吴煜就一直在上海读书，十年间，从未回过天津，直到七天前，吴煜收到电报，说吴晋中病重，吴煜买了车票回到天津家中，发现吴晋中安康得很，并未生病。吴晋中瞧见吴煜回家，大惊失色，疾声呼道：“不好！它又来了……又来了！”

从那天起，吴晋中枪不离身，再也没睡过一个好觉，苦思之下，吴晋中想出一个办法，那就是借着生辰为名，广邀天津的达官显贵来到吴家大院壮大声势，希望能保自己一命。然而，他万万没想到，对方还是下手了，在酒会结束后，直接潜入书房杀了吴晋中，并且放火焚尸。

吴煜越说越急，苍白的脸上因为激动而显现出一丝病态的潮红。

“你没事吧？”宋翊瞧见吴煜的身体状况不是很好，轻声问道。

“没事，习惯了。从那天晚上在我娘的床底下看到那个东西起，我就没睡过一个好觉。我知道自己活不长了。我不怕死，我只怕没机会弄死那个东西，给我娘报仇！”

“你觉得那东西真是什么九命妖猫吗？”

吴煜听到宋翊的问题，伸手在怀里一掏，拽出了一叠画纸，全都是吴煜画的铅笔画。吴煜一张一张地打开给宋翊看：

“你看。这些年，我在上海学画，我画的最多的就是它！我只要一闭上眼睛，就能看见那天晚上我在床下看到的那个东西。虽然那天晚上很黑，但是这几个地方我是不会看错的。它大概身高一米二三，弯腰驼背，像极了一个老太太，它虽然穿着草鞋，但是我看到了它的小腿是有毛的，灰白相间的毛。还有，这是它的胳膊，也是有毛的，它的五指如钩，抓力极强——尾巴！尾巴！它还有尾巴！当时我在床底下，它的尾巴就在我的面前扫来扫去，它的尾巴又长又软又灵活，和猫的尾巴一模一样。对了！我还记得它走路的样子……”

吴煜瞪大了眼睛，喘着粗气，将画稿塞到了宋翊的手里，一转身，弓下了腰，两腿一弯，两臂一抬，慢悠悠地踮着脚，轻抬轻落，一步一步地迈开腿。走了没多远，吴煜扭过头来，看着宋翊，哑着嗓子问道：

“像不像……像不像一只猫？”

宋翊看着吴煜惨白如纸的脸以及神经质一般抽搐的嘴角，心里泛起了一阵恶寒。

月亮门外，是吴晋中的灵堂。灵堂前面，一个穿着西装的男人，年纪约有五十岁上下，正在上香，那中年人生得干瘦，白面无须，甚是矍铄，戴一副黑框眼镜，十足的文化人做派。

“吴煜！这人是谁，看着面生。”宋翊打断了在学猫走路的吴煜。

“这是梁寿，梁大夫，天津城里有名的西医大夫。吴家的救生堂虽然是我爹出的钱，但是大小事务都是他在打理。梁大夫平时都在我们吴家的后院料理病人，一直深居简出。他不爱参加酒宴，更不爱热闹，所以这几天你没见到他。”吴煜答道。

吴煜正说着话，梁寿也上完了香，吊唁的人群里不少人都是认得他的，齐齐围上来和梁寿寒暄，梁寿摆了摆手，一脸悲戚地说道：“老友身亡，梁某悲痛莫名，今日只寄哀思，不想其他，诸位还请海涵！”梁寿不停地拱着手，分开人群向外走。

突然，一阵咿咿呀呀的声音从人堆里响起，众人回头一看，只见灵堂边上一个嘴㖞眼斜、淌着口水、四肢僵直的老头儿拼命蹬着右腿，将自己从躺椅上翻下来，然后用脸支着地，拼命地拱腰，想把自己撑起来，但又因为双臂和腰背僵直，使得他次次尝试，次次失败。

“咳咳——噢——”老头儿张着大嘴，瞪着昏黄的眼珠子，拼命伸着舌头，发出一阵“呜呜”的乱吼，半张脸在地上摩擦出了伤口，连同整个额角，磕破了一片。

“哎呀！二老爷，你怎么又犯病了！”管家庞春拨开人群，冲到了那老头儿面前，手忙脚乱地把他抱上了躺椅。原来这个老头儿就是吴晋中的堂弟吴远樵，三年前中风瘫痪了。平日里这吴远樵都是在下人的伺候下，躺在屋里养病。吴晋中出事后，下人们想着带吴远樵来灵堂吊唁，这才把他抬了出来，可谁想，这吴远樵一看见堂兄的灵堂，激动得当时就犯了病。

吴远樵被庞春架到了躺椅上，仍然挣扎不休。他梗着脖子，冲着吴晋中的灵位大喊。庞春老泪纵横，抱着吴远樵哭道：“二老爷，庞春知道你心里难受！知道，我都知道……”

梁寿见了这一幕，眼角也忍不住有些湿润，只见他掏出一条手帕，擦了擦眼角，又从兜里掏出了一个小玻璃瓶，塞进庞春的手里，涩声说道：“远樵的药，是不是又停了啊？”

庞春接过药瓶，抬头答道：“这两天光顾着忙里外的事，忘了给二老爷吃药了，怪我！怪我！”

吴远樵瞧见了梁寿，使劲儿蹬着小腿，张着嘴往他身上吐口水，还不断“啊啊”乱叫。

梁寿也不生气，只是流着眼泪，激动得直打战，指着吴远樵的鼻子说道：“远樵！我知道你是个性子刚直的人，宁可死，也不想遭这份活罪！你不愿意让我治，你想死！我知道你想死，可是我做不到！你、我、晋中，大家几十年的朋友了。我朋友不多，死一个少一个。晋中已经没了，你也要离我而去吗？说句你不爱听的话，你变成今天这个样子，活该！活该啊！你怪不得别人，你说说你，我劝没劝过你？要节制！节制！你倒好，吃喝嫖赌抽，你哪样不沾？好好一副身板，被掏个精光，你不瘫谁瘫？你倒是想得美，两腿一蹬，一了百了。你想没想过我？想没想过晋中？你对得起我们吗？吴远樵我告诉你，你得活着，活着！你的病我管，能治的我一定治，治不了我就伺候你到死！”

梁寿冲着吴远樵一顿大骂后拂袖而去。吴远樵瞪着梁寿的背影一阵“啊啊”的大喊，瞪着眼睛，将牙齿咬得咯咯作响。

宋翊见了这一幕，回头问吴煜道：“吴煜，你二叔他……”

吴煜叹了一口气，满是无奈地说道：“我爸本没什么亲人，当年我爷爷在前清犯了大案子，吴家满门被株连，很多人都被流放了，生死不明。我爹发迹后，特意寻访过一圈亲人，就找到我二叔一个。我二叔原来就是家里的少爷，四体不勤，五谷不分。被抄了家后，他一直在街头要饭。被我爹接回吴府后，虽然成了大院儿的二老爷，但是文不成武不就，一不会做生意，二不舍得吃苦，除了吃喝嫖赌，什么都不会，终日浪荡街头，没个正经。我爹忙于生意，无暇顾他，管了几回，收效甚微，我爹后来索性就懒得理他了。我二叔见我爹对他彻底死心，不再耳提面命，变本加厉，嫖姑娘、捧戏子、喝大酒、赌烂钱，后来酒色掏空了身体，终于中风瘫了，一瘫就瘫到现在，不老实也得老实了。”

吴煜一边说着，一边摇着头，显然对这个堂叔他也很是头疼。

宋翊听着吴煜的讲述，心里却想着另一件蹊跷的事。宋翊虽然学的是法医，但对基础的病理学知识还是知道一些的，她和白九曾经讨论过中风这一病症。

白九说，中风，有外风和内风之分，外风因感受外邪所致，在《伤寒论》名曰中风；内风属内伤病症，又称脑卒中。卒中，多指内伤病症中的类中风，多因气血逆乱、脑脉痹阻或血溢于脑所致。以致突然昏仆、半身不遂、肢体麻木、舌蹇不语、口舌㖞斜、偏身麻木。吴远樵这病一看就不是外风，而是实打实的内风。西医认为，中风为急性脑血管病，多为脑内动脉破裂，血液溢出到脑组织内，形成凝块，阻塞血管所致。无论中西医，对中风的用药，都以通、疏、解、散为主，中药多为镇肝熄风汤、大秦艽汤、星蒌承气汤、补阳还五汤等汤药，西药则为被称作“万灵丹”的阿司匹林。

然而，梁寿塞给管家庞春的那个小玻璃瓶的药，绝对不可能是阿司匹林，因为梁寿问了一句：“远樵的药，是不是又停了啊？”

这说明这玻璃瓶里的药，吴远樵是长期服用的。众所周知，阿司匹林不能长期服用，一旦长期服用，会导致皮疹、血肿、哮喘、皮下瘀血、牙龈出血和紫癜等反应，但是这些反应在吴远樵的身上都没有，所以那药不可能是阿司匹林。如果不是阿司匹林，那会是什么药呢？在好奇心的驱使下，宋翊指使吴煜去庞春手里要来了那个小玻璃瓶，然后倒出来一片药，用纸包好，随后让吴煜把那个瓶子还了回去。

宋翊拿着那片药，回屋写了一封信，叫来了魏虾米，让他把这药片和信送到马场道的一家西医诊所，找坐诊的大夫亨利先生帮忙，并将亨利大夫的回信带回来。

宋翊可是市长的千金，她亲自交代下来的差事，魏虾米怎敢不用心。

傍晚时分，魏虾米跑了回来，将回信递给了宋翊。这亨利先生是宋翊在法国留学时认识的朋友，学的是西医的内科，故而宋翊特地让他帮忙看看这片药是个什么成分。

宋翊展开亨利的回信一看，顿时验证了自己的猜想！

这药果然不是阿司匹林，而是有催眠麻醉作用的佛罗拿！

1903 年，德国化学家菲舍尔和梅林发现了合成的二乙基巴比妥酸具有高效的安眠药用，于 1904 年将二乙基巴比妥投入市场，英文名叫 Veronal，音译成中文就是“佛罗拿”。

原来梁寿一直在给吴远樵开安眠药！

他们的关系，远非表面看上去那样简单，那么在这其中，吴晋中又扮演着什么样的角色呢？

“必须见见吴远樵，他肯定知道些什么！”宋翊暗自下定决心，今晚要夜探吴远樵！

肆

三更天，宋翊从床上坐了起来，将防身的小手枪揣进兜里，轻轻推门，蹑手蹑脚地向东院摸去。

这几天吴家大院乱成了一锅粥，没人这么晚还会注意到有个宋翊在活动。

吴远樵居住的东院少有人在，只有个哑老妈子每日三餐来喂药喂饭。此刻，已是后半夜，那哑老妈子早已回房酣睡，偌大的东院空空荡荡，不见半个人影。

“吱呀——”宋翊推开了吴远樵的房门，从门缝儿里钻了进去。

吴远樵的床头立着一盏昏暗的灯，他缩在被子里不住地咳嗽，宋翊摸到床头，轻轻地给吴远樵翻了个身，吴远樵是认识宋翊的，知道她是警察局派来给吴晋中验尸的洋法医。

“呼——咳咳——啊——”

吴远樵张大了嘴，拼命地想说些什么，但是他的舌头已经僵直，不会打弯儿，只能瞪着眼睛干着急，发不出一个字。

“吴晋中的死是有隐情的对不对？”宋翊问道。

吴远樵飞速地眨眼，表示同意。

“你知道凶手是谁？”宋翊抓住了吴远樵的手。

吴远樵闻言，更加激动，使劲儿蹬腿，将自己的上半身向床边挪了挪，使劲儿看着床缝儿。

“那里藏了什么东西，是吗？”

“呼——咳咳——啊——”吴远樵使劲儿转着眼珠，嗓子里发出一阵含混不清的叫声。

宋翊皱了皱眉头，探身跃过吴远樵，用手指在床缝儿里一抠，

宋翊一下子抠出了一大堆小药片，其中不少一看就是含在嘴里又吐出来的，药片上面带着唾液浸染后的痕迹，还有一些挂着痰、挂着血！

“这些都是你吐出来的？”宋翊扭头问道。

“啊——啊——呜啊——”吴远樵淌着眼泪，不断地抽搐着嘴角。

突然，吴远樵止住了哭泣，定定地看向了床内的白墙，在那白墙之上，一道黑影缓缓浮现，那是一个老妪的剪影，那黑影的背后还竖着一条长长的狸猫尾巴。“哗啦”一声，那黑影伸出了毛茸茸的右臂，渐渐向床边靠近。

“啊——啊——啊啊啊——”吴远樵使劲儿地大喊，向宋翊示警。

宋翊其实早就看到了墙上的那个黑影，但是她没敢回头，因为她想起了白九曾经跟她说过的一个故事，叫“狼搭肩”！

所谓“狼搭肩”，其实并非仅指狼这一种动物，而是泛指“肉食猛兽”，而这其中，又以狼最为阴狠狡诈。白九说过，人的后背是野兽无法抗拒的诱惑。因为当人和猛兽四目相对时，猛兽也会考虑人的胆量，不会轻易出击，但是一旦背对猛兽，就能激发出猛兽的捕食天性。这个时候，像大型猛兽，如虎、豹等一般会迅猛地扑上去撕咬；而体型较小的狼，它们会温柔地用前肢搭上人的双肩。人受到突如其来的搭肩肯定会下意识地回头看，就在回头看的那一瞬间，狼会闪电般咬住人的喉管，将其扯碎！

宋翊此刻绷紧了神经，牢牢地盯着墙上的阴影，尽量控制住自己的呼吸，慢慢从怀里掏出了手枪，夹在了肋下。

“啊啊啊——啊——”吴远樵发出了尖利的喊叫，宋翊耳后风声大作，墙上的黑影瞬间变大，宋翊知道它扑过来了！

“砰——”宋翊开枪，在枪响的瞬间一个前扑，缩到了墙角，举起手枪，四下一望。

漆黑的卧房内，空空荡荡，那黑影好似从未出现一般。

“哪儿去了？”宋翊咽了一口唾沫，喃喃自语。

突然，屋檐上传来了一阵瓦片响，随后便是一阵风声，好像有什么东西落到了院内。

宋翊咬了咬牙，举着手枪踹了房门，向院中走去。

刚才那声枪响，引起了在吴家大宅里巡逻的潘虎臣的注意。他顺着枪声来源就追了过来，带着十几个巡警一下子涌进了东院。

潘虎臣刚一进院，就撞上了宋翊的枪口，吓得一哆嗦，赶紧闪到了影壁后头，大声喊道：“怎么回事？”

宋翊听见了潘虎臣的声音，松了一口气。她放下了枪，潘虎臣从影壁后头走了过来，急声问道：“你开的枪？”

“我……我看到它了！”

“谁？”

“九命妖猫！”宋翊抬起头，看着潘虎臣，眼神里满是惊惧。

“什么……什么猫？”

“吴远樵！吴远樵可以做证，吴晋中并非死于意外！”宋翊赶紧给潘虎臣说了吴远樵的事。

“吴远樵在哪儿？”

“在屋里！”

“走！去看看！”潘虎臣一点头，带着巡警推门进了吴远樵的卧房，刚一进门，就嗅到了一股浓烈的血腥味。

“不好！它调虎离山！”宋翊一声疾呼，两步窜到床边，低头一看，吴远樵双目圆睁、牙根紧咬，颈下一道深可见骨的抓伤扯断了他的喉咙。床缝里那些被吴远樵吐出来的药片也被人抠走了，一片都不剩！

“都怪我……”宋翊手脚一软，蹲在地上，不断地捶打着自己的脑袋。

潘虎臣叹了口气，正要出言安慰，只听门外传来了一阵急促的脚步声，管家庞春满头大汗地跑了进来，一把拉住了潘虎臣，大声喊道：“潘局长，我家少爷不见了！”

庞春的话没说完，突然眼睛一瞥，瞧见了死在床上的吴远樵，登时面如土色，尖叫了一声：“二老爷！”

“咯——”庞春惊惧交加，一翻白眼，晕倒在了地上。

宋翊站起身，伸手阖上了吴远樵的眼皮，暗暗打定主意：“明晚必须再去吴府后院一探！”

吴府后院，临街的后门挂着一面大匾额，名曰：救生堂。这救生堂乃是吴晋中生前出资所办，乃是天津慈善行的典范。这救生堂，常年从事两项义举。这头一项是收敛无主认领的尸首，使其入土为安；第二项是为妇女孩童赠医施药。彼时天津城，有两大民间慈善机构，一个是掩骨会，另一个就是救生堂。

这些年，年景不好，大江南北，不是闹饥荒就是打乱仗，遭了天灾人祸的流民四处飘零。天津城外，到处都是乱葬岗子。天津有个词，叫“路倒儿”，说的就是这些穷苦人走着走着，“扑通”一下往地上一倒，就死了。

像这些个苦哈哈丧命之后，幸运的能摊上一副“狗碰头”的薄皮棺材，天津人也管这种棺材叫“狗碰儿”，意思就是这棺材实在太薄了，刨坟的野狗将棺材扒出来，用狗头撞一撞，这棺材就裂了。然而对这些苦命人来说，死后能用上个狗碰儿，那都是烧了高香了！大多数的“路倒儿”死后，都是用蒲包、苇席一裹，随便刨个坑儿就给埋了。彼时，天津人都知道，城外乱葬岗子上野狗特多，吃尸体都吃红了眼，出城没走多远，满地都是白色的人骨头。

在天津，出资收殓这些个尸骨的民间组织就两家，一家叫“掩骨会”，清代有一本讲述风物地理的书《津门杂记》里讲：“掩骨会，在西门外，有义地数处，葬埋异地贫民，每年春秋，并着人各处捡取暴露骨骸，以土掩埋。”

掩骨会乃是天津名绅华龙藻在乾隆三十六年上书官府，呈请拨城西南官地两顷余成立的。

但是奈何清末以来，灾祸不断，横死他乡的人数翻着跟头往上涨，仅凭一家掩骨会根本忙不过来。幸好在二十年前，大茶商吴晋中又成立了这么一家救生堂，将自己的宅院吴家大院儿分成了两半，前一半自住，后一半以围墙分隔划出了六间大瓦房，四间做义庄，不但为这些无主尸首收殓入棺，还会择日给他们出城土葬；两间做药房，为穷苦的妇孺老幼赠医施药，救生堂的坐诊大夫就是梁寿。

宋翊敢确定，这个梁寿一定有鬼，否则，作为一个大夫，是不可能如此大剂量地给中风瘫痪的吴远樵服用镇定类催眠药物的。而吴远樵也一定是知道了什么秘密，才被灭了口。

一整天的时间，潘虎臣带着警员将吴府上下搜了个底朝天，也没有找到吴煜的踪影，而看守吴府的巡警表示其间并无一人出入。潘虎臣急得甚至带人去吴府后院围墙外的救生堂搜索了一圈，也没有找到吴煜的踪影。

潘虎臣认为吴煜已经不在救生堂。然而，宋翊却不这样认为。

吴煜一定就在救生堂，只是潘虎臣没有找到罢了。那个梁寿有古怪，绝对不简单！宋翊知道，潘虎臣的身份很敏感，再加上潘虎臣做事从来都是风风火火，暗中查探这种事他不懂怎么做、也做不来，一旦弄巧成拙，反而打草惊蛇。说起来，这种事，最合适、最精通的就是白九！

“白九，你个浑蛋，也不知道死到哪里去了，不想看到你的时候天天在眼前晃；用到你的时候，你又玩儿失踪！”宋翊坐在台阶上，一边等着天黑一边咒骂白九。

晚上九点，浓云遮月。

救生堂和吴家的住宅有围墙分隔，要想到救生堂去，需要从吴家正门出去，绕个圈儿，穿过两条街，才能走进救生堂的正门。宋翊既然是暗中查探，肯定不能走正门，于是悄悄地溜到了吴家的后院，望着高高的围墙和墙后救生堂的檐角，后退了几步助跑，纵身一跃，想抓住墙头，奈何跳得不够高，臂展不够长，不但手指没抓到墙头，脑门还重重地撞在了墙上。

“哎哟——”

宋翊一声惨呼，一屁股坐在了地上。她一手揉着额头，一手揉着屁股，心里嘀咕道：“白九每次跳墙都是这么翻的啊，没理由他行我不行啊！”

宋翊揉着屁股，站起身来，右手不经意地在草里一扫，竟然碰到了一个坚硬的东西。宋翊蹲在草里一捞，竟然拽出了一架竹梯。

“这一定是有人翻墙过去过，很有可能，这梯子就是吴煜用过的！”心念至此，宋翊扛起竹梯，搭在了墙上，很快爬上了墙头，再转过身抓住墙头，慢慢地把身子探向墙另外一侧，随后一松手，跳进了救生堂的院子里。

宋翊扭了扭震得发麻的脚踝，打量起了救生堂的院落。

在宋翊的正对面就是救生堂的大门，大门两边，一左一右两间屋子分别是看诊的诊房和抓药的药房，看布置应该是中西医兼顾。院子坐南朝北，东西两侧是停尸的地方，门窗紧闭，糊着黑布。说到这儿，诸位看官可能要问了，这看病的地儿，排布上这老些个棺材房子，晦气不晦气啊！其实啊，这压根儿就不叫个事，来这救生堂看病的，都是些穷苦人，吃饭都上顿不接下顿，哪还有那么多讲究？再说了，民国年间，新盖的洋医院都有停尸间，前楼治活人，后楼停死人，都是这么个布局。有句话老话说得好：人穷命贱。宁做太平犬，不当乱世人。乱世里头，人越活越苦，自然将生死也就看得淡了，又怎么会顾忌什么晦气不晦气！

这时，东边第二间停尸房里传来了一阵窸窸窣窣的响动，吓得宋翊掏出了怀里的手枪。她贴着墙根儿摸了过去，一只手攥着枪，举在耳边；另一只手掀开窗棂上糊着的黑布。她顺着窗户的缝隙往里一看，只见停尸房内，密密麻麻的棺木上，一个黑影在棺材盖子上不停地跳跃。

突然，那黑影停止了移动，坐在了供奉死人牌位的香案上，扭过头来，烛火摇曳，照出了那黑影的真身，赫然是一只披着黄色毛皮的大狗。

“这……哪来的狗？”突然，一只手从宋翊身后伸了出来，一下子捂住了宋翊的嘴巴。宋翊吓了一跳，刚要开枪，手腕就被别住，手枪瞬间脱手，宋翊一口咬在捂住自己嘴巴的那只手上。

“哎呀——”那只手的主人发出了一声痛呼，抱住宋翊的腰，一个侧摔，将她按倒在地上，宋翊刚要叫，那人急声呼道：

“我——是我啊！”

宋翊听着这人声音耳熟，抬眼一看，这人不是别人，正是失踪多日的白九！

“你……”宋翊瞧见白九，又急又气，伸手在他肋下狠狠一掐，疼得白九脸红到了脖子根儿。

“你疯了你……有病啊！”

“滚开——”宋翊狠狠地一推，将压在身上的白九甩到一边，捡起自己的手枪，揣在怀里，一脸愠怒地问道：“你来这儿干什么？”

白九向四周瞧了瞧，一伸手，将宋翊拽进了停尸房，轻轻掩上门，低声说道：“说来话长啊！”

“长也得说，你知道我找你找得多辛苦……”

“你找我了？哟！是不是想我了？”白九咧嘴一笑，又露出了那副无赖模样。

“鬼才想你！”宋翊脸上一红。

“是不是没了我，心里空落落的？”白九一嘟嘴，故意把脸伸到宋翊前面，宋翊恼羞成怒，伸手狠狠地在白九的耳朵上一扯，将他拽倒在地。

“你给我老实点儿！说！这段时间去哪儿了？”宋翊红着脸啐道。

白九蹲在地上，揉着发烫的耳朵，小声咕哝道：“还不是骆悲的事闹的。骆悲死的那天，在客栈的桌子上有一行血字，你看到了吧？”

“看到了！写的是：你叫白九！我记住你了！”宋翊的记性一直很好。

“对啊！就是这九个字，让我寝食难安。你想想，有这么个人在你身后盯着你，简直就是如芒在背、如鲠在喉。骆悲这案子，你们警察局查了小半个月，毛都没查出来，还不让我插手，你这让我怎么能不怕？”

宋翊一皱眉，张口说道：“这事不怪警察局，我们查过了，骆悲那案子，现场残留的线索少得可怜，之所以不让你插手，还不是因为你干什么事都不找警察局报告，找花二爷查骆悲不报告，密会骆悲也不报告……”

“我又不是你们警察局的人，老子干什么凭什么给你们报告？案子一破，就卸磨杀驴，这帮孙子也太王八蛋了！”

白九一梗脖子，不服气地骂了一句，随后一举手打了一个响指，香案上那只大黄狗听到响指，从香案上一跃而下，跑到了白九的身边，白九轻轻抚摩着大黄狗的脊背，笑着说道：“哼，不带爷玩儿，爷自己玩儿，潘虎臣带着手底下那一帮废物，都不如一条狗——当然，不包括你！”

白九话说到一半，发现宋翊目光不善，连忙话锋一转，圆了过去。

“这狗是怎么回事？”

“这狗叫核桃，是我从小养的，嗅探的本事足足驯了五年！我在骆悲的手里发现了这个。”

白九从怀里掏出了一角布片，看形状应该是一块衣领。

“这是凶手的？”宋翊问道。

“骆悲练了一辈子的功夫，还没来得及抽刀，就被一刀断头，慌乱之中，只扯下了这么一片衣领！这衣领上有凶手的气味，我带着核桃，追了一宿，一直追到城外的乱葬岗，由于我一时心急，露了马脚，被对方察觉，险些送命。不过幸亏我福大命大，不但逃脱了追杀，还在乱葬岗下面找到了大量新下葬的棺材，棺材上刻着救生堂的名号，掀开棺材盖子，尸骨底下竟然有夹层，里面藏着的东西，你绝对想不到。”

“别兜圈子，快说是什么？”宋翊急道。

白九幽幽一笑，在停尸房里随便找了一口棺材，抬起一角，推开了一条缝儿，将里面的尸骨扒拉到一边，摸出了一个铁环，然后他用力一拉，掀开了一块板子，板子底下是一层油布。白九掏出随身的匕首，割破油布，露出了油纸底下密密麻麻码放着的纸包，白九拽出一个纸包，割破外层，里面露出了一团黑褐色的包装物，散发着一股浓重的尿味。

“这……这是鸦片膏子！”宋翊惊呼道。

白九将纸包裹好，塞回到棺材里，将尸骨复原，盖上盖子，沉声说道：“没想到吧，这救生堂借着帮人收殓尸骨，实则用棺材做掩护，运送鸦片。更恐怖的是，有的时候，捡来的尸骨和运鸦片的日子对不上的话，那姓梁的大夫还会在药里下毒，把前来看病的老弱病残直接毒死，借着殓尸出殡，伺机运鸦片！”

“啊！你……你是怎么查到的？”白九说的这事，太过凶残，简直令人发指，一时间竟将宋翊吓得愣住了。

“这事，还得从骆悲死的那天晚上说起。那天晚上，我带着核桃循着现场留下的气味追踪凶手，在城外瞧见了两道身影，他们一个高大挺直，一个矮小驼背。不一会儿他们就钻进了乱葬岗，在一座孤坟边上抡起了锹镐。他们一顿乱刨，拖出了一口棺材。那瘦高的身影撬开了棺材盖子，从里面摸出了十几根金条揣进怀里，而那个驼背矮小的身影则抱着死尸在一旁啃食，核桃有些害怕，发出了一声细小的呜咽，那驼背矮小的身影猛地停止了啃食，扭过头来，自身后竖起了一根尾巴，两只粗壮的前臂往地上一搭，手脚并用向我这边跑来，那瘦高的身影也掏出了手枪，向我这边射击，我带着核桃在密林里东躲西藏。眼看就要被追上之际，突然浓云之间，一声闷雷炸响，大雨倾盆而下。闪电划破夜空，撕开一道亮光，就着这道光，我看见了这两道身影的形貌，一个是人，一个不是人！”

“不是人？”

“对！不是人！那个矮小驼背的是一只足有一米多高的狒狒，头部粗长，吻部突出，耳小毛长，眉弓突出，眼深陷，犬齿长而尖，披着一件连帽的斗篷，将周身罩住，蹲坐在地，其侧影犹如一个驼背的老妪。它的背后竖着一根狸猫一样的尾巴，手分五指，上面各套着一根精铁打造的尖刺。那大狒狒和那瘦高个儿一齐追来，那瘦高个儿手里有枪，枪法也够硬，在乱草树丛中，连发六枪，打中了我的左腿，我身子一歪，脚下踩空，直接栽进了一条黑漆漆的土沟里，那土沟极深，幸好下面是软草和烂泥，卸了不少下坠的力道，否则这时候我估计奈何桥都过去了。

“那只大狒狒从左往右搜索，瘦高个儿从右往左，左右夹击，我和核桃缩在沟底，不敢发出丝毫声响。大雨之中，天雷霹雳，那只大狒狒显然对雷声和闪电十分畏惧，每遇雷响，必瑟瑟发抖，将脑袋埋在胳膊之中低声呜咽。瘦高个儿向土沟里看了看，便带着那大狒狒离开了，可能他认为从这么高的土沟摔下去，必死无疑吧。

“我在土沟里稍作喘息，过了很久，我四处侦查，觉得周围安全后，便从土沟里爬了出来，在他们刚才掘开的那座坟头转了几圈，又掏开了几座新坟，才发现有的坟里面藏着大烟膏，有的藏着金条！我这才明白，敢情这片乱葬岗是烟土贩子交易的中转站。我们试着想象一下，这些烟土最初是水路运来的，借着捐赠米粮的名义运入救生堂，救生堂将鸦片藏到棺材里，以埋尸的名义避开警察局在城门口的搜查，把烟土运出城，埋在乱葬岗，周边的烟土贩子挖开这些野坟，掏出烟土，将买烟土的金条埋回棺材里封好，再由救生堂的人将金条取走。这乱葬岗地处荒郊野外，罕有人至，成了烟土贩子选定交易的风水宝地！而这些尸体里，有好几具都是新死的妇孺，个个面黄肌瘦，一看就是街上飘零的穷苦孤寡，我略一验看，便知这几人都是中毒而亡！不用说，肯定是救生堂为了运毒，直接找了几个苦哈哈，借着赠医施药的名义，直接毒死。

“当晚，我忍着腿上的剧痛，将坟原样埋好，顶着大雨回到了城里，找了个熟悉的西洋诊所，处理了一下枪伤，然后连夜找到了范瞎子，这小子是古玩造假的行家，一身丹青的手艺炉火纯青，我略一形容，他便画出了那瘦高个儿的模样和那大狒狒的形貌，我拿着范瞎子的画像，找到了花二爷，拿小金花的事诈他，逼着他帮我查这画像里的人是谁。花二爷怕老婆怕得要命，知道被我抓了软肋，虽然暴跳如雷，但是他在查探上丝毫不含糊，没到半天，就查到了瘦高个儿的身份——此人姓梁名寿，乃是救生堂坐诊的大夫。我前脚出了花二爷的茶楼，后脚就到了南市。唉，时间还早，这段儿我可得给你好好讲讲……”

白九从袖子里拽出一块手表，看了看时间，一屁股坐在了棺材盖上：“话说，那一日，九爷我到了天津南市……”

伍

南市，顾名思义，位于天津城南。一提起南市，就有人说是“三不管”，这其实是个误会。清末时候，天津城南是一片又大又深的水洼。1900 年，老城被拆毁了。北大关这片地被八国联军瓜分，老百姓们开始向南市转移，填土打夯，修建房舍。据当时的《天津县新志》中记载：“在日本租界毗连地辟三街，曰南市大街，曰广益大街，曰荣业大街。自东南城角至南门外直街。”由此可见，这南市大街的地界大了去了，和号称“不到南市逛一逛，白到天津走一趟”的南市比起来，“三不管”只是南市的一部分罢了。

南市上接天津老城厢，下连各国租界，共排布街道横竖十七条，吸引了算命的、说书的、唱曲的、练把式的、卖野药的艺人、小贩来此谋生，其中有个耍猴的，唤作邓摘星。这邓摘星乃是个耍猴的艺人，早年不知道在哪个道观里当过几年伙夫，跟着学了门耍猴的手艺，老观主是读过书的，给他起了个“摘星”的名字。后来道观的香火实在是不行，从老到小，天天饿得头晕眼花，观主无奈，只得解散了道观，让观里的老幼分头下山，各谋生路。这邓摘星带着两只猴子下了山，来到天津卫，称自己是“摘星子”，自小在终南山随仙人学法，得了个“驭使百兽”的法门，不但能驭使猴兵猴将，还会“蚂蚁派兵”。天津人也是吃过见过的，虽然明知道这厮是在耍嘴皮子，但是架不住这邓摘星猴子耍得好，他的猴子不但能舞枪弄棒、对打操练，还能穿衣戴帽、鞠躬磕头，钻火圈、骑山羊样样精通！这十几年演下来，节目愣是没有重样的。

这白九左腿中了枪，自己做了个拐杖，一瘸一拐地来到了南市，在街边的大柳树底下一把拽住了正要收摊的邓摘星！

邓摘星生得矮小枯瘦，就算白九腿脚不便，也不是他能挣脱的。

“九……九哥！这不是九哥吗？你今个儿怎么这么有空，来……来南市？”邓摘星瞪着小眼睛说。

“上回赌钱，你小子是不是还差我三块大洋没给呢？”白九一瞪眼睛，将邓摘星夹在了肋下。

“九哥！我这阵子买卖不好！我真没钱啊！”邓摘星一缩脖子，整张脸一挤，活似个风干的橘子。

“没钱？”白九轻轻扇了扇邓摘星的脸颊。

“真……真没钱！”

“我告诉你，我白九的钱，死人都不敢欠我的！”

“九哥，我是真没有！”邓摘星拱着手，不住地告饶。

“行吧！真没钱，我也不能逼你，大家一起赌钱也玩儿了这么多年了，这样吧，我拿只猴子抵账。”白九一把松开了邓摘星，拎起一个笼子就走，笼子里的小猴儿吓得吱吱乱叫，冲着邓摘星不住地哀嚎。

“九哥，你做的是死人买卖，要猴子干吗？”邓摘星一把抱住了白九的胳膊。

“干吗？吃呗！猴脑可是大补啊！”白九瞪着眼睛喊道。

“哥哥啊！我的九哥啊！这猴子可是我吃饭的饭碗，您抬抬手，容我两天，有了钱，我给您送过去，您看成不成？”邓摘星一把抢过笼子，一边苦求道。

“也不是不行，但你得帮我一忙！”

“什么忙？只要我能做到，九哥您说话！”邓摘星抢过猴笼子，将胸膛拍得“砰砰”响。

白九从怀里掏出了那只大狒狒的画像，展开来往邓摘星面前一递，沉声说道：“这大狒狒是怎么回事，给我讲明白了，赌账一笔勾销！”

邓摘星一看那画像，脑门子上瞬间见了汗，只见那邓摘星急急忙忙收拾摊子，从鞋里摸出了三枚银圆，往白九手里一塞，耷拉着眉毛说道：“九哥！这是欠你的赌账，这事您找别人问去吧，小弟我实在是爱莫能助。”

“好啊，你小子……”

白九的话还没说完，邓摘星一扭身就要跑路，白九拄着拐，好一顿追，才拽住了邓摘星。

“九哥，这事我真帮不了你……”

白九眼珠一转，摸了摸下巴，一脸神秘地说道：“兄弟，九哥我最近在帮警察局查案，想必你有所耳闻吧。”

“当然了！街面上都传，九哥你审尸招魂、入梦寻冤，连破过龙灯、关帝劈刀两道奇案。这事不会是您帮着警察打听的吧？”邓摘星越说越心虚。

“说对了兄弟！这大狒狒的事，你要是知道什么，你就告诉九哥；你要是不告诉九哥，九哥也不逼你，既然我问不出来，只好让警察来。当然，你要是有时间，去警察局也是可以的。”

“别介啊，九哥！你可不能坑兄弟啊！”邓摘星这种街头卖艺的，最怕的就是警察，平日里无事还刮他们三层油呢，要是摊上这事，还不一定怎么勒索。

白九一摊手，摆出一副没办法的样子。邓摘星踌躇了一阵，将白九拉到巷子深处，指着画像上的大狒狒说道：“九哥！此事我只说与你一人，你千万保密！”

“那是自然。”

“您画里的大狒狒，不是一般的猿猴，这东西，叫山妖！”

“妖？”

“没错！就是妖，而且还是人饲养的妖怪！一般的猿猴，都是拿嫩枝、树叶等植物驯养的，哪怕一些野生的猿猴，多为杂食，吃的也不过是一些昆虫、蛴螬、蜘蛛和蝎子类的活物。而这种狒狒，则是自小用死人的肉配上秘药投喂的，这狒狒一旦吃了人肉，知道了人肉的香，便再也吃不进去别的东西了。这驯养狒狒的人在成功给狒狒染上了人肉瘾后，还会训练这狒狒身着人衣、脚履草鞋，于黑夜之中穿街过巷，扮作老妪，盗取婴孩儿！乾隆年间，广西曾有贼人盗贩孩童，便是以此法作案，被官府捉住，判了剥皮填草之刑。传说当时有捕快寻到了那贼人的老巢，山洞之中，白骨累累，不计其数，骨上齿痕密布，皆为此山妖所为！”

白九听了邓摘星此言，不由得遍体生寒，脑袋空白一片，连邓摘星什么时候溜的都不知道。

“不杀此贼！天理难容！”白九一咬牙，拄着拐杖回了龙王庙，从供桌底下掏出了一个一人多高的木盒子，拿出了里面用油纸包裹的一张弓。白九的师父是旗人，弓马是祖传的手艺。这张弓已经传了六代人了。白九取出弓，又去了一趟大神堂，置办了几样趁手的硬家伙，收拾停当后，寻了个月黑风高的晚上，趁着梁寿外出，潜入了救生堂，布下了陷阱，只等梁寿和那山妖大狒狒回来，便设局伏杀！然而，他万万没想到，刚布好了陷阱，就遇到了跳墙过来的宋翊。

故事讲到这儿，白九又紧张地看了看表，还有十五分钟，梁寿就回来了，这是白九多日蹲点摸出的规律。

在白九讲述这段故事的时候，宋翊也把吴家大院发生的事给白九说了个大概。

“白九，你在这救生堂的院子里，见没见着一个人？”宋翊简单描述了一下吴煜的样貌。还没说完，白九就拉着她钻进了旁边的那间停尸房，拉开了一具棺材，指着棺材里躺着的人问道：“你说的是不是他？”

宋翊低头往棺材里一看，里面躺着的不是吴煜又是何人？

“他……他……”宋翊惊悚道。

“他没死！只不过是被人用拍花子的迷药给放倒了，这大哥估计来得比我早，我到这儿的时候，他已经躺在棺材里了，还是核桃嗅到这院子里有一活人，带我找到他的，不过我也很好奇，梁寿为什么没杀他。”

白九说着说着，突然低头看了一眼表。

“时间快到了，梁寿马上就回来了。”

说完这话，白九赶紧盖好棺材盖子，拉着宋翊出了停尸房，顺着屋檐上的一条绳子爬上了屋脊。白九将绳子收好后躲了起来，然后将早就藏在屋脊背面的长弓攥在了手里。

“吱呀——”救生堂的大门开了一条小缝，两道身影一前一后钻进了院内，高的是梁寿，矮的就是那只大狒狒。

只见梁寿进了院子，直接奔着吴煜所在的位置走去，宋翊看了看白九，白九看了看天，显然没有动手的打算。

“你在等什么？”宋翊张了张嘴，小声问道。

白九伸手指了指天，又指了指屋脊上的蚂蚁和院里的水缸，轻声说道：“‘蚂蚁垒窝，天将大雨；水里泛青苔，夜有雷雨来’，老祖宗的谚语，几千年从无差错，那山妖大狒狒最怕雷声，今晚雷雨，正是好时机，再等等！”

就在白九等待雷雨的时候，梁寿已经进了停尸房，白九拽着宋翊小心翼翼地在屋脊上腾挪，移动到了梁寿进的那间屋子，掀开了几块瓦片，偷眼向下瞄去。只见梁寿走到那具棺材前面，轻轻一推，掀开了棺材盖子，将里面躺着的吴煜揪着脖子拽了出来，随后从怀里取出一个小瓷瓶，在吴煜鼻子底下一晃，一小蓬雪白的药粉腾起，钻进了吴煜的鼻腔，吴煜眉头一皱，打了个喷嚏，缓缓睁开了眼。

“恶贼——”吴煜一睁眼就看到了梁寿，瞪着眼睛，就要扑上去掐梁寿的脖子，胳膊还在半空中，就被那只大狒狒抬起一爪，抓在小肘上，吴煜小肘霎时开了五道血口子。

梁寿趁机飞起一脚，蹬在了吴煜的小腹上，痛得吴煜一弯腰蹲在地上。梁寿打了一个呼哨，那山妖大狒狒缓缓退到了他的身后，从门后搬了一把椅子过来，梁寿向后一坐，在椅子上跷起了二郎腿，然后点了一根香烟，冲着吴煜叹道：“不老实啊！还是不老实！跟你那个死鬼老爹一个德行。”

“是你！是你害死了我娘！又杀了我爹！咳咳……咳咳……我之前怀疑我爹是因为生意遭人眼红才被人暗害，所以这几天我一直在查吴家的账！我发现账簿不对，多笔巨款出入不明，里面很多对救生堂的慈善捐济只有账目往来，却没有银钱流动。我敢肯定，是救生堂在用吴家的生意洗钱！这里面多笔来往资金都是你梁寿的签押，一定是我爹发现了什么，才被你灭口的！还有我娘，你……”吴煜捂着肚子，胳膊上的血滴滴答答地往下淌。

梁寿吐了一口烟，挑着拇指赞道：“还真别说，你看账的本事比你爹强太多了，是个做买卖的材料。只不过你说错了一件事，你爹不是发现了我的秘密，而是你爹原本和我就是一条船上的人！”

“你说什么？”

“这事说来话长，还得从光绪十六年说起……”

陆

光绪十六年，天津盐场，一个名叫吴晋中的盐丁趁着大雨夜逃亡。为了躲避官府的追捕，这个吴晋中专挑荒山野岭躲藏，大雨下了七天不停，吴晋中昼伏夜出，一直跑到了蓟县。这蓟县古称渔阳，春秋时期称为无终子国，战国时称无终邑，秦代属右北平郡，唐朝设蓟州，元朝仍称渔阳县，属大都路蓟州。

明洪武初年，撤渔阳县入蓟州，下辖玉田等四县。清代初沿旧制，乾隆年间成为散州，民国二年始称蓟县。蓟县地势东边紧紧靠着燕山山脉，北高南低。北缘最高点为九山顶，南部最低处在马槽洼，有盘山、府君山、八仙山等胜景，乃是“后有靠山、左有青龙、右有白虎、案山明堂、水流曲折”的风水宝地，乾隆都题过字，字曰：早知有盘山，何必下江南。

故而此地葬了不少清朝的王公贵族、文臣武将，盗掘古墓之事时有发生。

话说这吴晋中一路奔逃，逃到了蓟县境内，在荒山之中瞧见了一道黑影从乱草中爬出来。他定睛一看，那黑影不是什么伤人害命的虎豹豺狼，而是一个挖坟掘墓的盗贼，就在吴晋中看到那盗墓贼的一瞬间，那盗墓贼也瞧见了吴晋中。吴晋中知道，挖人祖坟乃是重罪，被官府抓到，可是要开刀问斩的，故而干这一行的人，无不是刀头舔血、心狠手辣之辈，此刻被自己撞破了行径，焉有不杀人灭口之说？

说时迟，那时快，吴晋中不敢犹豫，掉头就跑，那盗墓贼瞧见吴晋中的身影，跃起就追，吴晋中饿了好几天，头晕眼花，手脚酸软，没跑出去多远，就被那盗墓贼追上，一脚踹倒在地。那盗墓贼拔出尖刀，抵在了吴晋中的心口。

“好汉饶命！饶命啊！”吴晋中紧闭双眼，不住地告饶。

“你将眼睛睁开！”

“道上的规矩我懂，看了您的脸，我就再也活不了了！”吴晋中哭得涕泪交流。

那盗墓贼“嘿嘿”一笑，徐徐说道：“你倒也是有趣，瞧你这身打扮，还有这晒得脱了皮的肤色，应当也是个穷苦人吧！”

“回老爷的话，小的是盐场的盐丁，实在受不了盐场的苦日子，刚逃出来——白头灶户低草房，六月煎盐烈火旁；走出门前炎日里，偷闲一刻是乘凉。”吴晋中想起当盐丁的艰辛日子，又想起了自己此刻即将命丧黄泉，不由得悲从中来，悲戚戚地念了一首诗。

那盗墓贼沉默了许久，轻声问道：“你读过书？”

“小人家中原本也是诗书之家，奈何家道中落，沦落盐场。”

那盗墓贼没空听吴晋中唏嘘人生，一咬牙将吴晋中从泥水里揪了出来，对他说道：“要我饶你性命也可以，只不过，你得答应我一件事。”

“什么事？只要老爷能让小的活命，哪怕千万件我都应！”吴晋中听见能活命，一下睁开了眼睛，看向了那盗墓贼。

那盗墓贼指了指自己的脸，笑着说道：“我叫梁寿，有一笔买卖，想和你谈谈。”

“买卖？”吴晋中傻了眼。

盗墓贼梁寿叹了口气，缓缓说道：“我有一桩大生意，需得在城里有个身份才好运转，我没读过书，又是江湖出身，不容易融入商界，所以我需要一个搭档，把摊子支起来，我才好发财。我看你就不错，读过书，出口成章，你若是应下这事，我便饶你一命。”

“应！应！只要能让我活命，我什么都答应！”吴晋中一个头磕在了地上。

梁寿咧嘴一笑，打了一个呼哨，那黑漆漆的盗洞里“唰啦”一声钻出了一个矮小驼背的身影，向梁寿跑来，那身影背上披着一件连帽的斗篷，将周身罩住，犹如一个驼背的老妪。走到近前，梁寿轻轻摘下了那身影的帽子，露出了一张头部粗长、吻部突出、耳小毛长、眉弓突出、眼深陷、犬齿长而尖的猴脸。

“这是山妖，我养的。若是你有一天背叛我，它会去找你。”梁寿幽幽一笑，从山妖的背上解下一个布包扔给了吴晋中，随后带着那只山妖消失在了大雨之中。

吴晋中发了好长一段时间的呆，低头打开了那个布包，只见布包里全是金银首饰，其中一枚扳指还戴在半截指骨上。

“这……”吴晋中抹了一把脸上的雨水，赶紧收拾好东西，离开了这片坟岗。

没过多久，吴晋中摇身一变，成了一个茶商，凭着这批坟里掘出来的宝物，发家致富，在天津城站稳了脚跟。一日夜里，梁寿找上了门，又给了吴晋中一笔钱，让他在天津城西南角盖一处宅院，并在后院划出六间房舍开办救生堂！吴晋中不明就里，只得照做。很快，救生堂和吴家大宅同时落成，梁寿也将自己的计划向吴晋中和盘托出，那就是：借着帮穷人收殓尸骨运送鸦片，和买家在乱葬岗交易。吴晋中知道自己上了贼船肯定是无法下去了，只能帮着梁寿把鸦片买卖的摊子支了起来，在两个人的配合下，不到几年的时间，鸦片生意是越干越红火。

后来，吴晋中娶了老婆，还生了个儿子，是为吴煜。

然而，一次无心的失误，让吴煜的母亲发现了救生堂的勾当，惊惧之下一病不起。梁寿要杀人灭口，吴晋中苦苦阻拦，甚至将吴煜的母亲锁在后宅的卧室里，不让梁寿有机可乘。可万万没想到，梁寿派出的山妖还是在夜里杀死了吴煜的母亲，也就是在那天晚上，年幼的吴煜第一次见到了山妖大狒狒。

也就是当晚，吴晋中发现吴煜被大狒狒抓伤了！吴晋中知道，不送走吴煜早晚都会有危险，于是吴晋中编造了九命妖猫的故事，希望能以鬼神的噱头唬住吴煜，让他赶紧离开天津，别再追查这事。

就这样，吴煜被吴晋中送到了上海，十年都没有回家。可吴晋中没想到，在这十年里，又出了一个岔头，那就是吴远樵。自己这个堂弟正事一样不会，吃喝嫖赌无所不精，但是吴晋中知道这吴远樵再不是东西，也是自己屈指可数的血亲，自己的亲人已经没几个了，死一个少一个，特别是吴晋中已上了年纪，老婆孩子都不在身边，越发感到孤独，故而对这吴远樵多有放纵。而这吴远樵也是个蹬鼻子上脸的主，仗着堂哥吴晋中是天津有名的富商，自己在外吃喝嫖赌，挥金如土，没了钱就问堂哥要。有一回，吴晋中实在被要钱要急了眼，狠狠打了吴远樵一顿，把他赶了出去。吴远樵虽然气不忿，但又不敢找哥哥理论，思来想去，便想到去救生堂偷点儿钱，去妓院住上十天半个月，待到哥哥消了气再回来。吴远樵知道，哥哥吴晋中没少给救生堂送钱，再加上救生堂就一个坐诊的梁寿，平时抬棺材的粗活都是雇人干，压根儿没有打更守门的人，此次偷钱，绝对是手到擒来。

可是吴远樵万万没想到，他刚跳进救生堂的院子，就看到了正抱着一具新鲜尸体啃食的山妖大狒狒，当时他就吓昏了过去。梁寿要杀吴远樵，被吴晋中死死拦住，跪地苦求道："梁爷！我老婆被你杀了，儿子也不在身边，就这么一个亲人了，求你留他一命吧！"

梁寿和吴晋中合作多年，也不忍驳了他的面子，思量许久，提出了一个要求，那就是吴远樵可以活，但是嘴必须封上。

就这样，梁寿给吴远樵下了药，让他中风瘫痪，瘫在床上，每日服用些安眠的药物，将他锁在屋里，虽说成了个废人，但是命好歹是保住了。

经过吴远樵这件事，再加上梁寿的强横和霸道，吴晋中和梁寿的裂痕终于彻底炸开。

多年来，吴晋中给梁寿当牛做马，得到的分红却微乎其微，梁寿一直将吴晋中当成奴才，呼来喝去，动辄打骂不休，这让吴晋中心中的恨意烧得是越来越旺。

吴晋中起了异心！他联系上了供货的上家，打算甩开梁寿单干。

然而，吴晋中的小动作没有瞒过梁寿的眼睛，梁寿使了个小小的手段，伪造了一封电报，把吴煜从上海招了回来。吴晋中看到儿子回来，知道这肯定是梁寿的局，为了保住自己和儿子的命，吴晋中想先下手为强，杀了梁寿，但是雇的杀手两次扑空，梁寿失踪了！

吴晋中大骇，枪不离身，苦思之下，想出了一个办法，那就是借着生辰之名，广邀天津的达官显贵来到吴家大院壮大声势，希望能保自己一命。然而，他万万没想到，梁寿还是下手了，在酒会结束后，山妖大狒狒直接潜入书房杀了吴晋中，并且放火焚尸。在杀了吴晋中后，梁寿顺手弄死了吴远樵，又大摇大摆地回到救生堂，接着干自己的鸦片买卖，也就是这个时候，吴煜顺着家里的账簿查到了梁寿身上，孤身夜探救生堂，被梁寿不费吹灰之力地给拿下了。

“唉！”梁寿将吴晋中从光绪十六年一直到丧命的经历，原原本本讲给了吴煜听，轻轻捻灭了手里的烟头，看着吴煜说道：“年轻人，我费了半天口舌给你讲这些，是为了让你明白，你吴家人的生死一直都捏在我的手里的，我可以杀你，也可以让你活命。吴家这个壳子，我用了很多年，说实话，我是不愿意就这么轻易舍去的，如果你能和我继续合作，去继承你爹的家业，把吴家的幌子撑起来，我敢保证，咱们的鸦片生意，还会和从前一样红火，并且，我还可以在分成比例上，给你在你爹的基础上加一成，怎么样？我还是很有诚意的吧？”

“咳……哈哈……哈哈哈哈……”吴煜扶着旁边的棺材，慢慢站了起来，嘴里发出了一串诡异的笑声。

“你笑什么？”梁寿问道。

“你杀了我爹、我娘还有我二叔，你觉得我可能会和你合作吗？”

“没什么不可能的！这世上万事万物都有它的价码；有价码，就有能打动人心的条件；这个条件，或是金钱，或是恐惧，或是美色。总之，没有什么是不能谈的！”梁寿沉吟了一下，一脸认真地答道。

就在这个时候，天上的浓云遮住了月亮，大雨终于来了。

“咔嚓——”一道闪电划过漆黑的夜空。刺眼的白光，将躲在房顶窥视的白九和宋翊的影子投在了屋内的地砖上。

“谁！”梁寿一声大喊。

那山妖大狒狒猛地一抬头，两道血红的瞳孔一眯，绕着梁柱蹿了上来。

“哗啦——”一声脆响，那山妖大狒狒撞破瓦片，站在了屋脊上，手脚并用地奔着白九和宋翊冲去。

“退！”白九抱住宋翊，扭腰一扔，将宋翊扔到了另一间屋子的屋顶上，自己则在房脊上，一边后退，一边张弓搭箭，向山妖大狒狒射去。

弓箭，是一种威力巨大、精准度极高的远程兵器。由弓臂和弓弦构成，白九这张弓，制于前清，传说乃是皇宫里的手艺。弓是重型弓，拉力高达70斤。弓梢长而反向弯曲，弓梢根部有弦垫，弓体用牛角、木材和牛筋等材料制成，沉稳强劲；白九背后的箭囊里，有重箭八支，长二尺九寸，箭头为铁制，形状如长枪头，长三寸、宽四分，杆以杨木制，羽以雕羽制，二百步内可穿破皮甲，一百五十步内可穿破锁子甲，一百步内可破板甲。

“唰——”一声弓弦响，白九射出了第一箭，山妖大狒狒腾身一跃，躲过了箭。大狒狒落地向前一扑，白九向后一踏，身子已经到了房脊的尽头。眼看就要被大狒狒拍死之时，忽然天外一声雷鸣。

“轰隆——”那山妖大狒狒惊得浑身灰毛倒竖，缩着尾巴，抱住了耳朵。

百兽畏雷吼，此天性也！

在山妖大狒狒被雷声唬住的工夫，白九已经调整好了平衡，守在屋脊尽头，将第二支箭搭上了弓弦。

与此同时，停尸房的窗棂被撞碎，吴煜口吐鲜血，被梁寿扔到了院子里。

“别管我，去帮他！”白九一声断喝，制止住了要来帮忙的宋翊，伸手指了指院子里的吴煜。宋翊一点头，顺着绳子滑下屋檐，跑到院子里和吴煜肩并肩站到了一起，掏出手枪，瞄准了梁寿的眉心。

只见梁寿晃了晃手肘后面反提着的尖刀，笑着说道：“五步以内，枪不如刀。这个道理，你不会不知道吧？”

宋翊一咬牙，扣动了扳机。梁寿向左一闪，躲开了宋翊的枪口，宋翊还没来得及开第二枪，梁寿一个跨步就钻到了宋翊身前，飞起一刀，直劈宋翊手腕，宋翊猝不及防，手肘中刀，手枪“啪嗒”一声落在了地上，梁寿飞起一脚，将手枪踢进了墙角的乱草深处。

就在这一瞬间，吴煜一个飞扑，抱住了梁寿的腰，梁寿屈膝一顶，撞在了吴煜的鼻梁上，吴煜发出一声惨号，咬紧了牙关死不放手，梁寿倒转尖刀，直奔吴煜后心扎来，宋翊两手一抓，扼住了梁寿的手腕，张嘴去咬他的手背，梁寿拿刀的右手画了一个弧线，绕到了吴煜的颈下，向上一别，撬开了吴煜的手，扭身一拳打在了宋翊的胸口。宋翊仰面栽倒，滚落在泥水之中。

“找死！”梁寿一声怒喝，抬手一刀，向宋翊扎来。

吴煜在地上一翻，抱住了梁寿的大腿，向下一拽，将梁寿拖了一个趔趄。梁寿一刀扎歪，正要再扎，房脊上的白九瞥见宋翊遇险，转身一箭射向了梁寿，梁寿一挥刀，拨开了箭杆。与此同时，山妖大狒狒也从雷声中缓过神来，纵身一跃，扑向了白九，白九心神全在宋翊身上，冷不防一阵劲风袭来，一回头，山妖大狒狒那张丑脸已经贴到了眼前。

“啊——”山妖大狒狒的十指直插白九心口，白九虽然横弓拦了一下，却也被抓掉了好大一块皮肉，整个人和大狒狒一起从房顶滚了下来。

“咚-——”白九后背着地，一口气没倒上来，险些晕过去。那山妖大狒狒则仗着尾巴灵活，钩住了屋檐。它瞧见白九落地，发出了一声瘆人的尖吼，朝着白九再度扑来。

“日你娘的！”白九骂了一声，在地上打了个滚，躲过了山妖大狒狒的扑咬。他一边跑一边射箭，连发三矢，不但没能射中那山妖大狒狒，反而激发了它的凶性。只见那大狒狒猛地人立而起，扯碎了身上的麻布斗篷，龇着牙就往白九身上扑，白九在屋檐底下向后一躺，脚一蹬地，整个身子贴着地向后滑去！

“唰——唰——”白九躺在地上又发两箭，逼开了山妖大狒狒，推门躲进了一间停尸房，掩上了门，然后用空棺材顶住了门。山妖大狒狒撞了两下没有撞开，一扭头，看向了唯一的窗户。它一瞪眼，在地上助跑了两步，“扑通”一声撞破窗户跃进了屋内。

然而，就在山妖大狒狒跃进屋里的一瞬间，它就发现了不对！

窗户后面有一张网！

但是，它已经来不及反应了！

“哗啦——”山妖大狒狒直直地撞向了那张网，网口瞬间收紧，将山妖大狒狒捆在了里面，那山妖大狒狒急得疯狂地用利爪和獠牙撕扯，奈何那网绳子粗得吓人，网眼儿又小得很，那山妖大狒狒的牙龈啃出了血也没能撕开网！

这网是大神堂渔老大的手艺，是用头发、老藤、牛筋等物制成的，光桐油就浸了八遍，乃是渔民捕鲨的利器。

山妖大狒狒被网罩住，左撕右咬不得出，发出了一串刺耳的哀号。院内，和吴煜、宋翊缠斗正酣的梁寿听见了这声哀号，连忙甩开了满脸是血的吴煜，扭身就要往停尸房里冲，宋翊从背后扑上去，抱住了梁寿的脖子，梁寿一个背摔将宋翊扔到地上，攥着刀来扎她的小腹，吴煜合身一撞，将梁寿撞倒。

“你们吴家今日就死绝了吧！”梁寿一声怒吼，伸手揪住了吴煜的头发，向上一拔，将他扯到身前，抬手一刀扎进了他的肋下。

“啊——呜呜呜——”山妖大狒狒不断厉啸，梁寿心急如焚，爬起身来，就要冲进停尸房内营救。

“唰——”一声弓响，一支重箭穿过屋门电射而出，瞬间贯穿了梁寿的前胸！

“扑通——”梁寿膝盖一弯，跪在了地上，还没说出半个字，就脑袋一歪，断了呼吸。

白九大口喘着粗气，放下手里的弓，走到梁寿身边探了探他的呼吸，朝着宋翊喊道：“这家伙死得不能再死了！”

宋翊顾不上白九，爬起身来查看吴煜的伤，大雨冲刷着吴煜腹部的刀口，在地上散成了一摊鲜红。

“吴煜，你现在需要止血！”

宋翊和白九拖着吴煜往屋檐下面走，就要给他治伤，却被吴煜一把攥住了手。

“十年了……十年我没睡过一个好觉，我只要一闭眼……一闭眼就是我娘……我太累了……我得歇歇了……我好开心……”

吴煜看着白九和宋翊，微微一笑，然后闭上了眼睛，不到半分钟就停止了呼吸。

“怎么办？”宋翊抹了抹脸，不知道是雨水还是泪水。

“我去你娘的！”白九一声大吼，扔下了吴煜，一脚踹翻了跪在大雨中的梁寿的尸体，转身冲进停尸房，抓起香案上的灯油，往山妖大狒狒身上泼。

“嚓——”白九划着一根火柴，把火柴弹到了那张网上。

灯油遇火，瞬间点燃了渔网，里面的山妖大狒狒顷刻间燃成了一个大火球，在地上来回翻滚。白九一怒之下，连着棺材里的鸦片一起烧掉。屋内的火光冲天而起，浓烟在大雨中透过门窗蹿上了半空。

“啊——呜——吼——”

那山妖大狒狒发出了一串刺耳的哀鸣，宋翊闻声刚跑到门口，就被白九拦住，伸手捂住了她的眼睛，把她拖出了屋子。

宋翊在白九的指缝里看到了冲天的火光，顿时明白这里发生了什么，连忙闭上了眼睛，紧紧地把脑袋扎进了白九的怀里。

山妖大狒狒的吼声和冲天的浓烟惊动了一墙之隔的潘虎臣。白九长叹了一口气，收拾好弓箭，两人约定了在龙王庙见面后，先一步跳墙离开了救生堂。宋翊知道，白九最不喜欢和官面的人打交道。很快，潘虎臣便带着警察局的巡警和宋时林一同赶到了现场。

尾 声

次日，大雨初晴，龙王庙院内，白九守在土灶边上，正在熬粥，宋翊一脚踢开龙王庙破旧的大门，走了进来，大大咧咧地坐在白九旁边。

“我那门可是黄花梨的，踢坏了少说也得赔我二十块现大洋！”

白九搅了搅瓦罐里的粥，瞥了一眼宋翊。

宋翊也不生气，一边给灶下添着火，一边笑骂道：“少往自己脸上贴金，狗屁的黄花梨，当你家小姐我没见过世面吗？对了，救生堂的案底都查出来了，鸦片也都销毁了，这案子能了结，你可是头功啊！”

白九沉默了一阵，掏出了两只破碗，盛好粥，递给宋翊一碗，一脸沉闷地说道：“这案子完了？”

“完了呀！凶手抓到了，鸦片也销毁了。”

“鸦片是怎么来的？梁寿的上家是谁？背后有没有人？你们都查到了吗？”

“这个……”

白九叹了口气，轻轻吹着碗里的粥，幽幽叹道：“天津的水，太深了，想探到底，还远得很。不过我敢肯定，水底的家伙，已经注意到我们了，他的报复，应该很快就到了……”

撞五关

楔　子

法租界以北、天津城厢东南是日租界，始设于1898年，除了租界外，日本人还另在德租界以南的小刘庄划出了一个停船码头。1900年八国联军占领天津，日租界开始了一轮疯狂的扩张，最终形成了北临海河右岸，南与法租界毗邻，共占地两千八百余亩的规模。

在日本租界内，有一间“得意楼”，名义上是高档的西洋公馆，实则是胶皮会的总堂，大当家秦柏儒就住在得意楼里。

夜深了，秦柏儒的案头前还亮着灯，他在写请帖。

三天后是秦柏儒定的大日子，他要金盆洗手、封刀归隐！

按照规矩，秦柏儒想退出江湖，必须广撒英雄帖，在黑白两道面前开设香堂，当着关二爷的画像，走上一套文武章程，名曰“撞五关”。之所以用一个“撞”字，是因为一旦决定了金盆洗手，便再不能反悔！必须把这五道章程走完，稍有差池，就会被乱刃分尸、尸骨无存。

头道关：“避三光”。取一红纸伞，遮在头顶上方，挡住日、月、星三光，口中念唱：“日月江河走四方，满天星斗列在堂，弟子头上红罗伞，遮住恩怨英雄榜。”意思就是说：走江湖的人，信奉恩怨到头终有报，头上的日月星辰手里都有一本恩仇录，专司生死报应、善恶轮回。撑开一把红伞，便是遮住了三光的映照，挡住了神鬼的窥视，也等于盖上了自己在那本恩仇录上的名字，自此江湖上的恩恩怨怨，再也不受轮回报应。

二道关：“面铜镜”。于关二爷画像前立一铜镜，欲金盆洗手之人，需跪于镜前，头顶关老爷。面对着镜中的自己，背对着身后的众人，细数生平生杀之事，对、错、成、败、荣、辱、愧一一分说明白。最后念道：“风雨江湖数十载，刀头舔血日日来。出生入死非我有，只为义气照黑白。”意思就是说：老子江湖混了几十年，杀人害命都是身不由己，虽然有对有错，但是从未在义气上出过半点儿问题，这一点上，黑白两道都是公认的，所以咱也别揪着细节较真儿了，放我回家养老去吧。

三道关：“架刀山”！欲金盆洗手之人，单膝跪地，四名大汉从后抡大刀，一刀虚削肩头、一刀虚削耳后、一刀虚削眼眶，最后一刀削下头发一缕。口中念道：“一刀两肩断帮会，二刀双耳断聚首，三刀双目断财帛，四刀削发代生死。”意思就是说：第一刀砍下去，你帮会当家的担子就算是卸下来了；第二刀砍下去，帮里四时年节的聚会祭礼、赏罚纳新你就没资格参与了；第三刀砍下去，帮会里的利益分红、财帛分配再与你无关；第四刀砍下去，帮会从今往后无论是存是亡，都不要你再打生打死了。

四道关：“拔香头”！关二爷画像底下，烧着三炷半的香。这里有个名头，唤作：“宁学桃园三结义，不学瓦岗一炉香。”这第一炷香，叫仁义香，敬羊角哀和佐伯桃；第二炷香叫忠义香，敬刘关张桃园三结义；第三炷香叫侠义香，敬梁山好汉一百单八将；半炷香叫有仁无义香，敬秦琼和单雄信，想当初瓦岗四十六友贾家楼结拜，到最后却反目成仇，兄弟相残，所以这支香只能烧半炷。江湖入伙的时候，插香结拜，如今有人要半路退出，必须也得拔香撤伙。拔香的时候，有四句念词：“举头三尺有黄天，老母妻儿一线牵。半生拼杀全恩义，半生归家奉孝全。”意思就是说：举头三尺有神明，不养老娘可是要天打雷劈的，前半生我为了帮会兄弟出生入死，恩也还了，义也守了，后半生我就窝在家里，除了孝顺老娘，啥也不干了。

五道关：“洗金盆”！说是金盆，其实并不是金子打造的，就是个黄铜的洗手盆。退隐人物拔完了香，向四方作个团揖，在洗手盆里洗一遍手，口中念唱：“小弟拱手拜八方，香火招牌响当当。黑白路上英雄汉，再无秦某这一桩。”这是一段吉祥话，意思就是说：小弟向各位拱手拜别，遥祝咱们江湖香火越来越旺，招牌越来越亮，名头越来越响，从今以后，道上的人物字号，再也没有我这个人了！

秦柏儒想退出江湖，他已经准备好了香堂和一系列的文武章程，甚至连夜准备请帖。然而就在他奋笔疾书的时候，书房的屏风后面忽然出现了一个人影。

"呼——"冷风吹过，屏风后面的那个人影不知什么时候，已经走到了秦柏儒身后，一抬手，将一把单管霰弹枪顶在了秦柏儒后脑勺上。秦柏儒缓缓回过头来，一抬眼便看到了那人的脸上戴着柳木雕成的傩神面具。

"秦柏儒！你知道背叛柳爷是什么下场吗？"面具之后传来了一个低沉沙哑的男声。

秦柏儒抹了抹脑门上的汗，涩声说道："我从未想过背叛柳爷……我……我只是不想做了，我的嘴严得很，我会永远保守秘密……"

"只有死人才会永远保守秘密！"

"不……不要，别别……"

"砰——"一声枪响划破了夜空。

壹

五更天，龙王庙，白九正在睡觉。

"砰——"一声脆响，龙王庙的大门被人一脚踹开，冷风涌进屋，白九揉了揉惺忪的睡眼，迷迷糊糊骂道："老子这门可是黄花梨的，踢坏了最少也得赔二十块现大洋……"

"哗啦啦啦啦——"一把大洋从天而降，砸到了白九的耳朵边上，白九听见钱声儿，一个激灵蹦了起来，睁眼一看，龙王庙的门前密密麻麻地站了一堆人，领头的白九是知道的，这人姓霍名奔，乃是天津首屈一指的大帮会——胶皮会的第二把交椅。

"白先生，在下是胶皮会的霍奔！夤夜前来，乃是有要事相求。"霍奔朝着白九拱了拱手，态度很是恭敬。

"不知霍二当家找我，是有什么事？"

"我老大秦柏儒被人暗杀身亡，霍某想请白先生为我家老大殓尸下葬。"

"为什么找我？"白九不解道。

“我们找了不少做白事的人，他们都说此事非白先生不能为也！”

“为啥？”

“白先生随我来，一看便知！”霍奔一边说着，一边帮白九收拾工具和外衣，连推带拽地把白九拖到了院子里，拉着白九上了胶皮车，直奔日租界。

得意楼公馆，后宅书房，白九在看到秦柏儒尸体的一瞬间，顿时明白了为什么那些个同行不愿意接这趟买卖了！

秦柏儒的脑袋被打烂了！

烂得简直不像样子！

殓尸入葬，需得将死者的遗容收拾妥当，这里是有讲究的，必须得留个“全尸”，想当初在清朝的时候，哪怕是菜市口砍了脑袋的死囚，入葬的时候，都得把脑袋用针线细细缝在腔子上。

“哗——呼——”白九一把掀开了盖在秦柏儒尸体上的布，用艾叶洗了一遍手，简单地掀开了秦柏儒的面皮，捏了捏里面的面骨，随后便开始着手整理秦柏儒的脑袋。霍奔等人受不了这等场面，好几个人高马大的汉子惊得脸色煞白，扶着门框吐得昏天黑地。

“门带上，都出去吧！”白九摆了摆手，霍奔等人如蒙大赦，头也不回地离开了书房。

白九叹了口气，仔细整理着秦柏儒的遗体，秦柏儒的头是被一把单管霰弹枪打烂的，枪就摆在书房的桌子上，那个杀手并没有带走它。那把枪是德国货，白九有个朋友叫冯老鼠，是天津鬼市上有名的“通天洒”。在江湖的春点[1]里，“通天洒”是大褂的意思，在鬼市上穿大褂，就相当于挂上了“收赃销赃”的招牌！冯老鼠的买卖做得很广，字画、古董、枪械、炮弹、猎犬、骏马、美女、药材，什么都收，什么都卖！冯老鼠好枪炮，爱收集枪械，白九和冯老鼠总厮混在一起，多多少少也沾了点儿肤浅的见识。

这把霰弹枪，白九是认识的，温彻斯特 M1887，开放式机匣顶部设

---

[1] 春点，又称“春典”或“唇典”，是一种特殊的语言信号，江湖中人彼此联系的一种特殊手段，亦称行话、切口、黑话等。

计，二十英寸的枪管，硬木质长柄枪托，美国枪械师约翰·勃朗宁设计于1887年的作品。这种杠杆式枪支，枪手只要将弹药从后端填入枪机，发射后将扳机下方的拉杆向下拉送并回拉，便可同时完成退弹和填入下一发子弹的动作，相当便捷。它的射击范围是一个弧形面，近距离的破坏力极强。白九认得这把枪，是因为冯老鼠也收藏了一支，在一次酒后，冯老鼠和白九炫耀过，说这种霰弹枪贴身射击，会造成两种伤害，一种是贯穿伤，一种是浸润伤。所谓贯穿伤，是指从枪口正面射出的主弹头对人体和器官直接穿透造成的较大宽度和深度的“永久性受损组织空腔”伤害，秦柏儒脑门上这个大洞就是贯穿伤，弹头直接击碎了他的面颅，掀开了他的天灵盖儿；所谓浸润伤，指的是霰弹枪除了主弹头外，其余散射的小弹头进入人体时发生扩散，令多个组织，包括神经、血管、肌肉骨骼同时受创，秦柏儒挨的这一枪，枪口直接贴着脑袋击发，所有的小弹头全打在了脸上，整张脸被浸润伤撕扯得面目全非，皮肉翻卷！

“这得是多大的仇啊？”白九感叹了一句，摇了摇头，一边用刀削木头充作骨头撑起脸皮，一边整理着秦柏儒支离破碎的口、鼻、眼、睑等部位，取出碎小的弹头，并用针线缝合。忙了大半宿，直到鸡叫，白九才把秦柏儒这张脸收拾个七七八八。他又掏出些随身带着的面泥，调成和皮肤相近的颜色，给秦柏儒的脸上了一层浆，遮住了密密麻麻的针脚。完事后，白九背着手，绕着秦柏儒的尸体转了一圈，暗自嘀咕：“总算能分清个鼻子、眼睛了……哎嘿！不对啊……”

白九嘬了嘬牙花子，拿起了桌子上的一张照片，照片是秦柏儒在马场照的，照相师傅的手艺不错，光和影抓得很准，将秦柏儒的五官勾画得分外清晰。

白九看了看照片里的人，又看了看自己摆弄了小半宿的死人，奇怪道：“怎么不像啊？难道是我手艺潮了？”

带着这个疑问，白九蹲下身，盯着死尸的脑袋，想起了和师父学艺时，师父说的一段话：“好徒弟！给尸体收拾容貌是一门大学问，因为好些个横死的人面目全非，要想让其妥妥当当地入葬，你就得恢复他们的头面；要想恢复他们的头面，你就要懂人的面目特征；你只有抓住了人的面目特征，才能驾驭这门重塑人脸的本事。天下面孔虽然各不相同，但五官排布却有规律可循，是为：头面双目中间取，面阔五分眼占二。手按下颌与眉平，眉鼻横平与耳齐。若要笑，眼角下弯嘴上翘；若要愁，嘴角下弯眉紧皱。若要善，观音面；若要奸，三角眼；若要恶，眉眼鼻口挤一撮……此为骨像皮囊之精要，不但要横看，还有侧看，侧看之法，名曰：四高三低……”

白九一边回忆师父所传的方法，一边端着秦柏儒的照片仔细端详。

“师父说过，人脸的垂直轴上有四高三低，‘四高’的第一高是额头印堂，第二高是鼻尖，第三高是唇珠，第四高是下巴尖。‘三低’中，第一低是两个眼睛之间，鼻额交界处，第二低在唇珠的上方，也就是人中沟，第三低是下唇的下方，有一个小小的凹陷。这高低的深浅变化，决定了一个人的面貌特点，尸体虽然脑门被打烂了，但是颧骨以下的骨像基本还算完好，撇开皮肉不谈，这尸体的面相和照片上的秦柏儒的吻合度也太低了。按理说，这根本就不是一个人啊！”

白九坐在地上，盯着照片思索了一阵，从背囊里扯出了一把裁缝量体用的皮尺。白九小的时候，跟师父一起出门，给人操持丧事，遇到过不少横死的尸首，有缺耳朵的，有缺鼻子的，还有缺胳膊、缺大腿的，这些尸首缺的零件要是实在找不到，就得用木为骨、泥为肉，做个假肢安上去，这也算落了个全尸了。

这制作假肢可有讲究，必须跟人家尸体能配上，咱就拿这腿打比方，你要是随便弄一个大不大、小不小、长不长、短不短的假腿给尸体安上去，别说事主不给钱，打你一顿都是轻的！所以，打白九记事起，他的师父就给他讲人体的比例，有道是：“真传一句话，假传万卷经。”干货就七个字：立七坐五盘三半。啥意思呢？就是人体在解剖中的比例，都是以头的长度为单位来衡量高度的，总体是以七个半头为标准。虽说期间会由于种族、年龄、性别而有所差异，但一般成人人体的比例，国人都在七个到七个半头之间，洋人则大概为七个半头长，少数人为八个或八个半头长。尽管人会随年龄增长而发生体型的变化，但这些体态变化并不会影响人体的比例关系，只会引起视觉上的差异。这种人体比例的捕捉，在中国古代绘画中，称为——画骨！在白九的手里，只有把握准了骨像，才能用木头和面泥造出协调的假胳膊、假腿。

白九抻开了皮尺，在尸体上一搭，按着比例一计算，顿时得出了结论。

“这尸体不是秦柏儒的！”白九眼睛一亮，伸手扯了扯尸体身上的衣服，将上面的褶皱抻开，拉伸平整，抬起尸体的胳膊，一拽袖子，顿时验证了刚才的结论。

这衣服肩宽、袖长、腰粗，极不合身，说明这衣服根本不属于死者，而是从别人的身上扒下来给尸体套上去的！

“如果死者不是秦柏儒，那他又是谁呢？”白九带着这个问题，解开了尸体的扣子，在尸体的皮肤上一寸一寸地搜寻。

突然，尸体大椎穴上的一个红色的出血点引起了白九的注意，这处出血点极其细小，堪比针尖儿，颜色呈紫红。

白九轻轻捻起刀锋，缓缓地将那片皮割开，轻轻一挑，便从肉里抽出了一根细若毫毛的吹针！

吹针也叫吹箭，原本是亚马孙河流域及中南美洲热带雨林地区的美洲原住民最常使用的一种狩猎工具，吹管一般由一段一米长短的热带棕榈树树芯制成。别看工艺简单，但是吹发极其精准，白九小时候玩过，上山射兔子，五十步内，几乎百发百中，三十步内，射出的吹针可以钉入大树的树干，二十步内，射出的吹针可以牢牢扎入墙壁。

白九垫着毛巾将那根吹针放到光下晃动了一下，纤细闪亮的针身上折射出了一抹暗黄色。这足以说明，针上是淬了毒的！

白九眯了眯眼，将针凑到鼻尖儿上，轻轻嗅了嗅，闻到了一股淡淡的苦味。

乌头！这针上淬了乌头的毒。

乌头为毛茛科植物，有大毒，别名草乌、附子花、金鸦、独白草、鸡毒、断肠草、毒公、奚毒等。母根叫乌头，为镇痉剂，治风痹、风湿神经痛。如果使用不当容易中毒，中毒表现为全身发麻、恶心呕吐、胸闷、痉挛、呼吸困难，严重时甚至会导致人因为呼吸衰竭而死亡。

白九将这根毒针收好，给尸体整理好了衣服，而后站起身来，走到书房正中。他看着地上的血迹，脑中模拟着尸体生前倒地的方位。

尸体生前是站在书桌后面向前扑倒的，血液大部分喷在地上，房间里一人高以上的位置基本没溅上血，这说明尸体脑袋上这一枪，是在倒地后才挨的。而他之所以会向前扑倒，多半是因为大椎穴上中了有毒的吹箭，从方位可以推断，吹箭的人就躲在窗帘后头。

“哗啦——”

白九一把拉开了窗帘，俯下身一看，果然在地上发现了数个半干的小泥球，这是鞋底的花纹里带出来的土，里面还混着丝丝的青苔。

正在白九沉思之际，屋外猛地传来了一阵敲门声。

“白先生，处理好了吗？”霍奔问道。

白九飞快地收拾好了现场，藏好了捡到的小泥球儿和吹针，答了一句：“好了！进来吧！”

话音未落，霍奔带着一个身穿长衫马褂的少年人走了进来，这少年人年龄约有二十岁出头，眉眼之间和秦柏儒竟然有五六分相像。

那少年看了看白九刚刚缝合修整过的尸体，从怀里摸出一袋大洋塞进了白九的手里，涩声说道：“久闻白先生神技，今日一看，果然了得，竟能将家父的遗容修复如初。”

“家父？您是？”

霍奔走上前来，指着那少年向白九介绍道：“白先生，这是我们胶皮会的少当家秦雄。”

“原来是少当家，失敬了！”白九掂了掂手里沉甸甸的钱袋，向秦雄拱了拱手。

秦雄满脸悲戚，顾不上和白九寒暄，“扑通”一声就跪在了地上，两手撑地，膝行至那具尸体面前，一个头磕在地上：“爹啊……爹……儿来了……”

白九挠了挠头，拿起桌子上的照片，指了指尸体，又指了指照片，看着秦雄说道：“秦少爷，你确定这是你爹？”

秦雄眨了眨眼，抹了一把脸上的热泪，看着白九说道：“我就算认错谁，也不可能认错自己的亲爹啊！这就是我的爹！虽然我爹的脑袋……我爹的脑袋被打烂了，但是这手、这脚、这胸膛，就是我的爹——爹啊！儿子一定给你报仇雪恨！”秦雄越说越难受，又哭了起来。

白九皱着眉头，将照片放在桌子上，然后将大洋揣好，暗中思忖道：“这里面肯定有猫腻。哼，狗日的秦柏儒爱死不死，和九爷有个屁的关系，我拿到了银钱，且去逍遥便是！”

心念至此，白九收拾好了随身的工具，跟秦雄和霍奔道了一句节哀，转身便出了秦府。

白九刚走不久，秦雄就止住了哭声，跪在地上，扭过头来看向了霍奔。

“少爷，这白九……怕不会是看出了什么吧？”

秦雄一咬牙，伸手在自己颈下虚画了一下，狞声说道：“这个人，最好别留。”

霍奔一点头，转身出了书房。

贰

白九出了得意楼，揣着赚来的一袋大洋，直奔城南的澡堂子——第一汤。白九寻思着：“老子摆弄了一上午死人，怎么也得洗个澡，去去晦气。”

这“第一汤”是天津有名的澡堂子，门头一扇大牌坊，上面挑着通红的灯笼，左右刻着一对楹联，上联是：金鸡未唱汤先热；下联是：旭日初临客早来。进了门，澡堂分外、里、堂三进，外间四围摆着存衣物的木箱子，中间四排长条马凳，凳子底下摆着木屐拖鞋。白九在外间脱了个精光，光着屁股，趿着拖鞋，晃晃悠悠进了里间，打开水桶舀几勺热水放进大木盆里，迈开腿“哗啦”一声坐下去，温热的汤水在身上一浸，浑身的毛孔都打开了。靠着木盆边闭眼眯了一会儿后，白九一招手，叫伙计送上一壶好茶，边喝边泡、边泡边喝，把浑身皮肉泡得一软、二松、三红，舒服得白九发出了一声呻吟。

木盆边，伺候搓澡的师傅早早地候着，待到白九泡得美了，便扶着白九迈出大木盆，趴在松木的板儿船上，盖上浴巾，闷上一会儿后，便开始搓澡了。

在老天津，搓澡的师傅分南北两派，南派的师傅多是扬州人，搓澡的手法细腻精致，讲究搓揉敲捶，手轻力匀；北派的师傅多来自定兴、易县、涞水三县，搓澡讲究透稳爽利，一身功夫都在手劲儿上，擀按捏震，搓澡之余，兼摩筋骨。

白九照例，搓之前先给师傅两个铜板的辛苦钱，师傅喜笑颜开，使足了巧劲儿，将白九搓得是“骨头节睁眼，汗毛孔喘气”。

搓完了澡，白九又叫了四五盘瓜果茶点，让伙计送到了堂间，然后腰上裹了一条白浴巾上了二楼，寻了个靠窗的单间茶座小憩，顺便让伙计叫来一个“画皮匠”。

所谓“画皮匠”，又称“剔脚匠”，说白了，就是修脚师傅。为什么非得找江苏的呢？若细说根由，头一桩便离不开天津人对吃喝享受的讲究。天津之地，乃是汇聚南北中西的大码头，各行各业都有派系高低之分，正如同搓澡师傅分南北一样，这修脚师傅也有派系，依其地域、技艺，大体可分为河北、山东、江苏三大派系。河北派以京城师傅为代表，其特点是手法灵巧、技艺细腻，擅长修治各种脚病；山东派以济南师傅为代表，技术全面、用刀豪爽，除修脚外还掌握推拿等技艺；江苏派则以扬州师傅为代表，讲究修脚技艺的精致美观、舒适文雅，其捏指、刮脚有独到之处，不光能铲老皮、修趾甲，还能治脚病，如灰趾甲、畸形趾甲、嵌甲、鸡眼、脚垫、脚疔及脚气等。

话说这白九喝了两杯茶，嚼着瓜果茶点，瞧见不远处一个提着一个小竹箱的老汉朝着自己走了过来。

“爷，您请！”老汉搬了个小凳坐在了白九的脚旁，在白九的脚跟儿底下垫了一条毛巾。

白九“嗯”了一声，算是打了招呼，那老汉憨厚一笑，露出了一口白牙，一边拍打着白九的脚背，一边说道：“爷您贵姓啊？”

“免贵，姓白！”

“白爷！您吉祥，爷您要不要按按头，小老汉有个闺女，手艺俊得很……”

白九闻言，吐了一口瓜子皮，啐道：“屁！鬼知道是不是你的闺女？当爷我是头回来吗？”

那老汉吃了个瘪，讪讪一笑。白九摆了摆手，笑着说道：

“也罢！说好了！只按头，别惦记别的，爷今儿上午忙活得买卖晦气，暂时没这个心思……”

白九向后一躺，将脑袋枕在胳膊上，闭目假寐，不多时，便从帘子后面出来了一个唇红齿白的姑娘。她伸着纤纤玉手，轻轻地按压着白九的脑袋。那姑娘的手法极为老到，轻重缓急很是巧妙，按得白九鼻子一阵哼哼，显然很是受用。

“叫什么名啊？”白九哼唧了一声。

“我叫秀儿！”小姑娘俏生生地应了一句。

“秀儿？好名字！”白九笑了笑。

修脚老汉结束了拍打，摘下了裹在白九脚跟上的热毛巾，掏出修脚的足刀，开始给白九刮脚后跟儿上的死皮。

白九闭着眼睛，摇头晃脑地赞道：“老师傅，您这手艺绝啊！是学的江苏派吧？”

“白爷，您好见识！”

“哎呀，江苏派四大家，季、尹、刘、郭，您学的是哪一家啊？”

“哦……我学的是季家！”老汉略一迟疑，笑着答道。

白九闻言，一皱眉头，嘬着牙花子说道：“按理说这季家都以出手轻、刀路好见长，讲究个修得净、拿得嫩。我看您这手法，倒像是刘家，稳、准、狠……”

白九这话还没说完，那老汉下意识地一咳嗽，赶紧接道：“刘家！记错了，我学的是刘家……”

按理说这修脚的手艺，也是一门行当，操刀学艺，也是要磕头拜师的，这无论如何，也不可能记错师门啊！除非这人根本就不是个修脚的，可他用刀又如此老练……

白九一睁眼，和那老汉对视到了一起，那老汉脸上猛地浮现出了一抹凶光。

“动手！”那修脚老汉一声低喝。

“唰——”那修脚老汉话音未落，那叫秀儿的姑娘，左手往右袖子口里一拽，猛地抽出了一根绳子，有准又狠地套在了白九的脖子上，两手一拽，勒住了白九的喉咙。

与此同时，那修脚老汉手里寒光一闪，倒提着修足刀，飞身起来，直奔白九胸口扎去。

“好贼！”白九两脚一蹬，向后一拱，躲过了修脚老汉的刀，伸手一抓，捞起了茶几上的热水壶，然后向后一泼，滚烫的开水奔着秀儿去。秀儿下意识地捂脸，松开了绳子。白九抓住时机，一把扯开了脖子上的绳子，翻身就跑，修脚老汉伸手一抓，薅住了白九的头发，另一只手拿着刀直刺白九颈下，白九狠命一挣，头皮一痛，让那老汉扯下了一把头发。

“唰！”那老汉一刀扎偏，没捅到脖颈上，只在白九胸膛处开了一道浅浅的口子。

“去你娘的！”白九一弯腰，掀起了躺椅，砸在了修脚老汉的身上，一脚踹开了窗户，就往下跳，秀儿一蹲身，从小腿上抽出了一把匕首，蹿到窗前，伸手来抓白九，怎奈何地上湿滑，晚了一步，没抓到白九的胳膊，只扯住了白九裹在腰间的浴巾。

白九缠在腰间的浴巾虽然被秀儿扯住，但光溜溜的身子却从澡堂子二楼飞身跃下，光着屁股落在了大街上。

来来往往的行人全都愣住了，瞪着大眼睛看着白九，白九又羞又怒，脸上火烧一般的烫。

“看什么看！回家看你爷们儿去！”白九一把抢过一个算卦瞎子的幌子，手忙脚乱地披在身上。

“哪里走！”修脚老汉和秀儿也从二楼一跃而下，提刀来追。白九一咬牙，顾不上缠裹，背着幌子上写着的“仙人指路”四个大字，赤着脚狂奔。他穿过两条街巷，上了一座石桥，扭头看了一眼紧追不舍的修脚老汉，然后一迈腿，爬上了栏杆，一头扎进了海河水中。

修脚老汉和秀儿追到桥头，绕着桥仔仔细细看了一圈，也没发现白九的踪影。

“怎么办？”秀儿沉声问道。

“这厮水性好，不知潜到哪里去了，他娘的，就差一点儿。算了，咱们且先回去复命吧。”修脚老汉极为懊恼，一拍栏杆，带着秀儿消失在了人群之中。

一炷香后，桥柱底下，白九顶着一蓬水草，缓缓冒出了脑袋。白九在街面上混了这么多年，打打闹闹的冤家对头，没有五十也有一百，但里面没一个是要取白九性命的。除非是白九得知了什么秘密，有人要封他的口！

白九泡在水里，思来想去，觉得最大的可能就是上午去得意楼无意间看破了那尸体的秘密，被胶皮会的人盯上了。

“我说呢，那尸体明明不是秦柏儒，我个外人都认出来了，秦雄怎么会认错他老子。原来这里面有秘密啊！定是那秦雄怕我说走了嘴，才派人来灭口。好好好！好你个秦雄，你既然想要你白爷我的命，就别怪老子搅了你的局！”

入夜，得意楼后宅的书房门口支起了一架灵棚，秦雄跪在棺木前，披麻戴孝，正在守灵。

五更天，秦雄昏昏欲睡，连打了好几个瞌睡，在一旁伺候的霍奔走上前来，搀起秦雄低声说道：“少爷，你去歇歇吧，有我在这儿盯着呢！”

“老霍，帖子发出去了吗？”

“已经发出去了！明日一早，黑白两道来吊唁的人就都到了。”

“好！按咱们先前定下的计划，在丧礼上由我来替我爹撞五关。”

“明天还有大事，少爷，你还是歇歇吧，养养精神！”

“嗯！”秦雄揉了揉熬得通红的眼睛，站起身向自己的卧房走去。

秦雄推开了房门，走到桌前，给自己倒了一杯水。

突然，一阵冷风吹过，秦雄猛地打了个冷战，下意识地一扭头，只见蚊帐后头坐了一个人影。

“谁？”秦雄猛地站了起来，从腰后掏出了手枪，对准了床上那个人影。

“你是谁？”秦雄再次问道。

“明知故问，你说我还能是谁？”

“你是柳爷的人！”秦雄的脑门上猛地渗出了一层冷汗。

“既然你知道我的身份，我也就不需要和你多费口舌了吧！”那身影发出了一串瘆人的狞笑。

“柳爷能如何，我……我……我不怕你！”秦雄举着手枪，冲到床边，一把扯下了蚊帐。

蚊帐后头根本没有活人，只有个纸扎的白脸红嘴唇的小鬼，仰着头看着秦雄傻笑。

秦雄吓了一跳，还没反应过来，床底下猛地钻出来了白九的脑袋，只见白九抓着一支竹管，对着秦雄脑后轻轻一吹，一支细若牛毛的银针瞬间扎在了秦雄的大椎穴上。

“倒——”白九指着秦雄说道。秦雄只觉天旋地转，大脑一沉，整个人向前一扑，不省人事。白九“嘿嘿”一笑，从床底爬了出来，揪着秦雄的腮帮子笑骂道：“孙子，好玩不？九爷我这叫以其人之道还治其人之身！”

白九狠狠地抽了秦雄几个嘴巴子，然后从腰后解下一个麻袋，兜头套住了秦雄，三下五除二地把他塞了进去，顺着窗户把麻袋扔出了墙根儿。白九刚要跳窗离开，忽地一咂嘴，暗自嘀咕道：“需得留上一张字条，好教他们晓得九爷的手段。”

白九想到这儿，转身跳下了窗台，在屋内寻了笔墨，站在墙边，提笔写了一首歪诗：明日午时得意楼，九爷登门来吊唁。水陆筵席三杯酒，息事宁人一秤金。牙缝吐出半个不，砍他脑袋挖他心。落款十六个小字：龙王庙白九爷留书予胶皮会秦大当家。

这诗的意思就是说：秦柏儒我告诉你，你儿子秦雄是我白九抓走的，老子知道你没死，明天午时，我来得意楼吊唁你，水陆筵席，山珍海味给我摆好了，你得把酒赔罪，赔完了罪，大把的金条给我送上来，如若不然，就让你白发人送黑发人。

其实这事也不能说白九办得过分，谁让那秦雄小肚鸡肠，非要害白九性命呢。

白九为了逃生，被秦雄派去的杀手追得光屁股满街乱跑，既丢了里子又折了面子，不回来报复，岂是白九的性子？

此时，白九留书完毕，扛着被麻翻的秦雄，绕开得意楼里的众人，一路蛇行鼠蹿，溜到了后墙，两手在嘴边一拢，学了三声狗叫：

"汪汪汪——"

墙那边"唰"的一声抛过来一条绳子，白九将麻袋口套在绳子上捆好，扛在肩上一托，顶着那麻袋翻过了墙头，和一个衣着破落的汉子会合，那汉子正是前不久刚刚帮白九识破山妖来历的耍猴艺人——邓摘星！

"得手了？"邓摘星眼前一亮。

"得手了！走！"白九一声呼喝，邓摘星小跑着走到树下，轻轻吹了一声口哨，十几只大小不一的猴子推着一只独轮小车从巷子深处跑了出来。

邓摘星和白九将麻袋安放在独轮小车上，推着就跑，很快就消失在了夜幕之中。

海河野滩，乱草当胸，白九和邓摘星抹了一把汗，将小车扔在一边，扶着膝盖喘着粗气。

"九哥！把那麻袋解开，让嫂子透透气吧！"邓摘星指着小车上的麻袋说道。

"不……不急，那什么……你先走吧！"白九支支吾吾地道。

"不是！九哥！那袋子麻眼儿多细啊，一会儿……闷坏了！"

"闷不坏！"白九挡住了独轮小车，拦在了邓摘星面前。

邓摘星上上下下看了一眼白九，面带狐疑地道："九哥，你是不是有什么事瞒着我啊？"

"没有啊！"

白九脚下转着圈儿，牢牢地护在了独轮小车前面。

"不对，不对！肯定有事！"

"没事！你先回去，我和你嫂子还有话要说，都是悄悄话，你别听。"白九满嘴跑火车。正乱扯的时候，一只猴子悄无声息地爬上了独轮小车，伸手一拽，解开了麻袋口的绳子，袋口往下一垂，瞬间露出了秦雄的脑袋。

"我的娘！怎么是个男的！"邓摘星一声大喊，白九一回头，正看见那小猴解开了袋子口，骑在秦雄的脑袋上龇牙咧嘴。

"滚——"白九晃动着手臂去追打猴子。

邓摘星一把拉住了白九的胳膊，焦急地道："九哥！你跟我说的可是你搞上了个小相好，是得意楼的丫鬟，那得意楼有个老到没牙的糟老头子要拉那丫鬟做填房。我想着是来帮你救人出火坑的，我是来行侠仗义的，可不是来绑票的！你这不是害我吗？"

白九一把按住了邓摘星，好声劝道："行侠仗义嘛……仗义啊！对啊！兄弟你是真仗义啊！绝对的英雄。那戏文里不都唱了嘛：大丈夫仇不报我枉在世上，岂不被天下人耻笑一场。我也是大丈夫啊，我得报仇啊，你这不也是来帮我嘛！"

"什么跟什么啊？你在胡咧咧个啥？"

白九费了半天劲儿，也没把话圆过来，干脆一摊手，把实话跟邓摘星交代了个通透。邓摘星听完了白九的讲述，绕着秦雄转了一圈，扶着秦雄的脑袋说道："这……这就是那胶皮会的少爷秦雄？"

"对啊！没错！如假包换！"

"你是不是疯了啊！那胶皮会多大势力，你是真不知道怕啊，你不要命了？"

邓摘星急得直跺脚，白九却不以为意笑着说道："我怕有个屁用，是他们先要弄死我的，我这也是被迫反击。得了老邓，你快走吧，秦雄身上的麻药劲儿快过了，你别让他看到你。"

邓摘星看了看白九，又看了看秦雄，一跺脚，带着猴子们拨开乱草，离开了河滩。白九掏出麻绳，将秦雄从麻袋里拽了出来，上上下下捆了个结实。他把秦雄拖到河边上，捧起一捧水泼在了秦雄的脸上，秦雄被冷水一激，缓缓睁开了眼睛，一抬头就看见了一脸坏笑的白九。

"你……"秦雄下意识地起身扑上来，却不想身体被捆成了一个粽子，刚蹦起身，就直挺挺地栽到了地上。

"你要干什么？"秦雄在地上大喊。

白九蹲下身，拔出一根草秆儿，拨弄着秦雄的鼻子、耳朵，笑着骂道："嘿呀，落到九爷我手里，还这么猖狂？你不是要杀我吗？来呀！杀我呀！"

"你快放了我！"

"放了你？不可能！"

“我有要事在身。”

“哎哟喂，还要事在身，这犊子让你装的，市长我见过，他都没你这谱儿大！”

“我真的有急事……这样！要多少钱，什么条件，你随便开！”

“不用麻烦你了！我已经给你爹留了信，让他备好了金条和酒宴，当着黑白两道的面儿，给我赔罪！”

“我爹？”

“行了，咱都是明白人，就别打马虎眼了，灵堂里躺着的那个根本就不是你爹。”

“你……你真的知道了。你听我说，你……”秦雄满目惶急，刚要说话，就被白九用一团破布堵住了嘴。

“呜呜——呜——”

“你还说个屁啊你，趁早让你爹拿钱了事！”白九一脸不耐烦地将秦雄塞回到了麻袋里，推着小车来到了河边一处废弃的砖窑，将秦雄藏好后，一路小跑回到城门外，找了一家大车店，倒头便睡。

白九这人，自从师父死后，一直都是独来独往，住的是荒郊破庙，干的是摆弄死人的买卖，一人吃饱，全家不饿，认识的江湖朋友，都跟他是一路货色，一身家当全在裤腰带上别着，说跑就跑，根本不怕人威胁。不过要说软肋，白九还真有一个，那就是宋翊。白九在去绑秦雄的路上，早就思考过这个问题，要是胶皮会的人为了救秦雄，绑了宋翊做要挟又当如何？白九思量许久，一拍脑门笑道：“呸！她是市长的闺女，谁敢绑她？”

叁

翌日，巳时。

来得意楼吊唁的宾客已经陆续登门，胶皮会能派出去的人手全都派出去了，可秦雄还是没有找到。

秦雄的卧房内，一个高大的身影盯着墙壁上的留书，眉头紧锁，眼睛里全是通红的血丝。

此人正是秦柏儒。

霍奔从外面将门推开了一道缝钻了进来，然后反手掩上了门。

“大当家。”霍奔说。

“怎么样？找到没有？”秦柏儒问道。

霍奔狠狠地捶了自己胸口一拳：

“弟兄们把那白九平日里常去的地方都搜遍了，也没发现踪迹……都怪我……”

秦柏儒一声长叹，拍着霍奔的肩膀说道：“不怪你，人算不如天算，这都是我的命……”

“大当家……”霍奔正要说话，却被秦柏儒打断。

“好了，兄弟，别再说了，是福不是祸，是祸躲不过。你我十几年兄弟，我只求你一件事。若是我有不测，带着雄儿，走！”

“大当家……”听闻秦柏儒此番言语，霍奔已然是虎目含泪。

“咱们斗不过柳爷的，秦家几代单传，我就这么一条血脉，拜托了。”秦柏儒攥着霍奔的手，整个人都在战抖。

“是——”霍奔咬着牙，单膝跪在了地上。

秦柏儒一弯腰，重重地抱了抱这个跟自己出生入死多年的老兄弟，将他扶了起来。

“去安排吧！”

“嗯！”霍奔红着眼睛，转身走出了屋子。

与此同时，得意楼院内，黑白两道的头面人物都在此云集，警察局长潘虎臣带着魏虾米和宋翊也来到了现场。潘虎臣是来吊唁的，一进门就上了香。魏虾米带着十几个巡警荷枪实弹，摆明了是来镇场子的，毕竟这秦柏儒出身江湖，这帮帮会的亡命徒在葬礼上拔刀相向也不是一次两次了，实在是不得不防。秦柏儒虽然是一方人物，但其身份还不足以让宋市长亲自来吊唁，所以宋翊代替父亲走上一趟也算合乎场面。

宋翊这边刚上完香，就瞧见白九大摇大摆地从正门跑了进来，宋翊赶紧跑过去，拽住了白九，低声说道：“你来这儿干什么？”

“我？哎哟，我的大小姐，您腕上这金表够闪的啊！”白九眼前一亮，抓起宋翊的手腕，就去翻看她的新表。宋翊“啪”的一巴掌，打落了白九的手，一脸不耐烦地问：“我问你话呢，你干吗来了？”

“我来吊唁啊！”

“你？开什么玩笑，今天来这儿的，都是津门有头有脸的人物。”

“头脸？我没有吗？这不是头吗？这不是脸又是什么？”白九搓着自己的脑瓜，揉着自己的腮帮子，嬉皮笑脸地跟宋翊打着哈哈。

“哎哟，真看不出来，你算是有头有脸的？”

“那是！”

“头一回听说有头有脸的，光着屁股满大街跑！”宋翊兜头就是一盆冷水，给白九来了个透心凉。

白九脸“腾”的一下红了，好似猪肝一般。

“你都知道了？”

“当时街面上好几千人，上上下下把你看了个通透，天津卫都传开了，我想不知道都难哪！”

宋翊一脸揶揄地瞟了白九一眼，气得白九又羞又急，一甩胳膊大声骂道：“我也是被小人暗害——哼！今天，我便让那秦柏儒给我敬酒赔罪！九爷的脸面，必须得找回来！”

“谁？秦柏儒？他不是死了吗？”宋翊吓了一跳。

“他死个屁，这老小子耍诈！这不重要，甭管他揣着什么坏主意，今儿个我都得给他搅黄喽，欺负人欺负到老子头上了。”

白九越说越气，甩开了宋翊的胳膊，大踏步走到了灵堂正当中，扯着脖子喊道：“酒席安排好了没啊？”

白九这一嗓子，调门高得离谱，全场所有人的目光“唰”的一下，全聚焦到了他的身上。

“这人是谁啊？”

“好像是龙王庙的白九。”

“白九？哦，专门干白事买卖的那个？”

“听说前几天，这个白九在第一汤喝多了，光着屁股从楼上跳下来，满街乱跑。”

“一丝不挂？”

“一丝不挂！我看得真真儿的！”

院内的众人瞧见白九，开始议论纷纷。

“嘿！玩缩头乌龟是吧？好，你等着！”白九一抬腿，站到了凳子上，扯着脖子喊道。

“秦…….”白九刚喊了一个字，就被霍奔从凳子上拽了下来。

“白先生，我家老爷后园有请。”霍奔在白九耳边小声说道。

“后园儿？后园不行！你九爷丢了这么大的人，必须把这场子找回来，必须当着大家的面，给我敬酒赔罪！”

“我家老爷有私密事与白先生商议，若能谈妥，敬酒赔罪也无不可！”

白九看霍奔说得恳切，一脸认真，心中暗自忖度了一阵，幽幽说道：“秦雄还在我手里，谅你们也不敢使什么幺蛾子，也罢！前面带路！”

霍奔大喜，朝着四方做了一个团揖，告了声罪，然后带着白九直奔后园，剩下一帮老少在灵堂前面面相觑。潘虎臣向宋翊投过去一个问询的眼神，宋翊一头雾水地摇了摇头，示意自己也并不知情。

白九跟着霍奔穿街过巷，来到了一间静室，静室之内，有屏风一扇，屏风后头有一张大圆桌，桌上摆满了南北珍味，秦柏儒正襟危坐，对着大步走来的白九拱了拱手。

白九一声冷哼，算是见了礼。他横着膀子走到桌前，大马金刀地往椅子上一坐，端起酒杯，咂了一口酒，又倒了数滴在掌心上，两手一阵揉搓后，放在鼻尖一嗅：“绍兴花雕，酒色橙黄清亮，酒香馥郁芬芳，酒味甘香醇厚。可惜只八年陈，要是有十年陈，就完美了。”

一旁的霍奔闻言，攥紧拳头，正要发作，却被秦柏儒摆手制止。

“白先生，请吃菜！”秦柏儒说道。

白九咧着嘴，伸舌头舔了舔牙，蹲在椅子上，捻起筷子，探出半个身子，在桌上的菜里左右一阵扒拉，一道菜夹上一筷子，塞进嘴里就是一阵吧唧。

“这清蒸盘龙鳝，用料全在一个‘精’字上，蒜茸半匙，酸梅三粒，糖一匙，磨豉二匙，油四匙。多了腻，少了淡，你找的这厨子不行，油下多了。还有这糟熘鱼片，吃芡一定要均匀，湿淀粉兑水时要适当，既不能过稀又不能太稠，你这粉都稠成泥了，真是白瞎好材料了。你再看这软炸里脊，炒锅上火，放入大油，油温得把握好，就烧至五成熟，好家伙，你看你这炸的，油温都得十成了，酥脆是够劲儿了，可这松软就差了不少。唉，差强人意哟，咦？什么东西嘎嘎乱响啊，闹耗子啊？”

白九一回头，故意瞥了霍奔一眼，霍奔此时早已怒发冲冠，牙齿咬得咯咯作响，两眼死死盯着白九，要不是秦柏儒拦着，霍奔早就上去把白九撕了。

秦柏儒抬手取过一个红布铺垫的小托盘，放在桌上，推到了白九的面前，白九用筷子尖儿一挑，掀开了上面盖着的红布，露出了十几根金条。

秦柏儒站起身，端起了酒杯，沉声说道：“白先生，犬子无知，冒犯了您，还请您看在我今日安排下这顿酒菜、金条的份儿上，放他一马。”

白九轻轻用手敲了敲桌子，指了指盘子里的金条，扯开了胸口的褂子，指着那条被杀手划开的刀口，笑着说道：“我今儿来，两件事。一是讨里子，二是讨面子。如今这里子讨到了，还差个面子没讨到，你儿子害得我光着屁股跑了好几条街，这事该怎么了？我这个人脾气倔，做事不爱打折扣，您明白我的意思吗？”

“你别给脸不要脸！”霍奔拔出手枪，顶在了白九的脑门上。

白九撕下一只鸡腿，叼在嘴里，看着秦柏儒冷冷地说道：“我白九烂命一条，不怕死，用我的命，换贵公子的命，是赔是赚，您趁早拿个主意。”

秦柏儒长吸了一口气，伸手抓住了霍奔的手腕，按下了他的枪口。随后看着白九说道：“白先生，我知道，老爷们儿都好面儿，我不该折了您的面子。按理说，我今日该在众人面前，给您敬酒赔礼，圆了您的脸面。可是，我实在是有逼不得已的苦衷，否则我也没必要用假死脱身。也罢！我便将这里的曲折给您说个明白吧。”

“曲折？”

“说起来，那是光绪十六年的事儿了……”

光绪十六年，山东大旱，饥民秦柏儒逃荒去往天津，爹娘兄弟全都饿死在了路上。

大雪天里，天津的城门就在眼前，秦柏儒已经饿了三天，头发昏、脚发麻、手发抖、眼发花，在冷风中哆哆嗦嗦挪了没多远，就一头扎进了雪窝子里。

就在秦柏儒快要冻死的时候，一群混混儿路过，把他救起来，给了一碗冷饭。打从这时候起，秦柏儒就跟了“鱼锅伙”的老大李淳在街面上打打杀杀。

天津话里“锅伙”二字，指的就是旧时街头混混儿们盘踞的窝点，支锅架伙，啸聚成寨，是为“锅伙”。入伙的混混儿进了锅伙寨，同睡一铺大炕、同铺一领苇席，屋中间架一口大锅，无论搞到什么吃的，往锅里一扔，大伙一起吃，这便是他们自称的“大寨”，混混儿头称“寨主”。锅伙寨屋内暗藏有蜡杆子、花枪、单刀、斧把之类的兵刃武器，有事一声喊，来敌一声哨，众混混抄起家伙便上街打打杀杀。

早在清乾隆十年，天津城为排掉津郊塌河淀的积水，利用陈家沟子，开河十七里，在十字街处连通北运河，注入三岔河口，掘出来的泥沙填成了一条街道，是为：陈家沟子大街。

陈家沟子河道上接津北、津东的河湖洼淀，下与海河、南北运河相连，漕船、渔船往来不绝，船户、鱼贩聚居于此形成集市。在水陆码头繁盛的同时，欺行霸市的“鱼锅伙”也顺势而生。“鱼锅伙”霸占码头，船上的鱼必须由他们卸下过秤，专吃一买一卖的差价，天津老民谣唱道：“打一套，又一套，陈家沟子娘娘庙。小船要五百，大船要一吊。”说的就是陈家沟子的“鱼锅伙”。在这当中势力最大的有两股，一股是四合“鱼锅伙”的安家，一股是万通“鱼锅伙”的李家，两伙人为抢地盘、争买卖，摩擦频繁，互有死伤，隔三差五便是一场大械斗。秦柏儒跟的寨主就是万通“鱼锅伙”的李家。

话说又是一年腊月，临近春节，万通“鱼锅伙”的寨主李淳带着三五个亲信在酒楼里喝得大醉，坐在窗口边上搂着陪酒的姑娘唱艳曲儿。

李淳这头喝得正美，全然没注意楼下的角落里，两个安家“鱼锅伙”

的混混儿盯上了他。

不到一盏茶的工夫，安家“鱼锅伙”的人便杀到了酒楼下头，一百多人拎着镐把砍刀就冲了上来，李淳听见楼下有喊声，酒顿时醒了大半，带着三五个手下拿桌子顶在身前当盾牌，大喊着往楼下冲。

“吹哨子——”李淳掏出随身的匕首，扎翻了两个冲上来的对手，冲着秦柏儒大喊。秦柏儒抡着椅子，守在楼梯口，手忙脚乱地把脖子底下的铁哨叼在嘴里，鼓着腮帮子狠命地吹。

然而，这处酒楼和李家“鱼锅伙”的地盘离得太远，且不论寨子里的兄弟能不能听见，就算听见了，仓促之间也冲不过来。

秦柏儒立在楼梯口没坚持多久，就挨了好几下，脑门上都见了红。

李淳扯住秦柏儒的后脖领子，大声喊道：“走房顶！”

“大哥你先走，我挡着！”秦柏儒状如疯狗，酣斗不休。

“挡个屁！一起来的，一起走！”李淳一把拽住了秦柏儒，两人一前一后从二楼的窗户爬上了屋脊，而后捡起脚下的瓦片一顿乱扔，劈头盖脸地砸向追来的混混儿。

“下去！”爬到了旁边的房顶后，李淳喊住了打红了眼的秦柏儒，两人顺着一架竹梯跳到了地上，在蛛网一般的小巷子里狂奔。

身后雨点般的脚步声越追越近，李淳抹了一把脸上的血，沉声喝道：“分头跑，胡家饼店会合！”

“好。”秦柏儒一点头，和李淳一左一右钻进了不同的小巷。

秦柏儒还没跑出去多远，突然从巷子里传来了一声枪响。

秦柏儒吓了一跳，下意识地收住了脚步。

“枪！是枪响！大哥……大哥！”

秦柏儒扭头就往回跑。

看到这儿，诸位可能要问了，这秦柏儒也算是刀头舔血的狠角色，为啥听了枪响这么害怕呢？只因一点，天津卫的混混儿有规矩：文打武打不枪打。什么意思呢？

天津混混儿和别地儿的混混儿不一样，天津混混儿讲究个面儿，最爱玩造型儿，清人张焘在《津门杂记》一书中写道：“天津土棍之多甲于各省。”天津混混儿的扮相有个名目，唤作“花鞋大辫子”，上身青大褂，下身藏青裤，脚穿蓝布袜子，足蹬大红绣花鞋。衣襟要敞开，辫子搭在胸前，辫花上要插一朵茉莉，上衣的袖子要比正常的衣服长一二尺，为的是袖中藏斧头，绑腿带子上还要插一把攮子（匕首）。这天津混混儿不但服装上独树一帜，言谈举止也得与众不同，讲究个“六大学问”：头一桩，要一个肩膀高一个肩膀低；二要前腿虚点，后腿虚蹬；三要缩肩屈肘；四要头似仰不仰，眼似斜不斜；五要摇头晃脑挑大拇哥；六要走路迈左腿、拖右腿，貌似伤残之态，一走一趔趄。

与人争斗，有文武两种打法。所谓文打，便是比着自残，一方两手抱住后脑勺，胳膊肘护住太阳穴，两腿麻绳般拧在一块儿，侧身弓起后背横躺，这叫“打四面儿”，意思就是告诉你，你且下狠手打，若是挨打的哼唧半声，就算输，你要是不服，也依此法挨上一顿，谁先服气了，谁就算栽。除了比挨揍，还有更狠的，大腿割个口子，对着撒盐等，这些都算文打；要是武打就没这些个花样了，就两种，一是单挑，二是群殴，但是有一点，不能动枪，只因天津混混儿走江湖，讲究的就是个血气之勇，强横斗狠，要的就是个不要命的劲儿！谁使了枪，就如同使了诈，平白弱了气势，所以文斗武斗不枪斗，成了天津江湖上约定俗成的规矩。

所以当秦柏儒听到了这声枪响，顿时就知道不对：“这回不是一般的争斗拼狠啊！这安家是奔着李淳的命去的啊！”

秦柏儒越跑越快，在迷宫似的巷道里顺着枪响的方向跑去，等到他跑到地方的时候，安家的混混儿已经散去了，巷道的断墙上染着大片的血迹，李淳靠着墙角，委顿在地，眼瞧着出气多进气少。

“大哥！”秦柏儒一声大喊，跑上前，跪在地上，扶起了脸色惨白如纸的李淳。

李淳的小腹被土猎枪打成了筛子，鲜血汩汩地往外淌。“秦……秦秦……”李淳说。

“大哥！我在这儿呢！我这就回寨里叫上弟兄，砍死姓安的狗王八……”秦柏儒快哭了。

“别……咱们锅伙里……肯定有内鬼。你……不能回去！报……报仇……去找柳……柳……柳爷。”

“柳爷是谁？”

“今天子……子时三刻……提白纸灯笼一盏……去……去老西沽浮桥……”

李淳的话刚说了半截，脖子一歪，去见阎王爷了。

李淳刚才告诉秦柏儒，说自家锅伙里有内鬼，秦柏儒作为李淳的铁杆小弟，锅伙寨肯定是不能回了，万一被下了黑手，岂不窝囊。

“既然大哥让我去找柳爷，我便走上一遭！”

秦柏儒打定主意，将李淳的尸体用草席子裹了，好生安葬，并提着一盏白纸灯笼来到了老西沽浮桥。

肆

老西沽浮桥是天津第一座浮桥，位于大清河西沽渡口。该桥兴建于康熙五十四年，据《西沽浮桥碑记》记述，当年为修建西沽浮桥，用船十六只，其长二十有六丈，糜白金两千余两。到了光绪年间，大清河干涸，西沽浮桥也随之废为板桥。

子时三刻，月光如水，大雪茫茫中，秦柏儒孤身一人提着白纸灯笼在黑夜中徘徊。

突然，自前方黑影中迎风飞出了一蓬纸钱，绕着秦柏儒上下翻飞，秦柏儒瞪大了眼睛，向上风口看去，只见黑夜与大地的尽头缓缓走来了一辆驴车，赶车的是个头戴傩戏面具的老头儿，驴车上载着一具漆黑如墨的棺材。

就在秦柏儒愣神儿的工夫，那驴车已经走到了秦柏儒的面前。戴面具的老头儿从车上跳下来，绕着秦柏儒转了一圈，笑道：“少年郎，你可是要去三千当铺？”

“我……我大哥让我来找柳爷！”秦柏儒支支吾吾地答道。

“那就没错了，上来吧。”那戴面具的老头儿推开了棺材盖子，示意秦柏儒钻进去。

秦柏儒犹豫了一下，但出于对大哥李淳的信任，还是钻进棺材，躺了下去。

秦柏儒刚躺好，那老头儿就在外面盖上了棺材盖子，并用铁链缠好锁紧，随后抬手一鞭子，抽在了驴屁股上，那拉车的黑驴一掉头，慢慢悠悠地拖着车不知道往哪个方向去了。秦柏儒躺在棺材里，只觉得脑袋昏沉得厉害，没过多久，就沉沉睡了过去。不知道过了多久，秦柏儒醒了过来，一抬头就看到了一块腐朽破败的匾额，上书四个大字——三千当铺。

秦柏儒正说到关键处，突然一咳嗽，止住了话头儿，白九心痒难挨，敲着桌子说道：“怎么不讲了，接着讲啊！”

只听秦柏儒一声长叹：“说实话，我也不知道那是一场噩梦，还是真的有这么一家当铺，这许多年里，我也无数次地寻找过，可是始终没有结果，只有提着白纸灯笼，钻到那黑驴车的棺材里，才能到那个地方。”

“那个地方？那是个什么地方？”白九急忙追问。

“那是个……那是个典当灵魂的地方！”秦柏儒说到这里，仿佛回忆起了什么恐怖的经历，整个人开始剧烈地战抖，胸膛不住地起伏。

“呼——”秦柏儒狠狠地搓了一把脸，两眼从指缝里望向了白九。

“白先生，三千当铺的掌柜就是柳爷。没人知道他的身份，他能满足你的任何愿望，无论是金钱、权力，还是美人。只要……只要你能付得起代价！”

“什么代价？”

“灵魂！你的灵魂！想要满足你的愿望，就要将你的灵魂典当给柳爷……只有典出，没有回赎……”

“这么说……你……”

“没错！当年我大哥被安家的混混儿害了，我要报仇，我要生存！我要当人上人！我不想像一条狗一样流落街头。我没有办法，我只能把我的灵魂典当给柳爷……我当初真是昏了头，我现在真的很后悔，如果能给我一次重新来过的机会，我哪怕饿死，也不会钻进那黑驴车的棺材。”秦柏儒两手抱着脑袋，极为痛苦地扯着自己的头发。

“那个柳爷帮你报了仇？”

“不错！柳爷给了我一笔钱，让我招兵买马，一举灭了安家的锅伙寨，还扶持我创立了胶皮会，让我当上了天津江湖上的一号人物！”

“这么说，这柳爷还是个好人？”白九一脸费解地问道。

“好人？哈哈哈哈……你以为柳爷开的是善堂吗？他开的是当铺！当铺啊！当铺是什么地方？那是喝人血的地方！”秦柏儒“腾”的一下站起了身，一把扯开了大褂的扣子，将上半身的衣服脱了下来，一扭身，把伤痕累累的后背露给了白九。

白九一看秦柏儒的上身，不由得倒吸了一口冷气，这得是遭了多大的罪啊！可以说秦柏儒的上半身已经没有一块好皮肉了，密密麻麻的全是伤疤，还有很多根本认不出的老伤。

只听秦柏儒冷声说道：“我们在柳爷手下奔走，日子过得连狗都不如，柳爷规矩大，有三杀三刑：抗命不遵者杀，泄露机密者杀，私吞财帛者杀；阳奉阴违者刑，办事不力者刑，有召不到者刑。你看！我右臂这片伤，八年前柳爷有召，我人在济南为他办差，因大雪封路，晚到了一天，被他用热油上刑烫成这样……还有这儿，五年前，柳爷让我押运一批货去奉天，路上遭了山匪，我拼命死战，总算保住了七成货，可柳爷却勃然大怒，说我办事不力，平白折损了三成货，将我捆在树上，拿麻皮混鱼胶盖在我身上，活活扯掉了我肋下这一块皮。再看这儿，三年前，柳爷急需一笔钱，命我筹措。但时间太紧，我在柳爷规定的期限内，没能把钱凑齐，柳爷一怒之下，将我锁在大瓮之中，用一种大蚂蚁啃咬我的皮肉，那大蚂蚁每咬我一口，我便如同中了箭一般剧痛。”

听着秦柏儒的讲述，白九只觉遍体生寒，鸡皮疙瘩遍布全身。

秦柏儒的瞳孔闪烁着令人毛骨悚然的光，语速越来越快，直到他说到恐惧处，一扭身，抓住了白九的手腕。

“你知道吗？我活下来了……我活下来了……你知道我有多幸运吗？我见过很多人，他们和我一样，都是把灵魂典当给了柳爷的人，有一个女的，她当时就在我眼前，被柳爷捆在地上，用湿了水的黄纸一层一层地贴在脸上，就这么一层……一层……一层地贴，一开始，她还能蹬腿儿，后来她渐渐没法呼吸，只能从嗓子眼儿里发出一种类似小猫儿一样的叫声。她叫了好久好久，然后就不动了。

“还有一个！还有一个胖子，他因为私吞了两百块大洋，被柳爷在脑袋上套了一个铁箍，柳爷挽着袖子，一手拿着锤子，一手往他的脑袋和铁箍的缝隙里钉木楔，一个一个地钉，直到那个胖子的头颅像西瓜一样……我们被柳爷死死捆在凳子上，瞪大了眼睛看着这一切，柳爷指着那个胖子的尸体，对我们说：‘看！这就是违逆我的下场！’

“从那天起，我就知道柳爷不是人，柳爷就是个恶鬼，一个从地狱里跑出来的恶鬼！我是逃不掉的。我可以死，但是我的儿子不行，我儿子秦雄还年轻，他不能像我一样活着，他得换个活法。我不妨告诉你，这些年，我一直在为柳爷运输鸦片，实话说了吧，柳爷是天津地下最大的鸦片贩子，天津卫每一座码头都有柳爷的运输线，柳爷通过这些运输线，将鸦片运到天津，再散往河北、山西、山东各地，柳爷手下有三条散货渠道，一个是我，一个是救生堂的梁寿，还有一个是黄不同，梁寿前段日子据说折在了警察手里，柳爷为此很是恼火。这几年，柳爷的胃口越来越大，倒腾鸦片的数量越来越多，柳爷不知在干些什么，需要很多的钱！因为梁寿一死，断了柳爷一条财路，使得我和黄不同的压力更大了，不到一个月的时间，我已经挨了四顿鞭子了！我这些年为柳爷奔走办事，除了亲信的兄弟霍奔之外，从未向任何人漏过半点儿口风，胶皮会名下，有一家水果行，每次押运货物，我都将鸦片夹藏在水果箱子里，不让任何人知道。

“可是人算不如天算，偏巧这个时候，我儿子秦雄发现了我身上的伤，他苦苦逼问我，我实在拗不过，一松口，将柳爷的事告诉了他。而且柳爷早就和我提过，要拉我儿子秦雄入伙，为此我百般推脱，早已惹得柳爷不悦，按照柳爷的性子，不为他所用，必为他所杀，我遮掩得了一时，遮掩不了一世，我儿子早晚得走上我的老路，其实我早已经存了逃跑的心思，在和我儿子秦雄透露柳爷存在的时候，我就定下了计策，想要假死脱身！”

“假死？怎么个脱身法？”白九顺势问道。

“五天前，我故意在账目上吞了柳爷一笔钱，柳爷遣人送信，命我往三千当铺解释，我故意推诿不去，一拖就是三天。我很了解柳爷的性子，柳爷这个人，心狠手辣，乖戾无常，见我先是私吞财帛，又抗召不到，必定会起杀心，派遣杀手来取我性命。我从定计之日起，就夜夜宿于书房，让我儿子躲藏在暗处，只等柳爷派来的杀手前来。果不其然，那天晚上，柳爷派来的杀手潜入到我的书房，用一杆单管霰弹枪顶在了我的后脑勺上，可螳螂捕蝉，黄雀在后，就在那杀手即将扣动扳机的时候，藏在暗处的秦雄用吹箭射中那杀手，毒针上的乌头瞬间麻痹了他的手脚，杀手栽倒在地，我夺过了他手里的枪，掀开他头上戴着的傩戏面具，将枪管顶在了他的脸上！”

秦柏儒说到这儿，一把抄起了桌子上的筷子，神经兮兮地奔着白九脑袋比画，白九一歪头，躲闪了一下，伸手抓住了筷子头儿。

“然后呢？”白九问道。

“然后……然后……那个杀手一脸平静地看着我，他说：‘你就算杀了我，也逃不掉的，柳爷要杀的人，没有能活下来的。’我当时一听这话，一下子就慌了，我心一慌，手一抖，指头一勾。砰！一声枪响，那杀手半边脸都被打烂了。

“我定了定神，过了好久才平复下来。两天前，我已经提前找好了一具尸体，用乱刀砍得稀烂，泡进了水缸里，我打算用这具尸体代替杀手。按照计划，我继续藏身得意楼，放出风去，说我被杀手干掉之后，杀手外逃被护院发现了，这杀手打光了子弹，弃枪拔刀，一路血拼，身受重伤，冲出了得意楼不知去向，然后我儿秦雄借着给我办丧事为名，广邀天津黑白两道的人马齐聚得意楼。按照江湖规矩，若是想金盆洗手的人死了，他的师徒父子也可以代其开香堂，只要撞完了五关，走完了流程即可。我的计划，就是在丧礼上，让我儿子秦雄帮我撞五关。

“这偌大的胶皮会，看似风光，实则凭车行的路子挣不来几个银钱，全仗着帮柳爷运鸦片过活。我一死，柳爷这条运鸦片的道就算断了，再加上秦雄代我撞了五关，我也算按照规矩退出了江湖，有道是：‘江湖事，江湖了，江湖财，江湖散。’我这么一退，胶皮会的地盘连同在天津卫的米行、牙行、车行、水果行、赌场、妓院里的份额将瞬间被其他势力瓜分一空。

“胶皮会这边拿不到运鸦片的利，另一边又被人鲸吞蚕食，两相夹击之下，势必树倒猢狲散。这个时候，霍奔会配合演戏，上演一出械斗夺位的戏码，和胶皮会内几个有势力的堂主约定，谁抓到杀死我的凶手，谁就能当老大。

“这个时候，霍奔会把我们泡在水缸里的那具尸体扔到海河里，并且制造出那尸体是重伤过桥时落水的现场，然后故意透露消息让那几个堂主找到那具被泡得面目全非的尸体，那几个堂主早就急着上位，势必又是一番争斗，霍奔借此为由被赶出胶皮会，流落他乡，届时我、秦雄和霍奔分头上路，逃出天津城，在山东会合，再逃往东北。柳爷只道我死了，杀手也死了，自然无法深究。况且这一系列计划走下来，证据、时机、动机都被我策划得天衣无缝，柳爷就算追查，我也不怕！”

“好计划！”白九一拍巴掌，挑着大拇指夸赞。

话刚出口，秦柏儒就一把揪住了白九的脖领子，狠命地一阵摇晃，口中骂道：“好个屁啊好！我这计划百密一疏，万万没想到被你勘破了端倪。谁能想到，我都把那尸体的脑袋打烂成那样了，都能被你看出来……唉，我儿子也是冲动了，没和我商量就派人去杀你，结果……”

“结果还被我跑了，对不对？”白九抱着胳膊，啐了一口唾沫。

秦柏儒穿上了上衣，一边系着扣子，一边说道：“事到如今，我已将来龙去脉对你和盘托出，想必你也能明白我的苦衷。我绝对不能露面，所以在大庭广众面前敬酒赔罪之类的事，我是绝不可能干的，但是赔礼的金条，我可以翻一倍。不！翻五倍！只要你把我儿子还给我。”

白九一听“五倍”，哈喇子都要淌出来了，心中暗想：“五倍！五倍的金条啊！别说一丝不挂跑两趟街了，就是给老子光着屁股挂到城墙上打秋千，都值了啊！”

想到这儿，白九一拍大腿，大声答道：“得嘞！九爷我就吃点儿亏——那什么，你儿子在海河滩上那旧砖窑里！”

秦柏儒一点头，将桌子上的金条包好，又从旁边的一口箱子里抓了好几把，塞进了布包里，往白九手里一塞，沉声说道：“还有劳您带我兄弟霍奔亲自走上一趟！”

白九横着眼睛，瞥了瞥霍奔，随即又掂了掂布包的金条，咧嘴笑道：“九爷胆气足，不怕你黑吃黑！”

说完，便一扭身，向外走去。

秦柏儒对霍奔吩咐了一句：“走后门，别让人看到，快去快回！”

霍奔一点头，转身追上了白九的脚步。

伍

霍奔这个人，木头一样沉默，走了一路，半句话都没有，白九是个话痨，动不动就拿话头儿去撩拨霍奔。

“哟，霍老哥，咱这也算不打不相识了吧！你看你们，前脚找杀手杀我，我呢？后手就绑了你家少爷，你看这事弄得多尴尬……”

霍奔瞪了白九一眼，没有理他。

白九舔了舔嘴唇，跟上了霍奔的脚步，接着说道：“你看啊，我现在也有钱了，怀里好几十根儿金条。这样，晚上饭我请，咱们喝酒、泡澡、逛窑子，一条龙都算在我身上，怎么样？”

霍奔扭过头去，懒得理白九。

白九一咂嘴，绕着霍奔转了一圈，接着道：“你看你，挺大个男人，那么小心眼儿，你就放心吧，我绝对不坏你们的事，我就是表达一下自己的诚意，仅此而已！你家秦大当家这么敞亮，我也不能当个抠门儿的人。这样吧，晚上兄弟我豁出去了，咱上彩霓虹怎么样？够高档了吧？我跟你说，霍老哥，那彩霓虹的姑娘，那叫一个标致，绝对的盘儿亮、条儿顺！你到了这地方，不能急，得先跳舞——哎嘿，你别走那么快啊，你听我说，你会跳交际舞吗？”

“不会！”霍奔被白九磨叽烦了，扭头闷吼了一声。

“不会你还这么横？我还以为你跳得不错呢！说出来，不怕你笑话，我也是刚学的，跳得也不好，老踩舞伴的脚，不但踩人家姑娘，我自己都左脚踩右脚……”

“你有完没完，我家少爷在哪儿？”

“就在那儿！前面那砖窑！”白九踮着脚一指，霍奔一把推开了白九，大踏步向那砖窑跑去。

进了砖窑，穿过了两道土墙，墙根底下有个一动不动的破麻袋，白九走上前，指着麻袋笑道：“您家少爷在此，估计是睡着了吧！”

白九一边笑着，一边解开了袋子口，把袋子往下一拉，露出了袋子里面秦雄的脑袋。

就在秦雄脑袋露出袋口的一瞬间，白九和霍奔同时呆住了。

秦雄死了，天灵盖上被钉进去了好长的一根铜钉，血液淌了满脸，两眼瞪得溜圆，鼓鼓地盯着前方。

空气在这一刻仿佛凝滞了……

白九吞了一口唾沫，磕磕巴巴地说道：“霍……霍老哥，您听我说，昨天……昨天晚上我带你们少爷来这儿的时候，他还好好的！真不是我干的……”

霍奔瞳孔一紧，盯着白九，沉声说道：“除了你，还有谁知道我家少爷藏在这儿……”

“没……没了……”白九挠了挠头，一时间想不出别的解释。

“那还有什么说的，拿命来吧！”霍奔一声大吼，从袖口“唰”的抽出一把短刀，直奔白九扎来。

白九“啊呀”一声，扭头就跑，霍奔两腿快成一条线，从后追来，两个人转眼间就跑出了砖窑，钻进了河滩的乱草当中。

“呼啦——”白九一个低蹿，扑倒在地，借着乱草的掩护，藏了起来。

霍奔紧追而至，瞧见白九没了身影，赶紧收住了自己的脚步，抬眼去看四周的草秆儿。

“哪儿的草秆儿有晃动，白九肯定就藏在哪儿。”霍奔对敌经验极为丰富。

白九缩在草根底下，不敢乱动，尽量控制着自己的手脚，在努力保证身旁的草秆儿不晃动的情况下，脱下了自己右脚上的鞋，听着霍奔的脚步，默数着：“一、二、三！”

“呼——”白九刚一数到三，就一甩手腕，将手里的鞋平着扔了出去，鞋一落地，带动一片草秆儿晃动。

霍奔眼疾手快，瞧见有草秆儿晃动，一声大喊，飞扑而去，攥着短刀向草下一扎。

霍奔一刀扎空，发现草下没有人影，把乱草扒开一看，只找到了一只脏鞋。

“上当了！”霍奔暗呼了一声，还没来得及反应，白九的身影早从斜刺里跃起，“扑通”一声抱住了霍奔，右手抓住了他拿刀的手腕，整个人压在了他的身上。

霍奔发出一声大喊，一抬膝盖，顶在了白九的小腹上，疼得白九浑身打了一个激灵。

“狗贼！我杀了……”

白九攥着霍奔拿刀的手腕，死不松手，两个人滚在地上，来回撕扯。

“霍老哥，人不是我杀的，这里肯定有误会！”

“误你娘！我杀了你！”

霍奔飞起一肘，打在了白九的眼眶上，白九一声惨呼，大声骂道：“你个傻缺，怎么说不听呢！”

“听你娘！”

霍奔刚骂了半句，白九一张嘴，狠狠咬在了霍奔的腰上，疼得霍奔后半句话都跑了音儿。

霍奔扭腰一转，两腿在空中一旋，一下子夹住了白九的脖子，两腿一别，白九呼吸一紧，整张脸憋得通红，白九左手托着霍奔拿刀的手，右手在乱草里一阵乱摸，手指尖儿一凉，抓到了一块硬邦邦的石头。

“我杀了你！”霍奔两腿一别，眼看就要夹断白九的颈椎，白九左胳膊一抡，抓着一块大石头一下砸在了霍奔的右膝盖上。

“啊——”霍奔一声惨叫，向旁边滚去，白九趁机抡圆了胳膊，又一下，砸在了霍奔的脑门上，霍奔的脑袋“嗡”的一声响，晕了过去。

白九伸手在霍奔的鼻子底下探了探，长出了一口气：“还好！还好！只是晕过去了！”

白九扔了石头，喘了口粗气，转身就往回跑。

“妈的，这里肯定有套！我要是说不明白，这胶皮会的人不得满天津追杀我。跟霍奔这棒槌说不明白，我直接找秦柏儒说，好歹报个信儿！”

白九一路狂奔，跑回了得意楼，没敢走正门，直接从后门钻了进去，躲过巡逻的护院，直奔后堂，这里是秦柏儒藏身的地方，除了霍奔和秦雄，谁也不能进。

白九四周望了望，鬼鬼祟祟地推开了后堂的门，屏风后面，刚才那顿酒席还没撤，秦柏儒依旧坐在桌子旁边。

白九反手关上了房门，冲着屏风后头的秦柏儒喊道：“秦当家，别吃了，你儿子让人害了。我给你说啊，不是我干的，你想想，要是我干的，我还能马不停蹄地赶来给你报信吗？所以说，你可不能犯糊涂，和那霍奔一样找我拼死拼活……”

白九一边说着一边绕过屏风，走到了桌子边上，抬眼一看。

“咔嚓——”白九如遭雷击！

秦柏儒也死了！

和他儿子一样，天灵盖被人钉进去了一根大长钉子！

“我的天，这他娘的是个连环套啊！”白九大呼了一声不好，转身刚要往外跑。

“砰——”屋子的大门被红着眼睛的霍奔撞开了，只见霍奔一瘸一拐地迈过了门槛，提着匕首冲到了屏风边上，抬手掀翻了屏风，指着白九对秦柏儒说道：“当家的，他害了少爷……”

突然，霍奔呆住了，他发现了秦柏儒的异样，两眼瞬间看到了钉进秦柏儒天灵盖的那根大长钉子。

“狗贼！”霍奔一声大喊。

“我也是刚到啊，你误会了！”白九知道多说无益，一闪身，撞破了窗子，向外跑去。

“来人！”霍奔一声大喊，无数护院提着刀从外面涌了过来，白九被围追堵截，到处乱蹿，身上那包金子也不知掉到了哪里去了。

“我这命怎么这么苦啊……”白九发现金子没了，捶胸顿足，一不留神，竟然蹿到了前厅，被一帮提刀的人堵在了灵堂前面。

“我说弟兄们，有话好说，都是误会！”白九拱着手说。

“误会个屁！兄弟们！杀咱们大当家的凶手就是他，他还杀了少爷！”霍奔一瘸一拐地分开人群，指着白九喊道。

一众吊唁的宾客被眼前突然发生的一幕彻底惊呆了，一个个张大了嘴，面面相觑。

“我真不是！”

“砍死他！”霍奔一声令下，众刀手齐声涌上前，白九一把捧起了香灰，逆着风一撒，掀起了一片白烟。

白九一脚蹬翻了供桌，上面的瓜果点心、香烛米饭撒了一地。白九举着供桌当盾牌，趁着众人揉眼睛，发了疯似的往外跑，砍刀“叮叮当当”的砍在供桌上，吓得白九胆战心惊、汗毛倒竖。

“围住他！”霍奔一边揉着眼睛一边指挥众刀手左右包抄，压缩白九的活动区域，眼看就要将白九合围。

站在一旁的宋翊看出不妙，一跺脚，抽出了潘虎臣的配枪，举起胳膊，冲天开了三枪。

“砰——砰——砰——”

听见枪响，场内众人一愣，各自停住了手脚，只见宋翊一手举枪，一手拽住白九，将他拽到身后，大声喊道：“都停手！”

霍奔瞧见宋翊开枪，带着人顶了上来，大声喊道：“宋小姐，你们官面上的人也要结江湖梁子不成？”

宋翊一时间语塞，只能握紧了枪，挡在白九身前，张口说道：“他是我朋友……”

“他就是你相好，今儿也得死在这儿！”霍奔一声大喊，拎着刀就往前冲，潘虎臣眼疾手快，一把抓住了霍奔的脖领子，往侧面一拽，摔了霍奔一个趔趄。

“干吗呢？”潘虎臣一声大吼，抢过了宋翊手里的枪，十几个巡警在魏虾米的招呼下，从人堆里挤了过来，举起步枪、警棍，在潘虎臣前面列成一排，挡住了胶皮会一众刀手。

“怎么？你们警察要干什么？这是我们胶皮会的事……”

潘虎臣一个跨步走到了霍奔身前，瞪着眼睛看着他，骂道：“姓霍的，当着老子的面在这儿砍人，你当我这个警察局长是瞎子吗？”

“他杀了我家当家的和少爷，我要报仇！”

“狗屁！谁给你的权力，谁给你的胆子，让你光天化日砍人杀人？就算这小子杀了人，你也得先报警，在天津卫，能抓人杀人的只有老子，你算个屌！”

潘虎臣虽然刚到天津不久，但是积威甚重，黑白两道无不信服，此时潘虎臣出面，救下了白九，霍奔不敢硬抢，一时间竟然僵住了，潘虎臣环视全场，知道自己不给个交代，怕是带不走白九。

“哗啦——”潘虎臣从魏虾米腰上拽下了手铐，给白九铐了个结结实实。

“得意楼的杀人案，警察局这就算是接了，稍后，我会安排人问询、验尸，既然这小子有嫌疑，我们就得带回去审讯，你没意见吧？”

霍奔皱了一下眉头，正要说话，却被潘虎臣凌厉的眼神打断。

“怎么？你信不过我？”

霍奔嗫嚅了一下嘴唇，拱手说道：“你是官，我是民，我不敢不信！”

“那还不把路让开！”潘虎臣一声暴喝。

霍奔深吸了一口气，摆了摆手，众刀手分开了一条路，潘虎臣一手握着枪，一手揪着白九的后脖领子走出了得意楼，钻进了一辆小汽车。

魏虾米当司机，宋翊坐在副驾驶上，潘虎臣和白九并排坐在后座上，两人面面相觑，都一言不发。

宋翊急得满头大汗，刚坐进车里，就扭过头来，急吼吼地问道：“白九！你又在瞎搞什么？那么多人追着你砍，到底是怎么回事啊？”

白九紧闭着眼睛，一言不发，深埋着脑袋，不知道在琢磨些什么。

“你倒是说话啊！”

潘虎臣点了根烟，吐着烟圈说道：“说啥啊？这小子一看就是让人下了套了！”

“下套？”

潘虎臣弹了弹烟灰，笑着说道：“白九是个吃死人饭的白事先生，秦柏儒是刀头舔血的街面帮会，八竿子打不着的两路人，怎么可能起人命争执！我估计是胶皮会里有人想出头上位，取秦柏儒而代之，杀人之后设了局，让这小子当了替罪羊……”

白九一咧嘴，扭头赞道：“您倒是个明白人！”

“明不明白的不重要，关键是咱们打过交道，你这人贪财好色不假，杀人害命倒还不至于。”

“你怎么知道的？”白九反问了一句。

“很简单，你没那个胆，刚才霍奔带人围砍你，瞧给你吓的，尿都快淌出来了。秦柏儒也算是在街面上的狠角色，身手胆智都是一等一的厉害，非精准谋划，拼尽全力不能杀之，一般这刚杀完人的人，大多都头脑亢奋，和你那个软蛋样子简直是天壤之别。”

“瞧这话，你杀过人？”

“杀过。老子是大头兵出身，大仗小仗打下来，少说一百多场，战场上，狭路相逢，不是你死就是我亡，敌我一个照面，只一眼的工夫，我就能看出对方是见没见过血的兵。杀过人的人，眼神是不一样的——还没打开吗？”潘虎臣掐灭了烟头，瞥了一眼白九。

“打开什么？”宋翊问道。

“早就打开了，告辞！”白九轻笑了一声，看了看潘虎臣，又朝着宋翊一挤眼睛，两手一抬，腕上的手铐应声而落。

“谢了啊！”白九晃了晃指尖的一根牙签，猛地推开车门，一下子从车上跳了下去，落到了路旁的灌木丛里，很快就消失不见了。

宋翊吓了一跳，正要招呼魏虾米停车，却被潘虎臣拦住。

“潘局长，他……”

“江湖事，江湖了，咱们的身份不适合过多介入，能帮的，我已经尽力了！能不能洗清身上的嫌疑，就看他自己的本事了。”

说完这话，潘虎臣打了个哈欠，向后一仰脖子，很快就睡了过去，车里回荡着沉沉的鼾声，宋翊用两手捂着耳朵，扭头看向车窗外面，心里满满的都是对白九的担忧。

陆

白九的师父曾经说过："拆解案子就像走迷宫，当你迷失方向的时候，首先要做的不是拔腿狂奔，而是回到原点。"白九对师父的话，从来都是深信不疑的。

既然这一切事情都从柳爷而起，那么最直接的方法，就是找到那间三千当铺，找到了柳爷，一切自然水落石出。

入夜，老西沽浮桥，白九按照秦柏儒故事所说的法子，提了一盏白纸灯笼，孤身一人立在了夜风之中。

子时三刻，原本空无一人的河边，忽然出现了一辆驴车，驴车上拉着一只通体漆黑的棺材，一个驼背的老头儿戴着一只傩戏的恶鬼面具，一手牵着驴，一手背在身后，扯着沙哑的嗓子唱道："见灵堂不由人珠泪满面，叫一声公瑾弟细听根源。料不想大英雄不幸命断，空余那美名在万古留传……断肠人懒开流泪眼，生离死别万唤千呼，不能回言，都督啊……"听这辙韵，赫然是京戏《卧龙吊孝》的唱段。

白九提着灯笼，挪着步子迎了上去，朝着那老头儿拱了拱手，老头儿"嘿嘿"一笑，拽住了拉车的黑驴。

"少年郎，你可是要去三千当铺？"

"我……我找柳爷。"

"你可是姓白名九，家住龙王庙？"老头儿笑道。

"正是！"白九听那老头儿道出他的名姓根底，不由得神情一慌。

"那就没错了，柳爷派我来接你，上车吧！"老头儿一拍棺木，掀开了棺材盖子，示意白九钻进去。

白九定了定神，爬进了棺材。

“三千当铺，不在阳世，而在阴间，此去路途颇远，少年郎可莫要心急啊！哈哈哈哈！”老头儿一声大笑，盖上了棺材盖子，用铁链将棺木缠好，甩手一鞭子，赶着驴车向远方走去。

走了一个多时辰后，那老头儿拉住了驴车，解开锁链，掀开棺材盖子，将双目紧闭的白九拉起来，解下腰间的酒壶，喝了一口烈酒，“噗”的一口喷在了白九脸上，白九被酒气一激，浑身打了个激灵。

“这是……”

“小郎君，你看！”老头儿盖上酒壶，伸手向前一指，白九顺着老头儿手指的方向一看，只见不远处，黑暗中高悬着一块牌匾，上面歪歪扭扭刻着四个大字——三千当铺。

匾额下有楹联一对，左边写的是：酒色财气，来去大千世界；右边写的是：贪嗔痴妄，出入不二法门。

这当铺的格局和平日里街面上的当铺并无二致，白九迈步进了大门，只见厅内一灯如豆，照出了迎面的通面栏柜，柜台高一米八，上至屋顶，建以铁栅。铁栅上开两三窗口，窗口后头设有柜房和验货、收当的高木凳，有填写当票的票台，近墙角还有一张账桌。白九踮脚向内望去，只见三五账房伙计俱都戴着傩戏面具，在柜台后面来回地走动忙碌。

白九正看得起劲儿的时候，冷不防肩膀上被人拍了一巴掌。

白九吓了一跳，一扭头，只见一个一身长玉立的男子站在他面前。他外穿西装，内穿马褂，头戴呢制礼帽，手拿白纸折扇，一身打扮，中不中、洋不洋，脸上还罩着一个木雕的傩戏面具。那面具雕的豹头环眼，铁面虬鬓，獠牙外翻，通体赤红。

“你是？”

“我就是柳爷！”那男子“哗啦”一声收起手里的折扇，轻轻点了点一旁的茶桌，笑着说道：“坐！”

白九还没反应过来，柳爷已经大大方方坐到了茶桌边上，拎起水壶给白九倒了一杯茶水。

白九深吸了一口气，攥紧了拳头，坐到了凳子上。

“我其实注意你很久了。你这个人，心细胆大，脑子也够灵活，我很欣赏。”柳爷呷了一口茶水，打破了沉默。

“很久了？”

“对！就是很久了！你第一次进入我的视线，是在码头，你帮警察验尸办事，追查那桩奇案——过龙灯！”

“这里难道也有你的推手？”白九惊声问道。

柳爷摇了摇头，摆手否定道：“推手谈不上，那个聂宝琛是我手底下的人，和骆悲一样，早年也是在瘦马营出来的，要不是我收留他，给他一口饭吃，他也坐不到天津商会会长的位子上。可惜呀，这小子在前清的时候手脚不干净，惹了玉红绡这么一段公案，导致多年以后，被人家寻仇暗杀。这案子被你破了，但是聂宝琛也死了，这些年，聂宝琛的码头没少帮我走货，他这一死，害我赔了不少钱。

“做生意嘛，有赔有赚，聂宝琛这条线断了，再找别人就是。于是，我在天津城里扫听了一圈，听说有个叫郑青仝的，开了一家赛马场，生意红火得很。思量了一阵，我决定找郑青仝合作，借着他运送草料牲畜的机会倒运鸦片。可是这郑青仝脑袋不开窍，敬酒不吃吃罚酒，说什么‘老子的大洋已经赚够了，不差你这点儿钱’，哈哈哈哈，说实话，自柳爷我踏足津门这块地界，还没有人敢这么和我说话，我必须得弄死他！”

柳爷纸扇轻摇，嘴上说着杀人害命的买卖，语气却无比的云淡风轻。

“郑青仝、蔡振义是你的人？关帝劈刀的案子是你策划的？”白九脑门上渗出了一层冷汗，他万万没想到，这天津城的多桩血案，都和眼前这个文质彬彬的男子有着千丝万缕的关系。

“怎么说呢？杀人是门精妙的手艺，需要谋定而后动，我要杀郑青仝，必定要先查明这个人的来龙去脉，是人都有过去，郑青仝也不例外，他当年在三岔河口劫取皇粮的事，瞒得了别人，可瞒不了我。我以此为线索，找到了流落江湖的蔡振义，带他来到了这三千当铺，做了一个交易，蔡振义将灵魂典当给我，替我办事，我帮他杀掉三个仇人，也就是骆悲、郑青仝和崔三海。按照约定，我帮蔡振义布局，让他一一除掉郑青仝和蔡振义。

“不过，很可惜，蔡振义棋差一步，在杀掉骆悲前，被你勘破了行踪，身死大神堂的关帝庙外。虽然蔡振义死了，但是柳爷我绝对是个讲信用的人，答应的事情，还是要做到的。所以我派了梁寿，顺手杀了骆悲，并且留书给你。

“我原本是想吓唬一下你，让你别再给我捣乱，可是没想到你这个人倔强得很，凭着一条嗅犬，缠上了梁寿。唉！这梁寿和蔡振义、聂宝琛之流不同，他可是我手下的一员大将啊，那间救生堂被他经营得有声有色。你知道梁寿死后我有多伤心吗？也不知道柳爷我今年是不是犯了太岁，梁寿这边的事还没平息，这秦柏儒又和老子闹脾气。哼！他也不想想，要是没有我，他一个小混混儿早不知道被人砍死在哪个街头巷尾了！说起来，这事我得多谢你，要不是你的搅和，我也不能发现这厮是在诈死，可气！可气！可恼！可恼啊！”柳爷攥着折扇，将茶几敲得砰砰乱响。

“所以你就杀了秦家父子？”

“当然！不杀他们我还留着他们不成？”柳爷恼道。

“你是怎么知道秦雄藏身的地方的？那个砖窑隐秘得很。”

“隐秘个屁！那天晚上你和那个耍猴儿的去得意楼绑人的时候，我的人就跟上你们了。那个时候，我还不知道秦柏儒是诈死，只道你是打击报复，直到你第二天去得意楼的丧礼上闹事，霍奔不但没有驱逐你，还将你带到了后宅，我才觉出不对。于是，我启动了得意楼里早早埋下的暗桩，你和秦柏儒聊得火热，全然没注意房顶上有人早已掀开了瓦片，有一双眼睛静静地打量着你们。你和霍奔出门前往砖窑，我的人早你们一步杀了秦雄，你们急吼吼地往回跑，我的人又早你们一步杀了秦柏儒。哈哈哈，白九啊白九，你纵是那有七十二变的齐天大圣，也得被我这尊如来佛玩弄于股掌之间！”

“为什么？”白九一拍大腿，站起身来。

“为什么？柳爷我办事，哪需要想那么多为什么？”柳爷一摇折扇，冷眼看向了白九。

“我已经知道了你这么多秘密，你可会杀了我？”

“杀了你？不不不，我若是想杀你，早就下手了，何须费这么多周折。我引你来此，是有一桩买卖与你谈。”

“什么买卖？”

“坐！”柳爷一点折扇，示意白九坐下。

白九慢慢坐回了凳子上。

“喝茶！一会儿凉了！”

白九伸手端起了茶杯，将里面的茶水仰头喝干。

“痛快！”柳爷拊掌一赞。

“到底是什么买卖？您现在可以说了！”

“很简单，你把你的命典当给我，然后帮我办一件事，事情办妥了，我便把你的命还给你。”

“办事？”白九不解地问道。

“对！办事！我这里有一桩心腹事，非常棘手，我手下这帮人杀人没问题，但是动脑筋就都差点儿劲儿。我思来想去，办这事的人选非你莫属。”

“我为什么要把命典当给你？”

“这是这儿的规矩！”

“我要是不守规矩呢？”

“不守规矩可是要付出代价的哦！”柳爷幽幽冷笑。

“代价？哼，我白九一条贱命，了无牵挂，大不了就是一死，怕你个鬼的代价。”白九一梗脖子说道。

柳爷也不生气，只是摇头叹道：“倔脾气，倔啊！你这人怎么这么倔呢？哈哈哈，白九啊白九，你真的了无牵挂吗？”柳爷的手轻轻往袖子里一伸，取出了一个手帕裹缠的小包，轻轻放在了茶几上，用扇子尖儿推到了白九的眼前。

“这是什么？”

“给你的惊喜！打开看看！”

白九将信将疑地伸出手，拆开了外面的手帕。

当白九看到那手帕里包的东西的时候，白九一下子愣住了，脊背上的冷汗“唰唰”往下淌……

那东西，白九是认得的，那是一块金表，白天的时候，它还戴在宋翊的手上，这等贴身的物件儿，柳爷都能轻松取来，说明柳爷想杀宋翊，也是轻而易举的事。

“我和她……”白九的嘴一下子笨得要死，憋得脸都红了，也没说出一句完整话来。

柳爷拍了拍白九的手背，笑着说道：“少年人，你的心思我懂，男欢女爱罢了。正常！正常！柳爷我也是过来人。”

“她是市长的千金。”白九猛地抬出了宋时林的名头。

“哈哈哈，她是谁的千金，和我有什么关系，柳爷我杀人，百无禁忌！”柳爷最后四个字咬得极重，结结实实地砸在了白九的心口上。

“呼——呼——”白九大口地喘着粗气，脸色白得吓人。

“怎么样？考虑好了吗？你的命到底当不当给我啊？”

“当……我当！”白九一咬牙，做出了决定。

“好！有情有义，是个爷们儿！”柳爷挑着拇指赞了一句，从柜台上拿了一张空白的当票，取过笔墨，涂写了一番，左手拿着当票，右手拿着印泥，走到了白九的面前。

白九抬头一看，只见那当票上写着：“今有津门白九，于三千当铺典当虫吃鼠咬贱命一条，无息无利，非办差得力，否则永不赎回。”

“按个手印吧！”柳爷一笑，将印泥递了过来。

白九看了一眼柳爷，又看了一眼当票，一跺脚，伸出食指，在印泥上蘸了一下，随后狠狠地按在了当票上。

“妥嘞！”柳爷拊掌大笑，将当票对折，收在了怀里。

“不知道柳爷找我办的是什么事？”

“不急！不急！等你回到了龙王庙，去香炉底下一看便知！”

“龙王庙？”白九话一出口，突然觉得脑中一阵晕眩，白九甩了甩脑袋，回头往茶几上一看，随即说道，“茶水里有迷药？”

“不是茶水，是茶杯，药是下在茶杯里的。好了，你也该倒了！”柳爷一收折扇，轻轻在白九额头上一点，白九再也克制不住脑中的眩晕，眼前一黑，倒在了地上，很快就失去了意识。

次日清晨，阳光从云缝儿里照了出来，白九眼皮一颤，缓缓地睁开了眼。

“柳爷——”白九猛地一声大喊，坐了起来。白九向四周一看，发现自己正躺在龙王庙的破床上。

“三千当铺……是梦吗？”白九低头看了看自己的手，霎时间汗毛倒立。

白九的右手食指沾满了红色的印泥！

这不是梦！

白九一翻身，从床上蹦了起来，连滚带爬地跑到了供桌前面，在香炉底下找到了一张字条，打开字条，上面写着三个大字：黄不同。

“黄不同又是谁？”白九一屁股坐在了地上，喃喃自语道。

尾　声

得意楼，灵堂前面，霍奔悲切难当，喝得酩酊大醉，倒在秦家父子的灵位前。后厨一个送饭的伙计看他实在可怜，上前将他扶起，搀到了他的卧房内。

霍奔醉得一塌糊涂，吐了好几口，才恢复了些许神志。

“大哥，我早晚杀了那白……”霍奔的醉话刚说出口，突然抬头一看，自己的身前正站着一个厨房的伙计，二十出头，一口白牙，腰上系着伙房的麻布围裙，霍奔眨眼想了想，才回忆起正是这个伙计把自己送回来的。

“你先下去吧，我一个人静静……”霍奔摆了摆手。

那伙计一点头，随即抬头笑道：“二当家，我叫沈缺，到下面见了阎王爷，别报错了我的名姓。”

“你说什么？”

霍奔还没反应过来，那伙计出手如电，左手扼住了霍奔的咽喉，右手背一翻，一根精钢长钉出现在了掌心，掌心正中垫着一枚大洋，向下一拍，锋利尖锐的钉子头“噗”的一下就钉穿了霍奔的天灵盖。

“你……”霍奔眼球一鼓，脖子一歪，断了呼吸。

沈缺在围裙上擦了擦手，笑着说道：“知道柳爷存在的人，都得死。”

霍奔这个二当家一死，胶皮会顷刻间土崩瓦解，三大堂主为了当家的位置，互相砍杀，内耗极为惨烈，不到三天时间，就爆发了六场殴斗，死伤了好几十号人马。平日里和胶皮会有仇的帮派趁机发难，瓜分了胶皮会的生意和地盘，发动了多场拼斗，一盘散沙的胶皮会很快便在天津销声匿迹。天津城位处九河下梢，江湖人沉沉浮浮、生生灭灭乃是常态，每天都有帮派成立，每天也都有帮派消失，天津的百姓早就习惯了，故而这胶皮会的事，没热闹几天，就再也没有人提起了。

无头和尚

楔 子

天津城古寺众多，其中犹以挂甲寺为最，挂甲寺原名庆国寺，修建年代已不可考，其“挂甲”二字，源自贞观十八年。相传太宗皇帝东征归来，路过大直沽时发现庆国寺，大将军尉迟敬德率军在此地修整。

时值大雨初晴，尉迟敬德命部下的将校，将身上的甲胄卸下，挂在寺院周围晾晒，一连数日。太宗兴起，向献茶的僧人慈航要来纸笔，亲书“挂甲寺”匾额一方，悬于山门之上，改庆国寺为挂甲寺。《天津县志》明万历二十八年《重建挂甲寺碑记》一篇中有载：“大直沽迤南三里许，有古刹曰庆国寺，后名挂甲寺。其由来远矣，图经无考……世远倾颓，遗址尚在。”

挂甲寺千年以来，栋宇嵯峨，象设赫濯，遐迩士女，瞻谒云集，香火鼎盛，故而多出高僧，当今的住持方丈，法名妙悟，年高德劭。

月上中天，挂甲寺，天王殿。

长须飘飘，白眉如霜的妙悟禅师正在擦拭天王殿的神像，一个中年僧人悄无声息地走到了妙悟禅师的背后，这僧人生得面目黝黑，唇方口正，额阔顶平，狼行虎步。

妙悟禅师听到脚步，缓缓回过头来，微微笑道：“本觉，是你啊，这么晚了还没休息？”

本觉和尚双手合十：“师父，晚上风冷，您别着凉。”

本觉一边说着话，一边解下自己的僧衣，披在了妙悟禅师身上，随后关上了门窗，只露出了一道小小的缝隙。

“你倒是有心了！”妙悟禅师点了点头，笑着拍了拍本觉的肩膀。

本觉扭头看了看窗外的月色，一撩衣摆，跪倒在妙悟禅师的身前，叩头说道：“师父，弟子有一事相求！”

“何事？”妙悟禅师赶紧来搀本觉。

本觉跪在地上，深低着头，抱着妙悟禅师的脚，涩声说道：“师父，弟子惹了一桩天大的灾祸，想向您借一件东西遮蔽。”

“灾祸？东西？你要向为师借什么？”

本觉抬起头来，舔了舔嘴唇，咧嘴笑道：“您的项上人头！”

“啊？”妙悟禅师一声惊呼，还没来得及再问，一声枪响，妙悟禅师的额头上瞬间开了一个血洞。

“扑通——”妙悟禅师仰面栽倒。

本觉和尚跪在地上，紧紧地埋着脑袋，用手肘支地，向门边爬去，从门缝里向外看，只见月光底下，大雄宝殿的屋檐尽头闪过一个漆黑的身影。

本觉和尚喘着粗气等了大约一刻钟的工夫，确定那身影已经离去。这时，寺庙内的十几个僧人听见声响，开始陆续披上衣服，走出禅房，迷迷糊糊向四周查看。

“唰——”本觉和尚从袖子里抽出了一把肘长的砍刀，爬到了妙悟禅师的尸体前面。

“师父，对不起了。”本觉和尚一刀砍下了妙悟禅师的人头，抱在僧衣里，钻到了天王殿后头，隐没了身形。

壹

半个月来，天津城里发生了两件怪事，引发了街头巷尾的议论和猜测。

头一件事唤作“阴兵过河”，这件事源自一处废弃的河道，名曰：金钟河（1953 年天津市政府将河道填平修路，就是今天的金钟河大街）。此河起于明朝天顺二年，经常淤塞，曾经过多次疏浚。到了明朝天启五年，再次开浚，取名为通海屯河，流经菱角沽、刘快庄、宜兴埠、塌河淀、七里海至桥城所。清乾隆十年，在通海屯河的基础上又开挖了陈家沟引河，上口和贾家沟引河共用，传说当时有一高僧沿河乘舟下游，将近入海处，因水流湍急，潮水鸣若洪钟，故赞为金钟河，金钟河由此得名。

这金钟河水域茫茫，帆影点点，塌河淀里，碧波万顷，沙鸥起落，是天津卫水产丰盛的一大渔场。然而好景不长，民国初年，由于海河三岔河口裁弯取直工程的影响，金钟河水源断绝，几乎淤废，成了一段野草丛生、臭气熏天的烂泥滩子，鱼虾绝迹，蛤蟆多生。

天津人好嘴，贪爱吃喝，一般的贫苦百姓吃不上山珍海味，只能在野趣上抓挠。天津有一道名菜小吃，唤作炖野蛤，乃是从东北传来的吃法。做法简单粗暴，首先将活蛤蟆清洗两遍，用半开的水将蛤蟆烫死，这过程极其讲究，水热了，烫出的蛤蟆肉就僵硬；水凉了，蛤蟆肉就松懈。烫久了，蛤蟆容易秃了皮，影响品相；烫的时间短了，蛤蟆还烫不死。

烫完了蛤蟆，就可以起锅烧油了。大火烧锅，加葱姜大料爆香，再转小火，放入生抽、老抽、白糖、黄酒、辣椒熬成酱汁，放入蛤蟆，等到蛤蟆煮得开始出水了，就可以盖上锅盖焖了。不出一盏茶的工夫，香味就顺着锅盖缝儿往外飘了。

这炖蛤蟆做法简单，滋味的高下全在蛤蟆上，天津有首打油诗，念作：春吃江鱼秋吃蛤，一黑二黄三青花。红油勾芡半灶香，上下沉浮小金瓜。什么意思呢？就是说吃蛤蟆，要讲究时令和品类，最好的季节是秋天，秋天的蛤蟆要冬眠，积存油脂，最是肥鲜，大火稍微一炖，在酱汁中上下浮沉，那色泽就和金瓜一般。

这众多蛤蟆里，最美味的是黑斑大蛤蟆，这黑斑大蛤蟆多生在泥地中，以金钟河老泥滩最好。所以一到了秋天，抓蛤蟆的天津百姓都扎堆儿往金钟河附近走。蛤蟆喜湿喜暗，故而捕蛤都在晚上。

话说这一晚，码头扛包的苦力佟喜顺下了工，挎上个竹篓，直奔金钟河老泥滩，家里三个孩子闻见隔壁邻居炖蛤蟆都快馋哭了，无论如何，佟喜顺今天也得捞上一篓子，回去给小孩解解馋。

待到佟喜顺赶到老泥滩，浅滩处已经聚了不少人，明处的蛤蟆都被逮了个七七八八。佟喜顺无奈，只得挽起裤腿儿，赤着脚向泥潭深处走去。

佟喜顺摸了半宿，也没抓到几只蛤蟆，心烦意乱的他顺着老泥滩越走越深。突然，佟喜顺的脚面碰到了一个软软的东西，他瞬间屏住了呼吸，缓缓弯下了腰，两手顺着大腿外侧向脚面一抱，伸手抓了那个软软的东西。那东西油腻腻的在佟喜顺手心里打滑，佟喜顺一咧嘴，把那东西从泥里拽了出来，定睛一看，那哪是什么黑斑大蛤蟆，分明是一只五指分明的断手。

佟喜顺发出了一声瘆人的尖叫。

不多时，周围挖蛤蟆的老百姓就凑了过来，中间有胆大的后生围着佟喜顺捞出人手的地方一阵摸刨，竟然挖出了七八具死人尸首，这一下可炸了锅，不少老百姓蹚着泥上了岸，发了疯似的跑回了家，其中有几个冷静点儿的赶紧报了警。潘虎臣听说金钟河老泥滩里挖出了死尸，哪敢怠慢，带着人马直扑现场，组织了一百多名警力，调用河工开挖，不到半天的时间，就挖出了五六十具尸体，一字排开摆在河滩边上，那场面要多瘆人有多瘆人。街面上当时就传开了，说是这金钟河老泥滩里有一只黑斑大蛤蟆成了气候，名曰“黑斑大王”，瞧见天津的百姓年年抓它的子孙烹煮，气愤不过，用术法摄人魂魄，一只蛤蟆换一条性命，那些被摄了魂魄的行尸走肉，被黑斑大王召唤，成了老泥滩的阴兵，守在河底，专门拖来逮蛤蟆的人的脚后跟……

然而，福无双至，祸不单行。老泥滩这边的事还没完，挂甲寺又闹了人命，老主持妙悟禅师被杀死在天王殿内，项上人头不翼而飞。有好事者将这两件事放到一起编排，非说是老禅师和那黑斑大王斗法落败，被摘了人头，这股谣传愈演愈烈，老百姓甚至在老泥滩边一边将逮来的蛤蟆放生，一边拜求黑斑大王饶命。

宋翊忙得脚不沾地，在老泥滩边上来回查看，检查着每具尸体，并将情况记录在本上。魏虾米抡着警棍，驱散了好几拨烧纸的百姓，好几十个河工还在泥潭里搜寻，不断有新的尸体从泥里被挖出来。

“喝口水吧！”潘虎臣端着一碗水走到了宋翊旁边。

宋翊摘下手套，喘了口气，接过潘虎臣手里的水，一饮而尽。

“都是怎么个情况？”潘虎臣看着一地的尸体，皱着眉头问道。

宋翊将水碗放到一边，领着潘虎臣在尸体中间行走。她一边走一边指着尸体说道：“咱们眼前这些尸体，死亡原因很多，有的是枪伤，有的是刀伤，有一半死于中毒或窒息。尸体上都有捆绑和殴打的痕迹，可以肯定的是，这些人都是死于争斗砍杀，有的当场死亡，有的被捆绑殴打后，灌入了毒药。

“你看这具尸体，腐败是由腹部开始的，最早出现的征象就是腹部膨胀。这是由于细菌的作用产生腐败气体，引起肠道胀气的结果。你看他肚子上的绿斑，呈现淡绿色，这种绿斑的出现，盛夏季节约在死后十二小时以后，春秋季约在死后 24 ～ 48 小时。斑点最初为淡绿色，以后逐渐变为深绿色，再过几天，就会蔓延全身，变成褐色或黑色。这十五具尸体，死亡时间都在两天以上。你再看这边这几具，口鼻内都有粉红色的血水，说明尸体在沉入泥水之前被翻动过，因为翻动尸体的时候会有气体大量进入血管内，导致口鼻腔流出泡沫样血水，这几具和那边那八具尸体一样，死于一天前。您再往这边走，从您脚下画一条线，往北所有的尸体都死于三天以前。”宋翊一边说着一边挑开几具尸体的上衣，给潘虎臣指点解读。

“咳……咳……也就是说，这些尸体最少经过了三次抛尸，是不同的时间段扔进金钟河的老泥滩里的？”潘虎臣掩住了口鼻，瓮声瓮气地说道。

“从尸检角度来讲，是这样的。”

“不对啊！这些日子，正是逮蛤蟆的日子，金钟河老泥滩附近人来人往，这么多双眼睛……凶手是怎么抛尸的呢？而且一抛就是好几十具，不可能没人看见啊？”潘虎臣一边嘀咕一边招手唤来了魏虾米，指着满地尸体：“照都拍了吗？”

“拍了！”

“有查到身份的吗？”

“没有！”

“有人来认尸吗？”

“也没有！”魏虾米苦着脸答道。

“怎么什么都没有？你是怎么办的差事？”潘虎臣破口大骂。

魏虾米脸上的皱纹都快挤成一个干橘子了，一边擦汗一边说：“我的局长啊，这尸体在这泥水里泡得都水肿了，有的还能认出模样，有的那都没人样了呀！”

“没人样也得拍，把照片贴出去，快点儿！”潘虎臣狠狠地在魏虾米屁股上踹了一脚，魏虾米连滚带爬地去取照相机，领着两个小警员挨个儿给尸体拍照。

“这他娘的真烦人啊！”魏虾米一边拍照一边嘟囔。魏虾米掀开了一片草席子，露出了底下盖着的一具尸体，那尸体颈下两腮鼓了好大的两个圆球，将皮肤撑得透明轻薄，连里面的血管都看得一清二楚。

“这不是个蛤蟆成精了吧！”魏虾米啐了一口唾沫。

突然，那尸体两腮鼓起的圆球“啪”的一声爆了开来，粉红色的汁液溅了魏虾米一脸。

“啊——啊——救命——”魏虾米一声惨号，一个屁墩儿坐在了泥水里。

“救命啊——”魏虾米眼泪都淌下来了。宋翊听见魏虾米大叫赶紧跑了过去，急声问道：“怎么了？”

“我……我中了尸毒了……”

“尸毒？”宋翊看了看魏虾米，又看了看他对面那尸体，“扑哧”一笑，伸手扶起了魏虾米，“别怕，哪儿有尸毒……”

“啊？什么？”

“这叫尸泡，也就是尸体腐烂形成的水泡，人死后循环血液流向尸表，血浆渗出血管外，在皮肤的表皮与真皮之间聚集，形成水泡，腐败水泡内的液体颜色淡红或淡绿，随着时间推移，水泡会胀破……”

宋翊的话还没说完，魏虾米和那两个小警员早就已经控制不住胃部的痉挛，“呕”的一声吐了出来。

宋翊见魏虾米他们吐得可怜，一心软，接过了相机，轻声说道：“你们去休息吧，照片我来拍就好。”

魏虾米吐得脸色蜡黄，话都说不出来，朝着宋翊一拱手，扭头就跑。

潘虎臣满脸的恨铁不成钢，冲着魏虾米逃跑的方向，一顿大骂，一边骂一边走过来，对宋翊说道：“这帮废物，有什么啊？一个死人而已，我真是得好好收拾收拾……”

潘虎臣无意间瞥见了尸泡爆开的那具尸体，一股酸水顺着食管就涌了上来，潘虎臣伸手一捂嘴，隔夜的酒饭顺着手指缝儿就喷了出来。

宋翊皱着眉，叹了口气，不禁又想起了白九。刚发现尸体的时候，宋翊就去了龙王庙，想找白九来帮忙，谁知道白九根本不在龙王庙，宋翊问了好几个平日和白九厮混的朋友，可谁也没有他的消息。

“这个白九，一到需要他的时候，就没了影子，也不知道躲在哪个青楼酒馆……”宋翊在心里狠狠地啐了一口白九。

贰

天津城东，宴宾楼，花二爷在包间里喝得眼花耳热。

花二爷打了一个酒嗝，伸手揽住了一个身量婀娜的女子，使劲儿一搂，将她抱在了怀里。

“小银雀啊小银雀！二爷我想死你了！”

原来这女子就是最近在天津城艳名初现的京戏花旦，艺名唤作“小银雀”。

花二爷搂着小银雀，狠狠地在她脸上亲了一口，摩挲着小银雀光洁的大腿，轻轻一撩她旗袍的下摆，红着脸笑道：“小美人，你这旗袍的开衩还是太低了呀！”

小银雀俏脸羞红，咬着花二爷的耳朵，低声细语道：“二爷，人家日子过得紧，哪里有钱做新旗袍嘛？”

“没钱找二爷啊！钱不是问题，只是二爷不知道你的尺寸啊！”

花二爷被小银雀撩拨得心花怒放，脸上的油都绽出光来了。小银雀幽幽一笑，吐气如兰，在花二爷耳边笑道：“托买吴绫束，何须问短长，妾身君抱惯，尺寸细思量……”

“哎呀呀！我的宝贝儿，二爷就稀罕你这点，有文采！有情调！来，让爷香一个！”

小银雀半推半就地让花二爷占了些便宜，轻轻一推，架住了花二爷的脸，笑着说道："二爷，我去楼上洗个澡等您。"

小银雀手指在花二爷手心里一捻，悄无声息地将一把房门钥匙塞在了花二爷的手里。

花二爷拍着巴掌送走了小银雀，自顾自地喝了两杯酒，就急吼吼地出了饭厅。他看了一眼手里那把钥匙上的小号牌，快步上了三楼，直奔小银雀开好的客房跑去。

"咔嗒——"花二爷拧开了房门，奔着床边走去，一边走一边脱衣服，等跑到床头的时候，浑身上下只剩了一条短裤，床上垂下了轻纱的幔子，依稀能看到被窝里裹着一个人。

"宝贝儿！二爷来了！"花二爷一声怪叫，扯开幔子，扑了上去，把被子一掀，刚要下嘴才发现，被子底下躺着的根本不是小银雀，而是一个他无比熟悉的男人。

"啊——白九！"花二爷吓得发出了一声惨叫，瞪大了眼睛。

"二爷，你听我说……"白九尴尬地抽搐了一下嘴角。

"说你娘——我枪呢？我他妈今天非崩了你不可！"花二爷一个激灵，跳了起来，到处找手枪，找了半天才想起来今天出门没带枪。

"二爷，我是……"

"我掐死你！"花二爷一声大喊，扭过头来，两手扼住了白九的咽喉，把白九按在了床上，白九急得满头大汗，一边和花二爷撕扯，一边辩解道："二爷放心，小嫂子在浴室里，我只用了点儿迷药，并未伤她。"

"我容易吗？我容易吗！好不容易有个机会……怎么每次都能遇上你啊！你和我是有多大仇啊！老子今天必须掐死你！掐死你！"

花二爷什么也不听，一门心思和白九厮打。

"二爷，您听我说，我找你是有一件天大的事！"

"天大？有多大？还能有老子找女人事大？"

"柳爷！柳爷的事！"

花二爷听到"柳爷"二字，手脚一滞，神色慌张地向四周张望，手忙脚乱地从白九身上爬了下来，关好了门窗，一边穿衣服一边说道："什么……什么柳爷？”

白九坐到床边，一边揉着被花二爷掐得生疼的脖子，一边冲花二爷翻白眼。

“我说二爷，玩这个就没意思了吧？天津城里还有您不知道的事？这事我真着急，您开个价，就是把我那龙王庙卖了，我也把钱给您凑上！”

“不是钱的事，这……这是要命的！我可不敢乱说……柳……那就是个亡命徒，你惹他做什么？赶紧滚，赶紧滚，就当我今天没见着你，你可千万别连累二爷我跟着吃瓜落儿！”

花二爷揪着白九的领子发疯了似的往外推。白九两手死死抠住床沿，大声喊道：“二爷！二爷！您听我说，这事我要是办不成，早晚也是个死！我到了黄泉路上，形单影只，我多寂寞啊！多空虚啊！我孤独！我冷啊！我必须得找个伴儿！”

“你什么意思？”

“我能有什么意思？我就觉得你花二爷不错，反正我已经把命典给三千当铺了，一旦玩儿砸了，大不了就是个死。有花二爷陪着，我也值了，您说吧，是想死在你大老婆手里，还是死在柳爷手里？你要是想死在你大老婆手里，我就去告密，说你在外面寻花问柳，四处乱搞；你要是想死在柳爷手里，我就去三千当铺，告诉柳爷，说你知道他的秘密。”

“放屁！话可不能乱说！”花二爷打了个冷战，裤子都顾不上提，一个箭步跑到白九身前，捂住了他的嘴。

“第一，我没乱搞；第二关于柳爷，我什么都不知道……”

白九没答话，只是用狐疑的眼光瞟着花二爷，花二爷被看得浑身发毛，一屁股坐在了白九旁边，神秘兮兮地说道：“这就好比摸黑走山路，我看到了老虎咬死的人，闻到了老虎的味道，还发现了老虎的脚印，我知道这山里有只老虎。但是，我躲着就是了，没必要跟着脚印去看看那老虎长什么模样。这人啊，得知道自己几斤几两，没有武松的手段，就别往景阳冈前面凑。你说，是这么个理儿不是？”

花二爷说得恳切，不似作伪，白九沉思了一阵，一嘬牙花子，揽着花二爷的脖子说道：“二爷，我不用你帮我找老虎，你就帮我指点一下老虎的脚印，我自个儿顺着追，是生是死绝不拉你下水，如何？”

花二爷犹豫了一阵，心中暗道：“这白九是个吃死人饭的，乃是街面上有名的滚刀肉，被他缠上，甩也甩不掉，不如趁势把他送到柳爷嘴边，是生是死都是他的造化，我也落个清净。”

想到这儿，花二爷一点头，算是答应了白九的请求。白九大喜，掏出了怀里的纸条，上面写着“黄不同”三个大字。

“二爷，您上眼！”

花二爷接过纸条，看了一眼，小声说道：“这黄不同是鬼市的一个门主。”

所谓门主，就是指常年在鬼市支摊，专做一门生意的人。

“门主？哪一门？”白九赶紧追问道。

花二爷向四周看了一眼，信手捞起了桌子上的一张报纸，两手一撮，卷成了一个长筒，托在掌心，将一端凑到嘴边，鼓起腮帮子虚嘬了一口，摆了个抽鸦片的姿势。

“是鸦……”

“嘘——我可什么都没说啊！”花二爷紧张兮兮地摆了摆手。

“明白！明白！”

“我就知道这点儿，更深的掌故就得你自己查了。”花二爷说到这儿，仰头一躺，瘫在了床上，将手上的报纸打开，平铺在了脸上，再也不发一言。

白九拱了拱手，隔着报纸，在花二爷耳边说道：“谢二爷，小的不打扰您的好事了，小银雀的迷药一杯清茶就可解。”

“滚——”花二爷翻了个身，闷喝了一声。

“好嘞！”白九咧嘴一笑，转身出了房间。

鬼市者，牛鬼蛇神聚散之地。为什么叫鬼市？这里头有两大缘由：一来这鬼市后半夜到凌晨开市，天一擦亮就散市，来无踪去无影，再加上这个市场是在晚上开的，大晚上的这段时间是最冷的时候，有个说法叫“鬼龇牙”，意思是说天冷把鬼都冻得龇牙了；二来这鬼市交易的东西鱼目混珠、真假难辨，谈价都是在袖筒里捏手指头，摘下头上的瓜皮帽，扣在手上说事的。

这鬼市南北都有，各不相同，就拿近处的说，这京城的鬼市和天津的鬼市就差了不少味道。京城的鬼市，支摊的都是些没落的王公贵族，想当初在大清的时候，这些个八旗贵胄也是辉煌一时啊，终日里享清福、吃皇粮。后来大清朝亡了，这些个五谷不分、四体不勤的老少爷们家境落败，上顿不接下顿，饿得眼花腿抖。怎么办呢？卖家产吧！于是这些个旗人老爷们开始变卖家里藏的货底子。可是这些老爷们早先可都是显赫过的，讲究个“虎死不倒架”，别看饭都吃不上了，可这面子不能丢，卖家产可以，但不能让人看着脸。于是只好在黑咕隆咚的凌晨摆摊卖老货。避着光，不露脸也不说话，买家自己打着灯笼在地摊上挑选；而天津这地儿，没有北京那么多卖家产的贵族，多的是三教九流的江湖人物，卖的东西没几样是祖上传下来的，军火、鸦片、古董、西药等市面上禁止贩卖的东西，天津鬼市里都有销售。

在天津老城南门外以西有片开洼荒地，康熙年间，开辟为洼地种稻。1901年城垣拆除后，居民逐渐南移，这片才开拓成了城区，是为“南开”。随着南开民居不断向西开拓，边缘地区聚集了大量的穷苦人家，成了一片新的聚集区，是为“西广开”，意思就是“南开”再向西扩展的开拓地，天津最大的鬼市就在西广开。

凌晨时分，秋风刺骨，白九裹了一件破皮袄，在脸上围了一条麻布围巾，一步三晃地来到西广开鬼市。

漆黑的夜幕之中，半条长街人影晃动，街边两侧的黑暗中每隔三五步就立着一盏昏黄的油灯，将站在摊子后面的人影拉得老长。

左边那个老婆子，戴着一顶破旧的斗笠，肩上披着一身旧蓑衣，怀里抱着一个棉布包裹，在阴影里左右徘徊，不时有人走过去，往她怀里拿捏——这是个卖小孩的拍花拐子！

右手边，有个干瘦的老头儿，在树底下支了个草棚子，叼着烟卷，无精打采地抽着烟，遇到上来搭茬儿的，就从草棚子里拖出一个长条的木箱，把木箱打开一条缝，让买主伸手进去摸，只能摸，不能看。过了一会儿，有人在袖子里和他谈好了价钱，干瘦老头儿掐灭了烟，将箱子递给那买主，白九看得很清楚，箱子里有一层油纸，这是个卖黑枪的匪帮贩子。

身后的土墙底下，缩着个矮小的汉子，身前铺了一块破布，上面摆着不少瓶瓶罐罐，隔着十几步远，白九就能闻到他身上那层浓厚的土腥味和那些物件身上的臭味，那是尸臭，白九最熟悉不过——这是个挖坟掘墓的土爬子（盗墓贼）。

白九在鬼市溜了好几个来回，在几个小摊前来回转悠。

鬼市交易，买家和卖家流动性极大，大多讲究不看脸、不搭话。但是其中也有例外，这个例外指的就是在鬼市支幌子的人。所谓幌子，又称“灯幌儿”“鬼幌儿”，什么意思呢？就是撕下一块布条，写上字号，压在自己的油灯底下，这就叫支了幌子。支了幌子，就代表这人常驻此处，已经立地生根了，做的就是长久的买卖。这种买卖，许进不许出，挂了就不能撤，否则慕名而来的买家就容易扑空。能在鬼市支幌子的，干的肯定都是刀头舔血的买卖，接触的也都是些亡命徒，你胡乱放人家鸽子，人家岂能饶你。按照江湖惯例，敢在鬼市支“空头幌子”的，砍死算白砍！

花二爷说黄不同在鬼市支了幌子，那就肯定错不了。果然，白九转了两圈，在一口水井台子上，发现了一个破败的烛台，烛台底下压着一个破布条，上面正写着“黄不同”三个大字。蜡烛的火苗在风中摇曳，一个戴着墨镜和瓜皮帽，穿着唐装和皮鞋的中年男子正躺在一架摇椅上，闭目假寐。

白九眯了眯眼，背着手走了过去，还没走到那人跟前，那人便猛地睁开了眼，缓缓从摇椅上坐了起来。他一抬袖子，将胳膊架到了白九面前，白九会意，将手伸进了那人的袖子里一摸，便摸到了两枚纸包的小球儿，白九手指一动，将那俩小球儿捞在掌中，抽出手凑到了烛台边上，扒开外面的包纸一看，顿时明了。

原来这人以为白九是来买鸦片的，抬手先给了白九两个样品，让白九挑选。彼时，京津两地的鸦片多来自英国怡和洋行、沙逊洋行和哈同洋行，三家洋行利用在中国的租界特权和内河航行特权，将制毒、贩毒的机关布满中国，这些洋行销售的鸦片主要为印土（印度鸦片），按品质分两种。一种优质的，叫“大土”，每颗重 3 磅，用烟叶包裹，黄黑色，质地较软，主要供贵族、官僚吸用。每两价格高达光洋 3 ～ 4 元。另一种低劣的，叫

"小土"，每颗重1磅，黄黑色，质地较大土坚硬，均价约每两2元，主要给平民和穷人吸食。

此时，白九手里的两个纸包小球，拆开来正是两种"土样"，一种大土，一种小土。

白九装模作样地嗅了嗅，然后凑到摇椅边，小声说道："并肩子，可是喇嘛蔓？"

白九用的是江湖上的"春点"，也就是黑话，所谓"并肩子"，是"兄弟"的意思，"喇嘛蔓"指一个"黄"字。连起来就是说："兄弟，你可是姓黄吗？"

那中年男子听了白九的话，脸上一沉，不悦地说："老合春点大开，何不先递门槛儿？"

这话里，有几个关键词，"老合"指代"江湖老手"，"春点"是黑话的意思，"递门槛儿"意为"自报山门"。翻译过来就是说："兄弟也是内行人，张嘴就是江湖春点，想问我底细，先来个自报家门！"

白九微微一笑，摆了个江湖上常用的山字手，抬眼说道："雪花蔓，吃的土点饭！"（我姓白，是做死人买卖的。）

那中年男子坐起身来，疑声问道："吃土点的？盘芙蓉做甚？"（你个做死人买卖的，打听鸦片干什么？）

"里码人搭桥，前来碰码！"（有懂行的熟人介绍，让我来见见面。）白九试探着答道。

"里码人？该不是掉脚子走水了吧！"（哪来的熟人？不会是被兵警抓住，说漏了嘴吧？）中年男子"咔嗒"一声在袖子里给手枪拉开了保险，对准了白九的心口。

白九深吸了一口气，伸出右手，拇指上立，其余四指弯曲，端在胸前，沉声说道："大将点兵新挂柱，海河边上第一香。"

"大将"这个词在春点里可不能乱说，非在当地数一数二的人物不能当这二字，"点兵"是"差遣"的意思，"挂柱"指"新入伙"，"第一香"里的"一"这个数字在春点里读作"柳"（一二三四五，柳月汪载中；六七八九十，申行掌爱句）。白九的这句话是说："有个江湖上的大人物差遣新入伙儿的我，来此办事，这个大人物在海河两岸赫赫有名，他姓柳。”

一听这个“柳”字，中年男子吓了一跳，收起了手枪，赶紧从躺椅上跳了下来，朝着白九拱手说道：“在下杨东胜，有眼不识泰山，兄弟莫怪。”

“客气了！不知这黄不同……”

“黄不同是我老大，半个月前说有急事要离开一阵子，鬼市的幌子离不开人，他命我在此地支应，昨天他飞鸽传书给我，说若是有柳爷的人来寻他，便指引那人去往娑婆鬼树！”

白九闻言，来不及道谢，只一拱手，便匆匆向北而去。这娑婆鬼树是一颗五六人合抱的大柳树，就长在西广开鬼市街头，1875 年的时候，年仅四岁的光绪皇帝刚一即位，黄河以北便爆发了百年罕见的大旱，京师和直隶地区从春到冬，愣是一滴雨都没下。转过年来，旱情越来越严重，直隶、山东、河南、山西为主要灾区，北至辽宁、西至陕甘、南达苏皖，赤地千里，粮食产量减半，山东收成不及往年的三成。

据《山东通志》称，该年全省“大旱民饥”。山西巡抚曾国荃向清廷奏报时称：“晋省迭遭荒旱……赤地千有余里，饥民至五六百万之众，大祲奇灾，古所未见……询之父老，咸谓为二百余年未有之灾。”

大旱之下，附近的灾民开始大面积流动，饥荒肆虐，致使一些食不果腹的灾民“状如饿鬼，饥则掠人食”，夜半孤身逆旅者，往往失踪，父老皆“相戒裹足，不敢出门”。

彼时，山东有一村，名曰“大柳树村”，村中父老因大旱，田间颗粒无收，为了果腹，只能举村逃荒，行至天津城外，先是捞鱼捉虾、啃树皮草根，后又食观音土，再至后来，实在没什么吃的了，这帮饥民就打起了小孩子的主意。在村内某些人的带领下，这些饥民竟然偷偷混进城，偷小孩子烹食，结果被巡夜的兵丁逮了个正着，一举拿下了三十六个大柳树村的村贼，用铁链凿穿了琵琶骨，穿成一串，拉到西广开，一刀一个砍了脑袋，埋在了泥地里的一棵大柳树底下。

那大柳树的根饱吸人血骨肉，生得越发粗壮，相传每到月圆时分，人从树下走过，常能见到腐烂到只剩枯骨的手脚从树下伸出，拖拽行人脚踝……

1901年老城垣拆除，居民南移，夯土填挖的时候，这地界突然开始闹鬼，一下子死了十几口人，管事的慌了，找了不少法师前来抓鬼，怎料鬼没抓到，抓鬼的死了好几个。

就在众人一筹莫展之际，有一游方僧人到场，在大柳树下盘坐一宿，诵经作法，一连七天，慑服了作乱的鬼怪，并安排众人用红绸铜锁捆住了大柳树的树干，系在了六根降魔杵上。

那和尚嘱咐道："此地恶鬼已被我用佛门的娑婆大阵压在树下，尔等破土动工，切记绕过这棵大柳树，只要不动此树，百无禁忌；若动此树，神仙难救。"言罢，游方僧人飘然离去，不收分文。

此后，西广开开荒建房，均绕开这棵大柳树，再也没发生过闹鬼的凶事。由于百姓畏惧神鬼之说，安家置地多远离这棵鬼树，使得这棵鬼树在闹中偷静，竟然在杂乱拥挤的西广开占据了一块冷清萧索的空地，进而成了鬼市聚会销赃的绝佳去处。

要问这游方僧人姓甚名谁，有好事者几经查探，方知这僧人法号妙悟，自山东而来，落脚在了天津挂甲寺。他佛法精湛，兼通医道。过了没几年，挂甲寺的老方丈去世，将衣钵传给了妙悟，也就是今时今日的妙悟禅师。

这段公案，在海河两岸流传甚广，白九也早有耳闻，故而一听"娑婆鬼树"四个字，就迈步直奔那大柳树而去。

大柳树面前有一座石碑，高不及腰，上刻大字佛经一行："今欲早离苦海，当以大雄无畏之身，还我婆娑大地。"

白九哼了一声，绕过了石碑，直接去看那棵大柳树，半个月前，白九和妙悟禅师因"降妖抓鬼"的买卖撞了车，结下了梁子。

"嗯？不对啊！"

刚围着柳树转了一圈，白九就察觉到了不对，只见他一嘬牙花子，用右脚尖点了点地上的泥土，随后蹲下身来，抓了一把土，用手指搓了搓，凑在鼻尖上闻了闻，心中暗道："湿度、硬度都和周围不一样，这块土，有人刚翻过啊！"

心念至此，白九抬手折了一根树枝，蹲在地上，开始挖坑，他想看看这片新掘开的土下到底埋了什么秘密。

叁

与此同时，宋翊和潘虎臣也赶到了挂甲寺，在天王殿里，勘查妙悟禅师的死亡现场。

宋翊在验尸，潘虎臣在天王殿绕了几圈，缓缓弯下了腰，在红漆的柱子上，盯着一个露着木茬儿的缺口发呆。

“头儿？您看嘛呢？”跟班的魏虾米凑了过来。

“子弹！这地方打过一枚子弹！”潘虎臣蹲下身，眯着眼睛在地上挪了几步，直直地走到了一尊天王像身边，指着石像上的一抹擦痕，自言自语地说道：“差不多了……”

“什么差不多了？”魏虾米跟在屁股后头问道。

潘虎臣没有理他，一弯腰，从帷幔后头的地砖缝儿里抠出了一枚弹头，幽幽笑道：“飞得差不多了，就该落下来了！”

潘虎臣冲着阳光，仔细打量着弹头。他迈步走到了宋翊旁边，宋翊一扭头，正看到潘虎臣在喃喃自语。

“潘局长，这是？”宋翊放下了手里的解剖刀。

“这是步枪的子弹弹头，看样式应该是十一毫米的步枪子弹，多适用于村田式非自动短杆步枪……连接柱子和石像的两道弹痕，向天王殿外延伸……我们连接这两处弹痕，由落点反推击发点，结合步枪的射程，就可以初步圈定射击的位置——应该是在大雄宝殿的屋檐后头！”

宋翊听了潘虎臣这一顿分析，整个人都愣住了，张着嘴，呆呆地看着潘虎臣，潘虎臣嘬了一口烟，云淡风轻地说道：“我是行伍出身，军人熟悉步枪，就像厨子熟悉他的菜刀、锅铲一样，只不过厨子学艺不精，顶多被老板痛骂，倘若我们当兵的玩儿不明白手里的枪炮，上了战场，就得身首异处。”

潘虎臣说完这话，让魏虾米找来了一架梯子，两人一前一后爬上了大雄宝殿的屋顶。与此同时，在天王殿内的宋翊也发现了一串血点儿，宋翊跟着那串血点儿一步一步前行，那血点儿越来越少。不多时，宋翊便走到了挂甲寺的后门，最后一点儿血迹就消失在了这里。

屋顶上的潘虎臣在房脊周围仔细一看，阳面的泥瓦有一片略显凌乱，一看就是有人曾经趴在这里留下的痕迹。

“头儿！接下来怎么办？”魏虾米问。

潘虎臣搓了搓自己锃光瓦亮的脑瓜顶，说道：“这种步枪，属于军械，不同于一般的猎枪、手铳，这肯定是从鬼市流出来的。虾米。你去街面上打听打听，鬼市上都有谁做这行买卖！”

魏虾米一点头，爬下屋顶，转身跑出了寺庙。不到半个小时的时间，他就回来了，冲着正在抽烟的潘虎臣说道：“头儿，打听出来了。鬼市上卖枪的不少，但卖真家伙的就一份儿，此人诨号唤作冯老鼠，是天津鬼市上有名的通天洒。”

“通什么洒？”潘虎臣是军队出身，对街面上的江湖话不甚了解，魏虾米是巡警队的老油条，对一些粗浅的春点也略知一二。

魏虾米当下赶紧解释：“头儿，这在江湖的春点里，通天洒就是大褂的意思，在鬼市上穿大褂，就相当于挂上了收赃销赃的招牌！这冯老鼠的买卖做得很广，字画、古董、枪械、炮弹、猎犬、骏马、药材……古今中外，什么都收，什么都卖！冯老鼠好枪炮，既爱收集枪械也爱倒卖枪械，在他手里转圈的枪炮都是货真价实的军械。”

“消息准确吗？”

“准确啊！头儿，我找的这人是个惯偷儿，每每偷到了好东西，就去冯老鼠那里变现。”

“那个偷儿在哪儿？”

“弟兄们给按下了，锁在号子里了。”

“那个偷儿交代没交代冯老鼠在哪儿？”

“交代了！冯老鼠最近半个月都泡在城南的大赌坊——销金窟。”

“走！换衣服，去销金窟！”潘虎臣一声令下，十几个巡警麻利地换上了便装，跟着潘虎臣直奔大赌坊销金窟。

民国初年，“十人九赌”，赌博成风，渗透到社会各个角落，堪称彼时的第一大公害。天津卫，九河汇聚，京畿要道，无论是清朝遗老、皇室贵胄，还是下野军阀、中外政客，都将此地视为退隐之所，颐养天年，或者是潜伏静候，以待天时。这些人在天津广购楼宇，以“高级寓公”的身份终日吃酒斗牌，一掷千金。其中有大赌客，例如曾任北洋政府财政总长的张弧，在天津同文俱乐部推牌九，一晚上输掉六万元，仍然面不改色，谈笑如常；奉系的北京市长周大文赌掉两座楼房后，仍照赌不误。各地政府的长官，表面上禁赌捉赌，暗地里却怂恿下属官吏雇用街面上的混混儿和赌棍开设赌场，这销金窟就是天津官匪勾结支起来的场子，背后的大老板手眼通天，故而潘虎臣虽然身为警局局长，也不敢直接冲进去抓人，只能换上便装，悄悄潜入。

深夜的销金窟，正是赌客们玩得酣畅淋漓的时候，这地方，除了麻将、牌九、摇宝、花会、山票、铺票、十点半、十三张、斗鸡、斗狗、斗蟋蟀外，还有西洋的回力球、赛马、彩票、抢场等，只有你想不到，没有你玩不到。

在众多玩儿法里，冯老鼠最喜欢玩儿的是推牌九，此刻冯老鼠正缩在牌桌后头，蹲在椅子上，手里捂着两张股票，伸长了脖子，两只小眼睛一只睁一只闭眼，一边舔着嘴唇一边向手掌的缝隙里看去。

突然，一只大手拍在了冯老鼠的肩膀上，冯老鼠吓了一跳，扭头一看，正是潘虎臣。

“潘……”冯老鼠正要叫喊，却被潘虎臣一把夺过了他手里的牌，捻开一看，笑着说道：“至尊天地人和主，梅长板斧瓶六五。杂九八七五对补，天杠地杠从九数。你这牌就是个杂七，都烂到姥姥家了，还玩儿个屁！”

潘虎臣“哗啦”一声将牌扔在了桌子上，算是认输。随后，又从兜里掏出了十几枚大洋，“啪”的一声，拍在了桌子上，大声喝道：“我做庄，没意见吧？”

众赌徒瞧见桌上的一小堆大洋，眼睛都直了，连连点头。潘虎臣一拍魏虾米的肩膀，指着骨牌说道：“虾米，你先玩儿两手，我和他聊点事。”

说完这话，魏虾米一点头，上了赌桌。潘虎臣一把搂住冯老鼠的脖子，夹着他的脑袋，给他拖到了厕所里，反手一别，锁上了厕所的门，伸手抓住了冯老鼠的脖子，把他抵在了墙上。

“潘……潘局长，兄弟最近没得罪你吧？”冯老鼠眉毛一耷拉，拱着手不住地告饶。

“冯老鼠是吧？”

“我最近很烦，焦头烂额，金钟河老泥滩挖出一堆死人，这事你知道吗？”

“知道，知道……潘局长您明鉴，人不是我杀的。”

“我知道不是你杀的！”

“那您这是……”

“我的意思是说，老泥滩里的死人，多你一个不多，少你一个不少！”

“哎哟，别介啊，潘局长，您这话是怎么说的啊！我没得罪您啊……”冯老鼠抱着潘虎臣的手，大声告饶。

“我知道你在卖枪。听好了，我只问一遍，村田式非自动短杆步枪在你手里一共过手了几支，都卖给了谁？”

“村田……我没有卖过……”

“你娘的！”潘虎臣一把揪住了冯老鼠的头发，“当”的一声就撞在了墙上，冯老鼠的脑门上当时就见了血。

“卖给谁了？”潘虎臣一声暴喝。

“我没……”

冯老鼠的脑袋再次撞在了墙上，这一次直接撞断了鼻梁。

潘虎臣一声狞笑，看着冯老鼠的眼睛，狠声说道：“我知道你冯老鼠是滚刀肉，舍得了一身剐。可是你别忘了，你在陈家沟子还有个相好呢，听说那娘们儿给你养了个儿子，今年八岁了吧？”

冯老鼠听闻此言，猛地一声大叫，拼命地挣扎，一边告饶一边吼道：“有本事你就杀了我！你别动我儿子！”

潘虎臣一脚踹在了冯老鼠的膝盖窝儿上，然后将他按在了地上。

“冯老鼠，我告诉你，最近城里命案特别多，宋市长说了，我要破不了案，就撤了我的职，万一老子乌纱帽没了，你死一万次都难解我心头之恨！”

冯老鼠猛地打了一个哆嗦，嘴里吐出了两个字：“白九……”

“谁？”潘虎臣下意识地一愣。

“白九！龙王庙的白九！我就卖过一只村田式，买主就是白九。”

“他买步枪做什么？”

“杀人！买枪那天，他喝醉了，他说半个月前，大有洋行郭老板的三姨太因为和二姨太争风吃醋，一时想不开，上吊自杀了，郭老板找白九给三姨太整理好了遗容，躺进了棺材。可谁想这三姨太人死了，魂魄却不消停，搞得郭老板家天天晚上闹鬼，夜夜有人拍门，可郭老板一开门，却又空无一人。这时有人说，这龙王庙的白九有手段，师承前朝老仵作，除了整理尸体之外，还会审尸招魂，入梦寻冤，最懂降妖捉鬼。于是郭老板请了白九上门做法事，驱散三姨太的冤魂。郭老板怕这白九年轻，法力不够，于是还专程请了挂甲寺的高僧妙悟禅师来家里诵经超度……”

半个月前，大有洋行郭老板府上，白九一身明黄色的道袍，在灵堂前摆了法坛一座。

“嗝——”白九打了一个饱嗝，搓了搓喝得通红的脸颊。

“刚才吃得太饱，腰带都扎不紧了。”白九嘟囔了一句，拎起桃木剑，站到了法台边上。

“郭老板，看我为你收了这恶鬼！”白九一声暴喝，从供桌上拎起一张紫色的符纸，并指如剑，念念有词：“弟子白九，拜请中方五鬼姚碧松，北方五鬼林敬忠，西方五鬼蔡子良，南方五鬼张子贵，东方五鬼陈贵先，速收阴兵阴将归法坛……恶鬼三姨太，哇呀呀呀呀呀，还不现形！”

“砰——”白九五指一扬，重重地拍在了那张紫色的符纸上。说时迟那时快，就在白九手掌碰到符纸的一瞬间，那纸上“唰”的现出了一只鲜红的血手印！

“鬼啊！”郭老板一声惨叫，坐在了地上，鼻梁上的金丝眼镜都摔掉了，头上抹了油的分头被汗一浸，耷拉在额头前面打着绺儿。

白九面上正气凛然，心中早已笑开了花：“才上这点儿小菜就给唬住了，活该九爷今天财源广进！”

这符纸上突显血手印，乃是江湖上惯用的一大骗术，机关就在那符纸上，这张紫色符纸看似平平无奇，实则早就被白九做了手脚。明代李时珍著的《本草纲目》中，记录了一种植物——石濡（石蕊），书上说“石濡有生津润喉、解热化痰”之功效，石濡碾成粉泡水，浸渍滤纸，暴晒晾干，会将纸张染成紫色，这种紫色的纸张，遇酸变红，遇碱变蓝。白九那张紫色的符纸就是依照此法制成，白九的手上，在作法前浸满了白醋，发力一拍，将白醋拍在了符纸上，符纸上的石濡遇酸变红，自然而然显出了一只鲜红的血手印。

郭老板不识根底，被那血手印吓得一身冷汗，不住地哆嗦。白九一皱眉头，故作为难地说道：“郭老板，此鬼乃是蒙冤横死，不好收拾啊……”

“白先生！明白！规矩我懂！”郭老板从兜里摸出了一捧大洋，用手绢包好，塞到了白九的袖子里。

白九一声长叹，将大洋收好，涩声说道：“郭老板放心，自古人鬼不两立，三姨太扰乱阴阳，我辈自当挺身而出……哇呀呀呀呀，且看我的神通！天清地灵，兵随印转，将逐令行口吐山脉之火，符飞门摄之光，玄武真君急急如律令！恶鬼拘来！”

白九一声暴喝，用桃木剑挑穿了一张硕大的黄纸，迎风一晃，在香烛上烧成了浮灰，搅在水碗之中一口喝下，然后反手脱下身上的道袍，挑在了法坛之上。

“噗——”白九一口符水喷出，那明黄色的道袍上，竟然缓缓浮现出了一个穿着旗袍的女人，背影阑珊，扭头微笑，那眉眼腰肢，依稀正是三姨太。

“是她！是她！就是她！”

白九这一手也是障眼法，三姨太入棺材的时候，白九见过尸体，故而知道三姨太的样貌体态，回到龙王庙后，白九用土豆打成粉混在水里，用毛笔在道袍的夹层里画了一张三姨太的全身相，刚才那口符水里混了不少面碱，白九一口水喷到衣服上，面碱水浸透丝质的道袍，落到了里面的夹层里，土豆粉遇碱面变蓝发黑，三姨太的画像就朦朦胧胧显现了出来，乍一看，就像被锁进了道袍之中。

“白先生快杀了她！”郭老板躲在白九身后，一边哆嗦，一边歇斯底里地大喊。

白九一声长叹，指着道袍里三姨太的身影，对郭老板说道：“郭老板，这三姨太刚刚对我说她不是上吊自杀，而是被人勒死的啊！倘若她真是含冤而死，我不问青红皂白就给她打得魂飞魄散，可是要遭因果的——会折寿的。”

白九这句话，乃是诈术，根本就没有什么三姨太的鬼魂和他说话，白九之所以说三姨太是被人勒死，乃是白九验尸的时候发现三姨太颈下有一深一浅两道勒痕，从而推断出三姨太是被人勒死后挂到房梁上去的。他再一摸三姨太的肚子，白九发现三姨太死前已经怀了身孕，郭老板据说年初去了湖北盘账，大半年都没有回家了，那么最有可能的就是三姨太在外面有了相好，郭老板恼羞成怒，痛下杀手。可是郭老板不知道白九验尸手段的厉害，真的以为是三姨太的鬼魂在和白九说话。

“她……她还说什么了？”郭老板哑着嗓子问道。

“她说，她是因为在外面有了相好儿的，事情露了馅儿，被……”

“别说了！”郭老板一声大喝，指着道袍吼道：“鬼话，这是货真价实的鬼话！鬼话怎么能信呢？白先生，杀了她！我给你加钱！”

“这不是钱不钱的事，这弄不好要折寿……”

郭老板一咬牙从袖子里掏出了两根金条，直接拍在了白九的手心里。

“够不够？”

“够了，算了！正邪不两立，寿数这东西不重要，折就折吧！看我给您油炸了这只恶鬼！”白九一声大喝，用桃木剑挑起了道袍，把道袍缠在了早已扎好的一个肘长的稻草人上，并用钢针封住了稻草人的七窍。

“天师真人，护我身旁，斩妖灭精，诛杀恶鬼，天要下雨，娘要嫁人……一个巴掌拍不响，庄稼一枝花，全靠急急如律令！哇呀呀呀呀呀——”

白九摇头晃脑念了一大串咒语，原地一跳，将桃木剑反手插在地上，撸起两只袖子，左手抓右腕，右手抓草人，脚踩七星步，跳到早早支好的油锅前，按着那稻草人的脑袋连着半条胳膊浸到了沸腾的油锅里。

在场众人看到白九赤手下油锅，全都愣住了，交头接耳地赞道：“这先生！有法力！”

过了三五个呼吸的光景，白九缓缓睁开了眼，用木盖盖上了油锅，在木盖上贴了一道符咒，一边收摊，一边说道：“郭老板，三姨太的恶鬼已经被我困在了油锅当中，但是这三姨太死的那天乃是阴年阴月阴日，再加上三姨太花一般的年纪，突然横死，所以怨气极大，一时半会儿还炸不死她。我必须将这油锅带回龙王庙，炸上七七四十九天，才能将三姨太的魂魄彻底炸得魂飞魄散。少了一日，都将前功尽弃，三姨太一旦脱困，肯定还得回到您这儿。”

郭老板咽了一口唾沫，擦了擦头上的冷汗，从袖子里又掏出了两根儿金条，可怜巴巴地道：“白先生，我懂，这四十九天劳烦您多费心，一定要……”

郭老板手里的金条刚要递到白九手里，斜刺里突然走来了一个白眉清癯的老僧。

“郭施主，且慢。”那老僧一把挡住了郭老板的手。

“妙悟禅师，您……”

原来这老僧就是挂甲寺的主持高僧——妙悟禅师。

妙悟禅师双手合十，看着白九，低声说道：“阿弥陀佛，这位朋友，可否借一步说话？”

白九看了一眼郭老板手里的金条，又看了妙悟禅师，一皱眉头，满脸不耐烦地说道：“我赶时间，很忙的，有什么话你快着点儿。”

妙悟点了点头，将白九拉到了一旁的僻静处，沉声说道：“白先生吃的就是这碗江湖饭，按理来说，老衲不该多管闲事，可是，水满则溢，月盈则亏，凡事都得有个度，白先生今日仗着一手江湖骗术，已经从郭老板手里得了不少钱财，实在不应该再狮子大张口了。”

白九舔了舔嘴唇，梗着脖子骂道：“好你个老秃驴，老子又没要你的钱。”

“郭老板一心向佛，许诺要重塑挂甲寺的佛祖金身，老衲实在不愿意看到这等良善人家，受你坑骗，白先生还是见好就收，就此罢手吧。”

“良善人家？他？你知不知道，她那三姨太……”白九话到嘴边，又咽了下去，毕竟白九只想赚钱，不想搅进人命官司，但此刻被妙悟逼问，又不好弱了气势，只能强撑着气势，梗着脖子说道：“我若不罢手呢？”

妙悟禅师见白九欲言又止，接着说道：“白先生在郭府门上偷着摸了黄鳝血，吸引蝙蝠撞击，制造鬼拍门的骗局。你刚才伸手下油锅，那锅里根本不是滚油，而是混了硼砂，温度稍微高一点儿，便会显现出沸腾的假象……”

“好了好了！别说了。”白九赶紧制止了妙悟禅师。

妙悟禅师合十双手，微笑不语。

“你厉害！你行！老和尚，你记住了啊，咱这梁子算是结下了，你早晚死在你这张嘴上。”白九咬着牙骂了一句，刚要离开，却被妙悟禅师拦住，指了指白九怀里的锅。

“行行行，给你！”白九将手里的油锅递给了妙悟禅师，气呼呼地夺门而出。

妙悟禅师抱着油锅，走到了郭老板身前，微微笑道：“魂飞魄散太伤阴德，老衲且带这只孤魂回到挂甲寺，以佛法化去戾气，早些送她投胎往生。”

“有劳大师，这两根金条？”郭老板正要递上银钱，却见妙悟禅师微微一笑，推开了郭老板的手，飘然而去。

肆

冯老鼠讲完了这段故事，喘了一口粗气，对潘虎臣说道：“就这样，妙悟禅师搅了白九的生意，街面上的人都传，说这妙悟禅师的法力更胜白九，而且降妖伏魔还不收银钱，再加上妙悟禅师曾经还封印了娑婆鬼树，一时间妙悟禅师名声大噪，白九被人家砸了饭碗，折了面子，怒火攻心，找我买枪……”

“白九买枪的时候，可曾对你说，他是要杀人？”

"没有，他没说要杀人，他就说要吓唬吓唬妙悟禅师，没说要杀人。说实话，听说妙悟禅师死的时候，我也吓了一跳。"冯老鼠急吼吼地说道。

"你刚才说什么？什么树？"

"娑婆鬼树，就在西广开，那是一棵大柳树，底下锁着好几十冤魂恶鬼，上面摆的阵法，就是当年妙悟禅师的手笔，白九说……"

"白九说什么？"

"白九说，老和尚最会装神弄鬼，回头弄死了他，就给他脑袋埋在树底下，看他这破阵能不能压住自己！"

潘虎臣缓缓松开了冯老鼠，指着他的鼻子说道："要是敢骗我，你知道下场！"

说完这话，潘虎臣一转身出了厕所，让两个便衣巡警带走了冯老鼠，自己则拉着魏虾米往外走。

"头儿，还没玩儿完呢。"

"还玩儿个屁！去西广开。"

"西广开？上那儿干嘛？"

"找人头！"

"啊？"

半个小时后，就在潘虎臣和冯老鼠赶到西广开鬼市，追到娑婆鬼树底下的时候，白九正顶着一脑门子汗站在一个已经挖了半人多深的土坑里。他弯着腰，用手扒开泥土，从里面扒出了一个藤条编成的手提箱。

"老子日你姥姥的，埋这么深，挖了这么久，他娘的累死老子了。"

白九一屁股坐在土坑边上，打开藤条提箱，往里一看，顿时吓了一跳，下意识地把提箱扔了出去。

提箱落地一翻，从箱子里滚出了一颗圆滚滚的人头，须发皆白，锃亮的光头上还烫着九个戒疤。白九蹲下身，捡回人头，一看那眉眼……正是妙悟禅师！

这一阵子，妙悟禅师身死挂甲寺，人头不翼而飞的消息传满了天津卫，白九也有耳闻，街面上都说是因为金钟河老泥滩有个黑斑大王抓阴丁，害了不少性命，这些冤魂四处为非作歹，妙悟禅师为了超度这些恶鬼，诵经作法时被黑斑大王害了性命。

白九对这些无稽之谈从来都是不信的，搁在往日，白九按捺不住好奇心，早就去查探一番了。但是当下，白九惹上了柳爷，连性命都典当出去了，自己的事都顾不上，哪里还管得了妙悟禅师的闲事。可是白九万万没想到，自己追着找黄不同，找来找去反而找到了妙悟禅师的脑袋。

“这都是什么跟什么啊？”白九捧着妙悟禅师的头颅，脑袋里乱成了一摊糨糊。

就在白九百思不得其解的时候，潘虎臣已经从大柳树后面绕了过来，往坑里低头一看，正瞧见白九坐在地上，手里捧着妙悟禅师的脑袋，两眼发呆。

“白九！”潘虎臣一声断喝。

白九被这突如其来的一嗓子吓了一个激灵，一抬头正看到潘虎臣。

“手举起来！”潘虎臣掏出手枪，对准了白九。

“潘局长，您怎么在这儿？”白九吓了一跳。

“手举起来！”潘虎臣瞪圆了眼睛，白九瞧着潘虎臣不像是开玩笑，赶紧把两手举过了头顶。

“潘局长，这里怕是有什么误会……”白九刚说了半句。

“趴下！”潘虎臣又是一声暴喝。

“好好好，我趴下。”白九咽了一口唾沫，老老实实地趴在了泥坑底下。

潘虎臣给了魏虾米一个眼神，魏虾米会意，提着手电筒，跳下了土坑，将地上那人头捞起一照，抬头答道：“头儿，是妙悟禅师！”

“那还愣着干嘛？给他锁上！”潘虎臣一声令下，魏虾米将手电咬在嘴里，掏出随身的手铐脚镣将白九锁了个结实，随后一手攥着手电，一手拽着白九，轻声说道：“白九！对不住了，虽然大家是熟人，但是有人指证你谋害妙悟禅师，证据确凿。”

“我没有……”白九猛地一激灵，大声呼道。

“有没有先回警局，咱们自有公论！”潘虎臣打断了白九的话。

“枪藏哪儿了？”潘虎臣问。

“枪？什么枪？”

“你说什么枪！步枪！你从冯老鼠那儿买来的那把村田式，藏哪儿了？”

“冯老鼠？我好久没见着他了，也没买什么枪！”白九彻底蒙了。

潘虎臣看了看白九，摇头叹道：“你也不用装傻，冯老鼠都招了，你再抵赖也没用。你还是跟我回警局吧，虾米——”

“头儿，我在呢！”

“去龙王庙，好好搜一搜。”

“是！”魏虾米打了一个敬礼，小跑着消失在了夜幕尽头。

潘虎臣押着白九刚回到警局，宋翊就得到了消息，从金钟河老泥滩那边跑了回来，急吼吼地就往牢里冲，潘虎臣在门后拦住了宋翊，还没说话，就听宋翊嚷道：“潘局长，这里一定有误会，白九他……”

“别着急，我知道白九和你关系匪浅，说起来得意楼那档子事，白九还没洗清嫌疑呢，结果胶皮会完蛋了，现在霍奔也丧命了，秦柏儒的案子算是死无对证了，没人追究的事，我一抬手，能过去也就过去了。白九给咱们警局也出过不少力，所以我要是能帮，我肯定出手。可是这回不同以往，妙悟禅师这案子是有人亲口指证，这我也没办法，再加上妙悟禅师这案子影响这么大，上头督办得紧，破不了案，我就得卷铺盖滚蛋，我滚蛋不要紧，你就不替你爹想想吗？市长这个位置，有多少势力惦记着，你比我清楚。现在天津卫人心惶惶，金钟河得快捞出一百多具尸体了吧？我跟你说，这案子要是没头绪，你爹那些吃人不吐骨头的政敌不抓住机会使劲儿煽风点火搞动作才怪。”

就在潘虎臣说话间，魏虾米也回来了，背上还背着一个长条油布包。

“头儿，我回来了。”

“怎么样？”

魏虾米解开了那个长条油布包，露出了里面裹着的东西。

赫然是一把村田式步枪连同十几发毛瑟圆头弹。

“哪儿找到的？”

“龙王庙，供桌底下。”魏虾米一五一十地答道。

宋翊看了一眼魏虾米手里的步枪，吓得小脸煞白，哆嗦着嘴唇说道：

“不可能的，肯定是有人陷害，白九那龙王庙，大门就是个摆设，谁都能进去。”

潘局长一抬手，看着宋翊缓缓说道：“别说这个了，现在证据确凿，凶手是白九也好，不是白九也好，咱们都得赶紧捋一捋案情，看看哪里还有疑点。”

宋翊也不是胡搅蛮缠的人，听了潘虎臣的话，当下平复了心情，掉头回了办公室。潘虎臣、宋翊、魏虾米三人在办公室的大黑板上开始勾画整个案件的线索。

然而，此时此刻在梳理案情的远远不止这三个人。

牢房里，白九面壁而坐，盘着两腿，看着满墙用碎瓷片画的密密麻麻的线条，陷入了沉思。

与此同时，隔壁牢房里的稻草堆里，有个人影一动，白九机警地一瞪眼，转头向隔壁看去，只见昏暗的灯影之中，一个白九无比熟悉的人正弯着腰，小跑到栅栏边上，向白九这边讪讪一笑。

是冯老鼠！

“冯老鼠，我日你娘！”白九一声大喊，“腾”的一下站起身来，一个箭步蹿到了栅栏边上，伸手穿过栅栏，揪住了冯老鼠的领子，向后一拉，另一只手攥紧了拳头，“砰”的一拳打在了冯老鼠的鼻梁上，冯老鼠鼻梁一酸，两道鼻血“唰”的一下就喷了出来。

“啊呀——”冯老鼠一声惨叫，蹲到了地上。

白九揪着他的头发，大声喝道：“为什么要害我？咱俩见面不是喝酒就是赌钱，我几时找你买过什么村田式步枪？”

冯老鼠一手捂着鼻子，一手抱着脑袋，低着头哭喊道：“九哥！我对不起你，你打吧，你打死我，我也不会还手的。我也是逼不得已。你惹上了狠角色，人家抓了我相好的，还有我儿子，我只能这么说。九哥，我对不起你。你打吧！你打死我吧！”

冯老鼠哭得涕泪交流，白九嫌恶心，把手缩了回来，隔着栅栏伸腿踢了冯老鼠一脚，沉声问道：“谁？是谁找上你，让你做伪证坑我的？”

“我……我不能说！”冯老鼠看了白九一眼，嗫嚅了一下嘴唇。

白九闻言，勃然大怒。

“你个王八蛋——”白九又是一脚蹬翻了蹲在地上的冯老鼠，两手抓住栅栏，把腿伸到冯老鼠那边去使劲儿踢他，冯老鼠抱住脑袋，一声不吭。

白九一边伸腿乱踢，一边气喘吁吁地破口大骂：“好你个冯老鼠，跟我耍横儿是吧，玩儿青皮那一套，你以为我不敢踢死你吗？你个……”

“当当当——”值守的警员从铁门外往里看了一眼，小跑着过来，抡起铁棍在栅栏上一阵敲打，大声吼道：“都老实点儿！犯浑呢？都皮痒了是吧？是不是皮痒了？！”

白九赶紧抽回了腿，看着那巡警，赔笑着说道：“兄弟！我叫白九，和你们潘局长还有宋小姐都是好朋友，你看能不能帮我传个话儿，我想……”

“想你大爷！墙脚蹲着去！”巡警一瞪眼，攥着警棍一指白九。

“不是，您看，我真的是他们的朋……”

“找抽是吧！”巡警一叉腰，伸手就往裤兜里摸钥匙，说话间就要打开牢门，进来打白九。

有道是“好汉不吃眼前亏”。白九一看形势不好，连忙拱手说道：“您别急眼，气坏身体无人替，我蹲着去，我蹲着去。”

白九弓着腰打了个哈哈，转身走到墙角，老老实实地抱头蹲着。

“早这样不就得了，非得骂你两句，贱皮子！”巡警啐了一口痰，一扭头，正看到躺在地上擦鼻血的冯老鼠。

“我说他没说你是吧？”巡警一掂警棍，冯老鼠飞速在地上打了一个滚，直接骨碌进了草堆里，缩成一团。

“哟呵，还是你有经验，不像那个愣头青！”巡警笑着嘟囔了一句，一步三晃地走了出去。

白九抱着脑袋，努力静下心来，他总觉得自己忽略了什么，但是一时间却又想不起来。

与此同时，宋翊在办公室里也说出了自己的分析。

“我觉得妙悟禅师的死有两个空白点还没有填补上。第一，枪击妙悟禅师的凶手和砍下妙悟禅师脑袋的人不是同一个人，如果其中一个是白九，那么另一个是谁？”

“什么意思？”潘虎臣问道。

“我仔细查看了他颈部的刀口，正常情况下，人在死亡之后，身体血液停止流动，在 15 ～ 25 分钟的时间里，血液凝结，导致全身皮肤变色，肌肉完全松弛，皮肤失去弹性。一般情况下，死前形成的伤口会比死后形成的伤口颜色要鲜艳一点儿，且生前挨刀，伤口会外翻，死后则不会，因为活人的皮肤组织有弹性，被刀砍劈，伤口会绽开；死人则正好相反，不但不会绽开，反而因血液凝结而导致伤口侧面呈现白色，间或有红点。

“所以我断定，妙悟禅师是先中枪身亡，而后才被割掉了脑袋，这中间至少间隔了 15 ～ 25 分钟的时间。当时潘局长你通过弹道推测出了那个枪手躲在大雄宝殿的房顶上，我在大雄宝殿侧面的草里发现有一片草梗被人踩倒，按草梗的倒向延伸，可以推测出，枪手是从挂甲寺的西墙翻出，离开了现场。但是在妙悟禅师丧命的天王殿内，有一条滴滴答答的血点儿，这条血点儿是向北面去的，消失在了挂甲寺的后门。由此可知那个割下人头的人是从挂甲寺的北面离开的。综上可知，杀妙悟禅师的是两个人，一个开枪，一个砍头。这就引出了我刚才提出的问题：如果其中一个是白九，那么另一个是谁？”

潘虎臣两眼亮着光，急忙问道：“第二个空白点是什么？”

“动机！白九杀妙悟禅师的动机是什么？”

魏虾米挠了挠头，张口问道：“动机不就是因为妙悟禅师在大有洋行郭老板三姨太的丧事上坏了白九的买卖，白九怀恨在心……”

“证据呢？证据在哪儿？”宋翊目光炯炯。

“冯老鼠是人证，那支从龙王庙里搜出来的村田式步枪就是物证。”

“不对！冯老鼠和那支枪只能证明白九买了枪，但在白九的杀人动机这个环节，缺少关键性的证据，咱们的证据链是不完整的。”宋翊打断了魏虾米的话。

“有道理！”潘虎臣点了根烟，坐在桌子上搓着自己的光头，沉默了一阵，随后说道：“兵分两路，宋翊带人去挂甲寺，查一查妙悟禅师遇害的当晚，挂甲寺有无寺庙以外的人进出；在妙悟禅师遇害后，有没有什么人形迹可疑。虾米带人去大有洋行找郭老板，既然白九和妙悟禅师的梁子是因他三姨太的丧事而起，说不定他知道些什么，你拿我的名帖去找郭老板，不要动粗，就说我请他来警局喝杯茶。”

“好——”魏虾米和宋翊同时答应了一声，快步出了警局。

半个小时后，挂甲寺，天王殿。

地上用白粉圈着妙悟禅师倒地的位置和尸体的姿势。门柱上、石像上用粉笔圈出了弹痕。

宋翊找来了一个小警员，让他在天王殿内走动，模仿妙悟禅师。

“呼——”宋翊深吸了一口气，在脑海里开始模拟妙悟禅师死前的场景。

月上中天，从妙悟禅师尸体的手里抓着的那半截抹布可以判断，妙悟禅师这个时候应该正在天王殿内打扫卫生，而他万万没有想到，在天王殿后面的大雄宝殿的屋檐上，一个枪手正举着一只步枪瞄准了自己！

宋翊一转身跑出了天王殿，搬着梯子爬到了大雄宝殿的屋檐上，爬到了枪手所在的位置，平伸手臂当步枪，立起拇指当标尺，两眼一睁一闭，向天王殿内瞄准。

天王殿内，灯影昏暗，将那个小警员的身影映得很大，光脑袋就有南瓜大小，且形状发边，闪动摇摆，这种情况下，根本找不着目标的致命点，想一击毙命，几乎是不可能的。宋翊换了一口气，试着开始调整“枪口”还原现场的弹道。

果然，当宋翊的手臂和现场的弹道重合的时候，她发现了一条射击通道。

“是窗缝儿！”宋翊眼前一亮。

殿内的小警员模仿着妙悟禅师，在地上来回走动，身影一晃，突然出现在了窗缝儿中间，而小警员现在站的这个位置，就是妙悟禅师倒地的位置。

“砰——”宋翊一吐气，模仿了一声枪响，随即顺着梯子下来，跑进天王殿，让小警员按照白线躺在地上。

宋翊站在小警员旁边，扭头看了看大雄宝殿的屋檐，又看了看脚底下的小警员，心中嘀咕道："既然人已经杀了，为什么还要砍下脑袋呢？"

突然，宋翊眼神一瞥，在地砖的缝隙里发现了一团细小的毛球。

"这是什么？"宋翊蹲了下来，趴在地上，顺着地砖缝儿看去，只见好几处砖缝儿都有这样大小不一的毛球。宋翊伸手，将毛团儿拈起，在手心一撮，随后又伸出手指，轻轻摸了摸砖缝儿，心里瞬间有了答案。

挂甲寺前年有过一场返修，这天王殿的地砖缝儿是用沙子混着洋灰勾的，伸手摸上去，颇有粗糙感，这种小毛球呈蓝灰色，乃是棉麻的衣料，从妙悟禅师倒地的位置一直到门边，都有这种小毛球出现。

这说明什么？说明有人在地上趴着，用手肘和膝盖爬行。"躲枪！这个人是为了躲枪！妙悟禅师中枪的时候，他就在屋里，他趴在地上，爬行到了门边，是为了躲避枪手的射击，并伺机观察！如果他是枪手的同伙，他完全没必要这样做，因为同伙是不会开枪向他射击的。

"既然他要躲枪，就说明，他和枪手不是同伙，他早就知道凶手躲在那里，却没有示警，而是任由凶手杀了妙悟禅师！他就趴在门边，观察着大雄宝殿的屋檐。

"大约一刻钟后，凶手离去，他爬起来，割掉了妙悟禅师的脑袋。这个人当时是和妙悟禅师在一起的，所以在枪响后，他赶紧趴在了地上。妙悟禅师对这个人是没有防备的，他不是潜进来的，很可能这个人本就是寺内的和尚，还是妙悟禅师的熟人！"

宋翊脑中灵光一现，将现场所有的线索串联在了一起，推断出了当晚的情景。

这时，全寺的和尚也在警察的召集下，全都站在了天王殿外的空地上，宋翊拉起躺在地上的小警员，走到了院外。

一个年纪稍大一些的和尚走了过来，冲着宋翊合十说道："贫僧妙真，是这些僧人的师叔，在挂甲寺修行已经十年了，您要是有什么事，就问我吧。"

"妙真大师，夤夜来此打搅，是我们唐突了。"宋翊连忙回了个礼。

"不敢不敢。"妙真和尚很是客气。

"请问大师，在妙悟禅师遇害当晚，寺内是否有香客留宿？"宋翊开门见山，直接抛出了问题。

妙真和尚认真地想了想，回答道：“没有，挂甲寺禅房不多。去年大雨，好多房子年久失修，漏雨漏得厉害，仅剩的几间禅房，我们寺内的僧众自己住都挤不下，哪里还能留香客过夜。”

妙真和尚的话刚说完，旁边就有个警员凑到宋翊面前说道：“老和尚说的是真的。我们验看过了，这寺里确实不少房子都年久失修，这些年妙悟禅师把寺里的香火钱都换了米粮给穷人施粥了，根本没闲钱收拾房子。”

宋翊点了点头，又接着问道：“那请问，妙悟禅师遇害前后，寺内是否有什么可疑的人出现？”

妙真和尚思索了一阵，摇了摇头。这时，一个小沙弥走了过来，在妙真和尚耳边不知道说了什么，妙真和尚听了之后，一皱眉头。

“大师，怎么了？”宋翊追问道。

“哦，是这样的，我师兄生前曾收了一个弟子，法名叫作本觉，在我师兄死后，不知去向。我想多半是师兄死了无人管束他，逃出山门，还俗去了吧。”妙真和尚解释道。

“这个本觉是怎么回事，大师可否说得详细一些。”

“是这样的，半月前，大有洋行的郭老板家里出了丧事，好像是他的三姨太上吊自杀了。这个郭老板近年来一心向佛，广结善缘，在挂甲寺上了不少的香火钱，本寺多次施粥都赖郭老板出钱支持。郭老板还许诺今年正月里要帮我们重塑佛祖金身。

“郭老板的三姨太死后，家里相传闹鬼。郭老板差人来寺里请我师兄帮忙。我师兄独自下山，进了郭府诵经，从郭府出来的时候，已是深夜。

“唉，这年景也是不好，世道乱得厉害，我师兄刚出郭府不久，就遇到了两个拦路抢劫的贼徒，幸好有一乞丐路过，手持木棒状如疯虎，吓退了贼人。我师兄上前道谢，那乞丐却一个头磕在了地上。

“原来去年冬天，挂甲寺施粥，这乞丐曾经见过我师兄一面，这乞丐虽然家乡遭了兵祸，流落街头，行乞为生，但也晓得‘滴水之恩，涌泉相报’的道理，故而今日见我师兄遭劫，奋不顾身上前相救，我师兄大为感动。

“那乞丐跪在地上，求我师兄收他为徒，我师兄应允，将他带回挂甲寺剃度，取名本觉。这本觉是个乞丐出身，对修习佛法一窍不通，平日里干活儿不多，饭量却不小，和其他僧人常有争执，我等念他对师兄有救命之恩，也不好多加斥责。师兄死后，这个本觉也没了踪影，我猜这厮肯定是见师父死了，无人照看，觉得在寺里肯定是混不下去了，索性逃出山门去了吧。”

宋翊摇了摇头，显然对妙真和尚的话不甚认同。

“本觉和尚的样貌，您还记得吗？”

“当然记得。”

宋翊一招手，叫来一个小警员，让他去鼓楼老巷找一个叫范瞎子的人，就说白九有请。一个小时后，小警员带着范瞎子来到了挂甲寺，范瞎子一进山门，就瞧见了宋翊，咧着大嘴喊“嫂子”。

宋翊没时间和他掰扯，没好气地瞪了他一眼，将他拎到了妙真和尚的面前。

“大师，有劳您向他描述一下本觉的样貌！”

妙真和尚点头答应，宋翊掏出了五块大洋放进了范瞎子的手里。

“哎哟，嫂子，您这是干嘛？自己家的事不好收钱……”

“给你的你就拿着！按这位大师描述的样貌，把图给我画出来！”

“没问题，都是小意思。嫂子你这办事可太像样了，比我九哥可强太多了。”

一炷香后，范瞎子吹了吹纸上的墨，将纸递给了宋翊，宋翊看了一眼纸上的画像，交给了旁边的警员，沉声说道：“找！挖地三尺也要把这个本觉和尚找出来！”

与此同时，警察局里，潘虎臣泡好了热茶，迎来了大有洋行的郭老板。这大有洋行的背景很深，是很多政界大佬洗钱的地方，潘虎臣对此略有耳闻，故而对郭老板很是客气。

“郭老板，您坐！喝茶！”潘虎臣笑着给郭老板递上了茶杯。

郭老板笑着接过了茶杯，极其谦卑地答道：“潘局长客气了，当着您的面，不敢称老板，您就叫我郭大有就行。”

“那怎么合适呢？今天我请您来，原本就是有事请教，您也知道，最近天津城里的人命案闹得是沸沸扬扬，兄弟我这火上的哟，不怕您笑话，您望这瞅，哎哟！牙床子都肿了！”

“潘局长维护津门治安，真是鞠躬尽瘁啊！郭某佩服，以茶代酒，我敬您一杯。”郭老板一举杯，和潘虎臣碰了一下，各自呷了一口茶。

“不知潘局长唤我来有什么事？您放心，只要我能帮上忙的，肯定鼎力支持，我知道的事，但凡您要开口问，我知无不言，言无不尽。”

“有郭老板这句话我就放心了。实不相瞒，我想问您一件事。”

“但说无妨！”

“请问贵府的三姨太过世时，龙王庙的白九和挂甲寺的妙悟禅师可是都有到场？”

“有的，两个人我都请了。哎呀，您是不知道，那个贱人死了都不安生，搅得我府上不得安宁。我也是没办法，才请了高人来捉鬼。有的人说龙王庙的白九有手段，有的说挂甲寺的妙悟禅师法力高，我索性都请来，双保险嘛！”郭老板话说得倒是很诚恳。

潘虎臣点了点头，接着问道：“这二人在丧事上起了争斗，不知是否属实？”

“哦……争斗谈不上，充其量就是撂了两句狠话。我都能理解，毕竟同行是冤家嘛！”

“狠话？是什么狠话？”

“我也是听家里的下人说的。当时白九的法事正做到一半，被妙悟禅师叫到了一边，二人越说越急，我那下人离得近，听白九说了一句：‘你厉害！你行！老和尚，你记住了啊，咱这梁子算是结下了，你早晚死在你这张嘴上！’”

“此事当真？”

“当真！”

“您可愿做证！”

“当然！我愿意对今晚的每一句话负责。”郭老板呷了一口茶水。

潘虎臣沉吟了一阵，站起身来，握了握郭老板的手，徐徐说道：“好，谢谢您的配合。”

“应该的！潘局长还有什么要问的吗？”

“没有了。”

“那我就先告辞了。”

“好！虾米，来，替我送送郭老板。”

魏虾米从一旁走了过来，冲着郭老板一笑：“郭老板，您这边请。”

“有劳了！”郭老板拱了拱手，转身离开。

郭老板前脚刚走，宋翊后脚就赶回到了警局，一进门就将本觉和尚的画像拍在了桌子上，自顾自地倒了一杯水。

“潘局长，我这边有新进展，你呢？”

“我也有，不过不是什么好消息。”

两人各自将调查的情况做了一个交流。

“为今之计，若白九真是冤枉的，找到这个本觉和尚就成了本案唯一翻盘的机会；倘若这个白九真是杀人的真凶，那么这个本觉和尚就是补齐证据链的最后一环。看来无论如何，咱们都得把精力集中在他身上了。”潘虎臣揉了揉发胀的太阳穴，走到了电话前面，拨打了一个电话，“喂，我是潘虎臣，把所有的弟兄都叫回来集合！”

十五分钟后，天津城所有的警员都在院子里整整齐齐地列好了队，潘虎臣将范瞎子的那张画像拍成了照片，洗了七八十份，每两人一组，分发了下去。

“弟兄们！最近天津城闹腾得很凶，很不太平，有两桩案子压在咱们头上，一是挂甲寺的无头和尚案，二是金钟河老泥滩的群尸案，压得老子都快透不过气来了！上头也对咱们警察局的工作很不满意。

“幸好！现在有了一条关键线索，这条线索就在你们手里攥着。对！没错！就是照片上这个和尚。找到他，挂甲寺的无头和尚案就能破，咱们对上头就有了交代，有了交代，我的乌纱帽就能保住，我的乌纱帽保住，你们就能吃香喝辣！都给老子打起精神来，两人一组，就算掘地三尺，也要把这个和尚给我翻出来，哪个找到，老子有重赏！三根金条，听好了！三根金条！”

潘虎臣一声大吼，满院子的巡警“哄”的一声跑出了院门儿，一手攥着警棍，一手攥着照片，左脑是明晃晃的三根金条，右脑是照片里的和尚，心脏突突乱跳，好似打了鸡血一般，甩开两腿冲进了一条条街巷，发疯了一般开始四处搜寻。

“潘局长，这么个找法有用吗？”宋翊愁得脑门子直发紧。

潘虎臣一屁股坐在了台阶上，叹了口气。

“我也知道没啥用，可是现在还有别的办法吗？”

宋翊眼前一亮，蹲下身来，看着潘虎臣的眼睛说道：“记得我勘察发现什么了吗？”

“什么？”

“毛球！你看！”宋翊展开手，给潘虎臣看了一眼他从天王殿捡来的那些毛球。

“这毛球能说明什么？”

“这种蓝灰色的毛球，无论颜色和质地都和挂甲寺的僧人所穿的僧袍一模一样，可以肯定，天王殿趴在地上躲枪的那个人是一个和尚，他当晚和妙悟禅师是在一起的。”

“你是说……本觉！”

“对！本觉在提防着枪手，他们不是一路人，有没有可能那个枪手要杀的其实是本觉，结果击中了妙悟禅师，本觉砍下了妙悟的脑袋，逃离了挂甲寺，而本觉是妙悟禅师的弟子，妙悟禅师对他肯定不设防……”

“等会儿，这里有点儿乱，本觉为什么要砍下妙悟的脑袋呢？”潘虎臣的脑袋乱成了一锅粥。

“我也不知道，这只是我的一个猜测，唯一敢肯定的就是那枪手和本觉不是一路人，我在想一个计划……”

“什么计划？”

“现在全天津都在找本觉，那个枪手也在找本觉，我不如扮成本觉的样子，引那个枪手出来，如果白九不是那个杀人的枪手，真正的枪手另有其人，当他看到本觉重新出现在挂甲寺，他肯定会再次下手枪击，这个时候我们的机会就来了！”

“不行！太危险了，万一没防住……”潘虎臣“腾”地一下站了起来。

“来不及了！这是最快的方法，腿长在我身上，你管不了我，我这就去挂甲寺！”宋翊一边说着一边出了警察局，直奔挂甲寺而去。

“你……哎嘿！来人啊！来人啊！”潘虎臣喊了好几嗓子，只招来了两个看门的老头儿和身边的跟班魏虾米。

“虾米！人都去哪儿了？”

“都出去找本觉和尚了，局里就剩咱四个了！”魏虾米苦着脸回答。

“妈的！老子去追宋翊，她可不能出事，她要出点儿啥事，宋市长不得扒了我的皮——你留下来看家！我去挂甲寺！”

潘虎臣扣上警帽，提了一杆警用的步枪，小跑着追出了警局大院。

魏虾米看着两个眼花耳聋的看门老头儿，急得直跺脚。

“哎哟，这可怎么办啊？”魏虾米在地上急得直转圈，仿佛在做着什么艰难的决定。

突然，魏虾米收住了脚步，一咬牙，打定了主意，小跑着钻进了牢房，连看牢房的警员都去找本觉了，牢房的钥匙就挂在墙上，魏虾米手忙脚乱地摘下钥匙，直奔白九牢门前，就要开锁。

“魏虾米，你这是干什么？难道说……我没事了？”白九喜出望外地迎了过去。

“没事个屁！你摊上大事了！”魏虾米抓着一大把钥匙，一个一个换着试。

白九急得满头汗，一低头，看到魏虾米口袋里露着半张照片，伸手一抽，将那照片拿在了手里。

“这谁啊？”白九问。

“这是本觉和尚，妙悟禅师死的时候，这本觉就在身边，现在警局所有的弟兄都撒出去了，就为找他。宋翊说那枪手很可能原本就是为了杀本觉，结果误杀了妙悟禅师。她一时心急，去了挂甲寺要假扮本觉和尚引出那个枪手。我们头儿不放心，单枪匹马跟过去了。哎呀呀呀，具体的我也说不明白，我就知道宋翊和我们头儿现在很危险。我实在找不着别人了，思来想去，只好把你先放出来。说实话，咱们这段时间办了好几桩案子，平日里没少接触，你这人虽然吝啬抠门，好酒贪杯，但却不是穷凶极恶的歹人，说你杀人我也是一万个不信，不过咱说好啊，我放你出来，是让你去挂甲寺救人的，你可不能借机会跑路啊，你要是跑了，可就把我坑进去了。”

“哎哟，想不到绕了一大圈，整个警局，就你魏虾米一个明白人……”白九一边看着魏虾米一把一把地试钥匙，一边大发感慨，痛拍魏虾米的马屁。

魏虾米试了十几把钥匙，终于选定了一把，正要往锁眼里捅。

突然，魏虾米身后传来了一阵脚步声，魏虾米刚要回头。

“砰——”一声枪响。

魏虾米胸口爆开了一蓬血花，魏虾米瞪大了眼睛，看了看自己的心口，又看了看白九，仰面栽倒。

“虾米！魏虾米！”白九急红了眼。

“扑通——”魏虾米倒地断气。站在魏虾米身后的人一弯腰，从魏虾米手里接过了那串钥匙，缓缓挂回到了墙上。他扭过头来，将手枪揣在了怀里，搬了一把凳子坐下。他看着白九，幽幽笑道：“白九啊白九，你现在还不能出去。”

白九看着那人的面貌，震惊得无以复加。

这个人，白九是认识的，他就是大有洋行的郭大有，郭老板！

“是你？”

“没想到吧！”郭老板微微一笑，扶了扶鼻梁上的金丝眼镜。

就在郭老板现身的一瞬间，缩在墙角的冯老鼠猛地打了个哆嗦，手脚并用地爬到了栅栏前面，疯了一样冲着郭老板叩头。

“您行行好，放了我儿子……您交代的事我都照办了！我都照办了！”

白九一看这情形，心中顿时了然，原来这郭老板就是设局的正主，

“是你抓了冯老鼠的女人和孩子，逼他诬陷我！郭老板，我和你无冤无仇，我就算是在你三姨太的丧事上坑了你点儿银子，也不至于如此吧——你到底是谁？”

郭老板叹了口气，摘下了头上的假发，取下了鼻梁上的金丝眼镜，撕掉了脸上的胡子，取出一块手帕，擦了擦脸，待到郭老板放下手帕，一张

崭新的脸出现在了白九的眼前。

“你……你……”白九看着眼前这张脸，又看了看手里的照片。

“你就是本觉和尚？”白九失声道。

“哈哈哈，全城的警察都在找我，却没想到我就堂而皇之地坐在警察局里！”

“你……你是怎么进来的？”

“警察都撤出去了，就剩下两个看门的老头儿，再加上地上躺着的这位仁兄，我一枪一个，就这么走进来了，你说好笑不好笑。”

“我和你往日无怨，近日无仇，你为何要害我？”白九一声怒喝。

郭老板一挑眉毛，脸颊不住地抽动，仿佛听到了这世界上最可笑的事。

“无怨？无仇？哈哈哈哈，白九啊白九，你是记性不好，还是脑子蠢笨？你不是一直在找我吗？”

“找你？我什么时候找过你？”白九彻底蒙了。

“我就是黄不同啊！”郭老板张开了双手。

“什……什么？你是黄不同？黄不同、郭大有、本觉和尚，你到底是谁？”

“名字，不过是个代号。我可以叫黄不同，可以叫郭大有，也可以叫本觉。如果我高兴，叫白九也好，阿猫、阿狗也好，都可以。”

尾　声

说到这儿，郭老板看了看手腕上的表：“时间还早，我不妨和你多聊聊。从哪儿说起呢？这样吧，就先从“黄不同”这个名字说起。

“我本名叫黄不同，和梁寿、秦柏儒一样，都是柳爷的手下。从你破关帝劈刀那个案子开始，我就注意到了你，但是说实话，那个时候我没工夫搭理你，因为我一直自顾不暇。

“柳爷的残暴手段，想必你也有所耳闻，我知道秦柏儒对你说了很多秘密，你也没必要和我装傻。我这个人和秦柏儒不一样，秦柏儒是个懦夫，满脑子都是逃、逃、逃——哼！他就是个不折不扣的蠢货！柳爷这种人，岂是一个假死的骗局就能应付过去的？

“柳爷做事，心狠手辣，宁可他负天下人，不可天下人负他，想脱离柳爷的手心，躲和逃都是行不通的，只能反击，而且要一击致命！为此，我已经做了很长时间的谋划，我黄不同原本就有两个身份，明面上是大有洋行的老板郭大有，这个身份是为了给柳爷的鸦片生意洗钱，同时在暗地里，我还在鬼市上支了幌子，负责给柳爷对接买家。

“借着明暗两重身份的优势，我不断搜集柳爷的信息、安插自己的心腹。这一年来，柳爷对我们这些手下人的煎迫越发厉害。他需要钱！大笔的钱！他开始不顾我们的死活，近乎疯狂地开始敛财，我知道再不动手，早晚得死在这个疯子手里。

“半个月前，我发动了一场针对柳爷的行动，我动用了所有能掌控的能力对柳爷发起了一场暗杀。然而，关键时刻，还是功亏一篑！柳爷虽然受了重伤，但还是逃掉了！我知道，像柳爷这种疯子，如果一击不中，势必将迎来他疯狂的报复。

“在柳爷逃走的地方，我找到了一个火盆，里面有好多未燃尽的纸屑，其中一片上有半个白字，和一整个九字。凭此我可以断定，你在天津破的一系列案子，不但入了我的眼，也入了柳爷的眼。柳爷多疑，经过这场暗杀，他不会再轻易相信手底下的任何一个人，他要搞我，一定会找一个外人，而这个人八成就是你。

“在暗杀柳爷的当晚，我就赶回了大有洋行布了一个局，我亲手掐死我的三姨太，然后找了你，另一边我也找来了挂甲寺的妙悟禅师。你的脾气和本事我很清楚，你看了那贱人的尸体，不可能发现不了她不是自杀。果然，不出我所料，你开始借此装神弄鬼，讹诈我，妙悟禅师虽是个志诚君子，却没有验尸断案的手段，在丧事的当天，见你对我多番讹诈，他必定仗义出手。

“就这样，我借着你们各自的秉性，导演了一出好戏，成功地让你们在众目睽睽下，起了争执。你愤然离去，这也是我计划中的第一环。你走之后，我安插在柳爷身边的秘间传来了他生前最后一个消息，说柳爷干了两件事：一是在外地找了一个杀手要干掉我；二是柳爷的伤势渐好，开始清洗手下的人，只要有嫌疑，宁杀错，不放过，一天之内他杀了好几十口子！

“我知道，柳爷很快就会找上门来，黄不同和郭大有这两个柳爷知道的身份不能再露面了，计划必须要加快。于是我刮了胡子，剃了头发，换了一副模样，扮成了一个叫花子，自导自演了一场救妙悟禅师的戏码，成功拜入妙悟禅师门下，以本觉和尚的身份进入了挂甲寺避难。

“我知道，凭着柳爷的神通，虽然找到我是早晚的事，但是我却能抢出一段时间来布局。我让我的人密切关注天津江湖的动向，查探最近是否有外来的江湖人。果然，没过多久，就传来消息，说从沧州来了个杀手，在黑市找冯老鼠，买了一只村田式步枪。我知道柳爷还是找到我了。不过，我有一个最大的优势，那就是我比那个枪手更早进入了挂甲寺，挂甲寺的地形我比那个枪手熟悉。

“经过我的勘测，天王殿这个地方就不错，房矮窗小，夜间照明又暗，四围开阔，唯一的狙击点就是对面大雄宝殿的屋檐。于是，我每天晚上有意识地在天王殿活动，为的就是让那个枪手记住这个规律。连续好几天都是阴天，视线不好，只有那天放晴了，我知道晚上要出月亮！那个杀手肯定不会错过这个机会。

“于是傍晚时分，我故意捅破了天王殿的瓦片，开了半扇门，秋天风大，刮了一屋子的尘土。妙悟这个和尚很虔诚，顾不上吃饭，就直奔天王寺打扫。月上中天，我进了天王殿，回头一瞥，看到大雄宝殿上的麻雀在半空盘旋，飞而不落，我就知道那个枪手到了。

“天王殿的烛火昏暗，我故意留了一道窗缝儿，给妙悟披上了我的衣服。果然！那个枪手上了当，把妙悟当成了我，一枪把妙悟打死了。我趴在地上，等那杀手走远，上前割了妙悟的头，从后门下山，直奔鬼市，先将妙悟的头埋在了娑婆鬼树下面，随后带人绑了冯老鼠的女人和孩子，让冯老鼠把买枪的事安在你白九身上。然后，再让我手底下的人守住我在鬼市的那个摊子。在你找上门的时候，把你指引到娑婆鬼树那里去。

“哈哈哈哈，以你的眼力，肯定会发现树下的土被人动过，因为只要是枪击，就会留下弹痕和弹头，警察局只要想查，就肯定能查到枪支的型号和来源，警察这个时候也找到了冯老鼠，冯老鼠按我的安排把他们引到鬼市，我只要把握好这几个布置的时间差，就能让警察在你挖人头的时候和你撞个正着，将你一举擒获。对了，我不妨再告诉你个江湖里的秘密。”

“什么秘密？”

“一个有经验的杀手，不会用同一把武器连续作案。”

“为什么？”

“因为武器会暴露一个人太多的线索！枪更是这样。那个杀手从大雄宝殿刚一离开，就被我的人跟上了，他前脚把枪扔掉，我的人后手就把枪捡起，送到你的龙王庙去了。”

“你的人？柳爷不是在清洗吗？”白九问道。

“人要一个个杀，总会有漏网之鱼。再说了，人都杀光了，谁给他办事啊？我们这些人，苦柳爷久矣，起反心的绝不止我一个。”

“柳爷杀了多少人？”

“不知道！金钟河老泥滩里挖出了多少，就是死了多少。”

“老泥滩挖出来的那些死人……都是柳爷杀的？他是怎么把尸体扔到老泥滩里的？”

“这个我也不知道，这都是你要解的谜。”

“我要解的谜？什么意思？”白九攥着栏杆，瞪着眼问道。

“你是我选中的人，我借柳爷的手，把你拉入我的局中，就是为了让你和我绑在一起，在我丧命后，搞死柳爷，为我报仇……”

“你丧命后？”

黄不同一声轻笑，解开了上身的领口，露出了小腹处一个褐色的血点儿，纵横几十根黑色的血管从皮肤上暴起，围绕那个血点排成了一个蛛网的形状，在那蛛网的尽头，有十三根银针，死死地顶住了那些跳动的血管。

“这是？”

“柳爷身边有个贴身高手，名叫沈缺，武功高得厉害，长钉淬毒，百发百中，那日我们暗杀柳爷，沈缺拼死保护柳爷，一个人杀了我们十几个弟兄，我们乱枪齐射打死了沈缺，却跑了柳爷，我的小腹也中了沈缺一钉，钉上有蛇毒，小青龙（莽山烙铁头的别称）听过吗？”

“听过！生于湖南宜章莽山，是瑶族人的图腾，通身黑褐色，杂以黄绿色或铁锈色细网纹，人被咬伤后患肢高度肿胀，疼痛难忍，浑身畏冷震颤，呼吸急促，四肢瘫软，最终内脏瘀血而亡。我师父说过：‘小青龙的毒，无药可解。’不过看你的样子……”

黄不同哈哈一笑，指着小腹上的银针说道：“解是解不了，但是可以把血封住，我爹是个中医，针灸是一绝，可惜死得早，我只学了三成本事，但是通过针刺穴位，封住血流足够了！”

白九看着那蛛网扩散的面积，皱着眉头问道：“你还能坚持多久？”

“坚持不了多久了，我这条小命说没就没，哈哈哈哈——不过我中了沈缺一钉子的事，柳爷不知道，他当时光顾着逃命，来不及注意这事，所以我才能抢到这宝贵的十五天把你拉下水。综观天津卫，够胆够智，能和柳爷掰手腕的，只有你了！”

“哼！多谢夸奖了。不过我这个人最讨厌被人利用！柳爷的事，老子不管了！”白九一抱胳膊坐在了地上。

“由不得你不管，你签了当票，把命当给了柳爷，他是不会放过你的。你杀害妙悟的嫌疑已经坐实，不把案子查下去，警察这头你没法交代，还是个死。所以你停不下来，你必须按我给你铺的这条路走下去，在我死后，帮我搞死柳爷。”

白九“腾”地一下站起身来，看着黄不同骂道：“你不觉得你很恶心吗？为了你和柳爷的恩怨，拉这么多人下水。要说拉上我，倒还情有可原，毕竟我坏了你们好几件大事！可是妙悟禅师，他是无辜的啊！为了布这个局，你……”

黄不同听了白九的话，仰头大笑，笑得眼泪都淌了出来，只见他一边揉着通红的眼眶，一边如癫似狂地冲着白九喊道：“无辜？你说妙悟无辜？哈哈哈哈，我不妨实话告诉你，这妙悟才是最该杀的那个！他是柳爷的亲生兄弟，你知不知道？”

“什么？亲兄弟！”

“这事说来话长了，三年前，我潜入了柳爷的书房，翻出了柳爷和妙悟之间的来往信件，哈哈哈哈，纵使你想破脑袋都想不到，这里边隐藏着一个天大的秘密，大到倾覆整个天津城，这个故事我若从头讲，需得有个名目，也罢，就叫它柳木傩神吧……”

柳木傩神

楔　子

1875 年，农历丁卯年。

直隶、山东、河南、山西、陕西持续大旱，灾情波及苏北、皖北、陇东和川北等地，农粮绝收，田园荒芜，饿殍载途，白骨盈野，饿死百姓达一千三百万以上，史称“丁戊奇灾”。

在这场天灾的影响下，大批饥民背井离乡，向东、向南逃荒，一路饥寒交迫，很多流民等不到赈灾的粮食，直接饿死在路边，河南十人九病，陕西人口只剩十之二三。灾情以山西、山东为最，甚至传闻有易子而食的情况发生……据史书记载，本次大灾实乃“二百三十余年未见之惨凄，未闻之悲痛”。

这一年五月，山西。

一个十四岁的少年正戴着一只红脸鬼王的面具在一座简陋的土台上舞动着铜铃木剑，跳着一种诡异的舞蹈——傩戏。傩戏起源于商周时期的方相氏驱傩活动。汉代以后，逐渐发展成为具有浓厚娱人色彩和戏乐成分的礼仪祀典。大约在宋代前后，傩仪由于受到民间歌舞、戏剧的影响，开始演变为旨在酬神还愿的傩戏。广泛流行于安徽、江西、湖北、湖南、四川、贵州、陕西、河北等省。跳傩者头戴面具，俗称“脸子”，分列为一末、二净、三生、四旦、五丑、六外、七贴旦、八小生，民间传说，跳傩可以沟通鬼神，驱鬼攘邪……

那少年饿得手脚发软，没跳多久，就气喘吁吁，脚下一个踉跄，大头朝下栽下了土台。

台子底下坐着一个比那少年还小的孩子，眼见那少年一头栽下，连忙跑上前去，摘下了那少年的面具，一边擦着他磕破的额角，一边喊道：“二哥……”

这是一对兄弟，哥哥叫柳鸣，弟弟叫柳平，是山西大同府柳家村人。柳家村世代跳傩，笃信巫神，在这场大旱里，不知跳了多少次傩，一次都没求下雨来。

柳鸣是个倔脾气，不信邪，一有点儿力气，就戴上面具，跳傩求雨。弟弟柳平从小性格懦弱，胆小多病，瞧见哥哥见了血，吓得眼圈都红了，狠命地摇晃着柳鸣，差点儿没把他摇吐了。

“哥！二哥！”

“别摇了，没摔死也让你摇死了。”柳鸣舔了舔干裂的嘴唇，无力地张阖了一下眼皮。

柳平破涕为笑，揉着眼睛说道：“二哥，我以为你醒不过来呢。咱村的老牛叔就是走着走着倒在路边了，再也没醒。”

“没事，你哥我命大着呢！”柳鸣狠狠地按了按咕咕乱叫的肚子，勒紧了裤腰带，扶着柳平站了起来，伸手抓过面具，就要往脸上戴。

“哥！别求了，没用的，老天爷不会下雨的。”

“小屁孩儿，你懂个蛋，心诚则……”

“明天咱就要走了！爹和村里的老少爷们儿都商量好了，咱村一百多口子人，明天晚上落日后就出发，逃荒去。”

“逃荒？往哪儿逃？人离乡贱，多少逃荒的死在了路上，连个全尸都落不下。”

“爹说了，逃是死，不逃早晚也是死，兴许逃了，还有活下来的机会。咱们经直隶去天津，那靠着海，有鱼有盐。爹说了，天津守着漕运码头，肯定有粮，有粮就能活。”柳平对哥哥说道。

柳鸣闻言，默立良久。他忽地一咬牙，发出了一声无力的怒吼，将手里的木剑扔在了地上，用一双裂着口子的赤脚，发疯一般去踩那地上的木剑，口中不住地骂道：“贼老天！贼老天……你瞎了眼……瞎了眼啊！”

落日时分，柳家村大小一百多口子，扶老携幼，踏上了往天津逃荒的路。

壹

柳家村难民这一走就是三个月，五月出山西，八月才到天津。离家时老老小小一百多口人，到了天津城下，就剩下不到四十人了。这其中，有的吃观音土胀死了；有的过荒山野岭，饿晕在路边，直接就被野兽拖走了；还有的染了疫病，活活熬死的。

当柳家村剩下的人历经九死一生到达天津城下时，却传来了一个噩耗——天津城封了！

清顺治九年，天津卫、天津左卫和天津右卫三卫合并为天津卫；雍正三年，升天津卫为天津州；雍正九年，升天津州为天津府，辖六县一州。

光绪年间，天津作为直隶总督的驻地，乃是拱卫京畿、发展洋务的重要基地。1860 年，英、法联军占领天津，天津被迫开放，洋人先后在天津设立租界。这块九河下梢的要地，华洋并立、龙蛇混杂，多方势力在此纠葛。此时，恰逢南北大旱，众多灾民蜂拥至此，清廷为此甚是头疼，以“京畿锁匙、津门重地，严防乱匪贼人入城作乱”为由，关闭天津四门，禁止逃荒的难民入城，并令时任天津知府蓝光义放粮赈灾。

柳家村一行人刚到城下，就看到城墙上贴着告示。不少灾民虽然因为进不去城而恼怒，但是一看朝廷派了官员放粮，心里也就松了下来，毕竟对于灾民来说，有粮吃才是第一要务，能不能进城倒是次要的。

就这样，天津城外陆陆续续搭起了茅草棚子，安置下来，等着城里放粮救济。

然而，这些灾民万万没有想到，他们脑袋里想的放粮和官府实际的放粮根本就不是一回事。

天津城下的粮不但不免费放，反而在高价售卖！

城门外，两百多扛着洋枪的兵丁一字排开，护住了后面的粮车，粮车底下坐着一个头戴顶子，身穿官服的老爷，身前一张四方桌、一支笔、一本账。身边立着一块一人高的木牌，上面写着三行大字：“官府赈济，新粮贱卖；一两银子，五斤好米；钱货两清，童叟无欺。”

这米价可是真够黑的，一两五斤啊！一两银子也就是一千文钱，清朝康熙到乾隆年间，纵观大江南北，最优良的大米，市价也就是十余文左右一升，清代一升米大约合一斤半重，也就是说花上一两银子在康熙到乾隆年间足以买一百五十斤最好的大米。到了顺治、咸丰年间，虽然米价上浮，但是总体也能控制在合理区间。据军机处记载，同治二年，直隶省顺天府、大名府、宣化府的粮价，以谷子、高粱、玉米三种粮食计算，平均每石计银二两二钱七分。一石约为一百五十六斤，也就是说一两银子可以买六十八斤左右的粮。

此时，天津城下，官府在饥民面前，将粮价推到了一两五斤，连“丧心病狂”这四个字都不足以形容官府此时的作为。

灾民们群情汹涌，围上来大声叫骂，那记账的官老爷一声令下，护粮的兵卒乱枪齐放，当时就打死了好几十人。

官老爷站起身，踢了踢地上的尸体，弯腰擦了擦鞋底上的血，带着兵丁，推着粮车回了城。

官老爷刚走，城门“吱呀”一声开了一条小缝儿，一个一身胡绸长衫、戴着瓜皮小帽的中年胖子就走了出来，朝着饥民拱了拱手，笑着说道：“列位父老，在下蓝剑英，是天津城里同源当铺的掌柜，大家可以叫我蓝掌柜。

“各位，官家这牌子上明码标价的都写着呢：官府赈济，童叟无欺。你们拿钱，官府就给换粮。蓝某这里和大家说句掏心窝的话：别不知足，钱财都是身外物，银子是填不饱肠胃的，只有吃了粮食才能救命。

“官老爷不饿，和你们这帮灾民耗得起，可你们不行，你们饿啊，你们再这么饿下去，今儿倒下了，明天能不能起来都两说了。也罢，谁让蓝某人天生慈悲呢，吃点儿亏就吃点儿亏吧，你们听好了啊，我知道你们中有不少人没有买粮的银子，但是无所谓，虽然你们没有银子，但是我有啊！你们谁手里有首饰镯子、古董字画、瓷器古玩，凡是能值点儿钱的，到我这儿都能换钱！谁早换钱，谁就早买粮。

“要是连这些也没有……唉，我就再吃点儿亏！城里现在不少老爷太太的府上招使唤丫鬟，签了卖身契，包吃包住，还有月钱。我呢，愿意从中牵个线，十六岁以下的黄花闺女，一口价：二十斤米。别吵！别吵！嚷嚷什么啊嚷嚷，没人逼你们！”

蓝掌柜张开两手，压下了众灾民的喧哗，一边搓着手心里的两颗玉球一边说道：“明儿个一早，我还来，就在这城门楼子底下，给你们一晚上时间，好好寻思寻思吧！”蓝掌柜一拂袖，转身进了城门。

灾民们涌到城墙底下，又是哭号又是苦求，喊了大半天，也没人搭理他们，到了日落时分，灾民们实在是喊不动了，只能收拾好地上的尸首，挖了个土坑，把死人一埋，缩回到了窝棚里。

柳鸣和柳平这哥俩儿跟着父亲柳文忠、二叔柳康年还有一个姐姐柳樱，从山西一路走到天津城，吃尽了苦头。他们本想着到了天津，就能吃上一口饱饭，却万万没想到在城下却遇到了这么一档子事。柳鸣少年心性，脾气倔，性子又急，白天的怒火往心里一窝，再加上这阵子挨饿挨得太狠，身子虚得厉害，到了后半夜竟突然发起了高热，浑身通红滚烫，直说胡话。

柳文忠和柳康年赶紧让柳平去打些冷水，用衣服浸水给柳鸣降温，可是怎么折腾，柳鸣的烧愣是退不下去，柳平急得直哭，怕二哥一命归西，一边甩着大鼻涕一边拽着老爹柳文忠，压着嗓子哭道：“爹啊！二哥是怎么了？他在老家的时候从没生过病啊！”

柳文忠老泪纵横，轻轻地拍了拍柳平的肩膀，哽咽着说道：“你二哥……他这是饿的……饿的啊！”

此时，柳鸣躺在破草席上，脑子里好像烧开了一锅开水，咕嘟嘟乱响，心脏跳得又沉又急，好像有一只疯狗在死命地撕咬他的胸膛。他的意识渐渐模糊，四肢痛得好像针扎一般，骨头缝儿里仿佛有无数只蚂蚁在叮咬。他咬紧了牙，想动一动手指，却发现自己根本做不到。

“我……我这是要死了吗？”柳鸣暗自嘀咕了一声，放弃了挣扎，眼前一黑，失去了意识。

待到柳鸣转醒的时候，已经是第二天傍晚了。

柳鸣一阵干咳，缓过神来，在柳平搀扶下，缓缓坐了起来。

“二哥你醒了！你还烧着呢，肚子里没食儿可不行，快把这粥喝了。”柳平端着一个破碗，碗底有半碗白晶晶的米粥。

“米……米！”柳鸣见了吃的，下意识地接过了碗，狼吞虎咽般往嘴里倒。刚吃了半碗，柳鸣才突然反应过来，现在闹饥荒，这半碗粥来得肯定不容易。

“爹、二叔、阿平，你们也吃一口——大姐！大姐呢？”柳鸣抻着脖子四处乱看，寻找自己的大姐柳樱。

“阿平，大姐呢？”柳鸣突然发现气氛有些不对，自己的老爹双眼通红，咬着牙花子，浑身战抖；二叔蹲在地上，捂着脸不答话。

“大姐呢？”柳鸣一把抓住了柳平的脖领子。

“问你话呢？阿平！大姐呢？”柳鸣这一喊，柳平再也克制不住内心的悲切，一张嘴，“哇”的一声哭了出来：“大姐为了换粮食，把自己……把自己卖了……”

柳鸣听闻这话，只觉天旋地转。他低头看了看碗里的半碗粥，张阖了一下嘴，却发不出半点儿声音。

“大姐！”柳鸣挣扎着想爬起身，手一抖，“当啷”一声，瓷碗打碎了，碗里的粥撒了一地。

柳平年幼，忍不住饿，心痛得连忙趴下身子，伸着舌头，像一只小狗一样舔着地上的粥，尘土、沙子舔了一嘴，混着粥稀里糊涂地往肚子里咽。

柳鸣看着眼前这一幕，狠狠地攥紧了拳头。他恨！他恨这个世道！

柳鸣急火攻心，再度昏了过去。

柳鸣这一昏就是七八天，期间醒来了四五次，每次柳平笨手笨脚地给他灌稀粥，他都像一个木偶人一样，两眼望天，嘴唇机械地张阖着，柳平听二叔对自己说：“你二哥这是烧糊涂了，脑袋烧出了病，就算醒了，也是个傻子……”

柳家村逃荒到天津城下的村民，一共有四五十口，柳鸣的老爹柳文忠是族长，不可能眼睁睁地看着村民们挨饿。柳樱卖身换来的这点儿粮混着树皮、草根熬着吃，才吃了不到十天就吃没了，大家身上能当的东西早就当了，甚至连方圆二十里内，草根树皮早都被挖没了。

这一晚，柳文忠和柳康年一夜无眠，这俩人召集了柳家村里仅剩的十几个青壮年，商议着一件大事——入城偷粮！

原来，柳康年在外挖草根的时候，发现了一条城内排污的水道，可以潜水入城，柳康年赶紧把这情况汇报给了大哥柳文忠。

柳文忠思前想后，考虑良久，终于打定主意，将众人召集到了一起，沉声说道："兄弟们，如今咱们耗在这儿，早晚也是饿死，倒不如趁着手脚还有力气，搏上一搏，这样反而能求来一线生机。"

此时，柳家村人早已断粮多日，这个时候，别说让大家偷粮，就是让大家杀人抢粮都没问题，这个时候的人为了填饱肚子，没什么是不敢干的。

三更天，柳文忠和柳康年把最后一点儿吃的混着前几日存下的老鼠肉放在锅里煮了，带着这十几个青壮汉子垫了垫肚子，悄无声息地钻进了黑夜之中。

柳平还在酣睡，突然觉得脸上一凉，一只冰冷的手捂住了他的嘴。

"谁？"柳平吓了一跳。

"是我！"

"二哥？"柳平定睛一看，捂住自己嘴的正是柳鸣，黑暗之中，他的两个瞳孔亮得刺眼。

"你好了？"柳平伸手摸了摸柳鸣的额头。

"呀！二哥，你还烧着呢……"柳平嗔怪道。

"别说了！顾不上这个了，爹他们还以为我睡着了呢，聊天的时候没背着我——他们……今晚要进城偷粮！"

"偷粮？进城？"

"咱叔发现了一条水道，能潜进去，咱们赶紧跟上，也潜进城里去，他们去偷粮，咱们去救大姐！"

"救大姐？"柳平虽然胆小，但一听说去找大姐，连忙一个骨碌爬起身来，跟着柳鸣向外跑去。他们在荒郊野地里穿梭，直到他们在一座小土包后头看到了一条污水河。

"低头！"柳鸣按住了柳平的脑袋，兄弟两人闪身躲在了一块大石头后面。他们慢慢探出头去，向河边一看，只见柳文忠和柳康年带着十几个村里的青壮脱了上衣，一个个扎进了臭气熏天的河水里，逆着水流向东游去。

“阿平！你怕不怕？”柳鸣摸了摸柳平杂草一样的头发。

“我不怕！”柳平摇了摇头。

“走——”柳鸣一声令下，两兄弟也下了水，向东游去。

下了河，两人没游出去多远，就在水底看到了一个开在城门上的圆形孔洞，上面的铁栅栏已经锈得腐朽不堪，当中被人撬开了一个大洞，应该是柳文忠的手笔。柳鸣在水底冲柳平打了一个手势，两人钻过孔洞，游了十几米，向上一抬头，连踩了几下水，终于将脑袋露出了水面。

“走。”柳鸣拉这柳平上了岸，顺着漆黑的小巷在城里来回穿梭。

“阿平，大姐被卖到哪家了，你知不知道？”

“那蓝掌柜说，大姐是去一家染布坊，给染布坊的太太做丫鬟。”

“哪家染布坊？”

“韩记染坊！”柳平年纪虽小，但记性一向很好。

“走！”柳鸣带着柳平，找了个没人管的荒井，提了桶水，和柳平冲了冲身子，爬到树上，用竹竿挑了两件人家晾在外面的衣服穿上。这俩孩子本就生得秀气，此刻稍微一收拾，便换了一副精神头，丝毫不像外面的难民。

俩人一路上自称是跟着掌柜来天津做生意的伙计，掌柜晚上出去喝酒，彻夜未归，故此出来找寻。哥俩儿一路走一路问，没过多久，就找到了韩记染坊的门口。

“走后门，爬墙进去！”柳鸣看了一眼门房的匾额，扯着弟弟，绕到了染坊后院，自己扒着墙头，先跳了上去，随后又把弟弟拽上来，两人一前一后翻进了院子里。

夜已深，染坊已经停了工，后宅的屋里还亮着灯，四五个中年男人在屋内推杯换盏，酒喝得正在兴头上。

柳鸣和柳平躲在门外，用手指在门纸上戳了一个洞，瞪着大眼睛往里看了一圈，一个女的都没看到。

“大姐呢？”柳鸣指了指屋里，张着嘴不发声，用口型向柳平发问。

柳平挠挠头，指了指里面："我没记错，就是这儿啊！"

突然，屋内一个留着大胡子的胖子问道："老韩！听说你前几天从城外买了老婆，人呢？领出来给我们看看呗！"

"对啊！听说才十六。哎哟，那叫一个嫩……领出来看看呗！"

"对！就是看看，韩掌柜，我们还能吃了小嫂子不成？"酒桌上的人纷纷起哄。

这时，只听那韩掌柜打了一个酒嗝，一拍桌子，大声骂道："不提那小浪蹄子还好，一提她我就气不打一处来！"

"这是为何？"众人不解。

"他娘的，老子买她回来，就是为了传宗接代的！妈了个巴子，碰都不让老子碰，老子一要拉她上床，她就寻死觅活，对我又咬又挠的。你看看，这手还有牙印子呢！"

"反了她了还，一个买回来的东西，还敢不听话，你抽她啊！"酒桌上的人纷纷起哄。

韩掌柜又喝了一杯酒，打着舌头骂道："抽啊！买回来这些天，我哪天不抽她？可这个小贱人，就是头倔驴，怎么打也不服。嘿嘿，不过没事，老子治不了她，有人治得了她。"

"这话怎么说？"

"卖了！我把她转手卖了！卖进了咱这儿有名的窑子——春宵楼。十六岁的黄花大闺女啊，哈哈哈哈，卖了十五块大洋，我从蓝掌柜那儿买的时候，才花了十块大洋，一来一往，老子净赚了五块！"

酒桌上的众人纷纷拍手叫好，夸那韩掌柜生财有道。

韩掌柜美得喜不自胜，端着酒杯，得意扬扬地说道："我跟那老鸨子说好了，等着她把这小贱人调教明白了，这头一夜，我出五块大洋包了！哈哈哈哈，到时候，大家同去，照顾照顾那小贱人的生意。记住了，那小贱人叫柳樱，樱花的樱！哈哈哈，同去！同去！我做东！"

"敬韩掌柜！"屋内推杯换盏，放声大笑。

屋外的柳鸣睚眦目裂，瞪着一双通红的眼睛，从院子里拎起一块砖头，就要往里冲，柳平眼疾手快，一把抱住了柳鸣，急声说道："二哥，你冷静点儿，先去找大姐，找大姐……”

“外面什么声音？”正在屋内喝酒的韩掌柜放下手里的酒碗。

“走啊二哥，走啊！”柳平使劲儿拽着柳鸣。

“吱呀——”房门被醉醺醺的韩掌柜推开了，晕晕乎乎的韩掌柜扫视了一圈，半个人影也没见到。

“哪有什么声音，估计是老猫逮耗子，赶紧过来吧，接着喝！”桌子上的众人生拉硬拽地把韩掌柜叫了回去，添上酒，继续喝。

柳鸣和柳平爬过了墙头，在街巷间一阵狂奔，问了两三个路人，找到方位，不一会儿就来到了春宵楼的门外。

春宵楼，披红挂彩，楼高三层，莺莺燕燕，歌舞满堂。哥俩儿在前面转了好几圈，也没找到机会混进去，只能依着老路子，绕到后院爬墙。柳鸣和柳平刚爬到墙头，只见柳平瞪大了眼睛，猛地向楼上一指，柳鸣回头看去，只见三楼处“砰”的一声开了一扇窗户，衣衫不整的柳樱银牙紧咬，大头朝下，直挺挺地栽了下来。

“大姐！”柳鸣一声哀号，和柳平跳下了墙头，跑了过去。

柳樱早已气绝，手里攥着一把剪刀，瞪大了双眼，血流了一大摊。柳鸣抱起了柳樱，无意间触碰到了她的胳膊，只见大姐的手臂、脖颈，还有后背上密密麻麻的全是鞭打的瘀青。

“大姐……都怪我……我没用啊！”柳鸣和柳平抱着柳樱的尸体，跪在地上哀号。

与此同时，不远处响起了急促的脚步声，老鸨子叫骂道：“这个该死的小浪蹄子，吃老娘的、喝老娘的，还敢得罪老娘的客人！”

“二哥！来人了，快走吧！”柳平淌着鼻涕，红着眼睛拽了一把柳鸣。

这一次，柳鸣没有犹豫，只见他掰开柳樱的手，取下了那把剪刀，轻轻地剪下了柳樱一缕头发，攥在掌中，轻轻掩上了柳樱的眼皮，冷声说道：“大姐，弟弟先走了！我对天发誓，不报此仇，枉为人！”

柳鸣一咬牙，拽着柳平，爬出了院墙。刚跑出去没多远，兄弟俩就见远处敲锣打鼓，甚是热闹。一个挎刀的兵丁，拨开热闹的人群，领着一百多兵卒，押着十几辆囚车，大声喊道：“众位街坊，今有城外的飞天大盗，趁着天黑爬进城内，烧杀抢掠，劫取钱粮，幸被我们巡城的兄弟捕获！为了保护城内百姓的安全，我们是拼死搏斗啊！为了擒下这几个贼人，弟兄们伤的伤、死的死。唉，说好了，明日一早，各家铺面收碎银子两钱——哎嘿哎嘿！别着急走啊！这事我得交代明白了，这银子可不是收到我兜儿里的，是给那些受了伤的兄弟看病的，丧了命的兄弟抚恤孤儿寡母的……谁要是不给，哼！那我可就得怀疑了，你们是不是和这些乱匪有勾结！”

那敲锣的兵丁一声喊，看热闹的百姓“唰”的一声全都散开来，各回各家，紧紧地关上了门窗。

“嘿嘿，不用你们躲，咱明天见！”

“当——”一声锣响，囚车“吱呀呀”向前而去。

柳平眼尖，一眼就看到了囚车里的人正是自己村的人，其中还有自己的父亲和二叔。

“二哥！是咱爹！是咱爹！还有二叔……后面那些都是咱村的！”

“我看到了！看到了！”柳鸣急得直跺脚。

“咋办？二哥！”

“还能咋办？拼了呗！”

“就咱俩？咋拼？”

“先跟着！找机会！”

贰

囚车一路向西，走走停停，每到一处，那敲锣的兵丁都出来呼喝一阵，让沿街的商户百姓明早交两钱银子，名曰“护城费”。

在城里转了小半圈，后面一个骑马的官困得直打哈欠，一摆手，把那敲锣的兵丁叫了过来：“李五子！”

“董大人！小的在。”敲锣的兵丁一弯腰，站到了马前面。

这骑马的官，正是天津城正五品的城防营守备，姓董名铎。

“城里头转了几圈了？”董铎不耐烦地问道。

“回大人的话，才半圈。”

“得，不转了！转半圈得了，另外半圈明天直接收银子，不给就打。他娘的，老子今晚抓这几个贼人已经很疲倦了，要不是为了要这个什么……什么费来着？”

“护城费！”李五子赶紧提醒道。

“对！护城费，要不是为了这个，我才不出来呢。行了，显摆显摆，让老百姓知道咱不是白拿他们的钱就得了，剩下的事你来办！我得去春宵楼休息休息了！”

“大人，这接下来？”

“按老规矩办，拉到荒地里一刀一个，就算了事。”

“嗻！”

董铎打马刚要走，突然好像又想起了什么，一勒缰绳，转过身来，对李五子说道：“这事要利落，别留活口，这几个人毕竟不是什么飞天大盗，都是些饥民，一旦传出去，说咱们杀良冒功，名声不好。”

“明白！大人放心。”

“去吧！”董铎一挥手，转身打马，直奔春宵楼。

李五子带着百十个兵丁，压着囚车来到了城南附近，灾民都堵在城西、城北，天津城连着九条河，城墙又高又险，灾民绕不过来。故而城南墙外，一片漆黑，连个鬼影子都没有，只有一片大柳树，在夜风中摇曳。

“就这儿吧！”李五子掏了掏耳朵，让兵丁们将柳文忠、柳康年还有十几个大柳树村的村民拖出囚车，按在地上，取出了他们嘴里塞着的麻布。

同时，三十四号兵丁取下了囚车的铁锹，围着一棵粗壮的柳树，开始挖坑。

“冤枉啊，老爷！冤枉啊——”柳文忠嘴里的麻布一取出，便带着一众村民跪在地上哀号，不住地叩头，磕得满头鲜血。

李五子坐在一截树墩上，摆手说道：“别哭！别叫！都没有用，看到这片柳树了吗？底下埋着的，不只你们这一份儿，死之前，他们都跟你一样，又喊又叫的。唉！都死到临头了，不如省点儿力气，留着到底下去求阎王爷，好教你们来世投个好胎。”

柳文忠闻听此言，直急得五内俱焚，挣扎着直起身来，看着李五子大声喊道：“我们就是想吃一口饱饭，有什么错！有什么错！”

李五子甩了甩脑后的大辫子，笑着说道：“我就是个大头兵，您甭问我，问了我也不知道，您要真好奇，您问皇上去啊！哎哟，咱这皇上才四岁，估计也回答不了您。再说了，你就是要死了，估计也见不着皇上！这样吧，到了底下，您去问问先皇，看看他老人家怎么说。”

“狗官！我跟你拼了！”柳康年挣扎着起身，想扑上来和李五子拼命，却被绳子捆住了手脚，动弹不得，只能在地上来回翻滚，抻着脖子，去咬李五子的脚趾。

李五子一声冷哼，抡起手里的刀鞘，劈头盖脸地对着柳康年的头面就是一顿暴打，柳康年满头流血、牙齿都脱落了数颗，依旧在地上扭动不休，高声喝骂。

躲在暗处的柳鸣看在眼里，急在心里。他向四周一扫，只见不远处，一匹拉囚车的马在荒地里吃草，越走越远，溜达到了齐腰深的野草甸子里。

兄弟两人对视了一眼，悄无声息地摸了过去，种田人家的孩子，自小就是伺候牛马的好手，兄弟二人深知马匹习性，轻车熟路地将马从车上解了套，二人拽着马嚼子，翻身上了马，柳鸣两腿狠命一夹，抡起马鞭子，使了吃奶的劲儿，“啪”的一声抽在了马屁股上。那马吃痛，一声嘶鸣，四腿一扬，蹿出了草甸子，发了疯一般冲进了人群之中。

“怎么回事儿？！”李五子瞧见快马奔来，吓了一大跳。

那疯马在柳鸣的鞭打下，狠命地掀翻了两个兵丁，冲到人群里就是一阵乱撞。

“爹、二叔，我们来了！”骑在马背上的柳平一声大喊。

“胡闹——快走——走啊——”柳文忠看见马背上的两个儿子，急得直跳脚。

“我们不走！要走一起走！要死一起死！”柳鸣倔得厉害，咬着牙喊道。

“你这逆子，逆子啊！带着你弟，走！”

此时，一众兵丁也从慌乱之中缓过神来，列好了队列，长枪一捅，瞬间将疯马戳翻，柳鸣和柳平在马背上被掀倒，滚落在地上，十几个兵丁一拥而上，转眼间就将俩兄弟捆了个结结实实。

李五子抹了抹头上的汗，喘着粗气说道："敢情这儿还有俩漏掉的，得嘞！一勺烩了吧！杀！"

李五子一摆手，围成一圈的清兵手中长枪猛戳，一枪一个，枪头直扎胸膛，柳康年和柳文忠强挺着身子，死死地将柳鸣和柳平护在身后。

"噗——"一杆长枪穿过了柳康年的胸膛，柳康年一张嘴，吐出了一口血沫子，喷了柳鸣一脸。

"二叔！二叔！"柳鸣发出了一阵歇斯底里的哀号。

就在此时，一片刀光闪过，李五子腰刀一扫，柳文忠的脑袋猛地飞上了半空。

"咕咚——"柳文忠的脑袋滚落在地，就停在柳鸣的脚边。

"爹！"柳鸣几乎晕厥过去。

"李把总好刀法！"一众清兵拍手叫好，恭维着李五子。

柳文忠的脑袋双目圆瞪，张大了嘴，和柳鸣交相对视。

李五子擦了擦刀刃上的血，缓步向柳平和柳鸣走去，只见李五子缓缓举起了刀，说道："还有两个小的，杀完就收工！"

"唰——"李五子的刀刚劈到半路，黑夜之中，一只白翎箭电射而来，"噗"的一声扎进了李五子的咽喉。

李五子还没来得及发出一声喊，就直挺挺地栽倒在了地上。

这一切就发生在电光火石之间，柳鸣不可置信地看了一眼李五子的尸体，随后一扭头向箭来处瞧去，只见齐腰的乱草之中，一个黑衣蒙面的汉子，背后背着一只箭囊，两腿飞奔，如一道闪电，五步发一箭，一箭杀一人。

没等众兵丁反应过来，这黑衣蒙面的大汉已经射翻了十几个人，孤身冲进了人堆里，一手捞起柳鸣，一手捞起柳平，转身就跑。众兵丁没带洋枪，只能拎着长矛从后追赶。那黑衣大汉腿脚堪比奔马，没跑多远，就将那些追赶的兵丁远远地甩开了。

柳鸣只觉腾云驾雾一般，被那汉子夹在肋下，带到了一间破庙内，那破庙上有匾额一方，浓重的灰尘掩盖着三个大字——龙王庙。

那汉子进了庙门，将柳鸣、柳平两兄弟放下，转身掩上了庙门。

柳平不知何时晕了过去。柳鸣扶起弟弟，使劲摇晃着他，那黑衣大汉看了看柳平，又抓过柳鸣的手，摸了摸他的脉象。

沉声说道："他是吓的，睡一觉就好了，问题不大。倒是你，已经发热烧坏了肺脉，再不治，当心小命！"

说完这话，那黑衣大汉扯下了脸上的面巾，露出了一张棱角分明、浓眉阔口的脸。

那黑衣大汉走进了龙王庙，撩开一片帷幔，后面密密麻麻的是一排排药柜，那黑衣大汉极其熟稔地抓药配伍，寻了个小罐子，支上一个小火堆，上面架着药罐子熬药，下面在炭灰里焖了两个土豆。火光吞吐，照在了他看不出悲喜的脸上。

柳鸣看了看黑衣大汉背上的弓，将弟弟轻轻放到一边，"扑通"一声跪在了他的脚边，一个头磕在了地上，战抖着嗓子说道："请恩公收下我，教我本事！"

黑衣大汉抬起头，从火堆上取下了药罐子，用纱布裹着罐子口，滤出了药汁儿，倒在碗里，递到了柳鸣身前。

"喝了它，你的病不能再拖了。"

柳鸣舔了舔干裂的嘴唇，接过黑衣大汉的药，仰头喝干。黑衣大汉叹了口气，一边用木棍拨弄着土豆，一边轻声说道："你体内的病，乃是正气不振，风邪入体所至，再加上七情劳燥……唉！看你呼吸急促、舌苔厚黄、恶寒无汗、眼底混浊，显然你这病已经渗进了骨子里，不除根的话，恐怕会影响你的寿数……"

"寿数？不重要！只要我能报仇雪恨，能活多久，我不在乎！请恩公收下我，教我本事——"

黑衣大汉看着柳鸣的瞳孔，摇头说道："你眼中有大怨大恨，我的手艺不适合你。"

"什么？"

"我是个仵作，干的是验尸入殓的晦气行当，从祖师爷那辈起，便逃不开五弊三缺，要么鳏、寡、孤、独、残，要么缺钱、短命、无权。所以说，我的手艺，不适合你。今晚我只不过是帮人下葬，路过城南的荒地，见你兄弟年幼，不忍你们含冤丧命，才仓促出手将你们救下。拜师之事，休要再提。”

柳鸣见那黑衣大汉语气坚决，自知拜师无望，不由得浑身一软，瘫倒在地。他望着明灭不定的火光，喃喃自语道：“大仇不报，我柳鸣枉为人……与其苟活于世，不如……”

柳鸣眼中冷光一闪，一把摔碎那药碗，抓起一片碎茬儿就往脖子上捅，亏得黑衣大汉眼疾手快，一把攥住了柳鸣的手腕。

“你这是作甚？”黑衣大汉急道。

“不能为父报仇，柳鸣枉为人子。你既不肯收我做徒弟，我不如一死了之！”柳鸣歇斯底里地喊道。

“人活于世，岂能妄言轻生？我不教你，你大可去寻别人，三百六十行，能人千千万，为何非在我这一棵树上吊死？”黑衣大汉掰开柳鸣的手指，将瓷片夺下来，扔进火堆中。

柳鸣缩在地上，涕泪交流，不住地抽泣。那黑衣大汉听得烦躁，霍然起身，从神龛上的龙王像后取出了一葫芦烈酒，拔开塞子，递给了柳鸣，皱着眉喝道：“昼也哭，夜也哭，你能哭死仇人否？”

柳鸣闻听此言，强忍悲切，接过酒葫芦，一仰头，一口烈酒入喉，烧得柳鸣五脏六腑血脉贲张。

“啊——”柳鸣跪在地上一声大喊，不多时就将那葫芦里的酒喝了个精光，整个人红着脸趴在地上，酣睡过去。

黑衣大汉拾起酒葫芦，将灰堆里焐好的两个热土豆用破布包好，塞进了柳鸣的怀里，而后仔细拢了拢火堆，轻声叹了口气。他摸了摸柳鸣的额头，自言自语道：“酒催药力，明儿一早就该退热了吧。”

翌日清晨，柳鸣幽幽转醒，在地上爬起身来，揉了揉眼睛，向四周一看，龙王庙里除了在灰堆边上熟睡的柳平，空无一人。

“阿平！阿平！起来了！起来了！”柳鸣使劲儿推了推柳平，柳平缓缓睁开了眼。他看着眼前的柳鸣，傻傻地问道：“二哥，这可是到了阎王殿？”

“阎你个头，咱们没死！”

“没死？”

“对！咱们被一个……”柳鸣刚要说话，忽然伸手往怀里一揣，摸到了一包东西，柳鸣伸手一掏，拽出了一个布包，打开来一看，里面是三个捂熟的土豆。

“哥！是吃的！”柳平惊声叫道。

柳鸣此刻也饿得饥肠辘辘，兄弟二人顾不上说话，一人一个土豆，抱着一顿狂啃。

吃完了土豆，柳鸣拉着柳平往外走，途经门口时，柳鸣一转身，拉着柳平拜倒在地，连磕了三个响头，口中说道：“阁下救命之恩，待我大仇得报，定当报偿！”

言罢，柳鸣振衣而起，拉着柳平，大步而去。

柳鸣刚走不久，龙王庙的屋顶上一道人影一闪，黑衣大汉从高处一跃落地，看着柳鸣远去的方向，喃喃说道：“仇仇仇！愁愁愁！满腔怨，一身恨！哎呀呀，不适合，不适合。我这手艺想传下去，还需得找个心大的徒弟。”

叁

话说这柳鸣和柳平兄弟在龙王庙辞别了黑衣大汉，沿着那条臭水沟潜出了天津城，跟着逃荒的流民一路向东。要说这一路上的凄惨情形，实在难以言表，真真儿的跟那诗文里写的一模一样——白骨露于野，千里无鸡鸣。生民百遗一，念之断人肠。

自直隶往山东，一路上所经村镇，听不到一声鸡鸣和狗叫。为啥？能吃的肉早都被饿疯了的人吃干净了！父弃子，兄弃弟，夫弃妻，到处都是哭声。越往前走，路边的死尸越多，到了晚上，无数瘦得皮包骨头、眼珠子直发蓝的人就从林子里钻出来，在路边游荡，拎着刀斧，拦路打劫。

饥饿，将人间变成了地狱！

“啊——滚开——”柳鸣满头是血，拼命挥舞着一把生了锈的柴刀，将几个围上来的强盗逼退。

“滚——别碰我弟弟——”柳鸣一声大喊，瞪大了通红的眼睛，龇着牙，抡圆了柴刀狠命在半空中虚砍，从一个强盗的手里抢回了双眼紧闭、面色灰白的柳平。

“阿平！阿平！”柳平软软地瘫在柳鸣的背上，出气多，进气少。

强盗里领头的人叹了口气，指着柳平对柳鸣说道：“你弟弟活不了了……”

“闭嘴！滚！滚开！我弟弟没有死！没死！谁敢碰阿平，我就杀了谁！”

柳鸣歇斯底里地挥舞着手里的刀，状若疯癫，众强盗不敢硬抢，但又看出柳鸣两腿发抖，嗓音发颤，一看就是饿了多日，现在全靠一口气强撑，过不了多久也得饿倒下。

“看你能撑多久……”众强盗咕哝了一句，围成一个半圆，将柳鸣围在了一棵歪脖树底下。柳鸣背靠着大树，一手护着昏迷不醒的柳平，一手攥着柴刀，死死地盯着眼前的强盗们。

柳鸣知道，自己撑不了多久了，但是他不能倒！

“阿平，阿平，别睡啊！别害怕，二哥在呢……”柳鸣不断地跟柳平说话。

过了约有半个时辰，高强度的精神紧张，使得柳鸣的额头上汗如雨下，眼前一阵阵冒金星，脑袋像灌铅一样直往下坠。

强盗们瞧见柳鸣气力不济，相互对视了一眼，缓缓地向柳鸣逼去。

柳鸣背靠着大树，拼命挥舞着手里的刀，他的眼前一片昏花，人影上上下下晃动。

“滚开——滚开——”

一个强盗瞅准机会，一抡木棍，打掉了柳鸣手里的刀。

“上啊！”强盗们发了一声喊，扑到了柳鸣的身上，七八个强盗按住了柳鸣，四个强盗拖着柳平就往外跑。

“阿平！”柳鸣一声怒吼，一口咬在了一个强盗的手腕上，脑袋向前一顶，撞断了他的鼻梁。

“倒下吧你！”一个强盗发了一声喊，拽住了柳鸣的脚踝，将他拖倒在地。

不远处，强盗们已经在柳平身上搜刮着值钱的物件。

“啊——啊——”柳鸣在地上拼命地挣扎。

“我杀了你们——你们放开我弟弟——”

强盗们根本顾不上柳鸣的怒吼，一心顾着洗劫昏迷的柳平。

就在柳平被洗劫的时候，自林子深处猛地飞出了一块碎石，“当”的一声砸在了那强盗的手腕上。

众强盗闻声看去，只见林中一道身影腾空跃出，赫然是一个须发皆白、面容清癯的老僧，那老僧落地之后，纵身一闪，钻进了强盗当中。他手捻一根乌木棒，指东打西，进退之间，威不可当，顷刻便将强盗们打得头破血流，轰然散去。

那老僧持棍一拨，挑开了绳索，将柳平揽在了怀里。他伸手在柳平鼻子下一抹，喃喃自语道：“还好！还好！一息尚存……”

柳鸣挣扎着从地上爬到老僧身边，一个头磕在了地上。此时，柳鸣屡遭凶险，失血颇多，再加上连日饥饿，粒米未进，以至于这屈膝一跪，竟然再没力气起来。

老僧叹了口气，从怀里摸索了一阵，只掏出了半张干饼。老僧胡须一颤，舔了舔干裂的嘴唇，将半张干饼一分为二，一边和着水，一点点往柳平嘴里塞，一半递给了柳鸣。

“孩子，你也吃一点儿吧……”

柳鸣跪在地上，看了一眼那老僧，只见那老僧嘴唇发白，形容枯槁，一看也是饿了许久。柳鸣知道，这老僧纵使武功再高，终究还是要吃饭的，此刻这老僧只有半张饼，万万是不够三个人分的。这老僧既然肯仗义救人，又愿将仅有的半张饼拿出来，说明这老僧也是个品德过硬的得道高僧。

“也罢，将阿平托与他照看，说不定还有一条活路！老和尚的武功高，倘若再遇上强盗，至少能护阿平周全，总好过跟着我。”

心念至此，柳鸣一咬牙，从地上拾起一把匕首，用布裹好，揣在了怀里，用尽了最后一丝力气，扶着树，站起身，冲着老僧说道：“大师，我不饿。这饼，您留着。我弟弟就托付给您了，若是他能活下来，烦劳您转告他……二十年后的今天，我在天津卫的南城下等他，三天为限，若是我还没来……就不必再等了……”

柳鸣冲着老僧鞠了一躬，转过身，踉踉跄跄地向远方走去。老僧双手合十，闭目叹道：“阿弥陀佛……”

柳鸣将弟弟托付给了老僧，一路向东，强撑硬耗着不倒，又走了七八里地，行至一处荒丘，此刻正逢月上中天，四下无人，遍地野冢，阴风阵阵，虫鸣啾啾。

“我莫不是，要死在这儿了……”柳鸣手脚一软，栽倒在地，用手一支，靠在了一处坟包上。柳鸣脖子一扭，本想去看看那坟包前面立的石碑上写的什么字，却突然发现这坟包的后面被人掏了好大一个洞，黑黢黢的直通地下。

柳鸣莞尔一笑，摸着坟包前的石碑轻声说道：“老兄啊老兄，你也是个苦命人，这乱世里头，活着难，死了都别想消停，但愿那些个挖坟掘墓的能给你留个全尸……”

说着说着，柳鸣一阵阵脑袋发晕。喘了几口粗气之后，他暗自思忖道：“他娘的，看来贼老天是不让我活下去了。”

想到这儿，柳鸣下意识地往坟包后头那洞口一瞧，自言自语道：“也罢，趁着还能动，自己给自己葬了吧！”

柳鸣咬着牙一鼓劲儿，蹲下身，冲着那石碑拱了拱手，笑着说道：“老兄！借贵宝地……咱俩也做个伴儿。”

说完话，柳鸣一低头，顺着坟后那大洞就往下爬，那盗洞挖得还算宽敞，呈“之”字型往下延伸，盗洞边上还有烧剩下的半截洋蜡。柳鸣掏出随身的火折子，点着了洋蜡。他举着火苗，爬了不出六七米，就钻进了墓室。这墓室呈拱形，用青条石撑起了钉子，方圆约有十几米。当中一口红木棺材被掀翻到了一边，一具早已枯朽的骨架子倒在一边，上面已经风干的寿衣松松垮垮地挂在尸体上，数只小老鼠在尸体的腔子里爬来爬去。

柳鸣举着洋蜡，用火光轰走了老鼠，他轻轻抱起那尸体，把它放进了棺材里。棺材底下，陪葬的东西被搜刮得干干净净，只剩下断成两截的木拐杖。柳鸣拎出那根木拐杖，走到盗洞边上，用拐杖的弯头当铲子，一阵戳刨，将洞口弄塌了半边，又强撑着气力，挪动着棺材盖子，挡在了洞口。

柳鸣拍了拍手上的土，喘了两口气，走到棺材边上，把腿往棺材里一迈，弯腰将那具枯骨往边上挪了一下，倒出个半人宽窄的地方，一缩身，躺了进去。

柳鸣吹灭了洋蜡，在棺材里伸了一个懒腰，轻轻地摘下了腰上带着的傩戏面具。这个面具是他十岁生日那天，老爹亲手做的，柳平哭闹了不知多少次，柳鸣都没有给，而这面具，此时也成了柳鸣对故乡血亲的唯一念想。

柳鸣摩挲着面具，自言自语说道："也罢！就这儿吧！老兄，咱们挤挤，你不介意吧？"

说着说着，柳鸣眼前一黑，晕了过去。

柳鸣刚晕过去没多久，地上的坟包后头就出现了一老一小两个盗墓贼，老的叫梁擅，小的叫梁寿，老的五十六，小的才十五，此二人乃是一对亲生父子。

"爹！咱来晚了，这地方已经被人掏了！"梁寿指着坟后的盗洞，急声说道。

梁擅嘬了一口烟袋锅子，在鞋底上磕了磕烟灰，沉声说道："这年头大江南北闹饥荒，干咱这行的多了去了，挖坟的比坟都多。不过，看这洞口的泥痕，应该只有人爬进爬出，棺木应该还在里面，看这坟包和墓碑，里面葬的人非富即贵，用的棺木必然是好木料。虽然里面的陪葬品被人捷足先登了，但是咱使把子力气，把棺材拖出来，说不定也能卖个好价钱！"

梁寿搓了搓手，脱下裤子，在一块破棉布上尿了一泡童子尿，然后将那麻布系在脸上，捂住口鼻（民间传说，童子尿遮口鼻能隔绝阴阳）。

“爹，我下去了！”梁寿紧了紧裤腰带，左手拎着一把小巧的鹤嘴锄，右手提着一盏灯笼，当先钻进了盗洞。

没爬出多远，梁寿一抬头，瞧见前面的洞口被人堵住了。梁寿年纪虽小，干盗墓的年头可不短，这等小手段还挡不住梁寿。

“呸——呸——”梁寿往手心里吐了两口唾沫，将灯笼摆在旁边，抡起鹤嘴锄“当当当”一顿乱刨，没几下，就将挡住洞口的棺材板子刨了个稀巴烂。梁寿一缩脖子，就从洞口钻进了墓室。

“刮得是真干净啊！”梁寿打着灯笼在墓室里转了一圈，发现这墓室空空荡荡，简直就是“坟徒四壁”。

梁寿咂了咂嘴，走到棺材前面，打着灯笼往里一照，影影绰绰地发现棺材里躺着两个人，背靠背躺在一起。

“还是个合葬墓……”梁寿喃喃说道。

要说柳鸣这厮真是命硬，别看饿得头晕脑涨，但晕过去了好久也没死。刚才梁寿刨棺材板的时候，柳鸣就迷迷糊糊地醒过来了，只不过四肢没劲儿懒得动。

此刻听见有人靠在棺材边上说话，柳鸣下意识地一翻身，扒着棺材边晃晃悠悠地坐了起来，顺口问道：“你说什么？”

此时，柳鸣戴着那红面鬼王的傩戏面具，在黑暗的棺木中挺身坐起，口吐人言，吓得梁寿一佛出世、二佛升天，浑身好似筛糠一般乱抖。他瞳孔急剧收缩，牙齿咯咯乱响，过了好半天，才张大了嘴，发出了撕心裂肺的叫声：“诈尸啦！”

梁寿这一嗓子，顺着盗洞传到了地上，梁擅听了哪儿还坐得住，一个虎扑蹿进了盗洞，直接就跳进了墓室，拽出了腰后的葫芦，拔开塞子，将一葫芦的黑狗血劈头盖脸地洒在了柳鸣的脸上，拉着梁寿就要往外跑。

柳鸣被这一头黑狗血吓了一跳，一抹脑袋，一头发的狗血，又腥又臭，柳鸣又急又气，站起身，爬出棺材，拦住了盗洞口，大声喝骂：“你们干什么？”

梁擅惊得魂飞魄散，暗自嘀咕：“天啊！黑狗血都不怕，这是遇上尸仙了吧！”

扑通！梁擅膝盖一弯，跪在了地上，不住地叩头："尸仙大人在上，小人无意搅扰清修……您放过我儿子，只吃我一人的心肝便好了……"

"爹——"梁寿"哇"的一嗓子哭了出来。

柳鸣毕竟是少年心性，瞧见这一幕，早就憋不住笑，"扑哧"一声笑了出来。

听见柳鸣发笑，梁擅父子一下傻了眼。柳鸣摇了摇头，摘下了头上的傩戏面具，靠着棺材，坐了下来，摆手说道："你们走吧！这地方值钱的东西都被刮走了，我马上就要饿死了，你们若是念着萍水相逢是场缘分，就帮我把上面的土填了。"

梁擅揉了揉眼睛，缓缓站起身来，提着灯笼，看了看柳鸣，发现这孩子和自己的儿子梁寿差不多大，只是面黄肌瘦，瘦得吓人。

"唉！"梁擅叹了口气，从怀里掏出了半块窝头，递给了柳鸣。

"你这是……"

"孩子！先吃一口吧！"

柳鸣吞了一口唾沫，接过了窝头，狼吞虎咽般塞进了嘴里。少年人本就亲近少年人，梁寿见柳鸣不是僵尸，歪着脑袋挪了过去，从腰上解下水囊递给了柳鸣，小声问道："俺叫梁寿，你呢？"

"柳鸣！柳树的柳，鸟鸣的鸣。"

"你家里还有什么人吗？"

梁寿此话一出，柳鸣不由得悲从中来，红着眼睛，不住地摇头。

这一夜，柳鸣坐在黑漆漆的墓室里，和梁擅父子围着灯笼聊了一宿，将自己的遭遇一五一十地说出来。梁擅既唏嘘感慨柳鸣的遭遇，又恼恨官府的残暴冷血，梁擅与柳鸣越聊越投缘，索性收了柳鸣做干儿子。

就这样，柳鸣和梁寿成了异姓兄弟，两个人跟着梁擅走南闯北，昼伏夜出，以盗墓挖坟为生。

又过了三年，梁擅带着柳鸣和梁寿和另一伙盗墓贼联手，下了一个大墓，墓中葬品颇丰，另一伙盗墓贼起了歹心，欲将梁擅三人灭口，独吞墓葬。幸得柳鸣机警，发觉得早，虽然没救下被乱刀捅死的梁擅，但是好歹拖着梁寿逃出了墓穴。

事后，柳鸣带着梁寿发起了疯狂的报复，一夜之间杀了仇人满门。在那个月黑风高的夜里，柳鸣浑身被鲜血浸透，他攥紧了手里的刀柄，轻轻用手指抚摩着已经砍崩了的刀刃，狞笑着说道："从今天起，只有我杀人，没有人杀我……"

从那天起，柳鸣隐去本名，自称"柳爷"，在十几年的时间里，势力越发壮大，在江湖上掀起了一股腥风血雨。

转眼间，柳鸣和柳平约定的二十年之期就要到了，兄弟二人在天津城下抱头痛哭。

然而，二十年的光阴虽然改不了血脉亲缘，却能使两个人形成迥异的性格。

柳平是被和尚养大的，从小吃斋念佛，日日诵经，老和尚不断用佛法化解着他内心的仇怨，造就了柳平慈悲为怀的良善性子。

柳鸣是被盗墓贼养大的，这些年一直在江湖上拼死拼活，日日生活在鬼蜮阴谋之中，造就了他阴狠毒辣、狡诈多疑的性格。

这俩兄弟本是一家人，却因这二十年不同的因缘际遇，变得性情迥异。

而这种迥异在兄弟二人重逢后，也慢慢开始演变为一道不可逾越的裂痕。

肆

杀人，柳鸣一直在杀人。自从柳鸣回到天津后，他的刀就从来没有回过鞘。

在天津城下用十斤粮强买人口的蓝掌柜，必须杀！

韩记染坊那个酒蒙子，害了他大姐柳樱，必须杀！

春宵楼的老鸨子，逼得大姐柳樱跳了楼，必须杀！

柳鸣很忙，每天不是杀人，就是在去杀人的路上，柳鸣恨这座城，恨这座害了他全家、全村的城。然而，柳鸣杀的人越多，他内心的火就越盛，他创立了三千当铺，招揽人手为他做事，他要掌控整个天津的江湖。

彼时，天津老城改造，旧的城垣逐渐拆除，南开民居不断向西开拓，柳文忠当年埋骨的那片荒地附近聚集了大量的百姓，开始在此破土动工，修缮房屋，是为“西广开”。

西广开动工，要砍掉这片柳林，其中最大的一棵柳树底下就埋着包括柳文忠、柳康年在内的十几个大柳树村民的尸体。柳鸣绝不能让这种事情发生，于是，柳鸣开始杀人，所有靠近那棵树的人，他都杀。于是乎，西广开的命案层出不穷，关于大柳树闹鬼的传闻也在百姓中扩散开来。柳平不忍更多不明就里的无辜百姓惨死在哥哥手里，于是以游方僧人妙悟的名义主动提出，要在柳树底下念经七天超度冤魂，为百姓解厄。

柳平化名妙悟，在柳树下盘坐，命诸百姓散去，不可窥视，实则是在等自己的哥哥到来。

三天后，柳鸣一人一伞一壶酒来到了大柳树底下。

今天，是柳文忠的忌日，柳鸣为人子，不能不来。

“哥，能不能别再杀人了？”柳平涩声说道。

“不杀人？为什么？阿平！大姐、爹、二叔还有那么多乡亲是怎么死的，你都忘了吗？不杀人！这仇怎么报？”

“冤冤相报何时了……”

“以牙还牙、以血还血、以命抵命！你问我何时了？哼！待我杀光他们，这仇便了了。”柳鸣喝了一口酒，跪在地上，冲着柳树拜了三拜，剩余的酒洒在了地上。

柳平双手合十，苦口婆心地劝道：“今日你杀人，明日人杀你，旧恨更添新仇，杀来杀去，子子孙孙，因因果果，什么时候才是个头！”

“哼！要想报仇尽管来，我不怕！阿平，我现在大了，不是孩子了，你有你的是非、你的选择，哥不逼你。你做你的慈悲僧人，我做我的杀人魔，你入雷音，我下地狱……”

“哥，你听我说……”

“别说了！我意已决。阿平你是了解我的，从小到大，我做的决定，没有人能改变。仇！我一定要报，你不要挡我的路。”

“哥，放下屠刀……”

“我放不下！”柳鸣一摇头，正要离开，忽然一顿脚步，转过身来，看着柳平徐徐说道：“阿平，我知道你在这树底下等我是什么意思。这树底下埋着我的亲人，这树就是碑、就是坟。谁动它、我杀谁！”

“倘若我有办法让那些百姓不来打扰呢？”柳平急忙喊道。

“若真能如此，我便卖你一个面子。”柳鸣长嘘了一口气。

“哥，你非要杀人吗？真的没得商量吗？”

“阿平，道不同不相为谋。今日起，你我不到黄泉不再见！”

言罢，柳鸣毫不迟疑，大踏步地冲进了雨幕之中，寒风夹着冷雨打在他的脸上，已分不清是雨还是泪。

七天后，柳平诵经完毕，安排众人用红绸铜锁捆住了大柳树的树干，系在了六根降魔杵上。

他嘱咐道：“此地恶鬼已被我用佛门的娑婆大阵压在树下，尔等破土动工，切记绕过这棵大柳树，只要不动此树，百无禁忌；若动此树，神仙难救。”言罢不收分文，飘然逝去。

然而，柳平终究还是放不下哥哥，几次离开天津又转了回来，直至落脚在了挂甲寺。他一边潜心修行，日日诵经；一边施行善事，施粥济困，成了年高德劭的妙悟禅师。

柳鸣其实心里也放不下自己在这个世界上唯一的亲人，只是仇家越来越多，杀孽越造越大，为了不连累弟弟，只能选择和他永不相见。每年柳文忠忌日的时候，兄弟二人都会极为默契地错过时间，来到这棵大柳树底下，互相给对方留一封家信，不聊江湖恩怨，不聊血海深仇，只谈童年往事，互问安康。

柳爷这个人杀伐决断，却唯独放不下这段血脉情义。柳平给他的信，他从来舍不得烧，常常在夜半反复阅读。柳爷知道，留着这信，就等于给自己留下软肋、留下破绽，他无数次支起了火盆，又数次熄灭了它，他舍不得。

就这样，柳爷的势力在天津不断渗透，在梁寿的帮助下，网罗了吴晋中、秦柏儒、黄不同等老牌江湖势力，助他形成了完整的鸦片贩卖产业链。

在这一过程中，难免遇到不服的、反对的、抗拒的。最早一个对柳爷不满的是手握帮会、盘踞码头、坐着商会会长交椅的聂宝琛。柳爷略施小计，扶曹敏德上位当了警长，暗中推波助澜，让和聂宝琛有血仇的曹敏德雪恨，借刀杀人，除掉了聂宝琛。

聂宝琛死后，第二个不服气的是开马场的郑青仝和开黑拳场子的崔三海。柳爷想让他们帮着运鸦片，他们不肯，柳爷就招来了流落江湖的蔡振义，制造了“关帝劈刀”的案子。

柳爷性情残暴，喜怒无常，手下的人恼他独断专行，强横霸道。吴晋中、秦柏儒和黄不同相继反水，柳爷折了大将兼好友梁寿后勃然大怒，开始了“宁杀错，不放过”的清洗。

黄不同在反水前，曾用秘间盗取过柳爷和妙悟禅师（柳平）的信，知道了许多柳爷的隐秘。于是，黄不同布下了局，引妙悟禅师和白九入瓮，化名本觉藏身在了挂甲寺。柳爷犯了“灯下黑”的毛病，遍搜天津城，唯独没想到黄不同会躲在亲弟弟的身边。

黄不同一来为了报复柳爷，二来为了搅扰柳爷的心神，故意暴露行踪，引诱柳爷派来的枪手“误杀”妙悟禅师，并割了妙悟禅师的脑袋，藏在了那棵大柳树下，并让白九挖出了这颗脑袋。此计高妙，一箭三雕。一是挡住了白九的追索；二是惹得柳爷暴怒之下方寸大乱；三是杀了柳爷的亲弟弟，也算对柳爷造成了致命一击。

只可惜，人算不如天算，黄不同围杀柳爷不成，反中了沈缺的毒钉，毒入骨髓，无药可解。黄不同无奈，只得来面见白九，将事情原委和盘托出，并希望白九能在自己死后继续和柳爷纠缠，直至将柳爷彻底弄死。

“咳咳咳——”警察局大楼里的黄不同一阵猛咳，嘴角渗出了一片乌黑的血渍。

白九坐在地上，眯眼一瞧，笑着说道：“毒气攻心，你要死了……”

黄不同摇了摇头，轻声说道：“无妨，有你在，我相信柳爷不久就会下来陪我。我在黄泉路上慢些走，等等他。”

“你凭什么确定我一定会去触柳爷的霉头！你以为我疯了不成？”

“你有没有想过，柳爷这些年疯狂敛财，究竟是为了干什么？或者我们换个说法，柳爷赚的钱都去了哪儿？”黄不同很奇怪地问了一句。

“你什么意思？”白九一瞬间警觉了起来。

“柳爷从一个德国贩子手里买了很多炸药，莱德烈性炸药，很多很多，多到你无法想象！”

一听“莱德烈性炸药”这六个字，白九猛地打了一个激灵，这种炸药在天津无人不知无人不晓。1900年，八国联军正是用填有莱德烈性炸药的火炮轰击天津城墙，炸塌了津城南面城墙的一段，凭此攻占天津。

这里的“莱德”是炸药发明者的简称，这人全名叫作阿尔弗莱德·贝恩哈德·诺贝尔。1888年，他发明了一种用来制造军用炮弹、手雷和弹药的无烟炸药，亦称诺贝尔爆破炸药。一千克诺贝尔爆破炸药相当于二百颗手榴弹同时爆炸。

“到底有多少？”白九急红了眼。

“五百千克。你知道这种火药管制极严，外国佬简直卖出了天价，寸斤寸金啊！但是柳爷认了，他把所有的钱都换成火药运进了天津城，埋在了地下……”

“他要干什么？”白九“腾”的一下站了起来，两手死死地攥住了栅栏，恶狠狠地看着黄不同。

黄不同嗫嚅了一下嘴唇，一字一顿地念道：“他要趁着秋汛，炸开海河堤，水淹天津卫！”

“炸开海河堤，水……水淹天津卫？”

“还能为什么？他恨这座城，他要毁了这座城，他要满城的人命，去给大柳树村的那些人……陪葬！”

“他就是个疯子！”白九狠命地晃着栅栏，大声喊叫，急吼吼地让黄不同放他出去。

此时的黄不同已经油尽灯枯，浑身上下冒着汗，仿佛从水里捞出来的一样。

“哗啦——”黄不同摘下钥匙，甩腕一扔，扔到了栅栏里头，白九手忙脚乱地去开锁。黄不同硬撑着坐在椅子上不倒，喘着粗气说道：“你那相好的……宋……宋什么来着？”

“宋翊！”

“对！宋翊！她为了引出那个枪手给……给你脱罪，自己扮成我……去……去挂甲寺设套了……”

“我日你祖宗！”

栅栏上的锁“咔嗒”一声开了，白九“砰”的一脚踹开了门，一个大跳，蹿到了黄不同面前，五指攥拳，揪起黄不同就要打。

黄不同双眼紧闭，两只手无力地垂了下去，白九伸手在他颈下一抹，这厮已经断气了。

“你倒是死得痛快！”白九一把将黄不同的尸体扔在了地上，抓过黄不同放在桌子上的手枪，飞也似的出了门，直奔挂甲寺而去。

“先救宋翊，再找柳爷算账！”白九咬着牙，对天祷祝，“龙王爷啊龙王爷！白九伺候了您二十几年的香火，您行行好、开开眼，我都倒霉了小半辈子了，能不能把我攒下来的运气一次给兑了——保她无事！求您了！回头我给您扎一杨贵妃烧过去。不不不，四大美人我全给您扎齐了烧过去……”

挂甲寺院墙外，有一棵参天古树，足有二层楼高，枝叶繁密。

细雨蒙蒙之中，枪手老乔狸猫一般趴在一根粗大的树枝上，浓密的树叶将他挡得严严实实。

老乔抽了抽鼻翼，轻轻解开了怀里的那个破布包裹的长条状的东西。

那是一支枪，一支德国1867式旋转闭锁单发步枪。枪重3.9千克，长1.1075米，5发内置弹仓，射程800米。

老乔是个职业杀手，职业杀手每杀一个人，都会换一把枪，为的是不在一把枪上留下过多的信息。

这棵树是个绝佳的狙击地点，视野开阔，藏身方便，树下的院墙内是一片开阔的菜地，自己的目标“本觉和尚”就在大院东边的一个石桌边上。他背对着自己，戴着一顶斗笠，提着一杆锄头，在月下伺候蔬菜。

本觉脖子上有一串黑檀佛珠，乃是妙悟禅师传给他的，全挂甲寺就这么一串。老乔是个重视细节的人。

“就是这串佛珠，肯定就是他！”老乔嘟囔了一句。

全天津的人都知道挂甲寺死了一个人，这个人是高僧妙悟，不是什么本觉。而恰恰老乔的目标就是这个本觉，杀不了本觉，他就拿不到剩下的赏钱，而且还有损老乔在杀手界的名声。他虽然是个拿钱杀人的凶徒，却很在意自己的名声。

他深吸了一口气，将保险杆拉开，开始一枚一枚装弹。

老乔伸出舌头，感知了一下风向，然后左眼一闭，抬起枪口，对准了菜地里的那个身影。

二百步！对于老乔来说，绝对是一个百发百中的距离。

与此同时，白九正提着一盏油灯在漆黑的街巷里狂奔。

“砰——”老乔的枪一响，戴着斗笠的“本觉和尚”应声倒下。

“不！”白九一声大喊，顺着枪声的方向拔腿就跑。

老乔开完了枪，刚爬下树干，一回头，正和气喘吁吁的白九撞了个面对面。

“啊——”白九一声喊，举起了手枪，“砰砰砰砰”将一匣子子弹全打在了老乔的身上。老乔瞪大了瞳孔，低头看了一眼自己被打得血肉模糊的胸口，一歪脖子倒在了地上。

白九扔了手枪，爬上墙头，向下一看，正看到菜地里倒着的“本觉和尚”。黄不同的话在他的脑子里炸雷一般的响过：“宋翊！她为了引出那个枪手……给……给你脱罪，自己扮成我……去……去挂甲寺设套了……”

“不……不可能的！”白九骑在墙头，失魂落魄地一晃，一脑袋栽了下来，这一跤摔得结结实实，摔得白九头破血流。

“宋翊……”白九顾不上擦脸上的血，一瘸一拐地向菜地里头走去。

白九一边走，一边淌着眼泪，抽着鼻涕哭道：“我对不起你……都怪我，都怪我自私……我冒冒失失，中了人家下的套，我是个浑蛋！我是个浑蛋！你死了，我也没什么活头了！其实……我特别喜欢你！我好喜欢你！我不敢说，你是市长千金，我是个江湖混混儿，我怕我配不上你。

“我和你吵，我和你闹，我故意挑事气你，那是我自卑，我怕你瞧不起我。我知道你没有瞧不起我，但是我就是鼓不起勇气，我和彩霓虹那姑娘真的没什么。我都是虚张声势，其实我心里怕得好像狗一样，我一见你就欢喜……

“从我见你第一眼我就喜欢你，我吃饭的时候想你，睡觉的时候想你，我每天都在想你。我师父死得早，我孤身一人活了十几年，打见到你第一眼起，我就把你当成了我的念想。这些话，搁在平日，我是万万不敢对你讲的，可谁想到，我再也没机会说了。下辈子……下辈子我当牛做马，我还给你！我弄死了柳爷那个疯子，很快就去找你……”白九在菜田里手脚并用地爬到了“本觉和尚”旁边，抹了一把大鼻涕，轻轻抱住了她。

然而，就当白九的手碰到“本觉和尚”的瞬间，白九就觉出了不对！

哗啦——

“本觉和尚”一翻身坐了起来，脑袋上的斗笠向后一仰，掉落在地，露出了扛在两肩之间的一只人头大小的西瓜。突然，胸口处的衣襟一分为二，钻出了一颗硕大的光头，正是潘虎臣。

原来这本觉和尚是潘虎臣缩在衣服架子里，肩膀上顶着一只戴斗笠的西瓜假扮的！

“沉死我了！”潘虎臣站起身来，摘下了捆在前胸和后背的两块铁板。

“你……你……”白九看着眼前的潘虎臣，彻底傻了眼，他适才急得发疯，一心认为假扮本觉的是宋翊，万万没想到竟然变成了潘虎臣。

潘虎臣一边擦着汗，一边撸起袖子，指着自己的胳膊问道：“白九啊！你看我胳膊上，这是啥？”

“啥？”

“还能是啥？鸡皮疙瘩呗！哎呀呀呀，你是真肉麻呀！肉麻到恶心呀！我这汗毛都立起来了！”

白九听了潘虎臣的奚落，恨不得找个地缝钻进去，脸红得火烧一般，埋着头小声嘀咕道：“我还以为……”

“你以为这本觉是宋翊扮的对不对？”

“对！”

“你以为枪手傻啊！看体型，是男是女分不出来吗？”

“那……那宋翊呢？”

“你回头！”潘虎臣伸手一指，白九下意识地一回头，正看到宋翊俏生生地背着两手，站在他身后三步远的地方，眯着眼，满目含笑。

“你这是什么眼神啊？”白九伸手胡乱摸着脸上的鼻涕眼泪，手上的泥巴给自己抹成了一个大花脸。

“扑哧——”宋翊憋不住笑出了声。

“你……你都听到了？”

“什么？听到什么啊？”宋翊咬着嘴唇，努力不让自己笑出来。

“完了！看你这德行，你肯定听到了！”白九抱着脑袋蹲在地上，羞得无地自容。

宋翊走上前去，递给他一块手帕，笑着问道：“我听到了又怎样？没听到又怎样？”

白九咽了一口唾沫，不敢去看宋翊的眼睛，故意岔开话头，沉声说道：“本觉就是黄不同，黄不同就是郭大有，此事我稍后再和你们详说，现下最要紧的是找到柳爷！这个柳爷是三千当铺的掌柜，还是秦柏儒、梁寿、吴晋中、黄不同等人背后的东家，是天津城最大的烟土贩子，他用重金买了五百千克莱德烈性炸药，埋在了天津的地底下……”

“他要干什么？！”潘虎臣吓得一脸惨白。

白九抬起头，看了看宋翊，又看了看潘虎臣，张口说道：“他要炸开海河堤，水淹天津卫！”

“什么？！”宋翊和潘虎臣异口同声地喊道。

“那你现在该怎么办？”宋翊急问。

“当务之急是找到柳爷！”

“去哪儿找？”

“三千当铺！”

“三千当铺在哪儿？”

“不知道！我只知道金钟河老泥滩连着三千当铺内的一处神潭，那些挖出来的尸体，就是柳爷杀人抛尸后，顺着水流漂过来的。”

潘虎臣闻言，灵光一闪，张口说道：

“顺着老泥滩找！”

“不可能的！老泥滩下面都是淤泥，人根本潜不下去，再加上暗河涌动，河道密布，没个十年八年根本摸不清楚，等你找到正确的那条，天津城早都淹了八百遍了。”白九摇了摇头。

“那你说怎么办？”

“我去过那间当铺。虽然我当时被锁在了棺材里，但是当我进到棺材里的第一时间，我就嗅到了里面有迷药的味道，我用自己的童子尿浸湿了腰带，缠在了口鼻上，所以没有中招。”

白九的话刚说完，宋翊和潘虎臣同时发问，潘虎臣问的是：

“你记住路了？”

而宋翊问的却是：“你还是个处男？”

一瞬间，空气静得可怕，宋翊红了脸，把头扭了过去。白九挠了挠头，对潘虎臣说道：“召集所有的警员，带上枪，去老西沽浮桥集合。准备一辆驴车、一口棺材，我要模拟那天的感觉。”

“没问题！”潘虎臣点了点头。

“宋翊。”白九推了推宋翊的肩膀。

“你干什么？”

“那个……你能不能亲我一下？”

“你说什么？疯了吧你！”宋翊一伸手，狠狠地拧了一把白九的手臂内侧，疼得白九浑身战抖。

“我这次万一死了！我不甘心，你亲我一下，我死了也值，没遗憾了！”白九揉着被宋翊掐得青紫的胳膊，冲着宋翊喊道。

宋翊闻言一愣，正犹豫间，站在一旁的潘虎臣冲着宋翊一拱手，一脸认真地说道：“宋翊啊！亲一口是小，天津城的安危是大，你就亲一口吧！”

“我……你们……”宋翊站起身来，看了看一脸惶急的潘虎臣，又看了看梗着脖子耍脾气的白九。

白九看宋翊有点儿挂不住脸了，赶紧蹦了起来，好生劝道：“我错了！我错了！你别急，我这脸就在这儿，什么时候想亲，你一句话的事……不急在这一时！”

“谁急了！你……”宋翊使劲儿捶了白九一拳。

白九大声呼痛，宋翊飞起一脚，踹了白九一个趔趄。

“还不去找那个柳爷！”

伍

自古以来，九河汇集的海河流域，就是洪、涝、旱、碱灾害最严重地区之一。津门古地，流域地形特殊，南、西、北三方高，东方一侧低，各河洪水均集中天津入海，河道泄流能力上大下小，特别是入海尾这个部分，泄水量很小，遇稍大洪水便泛滥成灾。据《天津县志》统计，仅清朝时期，天津的大水灾就不下六十次，一遇大水，城内城外一片水乡泽国。

说到这儿，可能有的看官就要问了：这天津是个屯兵的卫所，号称京畿门户，那城墙是又高又厚，也怕洪水吗？

怕啊！当然怕啊！

天津卫老城依照军制，长是九里十三步，高是两丈五尺，城垣内用实土夯筑，外用城砖包砌，设有四道城门。这天津老城的位置，东距海河两百二十二步，北距南运河二百步。

这选址有个讲究，风水上叫“双龙吐珠”，军阵上叫“划地开山护城阵”。啥意思呢？天津老城选的这个点，从半空俯视，扼住了两条水道咽喉，这两条水道成了天然的护城河，打起仗来既可以从上游取水，又可以以此为屏障，阻拦对方兵马。

然而，这世上之事，有一利必有一弊。

天津城距离两条河道太近，一旦洪水泛滥，顷刻之间就会被大水包围。洪水漫涨，沿着城墙上爬，不多时便能爬到半腰。一块城砖的厚度大概是十五厘米，过不了多久，就能泡透。赶上汛期，一泡就是好几个月，再厚的墙，也给能泡软。

康熙三十八年，北运河发生洪水，北运河武清县杨村段发生决堤，大水加上洪峰的冲力，一鼓而下，造成民房墙倒屋塌。自顺治到嘉庆的一百五十年里，天津城因为闹水灾被重修了十二次，城墙修一次加高一次，修一次加厚一次。

海河水系分北运河、南运河、永定河、大清河、子牙河。本地的府、州、县志中，对北运河决堤成灾的记载可谓恒河沙数，其中决堤次数最多、为害最深的当数河西务段。仅河西务至马头村段，就有棉花市、校军场、罄子坑、耍儿渡等多处险段。

康熙三十四年五月二十九日，皇帝亲临耍儿渡，命皇长子多罗直郡王允禔在此修筑新堤十六条。此后，这些大堤每年都在加高，这片密集的大堤，因其地处要冲，作用险重，被百姓统称为“海河大堤”。

每到汛期，这片大堤就是洪水和城内百姓之间的一道壁垒。

海河大堤在，城在！

海河大堤亡，城亡！

这么多大堤，相互拆补水量，是一个整体，毁了哪一个都会牵一发而动全身，导致整条河段决口。柳爷要炸哪一条，谁也不知道，河段这么长，找也找不到，防也没法防，唯一的办法，就是找到柳爷，起出炸药！

白九看了看表，基本确定这个时间和那天去三千当铺的时间是吻合的，然而这次，那个牵驴接送的老头儿却没有出现。这说明上一次是柳爷知道白九来等他，才会派人来接。既然等不来那个老头儿，白九只有自己去找了。

白九一挥手，从草甸子里站起身来。潘虎臣吹了一声警哨，将近二百号警察纷纷从藏身的地方跑了出来，列成了四列纵队。

潘虎臣亲自赶着一架驴车走到白九身边。白九拍了拍驴车上的棺材，翻身一跃，钻了进去，潘虎臣从外面盖上了盖子。

白九微微闭着眼，回忆着那天的情形。

老西沽浮桥往北是砂石地，往南是泥地。白九记得很清楚，那天他刚进棺材，驴车就开始剧烈地晃动，这说明路并不平坦，十有八九是向北，走的是砂石地。

“向北。”白九在棺材里喊了一声。

“驾！”潘虎臣一甩鞭子，赶着驴车，向北走去。

老天津人对早餐极为讲究，白九更是个中好手。这时段正是早餐出摊的时候。前不久，白九被锁在了棺材里，拉到三千当铺。虽然眼睛看不见，但是白九的耳朵和鼻子却能听到声音，嗅到味道。

白九记得，那天从老西沽浮桥向北，闻到的第一家早餐摊子，是李记煎饼果子。这煎饼果子，别看做法简单，但是里面可有大讲究，先说这和面。正宗的天津煎饼果子，绝对不能用普通面粉，而是要用石磨绿豆面和小米面混合制成的“杂合面”。而且不能用清水和面，得用牛羊骨头熬的清汤。在众多的煎饼果子摊里，最讲究的当属小白楼后面的李记。别看他家摊子小，骨头汤里加晒干毛虾皮的，只此一处。

“咚咚咚！”白九狠命地敲着棺材盖子，大声喊道：“小白楼！”

潘虎臣一甩鞭子，赶着驴车奔小白楼教堂跑去。这小白楼是个绰号，原本是清代招商局总办徐润的祠堂，只因其建筑风格为白色中式两层楼房，故而得名。1902 年，美、英私相授受，将美租界并入英租界。小白楼东傍海河航运码头，乃是人头涌动之地，数年间，已经发展成了外国佬、官老爷、洋买办等人的销金窟。白九躺在棺材里，闻着气味越来越杂，知道已经到了小白楼。当下紧闭双眼，回忆着上次到这片地方的场景。

白九想起，上次就是在这儿，他闻到了一股嘎巴菜的味道。这“嘎巴菜”本名为“锅巴菜”，天津话有口音，念来念去，就变成了“嘎巴菜”。白九记得很清楚，那嘎巴菜的味道一直在他鼻尖儿上绕了一炷香的工夫。天津的摊贩有讲究，各有各的地盘，就算是走街串巷，也只能在自己的地头转悠，不能过界。

白九将棺材挪开一个小缝，探出头来，对潘虎臣说道：“快找！附近有没有卖嘎巴菜的小贩。有就跟着他，他往哪个方向走，咱就往哪儿走！”

不多时，两个机灵的警员就跟上了一个还没睡醒的卖嘎巴菜的小贩，一大队警员簇拥着一架驴车，隔着两条街，蹑手蹑脚地跟着他走了两三里地，那小贩揉了揉眼睛，一边叫卖，一边开始奔着来路走。

潘虎臣知道，他的地头应该就到前面那趟街。

“前面是哪儿？”白九躺在棺材里问道。

“海光寺！”潘虎臣应了一声。

这海光寺乃是津门古刹，始建于清康熙年间，建成之初，名曰普陀寺。因院内遍栽葡萄，天津百姓俗称其为“葡萄寺”。而后，康熙巡幸天津，为普陀寺赐题匾额，更名为“海光寺”。光绪二十六年，海光寺毁于八国联军炮火，死里逃生的僧众们还没来得及重修，日军宪兵队就驻扎了进来，将一众和尚尽数撵出。这些和尚走的时候什么都没拿，只带走了康熙御赐的一口铜钟。这些和尚守在海光寺后巷，虽然穷困潦倒，以乞讨为生，但每日暮鼓晨钟，从无间歇。上次白九到此，就听到了一声雄浑的钟声。

白九让潘虎臣放慢速度，绕着海光寺兜圈。

“当——”一声钟响传来，白九情不自禁地咧开了嘴。

“就是这儿……接下来是什么来着……”白九闭上了眼。

“吆喝！对！是吆喝！”白九猛地睁开了眼，将耳朵趴在了棺材边上，屏住了呼吸。

很快，钟声消散，西南方向响起了一阵悠长的吆喝：“荤不荤，素不素，肉皮包子隔一路。隔一路，单一处，肉皮包子甭蘸醋……”

天津人吆喝，讲究个字正腔圆、有韵有辙、一气呵成、好懂耐听。买主一听，就知道你卖的是嘛玩意儿！吆喝得好听，绝对让人过耳不忘。

白九一听这卖包子的吆喝，就熟悉得不得了。

“往西南走！”白九拍了拍棺材盖子，潘虎臣掉转驴车，直奔西南方向，兜兜转转到了南市。白九蒙上了自己的眼睛，四处乱嗅，像极了他养的那只大黄猎犬。

白九在找一种味道，炸麻花儿的味道！

这天津的大麻花儿讲的是四个大字：料精货实。每根麻花中都要夹有一棵什锦馅酥条，这酥条还要和麻条、白条拧成5个花，一个不能多，一个不能少。拧好了之后，用花生油微火炸透，出锅后再撒上冰糖和青红丝，食之满口余香。

天津城炸麻花的不少，但是能掌握好火候的不多。当然，对于一般食客来说，火大火小，只要不差太多，都是吃不出来的。但是对于白九这种馋鬼来说，火大火小，只需要在油锅边上一闻，就能了然于胸。

白九那天在这附近闻到过一股炸麻花的味道，火候控制可以说是一流。

“你闻什么呢？”潘虎臣问道。

“麻花儿，炸麻花儿的味道！”

潘虎臣站在驴车上，踮起脚望了望，不由得心里一沉："完了，这东、南、北三个方向都有麻花儿摊子，哪个才是你那天闻到的啊？"

白九双眼蒙着布，歪着脑袋，拼命吸着气，轻声嘟囔道："北边那个不对，火急了，焦香有余，甜香不足；南边那个也不对，火慢了，桂花儿的香味没留在面里，全都散出来了——走东边！东边那个是对的！"

潘虎臣扭头一看，下意识地说道："东边？东边不又转回去了吗？"

白九舔了舔嘴唇，笑着说道："他们是在兜圈子，好狡猾啊！听我的，往东走！"

潘虎臣一甩鞭子，赶着驴车往东去，顺着小白楼和海光寺又转了一圈。

"没错！我听到了两次卖包子的吆喝、煎饼果子是同一家，这就对上了！"

就在白九喃喃自语的时候，潘虎臣赶了驴车刚好经过侯家后。

滋啦——

不知哪家的后厨传来了一阵油锅翻炒的声音，白九大喊着潘虎臣，让他停车。

白九推开了棺材板子跳了出来，站到了地上，轻声说道："很近了……很近了……这是哪儿？"

潘虎臣拍了拍白九的肩膀，说道："这是侯家后啊！虽然破落了，但是人可还密得很，按理说……"

"不！柳爷是个疯子，而且是极其聪明的疯子，绝对不可以按常理忖度！这个炒菜的后厨，是哪家馆子？"

"老聚庆成。"潘虎臣答道。

说起这聚庆成，得先讲侯家后。侯家后这地方，位于三岔河口，北临码头，南近估衣街，西倚北大关，东靠大胡同，完全被繁华商区包围。其开辟之早为津门各地之先，商号密集，歌馆楼台相望，琵琶门巷，丛集如薮。斜阳甫淡，灯火万家，辫丝帽影，纸醉金迷。

天津人食不厌精、脍不厌细，侯家后顶尖的饭馆号称"八大成"，分别是江叉胡同上的福聚成、聚升成、聚源成，归贾胡同的义和成、义升成，和中街的聚和成、聚乐成，还有宝宴胡同的聚庆成。这其中，尤以聚庆成最为奢华。

然而老话说得好：繁华往事如流水，风流总被雨打风吹去。1912 年，闹了一场“壬子兵变”。驻防天津的张怀芝部趁乱火烧侯家后。“八大成”等诸多商家元气大伤，一蹶不振。他们倒的倒、逃的逃，剩下的不过是个空荡荡的架子，门面还是那个门面，但是已经破落得不成样了了。当年的满汉全席、南北大菜、山珍海馐一样也做不出来，只能做些民间小菜，招揽一些普通食客。

“就是这股炒菜的味道，错不了！里面做的是八大碗。天津馆子，做桂花鱼骨，要先葱花炝勺，再煸鱼骨。唯有这家是煸鱼骨，再炝葱花。我记得很清楚，当时我就觉得古怪，这儿的厨子肯定不是天津厨子！我上次停的地方就是这儿。把这家店围了！快！”

白九伸手一指，潘虎臣赶紧下令，让警察们将这三层楼的饭馆在悄无声息之间围了个结结实实。

“这饭店掌柜是谁？”白九的话刚一出口，两个膀大腰圆的兵丁扮作食客，连拉带拽地把一个腿都吓软了的老头儿架出来了。

“你叫什么？”潘虎臣一把揪住了那老头儿。

“老汉唐金河……”

白九拨开人群，走到老头儿眼前，急吼吼地问道：“店是你的？”

“是！我前年盘下来的。”老头儿抖得筛糠一般。

“你是哪里人？”

“老汉祖籍天津，家住宁河东槐沽。”

“你店里的厨子是天津厨子吗？”

“是啊！”

“不对！你在撒谎！天津厨子不可能连八大碗的味儿都做不正！”

老头儿一听这话，眼泪“唰”的一下就淌下来了，哆哆嗦嗦地问道：“各位警爷，现在饭馆子滋味儿不对都犯王法吗？”

白九一把将老头儿扶了起来，沉声说道：“这和王法没关系，你老实说，你那厨房是怎么回事？”

“我来之前这店就是人家的，我是人家雇来的掌柜，我只管在前面招呼客人，厨房是主家自己把持着……”

“主家姓什么？”

“姓柳！”

白九一咬牙，冷笑着说道：“大隐隐于市！好手段啊！”

白九这话刚说完，二楼突然开了一扇窗，窗户后面站了一个头戴红脸鬼面的中年文士，赫然是柳爷！

“白九啊白九！我终究还是小看你了，既然来了，不妨进来坐坐吧。”

潘虎臣瞧见柳爷，吓得一激灵，下意识地拔出了枪。白九眼疾手快，一把抱住了潘虎臣的胳膊，在他耳边小声说道：“杀了柳爷，你知道那些炸药埋哪儿了吗？”

柳爷见白九和潘虎臣好一阵嘀咕，“唰啦”一声打开了折扇，笑着说道：“白九啊！我备了酒，在后院等你！我只请了你一个人，其他人，我不想见。”

言罢，柳爷“吱呀”一声，关上了窗户。

白九深吸了一口气，正要进门，却被宋翊唤住。

“怎么？舍不得我吗？”白九嬉皮笑脸地揶揄了一句。

“小心！”宋翊目光闪动，隐隐红了眼眶。

白九见伊人动情，不由得豪气顿生，一拿架势，开嗓唱道：“曾记得过五关连斩过六员的将，那刀劈秦琪黄河滩，在虎牢关前战吕布，那力斩华雄酒未寒，那大江啊大浪我过了多少，那小小的沟渠怎能翻了船……”

白九一路唱一路走，穿过前厅，直取后院，后院正中有祠堂一座，大门洞开。祠堂的佛龛下面，露着一个漆黑的大洞，幽幽地冒着寒气。

白九咽了一口唾沫，一边唱曲儿壮胆，一边蹑手蹑脚地爬下了洞口，沿着下面的石阶向斜下方行去。

“胆大的蠢子你少要多言，我有心明天赴宴多带人弓马，那怕的是东吴耻笑谈，那到明天我单刀一口去赴他的会……”路越走越黑，洞越钻越深，白九的声音也越唱越小。

“呼——”一阵劲风吹过，过道两边的烛火“唰”的一声，全都亮了起来，白九下意识地抱头一滚，缩在了一处角落，喘了好几口粗气，才敢睁开眼睛，从手指缝儿向外看。

这地方，白九来过，正是那间三千当铺，门口还是那对楹联：酒色财气，来去大千世界；贪嗔痴妄，出入不二法门。

“这……”白九愣了一愣刚要起身，只见当铺的大门“吱”的一声开了，门后有四十几个挎枪持刀的大汉分立两侧，当中一桌一椅，正位上坐着柳爷。

柳爷看着满身狼狈的白九，张口嘲讽道：“就你这个软蛋样子，也好意思唱《单刀赴会》！”

白九老脸一红，站起身来，跨过门槛，坐在了柳爷的面前。柳爷伸手向上一指，缓缓言道：“此处是元末的一处古墓，深藏于地下，我也是偶然寻得，盘下了这家饭馆，将盗洞开在了后院，将墓室改成了我的大本营。想不到吧，侯家后这片地，百年前是荒郊，百年后却成了闹市，星移斗转，沧海桑田，真是无常啊！”

白九没心情听柳爷讲古，一拍桌子，大声喊道：“黄不同说，你要炸了海河大堤，是也不是？”

柳爷看着白九的眼睛，沉默了许久，轻轻吐出了一个字：“是！”

“为什么？”

“哪有那么多为什么？血债血偿罢了！”

“你要炸的是哪座堤？”

“炸药就埋在耍儿渡！”

耍儿渡本名“甩弯儿渡”，位置在齐庄西南、白庄西北，这里距众流交汇的通州不足五十千米，而两地的落差竟达十余米，地势呈喇叭状，大堤正扼咽喉，一旦被炸药爆破，大水奔涌而出的话……

白九根本不敢往下想，一甩脑袋，站起来就要往外跑，柳爷轻轻用折扇往桌子上一敲。

“啪——”的一声脆响过后，两列鬼面大汉齐刷刷地拔出了手枪，对准了白九的额头。

“想来就来，想走就走，你当这儿是你的龙王庙吗？”

白九扭过头来，涩声问道：“那你想怎地？”

“陪我赌一把！”

“赌什么？”

“这边走，咱们换个地方！”柳爷侧身一推，在墙上推开了一扇小门，门口有两条岔道，一条通向碧绿色的寒潭，一条漆黑幽深，不知所往。

白九看了一眼那寒潭边上，零零碎碎的全是死人的尸骨和血肉。柳爷察觉到了白九的目光，轻声解释道：“我前不久又杀了很多人，没地儿搁，索性扔到了水里，我也是才知道，原来这潭水底下连着金钟河的老泥滩！好了，不说了，咱们走这边。”柳爷一把揽住了白九的肩膀，带着他钻进了那条漆黑的小路，路边有一架驴车，赫然是白九上次来三千当铺坐的那一架。

“请吧！”柳爷一摆手，白九轻车熟路地爬进了棺材，自己盖上了盖子。

“啪——”柳爷抡圆了鞭子，抽在了驴屁股上，那拉车的黑驴发出一声闷叫，迈开四条腿，拖着驴车“吱呀呀”地向前走去。

白九躺在棺材里，腹诽了一句：“他娘的，也不知道老子是命里犯棺材，还是命里犯驴车，这才几天啊，坐了好几趟驴车了……”

棺材里头熟悉的迷药味缓缓透了出来，可这次白九“嘘”了半天，也没尿出一滴来。

“完了完了，水喝少了……”白九没喘几口气，就昏了过去。

不知过了多久，白九转醒，推开棺材盖。

哗啦啦——哗啦——

豆大的雨点从天而降，白九钻出棺材，向四周一看，只见此刻自己正落脚在一处河堤之上，脚下就是一条奔涌咆哮的大河。柳爷撑着一把伞，站在河边，看着起起落落的河水。

“这是……”

柳爷听到了白九的动静，回过身来，指着大河朗声作答：“这就是要儿渡！那五百千克炸药就埋在咱们脚底下。”

“你疯了！”白九一声大吼，跑到了柳爷身边，揪住了他的衣领。

柳爷甩手将伞扔进了大河内，任凭雨水敲打着他瘦弱的胸膛。

“我心有惑，君可解否？”

“解如何？不解又如何？”白九反问。

“我心之惑，事关生杀……若你不能解，我只能用杀人来找答案。”

“什么惑？你他娘的到底有什么惑？要杀这么多人？”白九瞪大了眼睛，在大雨中暴喝。

柳爷摘下了脸上的鬼脸面具，露出了一张清瘦沧桑的脸。

“白九！你说什么是恨？”

白九愣了一下，下意识地说道：“恨，就是亲者痛，仇者快！”

“说得好！那你说，如何才能雪恨？”

“雪恨，倒过来，让仇者痛，亲者快？”白九试探着答道。

“说得对！二十年前，我也是这样想的！我有恨，我有大恨！我要雪恨，我要让仇者痛，亲者快。怎么才能让仇者痛呢？杀！唯有杀！才能让他们惧、让他们怕！我杀了二十年，可是，杀来杀去，杀来杀去……我的亲人越杀越少，我干爹死了！梁寿死了！连阿平也死了！那些仇人在死前痛不痛，我不知道，我只知道我干爹是淌血淌死的，他很痛；梁寿为了帮我一直在豢养山妖，你知道吗？要想让山妖认主，每月初一、十五都要割腕喂血给它喝，这样才能让大狒狒记住你的气息，梁寿也很痛；还有阿平，阿平因为我，因为我！他被人害了，砍了脑袋！我梦里无数次梦到他，梦里的他和小时候一模一样，不到十岁……他捧着自己的脑袋，抱着我的胳膊，对我说：‘二哥，二哥我好痛！啊——啊——”

柳爷抱着自己的脑袋疯狂地大喊，通红的眼睛看着白九，歇斯底里地说道：“你不是能审尸招魂、入梦寻冤吗？你说！说！我错了吗？我错了吗？”

白九抹了一把脸上的雨水，张阖了一下嘴唇，却没有说出一个字。

柳爷狠狠地揪着自己的头发，冷眼望着天，笑着说道：“这些年，我一直以为我心里的病是因为我杀的人还不够多。我恨这座城，它夺走了我的一切！一切！”

柳爷扯开了长衫，露出了干枯的胸膛，指着自己的心口对白九说道：“我这里锁着一只魔鬼！它的名字叫作恨！白九啊白九，你告诉我，怎么样才能消除心中的恨？”

柳爷踉踉跄跄地挪了两步，走到了一棵大树旁，一屁股坐在了树洞边上，伸手从树洞里拽出了一盏油灯，用随身的西洋火机点燃了油灯，放回到了树洞里。

“咔嗒——”柳爷掏出了一把手枪。

他指了指那油灯，笑着说道：“引线就在这树洞里，只需要一枪，打爆这盏灯，火就能燃到咱们脚底下，到时候——砰！世界都会消失！”

白九攥紧了拳头，咬着牙喊道：“你想怎样？”

柳爷站起身，抬起枪口对准了白九，冷声说道：“报仇啊！除了报仇，我还能干什么？你是不是忘了，梁寿可是被你一箭射死的！”

“那你还等什么？动手啊！”白九被逼急了眼。

“我这个人虽然十恶不赦，但是平生最重信诺。龙王庙的老仵作，是你师父吧？当年他救了我和阿平，我对天发过誓，这桩恩情，我早晚报答，大丈夫恩怨分明，言出必践。老仵作虽然死得早，但是你还在……你有没有想过，你一路上坏了我那么多大事，我都没弄死你，你不觉得很诧异吗？不过，什么事都有个限度，老仵作救了我，你杀了梁寿，一命抵一命，咱们算是扯平了。而现在，我不得不杀了你！”

“放屁！”白九看了一眼河水，打断了柳爷的话。

“你说什么？”

“我说你他娘的在放屁！拖延时间就说拖延时间，搞这么多噱头干什么！别以为我不知道，你在等涨水，这半个月，连降大雨，秋汛之下，河水暴涨。但是只有水位达到最高的时候，炸掉大坝才能有摧枯拉朽的效果。其实你并不像你表现的那样镇定，那样智珠在握。我在侯家后带着警察围了聚庆成，看到你的第一眼，我就知道你根本不是什么狗屁在等我，你是被我堵了个猝不及防，别以为我没看见，你脚上穿了一双雨鞋！有谁在家里待着没事干穿一双雨鞋？哼！从那一刻起，我就知道，今天就是你动手的日子，我在你即将出门炸大堤的那一刻，把你堵了回去。

“你也算反应快，第一时间抓住了我不知道你要炸哪条大坝的盲点，引我进入地下，目的就是为了以我为人质，牵制住包围你的警察！警察见我在你手中，又不知道你的炸药到底藏在了哪里，肯定不敢强攻，你就这样赢得了斡旋的时间。但是你知道，这个时间是有限的，一旦警察失去耐心，早晚要强攻，所以你安排你那些个手下死守聚庆成，拖一会儿是一会儿。同时，你带着我从密道出逃，把我扣在身边做人质，你知道我和宋翊关系匪浅，宋翊是宋市长的女儿，就算警察追上来，你用我的性命要挟，宋翊肯定就范，这也就等于给你留了一条退路。

“然而，你没有想到，这水涨得还是太慢，你带着我已经到了耍儿渡，河水还没涨到合适的高度，于是你故弄玄虚，演了一出戏码，为的就是拖延时间！”

柳爷闻言，哑然失笑，挑着大拇指赞道：“好好好！老仵作当年不收我，却也找了个七窍玲珑的传人。只不过，刚才那番话，我确是出自真心，你信也好，不信也罢，我犯不着和你解释。水涨得差不多了。”

白九一低头，瞬间发现，河水不知什么时候已经涨到几乎和大堤平齐。

“都结束了……”柳爷一笑，将枪口对准了树洞里的油灯。

“且慢！”白九一声急吼。

“你输了。”

“哈哈哈哈，鹿死谁手还尚未可知呢！柳爷啊柳爷，你就不想想，我明明看破了你的行藏，仍旧陪着你瞎折腾，是为了什么？”

“你什么意思？”柳爷瞳孔一紧。

“时间！我也需要时间！”

“什么时间？”

“打败你的时间！”白九成竹在胸，猛地挺直了腰背。

“胡吹大气，打败我？好！我就看看是你快，还是我的枪快！”柳爷一咬牙，对准了油灯，眼看就要扣动扳机。

“咔嚓——”天雷霹雳，一震之间，一只湿漉漉的猴子从树冠上一跃而下，抱着柳爷的胳膊，一口咬在了他的手背上，那猴子牙尖嘴利，只一咬，就咬断了柳爷的一根食指。

“啪嗒——”柳爷手枪落地，被那只猴子捡起，飞也似的蹿进了雨中。

柳爷强忍断指之痛，飞起一脚，就要踹碎那油灯。与此同时，白九扑了上来，抱住柳爷的脖子，向后一倒，把他拖倒在地。

“邓摘星！”白九扯着脖子一声大喊，一个肩膀上蹲着两只猴子的汉子从雨幕中钻了出来，正是白九的至交好友、耍猴儿的手艺人邓摘星是也。

两个时辰前，黄不同身死，白九越狱而出，刚跑到牢门前，白九好像想起了什么，转身窝了回来，拾起地上的钥匙打开了牢门，放出了关在里面的冯老鼠。

冯老鼠以手掩面，哭着喊道："九哥，我没脸见你！"

白九啐了口唾沫，张嘴便骂："冯老鼠，这顿打你他娘的先记着，老子现在没时间和你讨论脸的事！黄不同的话你也听见了，柳爷要炸海河大堤，水淹天津卫，满城的老百姓命悬一线。我白九虽然不是什么人物，但也知道义所当为、有进无退的理儿，柳爷这人，智计百出，凭我一个人断然无法与他周旋，你现在赶紧去南市，找邓摘星，让他带着最机灵的猴子去挂甲寺门口等我，让那猴子一路尾随在我身边，以备不时之需。切记，只能用猴子跟，人不能离太近，柳爷不是傻子。"

就这样，在挂甲寺门外，一只灰色的小猴儿在邓摘星的指挥下，一路飞檐走壁，跟着白九在天津城里一通绕圈，而后跟着白九钻进了聚庆成地下的古墓之中，藏身在驴车底下，跟着柳爷一路来到了耍儿渡。柳爷再机警，也没想到跟踪自己的会是一只小猴子。而邓摘星则带了七八只猴子，一只跟一只，远远地追在柳爷后头，也跟到了耍儿渡。

刚才白九故意和柳爷大喊，就是为了引起邓摘星的注意。邓摘星捕捉到了白九的暗示，指挥小猴儿在柳爷开枪的瞬间咬断了他的手指头，夺下了手枪！

此时，白九和柳爷滚作一团，在泥水中来回厮打，邓摘星一撸袖子就要来帮忙，白九一手掐着柳爷脖子，一手张开五指去抠柳爷的眼睛，同时歪着脖子大喊："别管我，油灯快弄走，看看树洞边上还有没有引火的东西，把那洞口用泥巴封上！"

柳爷一顶膝盖，撞在白九的肋下，白九一声惨呼，被掀翻在地，柳爷挣脱白九，手腕一抖，从袖子里抽出了一把匕首，直奔邓摘星而来，白九在地上打了个滚，扯住柳爷脚脖子，两腿一盘，脚跟一蹬，踹在了柳爷的膝盖窝儿上，柳爷身子一歪，被白九扯倒在了地上。

"找死！"柳爷面露凶光，反手一刀，来捅白九，白九向后一仰，虽然躲过了要害，大腿上却也被划了好长一条口子。

与此同时，耍儿渡旁边土路上传来了一阵嘈杂的脚步，一身血的潘虎臣带着宋翊和一大堆警察，正拎着枪往这边跑。

“柳爷……看来您那几十号人马已经被剿灭了呀！哈哈哈哈哈！”

“砰——”柳爷飞起一脚，踹飞了白九，扭头就跑，白九的一瘸一拐地爬起身，在泥水里一扑，拽着柳爷的腿，将他按倒在地。

柳爷看着瘦，劲儿却不小，他飞起一肘，正打在白九的太阳穴上，白九眼前一黑，手脚瞬间一麻。

“这是你自己作死的！”柳爷一只胳膊抱住了白九，另一只手攥紧了匕首，“噗”的一声捅进了白九的小腹。

柳爷一咧嘴，露出了一排森白的牙。

“我是跑不掉了，黄泉路上有你陪，我也不孤单了。”

“咳咳——”白九抬起头，呆呆地看着柳爷。

还没跑到地方的宋翊，瞧见柳爷一刀捅进了白九小腹，整个人一僵，直接栽倒在了地上，潘虎臣举起手枪“砰砰砰砰”连发了数枪，尽数打在了柳爷的背上。

柳爷瞪圆了眼睛，发了声喊，抱着白九“扑通”一声扎进了汹涌的河水之中。

宋翊仿佛被抽干了浑身的气力，几次从地上爬起来，跑了没几步，又直挺挺地栽到了地上。

“白……白……”宋翊已经吓傻了，舌头硬得发直，说不出一句完整的话来，只知道指着河水大叫。

宋翊甩脱了鞋，跑到河边，就要下水，潘虎臣眼疾手快，一把拉住了宋翊。

“不行！水太急了，谁下去谁死啊！”

“不……白九……白九还在下面……”

潘虎臣强忍悲痛，沉声劝道：“他被扎了一刀，水这么急，他……他不可能活的……”

宋翊“扑通”一下瘫倒在了地上，冲着河水哭道：“白九，我错了，你回来好不好？你不是要亲我吗？你不是要亲我吗？你回来啊！我让你亲，让你亲了，你回来好不好，只要你回来，我亲你都行！”

说时迟，那时快，宋翊这头话音未落，河水里猛地伸出了一只手。

“哗啦”，伴着一声水响，白九的脑袋从水里探了出来。他一手扶着坝，一手在怀里一摸，掏出了一个木雕的龙王像，那龙王像的正中赫然有一处被利刃贯穿的刀痕！

刚才柳爷那一刀正扎在白九怀里的龙王像上！

“我的亲娘啊！龙王爷显灵了——”白九一扁嘴，整个人哭出了声。

宋翊也破涕为笑，手忙脚乱地把白九往岸上拉。白九一边挣扎着上岸，一边问道：“我刚才在水里听你说，你要亲我？”

此话一出，宋翊的脸“腾”的一下红得发紫。

“你给我下去吧！”宋翊飞起一脚，将刚爬上岸的白九踹回到了水里。

“扑通——”白九落水，岸上传来一阵大笑。与此同时，大雨渐弱，刚涨上来的水，缓缓地退了下去。

柳爷一案，就此告破，天津城转危为安。

真个是：

大河流水泛清波，
津门自古奇案多。
鬼市蛇鼠分文武，
帮派英豪问几何？
当放手时应放手，
该舍得处需舍得。
万丈红尘一身剐，
梦醒方知身是客。